家康の血筋

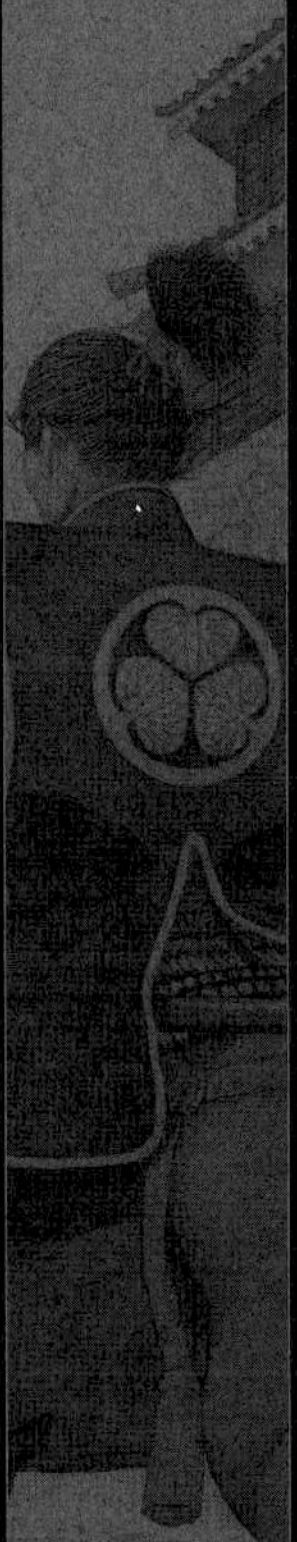

近衛龍春

Konoe Tatsuharu

実業之日本社

目次

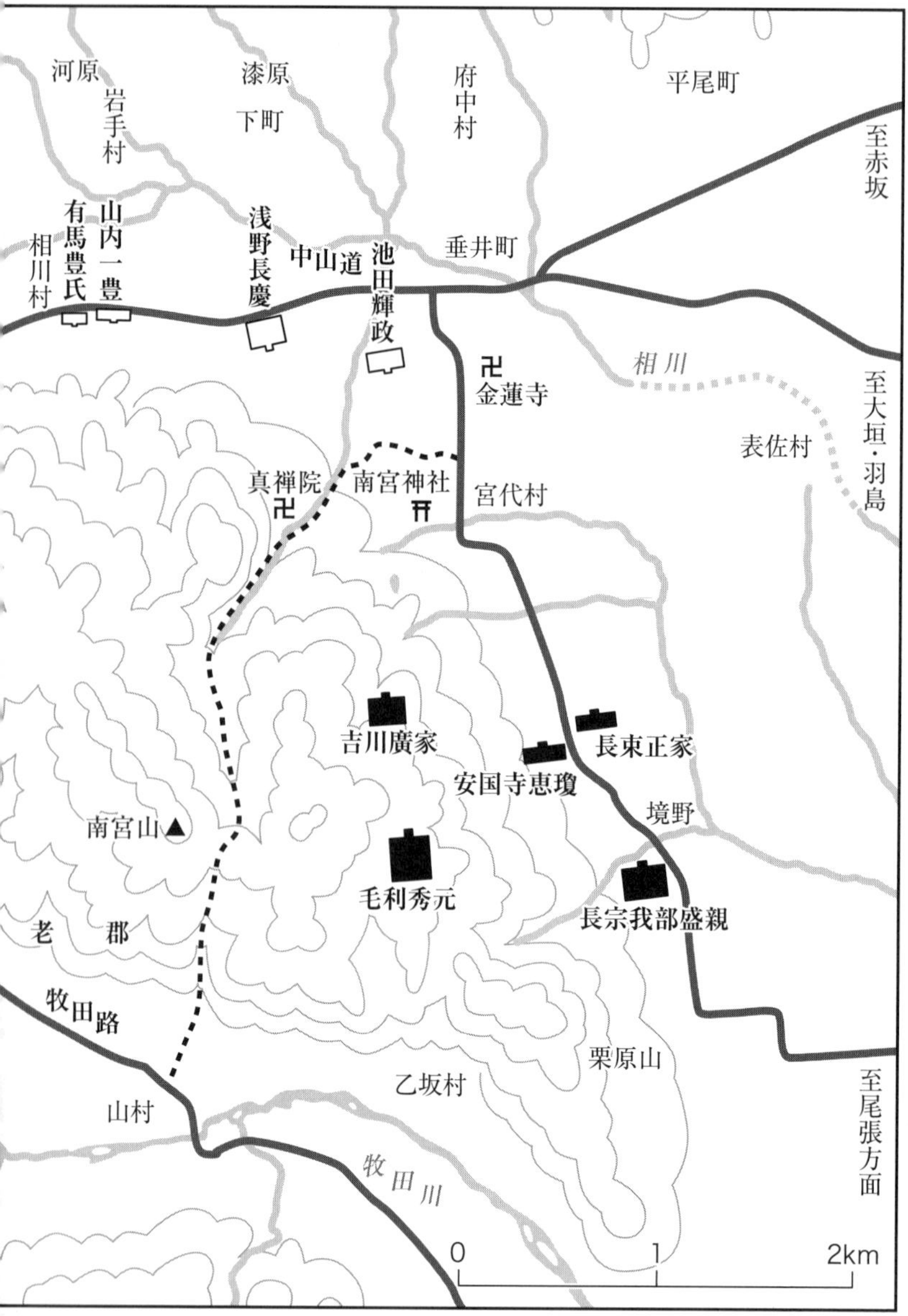
河原
岩手村
漆原
下町
府中村
平尾町
至赤坂
有馬豊氏
山内一豊
相川村
浅野長慶
中山道
池田輝政
垂井町
相川
金蓮寺
至大垣・羽島
表佐村
真禅院
南宮神社
宮代村
吉川廣家
長束正家
安国寺恵瓊
境野
南宮山
毛利秀元
長宗我部盛親
老
郡
牧田路
栗原山
乙坂村
山村
牧田川
至尾張方面
0
1
2km

い」戦陣図

不破郡
笹尾山
至敦賀
北国街道
石田三成
島津義弘
島津豊久
嶋左近
蒲生頼郷
池寺池
小西行長
天満山
宇喜多秀家
小池
関ヶ原村
大谷吉継
戸田勝成
木下頼継
平塚為廣
大谷吉勝
赤座直保
小川祐忠
朽木元綱
脇坂安治
松尾村
小早川秀秋
松尾山
至佐和山
黒田長政
長岡忠興
加藤嘉明
筒井定次
田中吉政
松平忠吉
井伊直政
織田有楽
古田重然
金森長近
生駒一正
徳川家康麾下
徳川家康
野上
本多忠勝
桃配山
藤堂高虎
寺沢広高
京極高知
福島正則
烏頭坂
関の藤川
牧田村
上野
養
平井
祖父谷
牧田川
至伊勢方面
東軍
西軍

「関ヶ原の戦

家康の息子たち

徳川家康

長男 松平信康（幼名＝竹千代、母＝瀬名〈築山御前〉）
次男 結城秀康（幼名＝於義伊、母＝於万〈小督局〉）
三男 徳川秀忠（幼名＝長丸〈長松丸〉・竹千代、母＝西郷局）
四男 松平忠吉（幼名＝福松丸、母＝西郷局）
五男 武田信吉（幼名＝福松丸、母＝於都摩〈妙真院、下山殿〉）
六男 松平忠輝（幼名＝辰千代、母＝於久〈茶阿局〉）
七男 松平松千代（早世）
八男 平岩仙千代（早世）
九男 徳川義直（尾張徳川家の祖）
十男 徳川頼宣（紀伊徳川家の祖）
十一男 徳川頼房（水戸徳川家の祖）

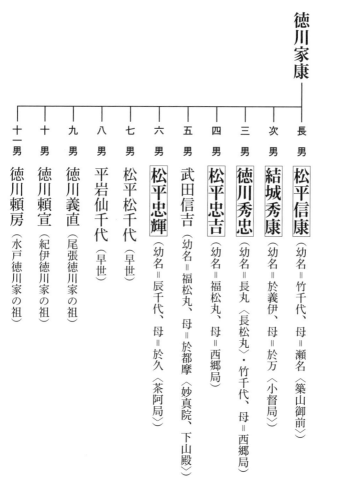

第一章　切腹　長男信康《のぶやす》

序

周囲は静かなものであるが、十町（約一キロ）ほど先では、色とりどりの旗指物が前後左右に移動し、あちらこちらで硝煙が立ち上る。剣戟《けんげき》も響き、血飛沫《ちしぶき》も宙を朱に染めているであろうが、ここ桃配山《ももくばりやま》からは詳細は判らない。

徳川家康は美濃《みの》・不破《ふわ》郡の西端に位置する関ヶ原にいた。同地は山に囲まれた楕円形の小盆地で、多少の起伏はあるものの、概ね平地で端まで見渡せる地である。東西一里（約四キロ）、南北半里の平地には東西両軍合わせて十七万余人が犇《ひし》めき、天下分け目の戦いが始められた。

「敵に大将はおらんのに、なにをしておるか」

家康は苛立ち、右手親指の爪を嚙んで愚痴をもらす。

西軍の大将の毛利輝元《もうりてるもと》は大坂城の西ノ丸にいて、戦場にはいない。西軍を率いているのは、この戦の実質的な首謀者の石田三成《いしだみつなり》である。三成が得る石高は近江《おうみ》の佐和山《さわやま》で十九万四千石。関東六ヵ国で二百五十余万石を得る家康の十三分の一以下の力しかないにも拘わらず、黒田長政《くろだながまさ》、長岡忠興《ながおかただおき》、加藤嘉明《かとうよしあき》が攻めかかっているものの、追い払われていた。

「敵は目の前にしかおらぬのじゃ。なにゆえ押せぬ」

家康は憤懣《ふんまん》を吐き捨てる。家康から見て南西の松尾山《まつおやま》に陣を布く小早川秀秋《こばやかわひであき》、その麓の朽木元綱《くつきもとつな》、脇坂安治《わきざかやすはる》、南の南宮山《なんぐうさん》に布陣する吉川廣家《きっかわひろいえ》とは調略をすませ、廣家は東軍として戦うことになっている。よって赤座直保《あかざなおやす》、小川祐忠《おがわすけただ》、毛利秀元《もうりひでもと》なども簡単には身動きできない状態にあるので、南側を心配する必要はなかった。

見れば先鋒の福島《ふくしま》勢は五町（約六百メートル弱）ほども押し返される体たらくであった。

「倅《せがれ》がおったらのう」

貧乏揺すりをする足を采《さい》で何度も叩き、家康は厳しい面持ちで言う。眉間に刻まれた皺が消えることはない。

「中納言（秀忠《ひでただ》）様も、じきに到着なされましょう」

近習の本多正純《ほんだまさずみ》が宥《なだ》める。

跡継ぎ候補である家康三男の秀忠は三万余の兵を率いて信濃《しなの》の上田から、関ヶ原に向かっている最中、次男の結城秀康《ゆうきひでやす》は下野《しもつけ》の宇都宮で上杉《うえすぎ》家の南下に備えていた。

「彼奴《あやつ》ではないわ！」

家康が言った倅は長男の信康《のぶやす》のことである。

時に慶長五年（一六〇〇）九月十五日、辰《たつ》ノ下刻（午前九時頃）のことであった。

一

天正元年（一五七三）九月上旬、三河の岡崎城に使者が駆け込んだ。

「申し上げます。足助《あすけ》城を落としました。なにとぞ後詰《ごづめ》をお送り戴きますよう」

使者は主殿の床に汗を滴らせ、息を切らせながら告げた。三河うかり城とも呼ばれる宇利《うり》城主近藤信用《こんどうのぶもち》麾下《きか》の熊谷《くまがい》衆が周囲の領民と蜂起し、武田《たけだ》家の留守居を追い出し、奪い取ったという。

「左様か！　すぐに兵を送る。儂《わし》、自ら出陣致す。用意致せ！」

上座で報せを受けた信康は歓喜して脇息を叩き、喜んで応じた。

「お待ち下さい。まずは浜松《はままつ》のお屋形様にご相談されるべきかと存じます」

傅役《もりやく》にして家老を務める平岩親吉《ひらいわちかよし》が止める。

「構わぬ。報告だけしておけばよい。対応が遅れれば、奪い返されるやもしれぬ。それに、これまで岡崎衆は浜松衆の後詰ばかりで働きの機会がなかった。これを機に、周辺を我らがものに致すのじゃ」

信康は勇んだ。

家康は東に版図を広げ、遠江《とおとうみ》の支配を磐石にするため、元亀元年（一五七〇）六月、居城を先祖代々の岡崎《おかざき》城から浜松城に移した。一枚岩であった徳川家は二つに分かれ、それぞれ浜松衆と岡崎衆と呼ばれていた。

浜松には酒井忠次《さかいただつぐ》、本多忠勝《ほんだただかつ》、榊原康政《さかきばらやすまさ》ら戦陣で先鋒を勤めるような武将ばかりが移り、戦での活躍の場が多く与えられ、恩賞を得ていた。対して岡崎衆は西の隣国が同盟を結ぶ織田《おだ》家ということもあって、多くの所領を得る家臣は少なく、攻撃的ではなかった。これが信康には不満だった。

信康は永禄二年（一五五九）三月六日、駿府《すんぷ》で生まれた。幼名は松平《まつだいら》（徳川）家の嫡流の男子が名乗る竹千代《たけちよ》とした。父は言わずと知れた家康で、母は今川《いまがわ》一族の出自で名は瀬名《せな》。この年十五歳になる。

永禄三年（一五六〇）五月十九日、尾張《おわり》の桶狭間《おけはざま》・田楽《でんがく》狭間の戦いで主君の今川義元《よしもと》が織田信長《のぶなが》に討たれると、同家に属して元康《もとやす》と名乗っていた家康は独立して空いていた岡崎城を接収して独立を果たした。

お陰で赤子の信康は駿府で人質生活を送るはめになったが、永禄五年（一五六二）二月四日、家康は三河《みかわ》の上ノ郷《かみのごう》城を攻撃して城主の鵜殿長照《うどのながてる》を討ち取って城を陥落させ、長照の息子の三郎《さぶろう》四郎《しろう》と孫四郎《まごしろう》兄弟を捕らえた。この両名との人質交換によって同年、信康は岡崎に移り住んだ。

既に家康は信長と軍事同盟を結んでおり、永禄十年（一五六七）五月、元服前であるが信康は信長の娘の五徳《ごとく》を正室に迎えた。共に九歳であった。

元服は元亀元年（一五七〇）、十二歳の時で、次郎三郎信康と名乗った。次郎三郎は松平嫡流

の証であり、
「信」の字は信長からの偏諱《へんき》、「康」は家康からで、将来を期待されていた。
家康が浜松に移るにあたり、岡崎の体制が決められた。
三人の傅役は平岩親吉、石川春重《いしかわはるしげ》、鳥居重正《とりいしげまさ》。町奉行は松平新右衛門《しんえもん》、江戸右衛門七《えどえもんしち》、大岡彌《おおおかや》四郎《しろう》（大賀《おおが》彌四郎とも）。

これとは別に、今川氏真《うじざね》や織田信長と交渉役を務める石川数正《かずまさ》が西三河の旗頭としていた。数正は鵜殿三郎四郎らとの人質交換を成立させた武将で、信康にとっては恩人にあたる。

前年、戦国最強の呼び名の高い甲斐《かい》の武田信玄《たけだしんげん》は二万数千の兵を率いて遠江に侵攻。家康は信長の僅かな援軍を得て浜松北の三方原《みかたがはら》で戦ったものの、兵数、経験で及ばず、大敗を喫したのは十二月二十二日のこと。あまりの恐怖で家康は敗走する最中、脱糞したほどである。この時、信康は岡崎を守っていた。

年が明けると武田信玄は三河に兵を進め、野田《のだ》城を落とし、長篠《ながしの》城に入ってさらに版図を広げようとしていたところ、容態が悪化して帰途に就き、その最中の四月十二日、信濃伊那《いな》の駒場《こまんば》で生涯を閉じた。信玄は三年は自分の死を隠し、家中を纏《まと》めることを家督の陣代《じんだい》（代理）となった四男勝頼《かつより》に命じていた。

だが、一ヵ月を待たずして家康は信玄死去の報せを摑《つか》み、反転に出た。大井川を渡って武田領となっている駿河《するが》を攻め、この九月、三河設楽《したら》郡を中心とした山家三方《やまがさんぽう》衆の一家、菅沼正貞《すがぬままささだ》を降伏させ、長篠城を手に入れた。

山家三方衆とは田峯《だみね》菅沼・長篠菅沼・奥平《おくだいら》氏のこと。

長篠城を落とすと、同じ山家三方衆で作手《つくで》亀山《かめやま》城の奥平貞能《さだよし》・信昌《のぶまさ》親子も誼《よしみ》を通じてきたので、家康としては永禄七年（一五六四）以来の三河統一に勤《いそ》しんでいるところである。

信玄の死後、家康が勢力を盛り返したので、これに同調して与《くみ》する国人衆が増えてきた。熊谷衆の活躍もこの流れであった。

援軍要請に応じた信康は、すぐに出陣の用意をさせた。この頃、家康の主君とも言える信長は、家臣たちを所領地ではなく岐阜の城下に住まわせ、出陣の鐘が鳴った途端に参集させる体制を築いていた。家康も信長に倣って浜松の城下に家臣を集めていたが、岡崎は旧体制のままなので、家臣たちは所領にいて、城に集まるのに三日を要した。

主殿に床几《しょうぎ》を置き、信康は座していた。今川の血を引く瀬名の息子なので、信康は細面で目鼻立ちが整っている。まだ肉は薄いが、家康よりも背は高かった。

色々威胴丸具足《いろいろおどしどうまるぐそく》は能見松平家の次郎右衛門貞吉が着せた。具足に袖を通した時、なんとも言えぬ力が湧き上がったと同時に、足が小刻みに震えた。

（儂は臆しておるのか、それとも、これが武者震いというものか）

押さえのきかぬ震えを自身で嘲笑い、また、頷いた。

「ほんに立派になって」

右隣に座す瀬名が目を潤ませて言う。瀬名の母は井伊直平《いいなおひら》の娘で、当初義元の側室となり、のちに義元の妹として関口氏興《せきぐちうじおき》（親永《ちかなが》、氏純《うじすみ》とも）に下げ渡された。瀬名は義元の媒《ばい》（義元の種）

として誕生したが、表向きは姪ということになっている。当時、駿府でも一、二を争う美人と言われていた。

人質交換によって岡崎に来ると、家康は瀬名を城内には入れず、城から十町（一・一キロ）ほど東の築山《つきやま》稲荷と総持尼寺《そうじにじ》の間に屋敷を築いて住まわせた。同地は築山と呼ばれていたので、瀬名は築山御前と呼ばれるようになった。

家康は浜松に居城を移しても、正室の築山御前は岡崎に置かれたままであった。家康が今川家の人質であった時、今川の血筋の瀬名は重要な存在であったが、信長と同盟を結ぶと利用価値がなくなったというわけである。とはいえ、なんの非もない築山御前を正室から下ろすわけにも、離縁するわけにもいかない。そんなことをすれば嫡男の信康をはじめ、信康を支援する岡崎衆の反発を招きかねない。この年まで、家康の子供は信康とその妹の亀《かめ》姫しかいない。二人の母は築山御前なので、廃するわけにはいかなかった。

家康がいないので、信康は築山御前を城に移そうとしたが、女の意地か、あるいは、命ともいえる嫡男の将来を気にしてか岡崎城に入ろうとはしなかった。この時は初陣式なので特別である。

「ご無事にお戻り下さい。それだけが望みです」

左隣にいる五徳は心配そうに告げる。信長の長女で、母は生駒《いこま》御前と呼ばれる吉乃《きつの》。信長が一番愛した女性が産んだ娘だけに、信長からは頻繁に贈物が届けられた。同盟者家康への気遣いではなく、愛娘への想いであろう。比叡山《ひえいざん》を焼き討ちにした男でも、父親の情は持ちあわせているようであった。まだ、信康との間に子はいない。二人とも若いこともあり、些細なことで衝突した。普通は女子《おなご》のほうが折れるものであろうが、将軍の足利義昭《あしかがよしあき》を都から追い出して室町幕府を滅ぼし、天下に君臨する信長を父に持つ五徳だけに気位が高い。簡単に自分を曲げる女子ではないが、さすがに初めて夫を戦場に送り出すとあって、不安そうであった。

「安心致せ。儂には摩利支天《まりしてん》がついておる」

摩利支天とは陽炎《かげろう》、太陽、月の光を神格化したもの。陽炎は実体がなく捉えることができないので、矢玉も当たらず、鑓《やり》も刀も素通りする。武士には武神として信仰された。

そこへ三方《さんぼう》が運ばれてきた。上には鮑《あわび》、栗、昆布が載せられている。打って、勝って、喜ぶの験《げん》に因《ちな》んだもの。

備え用とは別に小さく刻まれた物もあり、信康はそれぞれ小さくひと摘みずつ口に入れ、強く嚙む。堅いので何度も嚙まねばならないが、躊躇《ためら》うと勢いがつかないので、酒で流し込むと、小さな盃を床に叩きつけた。途端に破片は床に飛び散った。細かくうまく割れれば縁起がいいとされ、戦勝に繋がると言われていた。

「出陣じゃ！」

信康は気合いのような声を発すると、平岩親吉ら居並んだ家臣たちは鬨《とき》で応じた。

「ご武運をお祈り致します」

築山御前と五徳はともに声をかける。その声を聞きながら信康は大股で主殿を出た。

外には鬣《たてがみ》の長い栗毛の駿馬が曳《ひ》かれていて金覆輪《きんぷくりん》の鞍《くら》が置かれていた。信康は騎乗すると、馬腹を軽く蹴って前進させた。

純白の総旗を先頭に隊伍《たいご》を整えた兵が地を踏み締めながら歩を進める。鑓の鋭利な穂先は秋の日射しで煌《きら》めき、『三つ葉葵』の紋の入った旗指物が靡《なび》いた。

（一勢を任せられるのは七之助《しちのすけ》ぐらいじゃ。戦いとなれば、儂が先陣を駆けるしかないの）

覚悟はできている。七之助は平岩親吉のこと。石川数正は留守居とした。

二千の岡崎勢は矢作《やはぎ》川の東を北に進み、巴《ともえ》川を渡ったところで同川沿いに進路を北東に向ける。岡崎から六里（約二十四キロ）ほど歩んだところが足助であった。信康は行軍に二日かけた。

足助城が近づいたので、信康は金の鍬形《くわがた》の中心に同色の摩利支天がつけられた黒漆《くろうるしぬり》塗鉄十二枚《てつじゅうにまい》張兜《はりかぶと》をかぶった。

城から半里（約二キロ）ほど西で兵を止め、周辺を探らせた。

「申し上げます、辺りに敵らしき者は見受けられません」

四方八方に放った物見が戻り、次々に同じような報告を齎《もたら》した。

「されば城に入る」

伏兵などがないことを確認した信康は、威風堂々、足助城に入城した。

足助城は真弓山《まゆみやま》（標高約三百一メートル）に築かれた連郭式の山城で真弓山城とも呼ばれている。四方にはり出した尾根を利用し、堀切と土塁に守られていた。

「お待ちしておりました」

熊谷衆の主格の熊谷甚五郎《じんごろう》が大手の城門で出迎えた。

「重畳至極」

信康は鷹揚《おうよう》に応え、主殿に入って上座に腰を下ろした。

「後詰を戴き、感謝しております。お陰様で武田に意を通じる者どもは退散してございます」

熊谷甚五郎が礼を言う。

「左様か。されば武節《ぶせつ》城はどうか？」

武節城は足助城から四里半（約十八キロ）ほど東に位置していた。

「小城ゆえ、兵がいても多くはないかと存じます。されど、切所《せっしょ》ゆえ、籠る兵が寡勢でも仕寄せにくくはありましょう」

常識的なことである。

「我らは二千。寡勢ならば踏み潰すのみじゃ。武節城を落とす」

足助城攻略の後押しに成功したので、信康は強気だ。足助城は熊谷甚五郎らに任せ、信康らの岡崎衆は武節城に向かった。

山道でもあるので、まる一日を要した。

武節城は黒田《くろだ》川と名倉《なぐら》川が合流する城山に築かれた山城である。両川が南を除く三方を守り、土塁と堀切が寄手の進行を妨げていた。田嶺城主の菅沼定信《さだのぶ》が支城として築き、この時は一族の菅沼定忠《さだただ》が守っていた。

「これは確かに、簡単には落ちませんな」

城の南西に本陣を構え、平岩親吉が城を見上げて漏らす。

「仕寄せる前から弱音を吐くとは、七之助とも思えん。兵を進ませよ」

床几に座す信康は采を降り下ろした。

途端に天野正定らが鬨をあげて城山を攻め上るが、道は狭く、傾斜は激しく、しかも前日の夜に降った雨で道は泥濘《ぬかる》んで滑りやすく、歩くだけでも困難だった。そこへ上から矢玉を浴びせられ、寄手は簡単には進めない。盾で弓、鉄砲を防ぐのが精一杯であった。

「ええい、小城一つ落とせぬのか！　かくなる上は儂が仕寄せの手本となろう」

戦功を欲する信康は床几を立って陣を出ようとした。

「お待ちください。城攻めはお屋形様とて、易々とはいかぬもの。時はかかるものです。ここはじっくり日にちをかけ、城を威圧するべきかと存じます」

大事な徳川家の嫡子を流れ玉などで失わせてしまったら、個人の切腹だけではすまない。平岩親吉は必死に宥《なだ》め、入れ替わりに矢玉を放ち、重圧をかけた。

翌日、家康からの使者が来た。

「足助城を手に入れたことは祝着至極。されど、武田が動いたので、即刻帰城するよう、とのことにございます」

九月二十一日、作手城に在する武田勢が岡崎城と同じ額田《ぬかた》郡の宮崎《みやざき》城を攻撃し、城を守る奥平貞能らは抵抗敵わず、岡崎近くの滝山《たきやま》城に退いていた。

「くそっ、一月《ひとつき》もあれば落とせたものを」

悔しいが家康の命令なので従わなければならない。帰る城がなくなっては末代までのもの笑いとなる。信康は後ろ髪を引かれる思いで武節城の陣を後にした。すると、当たり前のように城兵は追撃を試みる。

「よく引きつけて返り打ちにせよ」

信康は殿軍《しんがり》には弓と鉄砲合わせて百余を集め、一斉に放たせた。

「戻れ！」

菅沼定忠は城から引き摺《ず》り出す策だと思い、深追いはさせずに城に退却した。これにより、岡崎勢は追撃されることはなかった。

岡崎に帰城すると、改めて家康の使者が赴き、篤い労《ねぎら》いの口上を述べた。

（父上に褒められた）

満足のいく初陣ではなかったが、家康から称賛されたので正直嬉しかった。また、自信を持つこともできたので、次こそは陥落させるという強い意志を新たにした。

その後、足助城は旧城主の鈴木《すずき》（鱸《すずき》）重直《しげなお》に預けられた。

二

武田家を率いる勝頼は、麾下に宮崎城を攻撃させながら、同じ九月、自身は遠江に出陣し、見《み》附《つけ》から掛川《かけがわ》城を攻め、遠江との国境に近い島田に諏訪原《すわはら》城を築いて引き上げた。

天正二年（一五七四）が明けると、勝頼は東美濃を攻めて十八の城を落とし、五月には二万の兵で遠江の高天神《たかてんじん》城を包囲した。

家康単独では排除することは敵わず、家康は即座に岐阜の信長に援軍を依頼した。

信康は家康に合流しようとしたが、奥三河の国人衆が足助城や滝山城を窺っているので、岡崎から動くに動くことができなかった。

「もどかしいの。父上に内緒で武田の背後を突いてはいかがか？　敵を騙すには味方からというであろう。さすれば武田は総崩れ。父上と勝頼を挟み撃ちじゃ」

信康は威勢のいいことを口にする。守りばかりで不満がたまっていた。

「武田は浜松衆と合わせても我らの倍。一時攪乱《かくらん》できても、野戦となれば兵の数がものを言います。三方原の二の舞いだけは避けねばなりません。おそらくお屋形様は信長様がまいられるまで城を出ることはないかと存じます」

「左様に強いのか。戦ってみたいの」

信康は敗走させられた経験がないので、家康のような武田恐怖症はなかった。

援軍の要請を受けた信長は六月十四日に岐阜を発ち尾張を経由して三河に入ったものの、岡崎には立ち寄らず、十七日に豊橋《とよはし》の吉田《よしだ》城、十九日に遠江の今切《いまぎれ》に到着した時、高天神城の落城の報せを聞いた。家康もすぐに駆け付け、出陣の礼を述べたという。

信長は参陣の遅れを詫び、家康に二十貫（約七十五キログラム）ほどもあろう砂金を贈った。受け取った家康は感嘆の声をもらしたという。

「なにゆえ父上は卑屈な態度を取るのじゃ。徳川は何度も手伝い戦に参じたであろう。それに対して、織田は碌《ろく》に後詰を送っても来ぬ。割りが合わぬではないか」

信康は、家康が信長の家臣のように接しているのが許せなかった。

これまで徳川家は信長に対し、永禄十一年（一五六八）の上洛戦では一千の後詰を送り、元亀元年（一五七〇）の越前《えちぜん》攻めと、同年の近江姉川《あねがわ》の戦いでは家康自ら五千の兵を率いて戦った。越前攻めは失敗で信長は先に逃げ、金ヶ崎《かねがさき》の退き口と言われる撤退戦では、退却することすら教えてもらえず、殿軍を務めたほどである。姉川の戦いでは八千の朝倉《あさくら》勢を破ったので、これが戦いの勝利に繫がったと言っても過言ではなかった。

一方の信長は三方原の戦いでは三千の援軍しか送ってこなかった。しかもこのたびは、武田と戦いたくないので、出陣を後らせたように思えてならなかった。

「織田殿には織田殿の事情がおありでございましょう。さあ、我らも挨拶にまいりましょう」

信康も信長への挨拶をしろと、家康に呼ばれていた。

「武田の動きがあるゆえ、岡崎を離れることはできぬ。帰途の最中に立ち寄ればもてなそう」

信康は断った。仕方がないことだとは思いつつも、家康が信長の家臣のように頭を下げる姿を見たくはなかった。

「左様なことはなりませぬ、お屋形様の面子を潰すことになります」

「敵に城を奪われても構わぬのか」

信康は平岩親吉の諫言《かんげん》を聞かなかった。

このことを不快に思ってか、信長は岡崎には立ち寄らずに帰途に就いた。家康に叱責されたのは言うまでもないが、信康は反省する気はなかった。

こののちも信康は大掛かりな戦いに参陣することはなく、岡崎の守りをするばかりであった。

天正三年（一五七五）になって岡崎に歩き巫女《みこ》が十数人訪れた。歩き巫女は全国各地を遍歴し、祈禱《きとう》、託宣《たくせん》あるいは呪術を行って生計を立てる者たちである。時には褥《しとね》を共にする遊女のような者もいた。

尖った編笠をかぶり、白い水干《すいかん》に白い袴《はかま》で、脚絆《きゃはん》をつけ、白い袿《うちぎ》を羽織っている。

歩き巫女は築山稲荷に逗留し、託宣を行ったところ、評判となった。これを知った築山御前の侍女が頼んでみると、数年前に死んだ母が降り、下僕と睦んだことを気をつけろと注意した。これを主の築山御前に告げたところ、御前も会ってみることにした。

時を同じくして唐人《とうじん》の西慶《せいけい》（減敬《げんけい》・めっけいとも）という鍼灸を行う四十男が築山稲荷を訪れ、神主や出仕《しゅっし》に行ったところ、とても受けた。

近頃、体調不良だった築山御前は西慶を呼び、治療をしてもらったところ、非常に体が軽くなった。西慶が焚く香《こう》を嗅ぐと微睡《まどろ》み、癒しの効果があった。

次の日、せっかくだからと、香を焚きながら西慶は築山御前の肩の指圧を行い、さらに初老の女が託宣をした。

六畳の部屋を閉め切り、香の煙りが充満している。一畳先には於ゆうという初老の女が霊を呼び込んでいる。築山御前には、それが踊りのようにも、痙攣《けいれん》しているようにも見えた。

「余は今川治部大輔《じぶのたいふ》（義元）なり。瀬名よ久しいの」

その声は義元のようにも聞こえるし、初老女のようにも聞こえた。

「お屋形様、お懐かしゅうございます」

築山御前の目から自然と涙がこぼれ落ちた。

「そなたにはなんの罪もないのに、家康は織田と結び、そなたを遠ざけた。これは万死に値する。今の武田は先代の頃よりも大きくなっておる。織田もこれを恐れ、出陣を後らせておる。このま武田と戦い続ければ、いずれ徳川は滅ぼう。そなたの大事な子たちもじゃ。それゆえ、そなたの息子を武田の味方にすれば、武田は天下を摑み、そなたは天下の妻となろう。信康は天下の跡継ぎとなるのじゃ」

築山御前は十日に一度は於ゆうや西慶と会い、託宣や鍼、灸の治療をしてもらった。御前の脳裏に、武田と結ぶことが刻まれた。

西慶は築山御前に取り入り、岡崎奉行の大岡彌四郎に会う機会をもった。

「すでに御台所様は承知しております。勝頼様は兵を送ると仰せです。成功致せば、貴殿に三河を任せるとも仰せられております」

「真実《まこと》か！」

大岡彌四郎は歓喜した。彌四郎のみならず、岡崎衆は憤懣の塊であった。精強な武田家といつ終わるか判らぬ戦いを続け、しかも岡崎衆は後方支援ばかりで戦功を挙げる機会が与えられない。出陣すれば兵糧、武器弾薬は自分持ちなので、生活は疲弊する一方であった。しかも信長は織田家のために徳川家を利用するが、助けようとする意思は感じられない。徳川家の者とすれば、使い減らしにされるという認識の者は多々いた。彌四郎もその一人である。

「承知した。武田殿にはよしなに」

応じた大岡彌四郎は山田重英《やまだしげひで》、倉地平左衛門《くらちへいざえもん》、小谷甚右衛門《こたにじんえもん》らと共謀し、西慶と綿密に計画を話し合った。

家康が岡崎城に入る時は奉行の大岡彌四郎が大手の城門を開いて迎え入れるのが慣例である。なので、勝頼が作手まで出陣し、兵を送ってきたら、彌四郎が兵を引き入れ、直ちに信康を討ち取り、三河、駿河の人質を捕らえれば、両国の国人衆は従うであろう。その兵をもって浜松城を攻めれば、陥落させるのは容易《たやす》かろう。これで手配することにした。

ところが、山田重英は臆病風に吹かれ、信康に報せた。

「なんと！」

自分のお膝元で謀叛《むほん》の計画が実行されようとしていたなど、まさに青天《せいてん》の霹靂《へきれき》であった。

「すぐさま父上に報せよ」

信康は使者を浜松に走らせ、山田重英には引き続き、大岡彌四郎と与しているふりをして情報を伝えさせた。

「いかがする？」

頼りは平岩親吉である。

「お屋形様が到着する前に返り忠が者（裏切り者）を捕らえましょう。さもなくば、若殿が疑われます」

「なにゆえ儂が？」

「歩き巫女や唐人が姿を消しました。おそらく武田の廻し者でしょう。唐人が御台所様に鍼灸をしておりました。敵と通じていたと思われても仕方ありません。若殿は親子ゆえ」

大岡彌四郎が兵を引き入れる手筈を明確にした途端、歩き巫女や唐人は忽然《こつぜん》といなくなった。

武田信玄が存命していた時、忍びを一千抱えていたという。歩き巫女、富士御師《ふじおし》、諏訪の三ツ者《みつもの》、上野《こうずけ》・信濃の真田忍群。重臣・春日虎綱《かすがとらつな》（香坂弾正忠《こうさかだんじょうのちゅう》）の一族・匂坂甚内《こうさかじんない》、同じく重臣の馬場信春《ばばのぶはる》自身や、川中島《かわなかじま》合戦で戦死した軍師・山本勘助晴幸《やまもとかんすけはるゆき》とその一族などであった。

歩き巫女を束ねるのは、信濃の望月《もちづき》城主で、望月信雅《のぶまさ》（印月齋一峯《いんげつさいいっぽう》）の娘・千代女《ちよめ》であった。望月氏は近江の甲賀を祖としている。

また、甲賀忍者の祖は秦《しん》（中国）からの渡来人、あるいは朝鮮半島の秦《はた》氏とも言われている。

「母上をいかがする気か？」

平岩親吉を睨《ね》めつけて信康は言う。

「監視なされるが、よいかと存じます。家中の者以外は会わせぬこと」

「それでは父上がしたことよりも、ひどいではないか。できん」

「若殿がなさらずとも、お屋形様はなされます。ご自身の疑いを晴らすため、延《ひ》いては岡崎衆のためにございます」

「母上に会う」

信康は平岩親吉の制止を振りきり、築山屋敷に足を運んだ。

「いかがしたのか？　そなた自ら」

　築山御前は微笑みながら問う。直に顔を合わせられて、嬉しいようであった。

「西慶、歩き巫女、ともに武田の間者《かんじゃ》でございました」

「左様か。それで、わたしがなにか」

　築山御前には罪の意識はないようであった。

「母上が西慶に引き合わせた大岡は、武田の兵を引き入れようとしておりました」

「悪いのか？　今や徳川は織田の属国。織田が武田に替わるだけではないか。替わるならば強いほうがよい」

　悪びれることもなく築山御前は言う。織田領の東美濃が武田領になったことは、御前の耳にも入っているようであった。あるいは西慶の口から聞いていたのかもしれない。

「織田殿は今や天下人でございますぞ」

「周囲に敵を抱えて鼠《ねずみ》のように走り廻っているのが天下人か？　碌な官位なども持っておらず、血筋とて定かでないと聞く。どうせ如何《いかが》わしい出自であろう。そこへいくと武田は歴《れっき》とした源氏。そなたにも源氏の血を引く今川の血が流れておるのじゃ。松平とか申す山中の国人とは違う。早う元に戻すのが、そなたのためではないのか」

　まるで家康を廃せと言っているように聞こえる。

（確かに儂が徳川を継いで武田と結べば、嘗《かつ》ての武田、北条《ほうじょう》、今川のような同盟となり、東に不安はなくなる。徳川のため、これも一つの案じゃの。いや、織田殿は公儀を潰した男ぞ）

一瞬、悪くないと思ったが、信康はすぐに打ち消した。

「母上は鼠と申されましたが、四方八方相手に戦ができる武将が日本のどこにおりましょう。織田の力は米に頼らぬ豊かさ（経済）が武器にございます」

「されば、そなたがたがやればよい。米に頼る国造りをしているのはどこの誰じゃ？　三河にも遠江にも海はあろう。駿府は豊かであったぞ。それに織田は比叡山を焼き、今は一向衆を根絶やしにしているというではないか。左様な非道な者にはいずれ天罰が当たりましょう。皆で手を取って倒せば、徳川に静謐《せいひつ》が齎《もたら》されよう。そなたも早う腹を括《くく》ることじゃ」

持論を述べた築山御前は、一息吐いて続ける。

「こたびのことで、わたしは徳川に仇《あだ》をなしたことはない。罪に問われる謂《いわ》れはないが、それでも罪人にしようとするならば、甘んじて受けよう。反省もしないし、詫びるつもりはない。わたしの願いは、そなたが早く家督を継ぎ、正しき徳川にすることじゃ」

築山御前の主張は、自身なりにぶれてはいなかった。

（これでは七之助の申すとおり、監視させねばなるまい）

傅役が言ったとおり、可哀想だが監視させて外の者と会わせぬことにした。

（母上はお寂しかったのであろう。父上が大事にすれば、かようなことにもなっておるまい）

馬に揺られながら信康は過去、母から何度も語られたことを思い出す。

桶狭間の戦い後、家康は岡崎城に入って戻らず、築山御前は二歳の信康を抱え戦々兢々《きょうきょう》としていた。しかも身重の体で、戦いから約半月後の六月四日、長女の亀姫を産んでいた。

「元康（家康）殿がわたしを大事にしていたのは、お屋形様（義元）が恐ろしかったからで、いなくなったら、もはやわたしなど必要ないのか」

築山御前は毎日のように嘆いていたという。信康はまだ物心ついていなかったので、駿府での記憶はなかった。今川氏真は、家康が裏切ったと、何度も築山御前を斬ろうとしたという。御前はいつ斬られるかと思うと心の休まる日はなかった。僅かな物音にも戦《おのの》きながら暮していたと話す。

「（人質）交換によって、ようやく質《しち》から解放されたと思いきや、今度は蟄居させられたも同じ。ああ、お屋形様が生きておられた頃が懐かしい」

築山御前は嘆いては、昼から酒を口にしていた。

（母上の申すことは少々飛躍しておるが、一理ある。儂を斬ろうとしておる輩《やから》は許せぬが、岡崎衆の不満は納得できる。これは父上の失態じゃ。父上ができぬことをやれば、儂は父上を超えられ、徳川を大きくできるやもしれぬ）

築山御前の言葉は信康の脳裏に強く植え付けられた。御前なりに徳川家のことを思っている。但し、信康の徳川家であるが。母と話した信康は、今のままでは駄目だという気持を強くした。

平岩親吉は密かに城下の兵を掻き集め、兵を数十ずつ三つに分けた。一勢は信康が率い、一勢は親吉、もう一勢は今村彦兵衛らである。

信康は大岡彌四郎の屋敷に向かった。彌四郎はそれほど身分が高い武士ではなかったが、算術が得意で家康に認められ、奥郡（渥美郡《あつみ》）二十四郷の代官となった。

信康は大岡彌四郎の屋敷を囲み、配下を突撃させた。彌四郎はさして警戒もしておらず、同族の大岡介宗が捕らえ、縄掛けされて信康の前に跪《ひざまず》かされた。項垂《うなだ》れてはいない。信康の顔を見上げている。無骨な三河武士ではなく、吏僚《りりょう》型の細身の男であった。

「なにゆえ、返り忠を致したのじゃ。成功するわけもなかろう」

「岡崎衆の不満、判らぬのか。それに、武田に勝てるわけがない」

罪悪感などないように大岡彌四郎は、その後、築山御前が口にしたようなことを言い放った。

「確かに武田は強い。認めよう。されど、汝《うぬ》の才覚で三河を治められると思うてか」

「時は下克上の世。主にとって代われると思えば、事を起こすのは常のことではないか」

「儂にとって代われると思ったのか。それで、このざまか」

自身が蔑まれ、信康は腰の太刀に手をかけた。ひと思いに斬り捨ててやりたいが、家康の裁定を待たねばならないので堪えた。

「まさか、我らの中から返り忠が者が出るとはの。腰抜け奴《め》。『風林火山』の旗指物を目の当りにした時、後悔するであろうよ。もはや後の祭であろうがの」

大岡彌四郎は鼻で笑う。

「返り忠ではない。忠義に厚かっただけのこと。汝とは違う。汝のせいで妻子にまで累《るい》が及ぶのじゃぞ」

信康は唾を飛ばして強弁する。

「皆で怨霊となり、徳川が絶えるまで呪ってやろうぞ」

「引っ立てよ」

これ以上話をしていると斬ってしまいそうなので、信康は城の地下牢に投獄させた。

倉地平左衛門は今村彦兵衛らが捕らえた。小谷甚右衛門は逃亡してしまった。奉行の松平新右衛門は留守だった。

翌日、松平新右衛門は出頭し、城下の大樹寺《だいじゅじ》で切腹した。

同日の午後、家康は慌てて岡崎に入城した。

「そちは城主として、なにをしていたのじゃ」

上座にどすんと腰を下ろすや、家康は開口一番叱咤《しった》する。

「彌四郎を岡崎の奉行に据えたのは父上ですぞ。それに岡崎衆は後詰ばかりで皆不満を持っております。いつ、第二、第三の彌四郎が出ても不思議ではありません」

「なに！　ようも申した。そちは己で無能だと申したのじゃぞ」

「今のままの体制ならば、誰が城主でも誰が旗頭でも同じだと申したのです」

信康も負けてはいなかった。

「それに、父上が母上を蔑《ないがし》ろにしたことも大いに重なっております」

信康は事の経緯を説明し、築山御前との会話内容も伝えた。

「戯《たわ》けたことを。そんなに男が欲しいのか」

「父上が冷たくあしらったからではないですか。人は物ではありませんぞ」

これは息子としての怒りであった。

「正室との婚儀は政略じゃ。好いた惚れたではない。用がなければ遠ざける。織田殿を見よ」

信長は美濃の齋藤道三《さいとうどうさん》（利政《としまさ》）の娘・帰蝶《きちょう》を娶《めと》ったが、美濃を攻略すると、遠ざけて会うこともないという。

「そなたとて、五徳殿と喧嘩ばかりしているというではないか」

信長の娘に、しかも目の前にいないにも拘わらず、敬称をつけているのが腹立たしい。

「喧嘩するほど仲がいいとも申します。それより、それほど織田殿が怖いのですか」

「なに！」

本音を突かれ、脇息を強く叩き、家康は忿恚《ふんい》をあらわにした。一度、家康は深呼吸した。

「怖いの。これまでの常識を覆し、短い歳月であっという間に畿内《きない》の大半を手にされた。とても今の儂には真似ができぬ。それゆえ敵にするなど考えたこともない。そちはいかに思案しておるのじゃ」

「その織田を武田は圧倒しているではありませぬか。三年前には父上も後れをとった」

「申すな！　あれは先代の話じゃ」

息子に脱糞のことを言われないかと、表情が険しい。

「いえ、申させて戴きます。前にも申しましたが、城が落ちてから後詰に来るような御仁は信用できませぬ。武田と和睦してはいかがですか？　東を気にしなくてすみますぞ」

「戯け！　誰に吹き込まれたのじゃ！　二度と申すな。嫡男とて許すまいぞ」

今にも斬りかかるような剣幕で家康は怒号したので、信康は口を閉ざした。

縛られた大岡彌四郎は、姓名と罪状を記した旗を背に差し、三河、遠江を引き廻されたのちに岡崎城下の連尺町《れんじゃくちょう》の大辻に首だけ出して生き埋めにされ、竹鋸引きの刑に処されたのち、妻子ともども念志原《ねんしばら》（根石原）で磔《はりつけ》にされた。

大岡彌四郎は謀叛を起こす前、妻に打ち明けたところ、妻は必死に止めたが、彌四郎は野心を捨てきれず、家族を犠牲にして悪名を残すことになった。

また、石川春重も責任をとらされて切腹させられた。

（父上が浜松に連れていっていれば、彌四郎もかようなことはしなかったやもしれぬな）

信康は遠目に磔を見て、すべてを大岡彌四郎のせいにはできなかった。

岡崎を出ても家康の眉間から皺が消えることはなかったという。

家康が築山御前のことについて「そんなに男が欲しいのか」と言った言葉は三河、遠江で広まった。これによって御前は淫乱だの淫欲だのといった蔑む言葉が噂されるようになった。

（余計なことを軽々しく申したものじゃ。今の母上は寡婦も同じようなもの。寡婦がほかの武将に嫁ぐことは別に珍しくあるまい）

家康が築山御前を貶めたようで腹立たしい。

山内上杉憲房《やまのうちうえすぎのりふさ》の後妻が武田信玄の父の信虎《のぶとら》に、美濃岩村城主・遠山景任《とおやまかげとう》の後妻於つやが武田家の重臣・秋山虎繁《あきやまとらしげ》に、肥前龍造寺隆信《りゅうぞうじたかのぶ》の母・慶誾尼《けいぎんに》が重臣の鍋島清房《なべしまきよふさ》に嫁いでいる。

さらに阿波《あわ》の西条東城主《さいじょうひがし》・岡本清宗《おかもときよむね》（牧西《ぼくさい》）の娘として生まれた小少将《こしょうしょう》は阿波の守護・細川《ほそかわ》持隆《もちたか》の側室になったのち、三好義賢《みよしよしかた》（実休《じっきゅう》）の継室、阿波木津《きづ》城主の篠原自遁《しのはらじとん》の正室になったのち、土佐の長宗我部元親《ちょうそかべもとちか》の側室になった。元親に嫁いだ時は六十歳を超えていたと言われ、右近大夫《うこんたいふ》を産んだ烈女である。

豊臣《とよとみ》（羽柴《はしば》）秀吉《ひでよし》は、宇喜多直家《うきたなおいえ》の後家の於ふくを、また、武田元明《もとあき》を斬らせ、その妻の龍子を側室にしている。

のちに家康も秀吉の妹の朝日《あさひ》姫を正室に迎えることになる。

事例は幾らでもある。戦国時代でこれを非難すれば家が滅んでしまうことがある。理不尽でありながら寛容な考え方であった。

大岡彌四郎事件は単なる武田の内部攪乱を狙う謀《はかりごと》ではなかった。

四月十五日、武田勢は足助城を包囲し、十九日、鈴木重直を降伏させた。これを機に山ヶ谷《やまがい》の浅賀井《あざかい》（浅谷）、富岡《とみおか》の安代《あじろ》、御蔵《みくら》の阿須利《あすり》（阿摺）、新盛《しんもり》の八桑《やくわ》、大沼《おおぬま》、田代《たしろ》いわゆる足助七城を陥落させた。

足助城の攻略を知った勝頼は伊那の下条信氏《しもじょうのぶうじ》に足助城を任せ、軍勢をさらに三河の奥に進ませた。

勝頼も先発隊と作手で合流し、岡崎に兵を進めていたところ、大岡彌四郎が磔にされたことを知り、目標を東三河に切り替え菅沼定盈《さだみつ》が守る野田城を攻略し、戸田康長《とだやすなが》が籠る二連木《にれんぎ》城、牧野《まきの》康成《やすなり》の牛久保《うしくぼ》城周辺を放火し、家康が籠る吉田城を包囲した。

家康は五千の兵とともに吉田城に籠っていたが、三方原の苦い経験からも寡勢では勝てぬと正面衝突は避け、城からは出なかった。

勝頼は信玄に倣って家康を城から誘《おび》き出そうとはせず、周囲を放火する程度に留めた。家康が出撃しないと察すると、橋尾の用水を切って北に兵を向けた。これが原因で、この年周辺の田に水が引けず、米は不作であった。領民の武田憎しの感情が高まり、これが東の方に浸透していった。

五月一日、勝頼は長篠城を包囲した。この年の二月二十八日、家康は奥平信昌を同城に据えた。信昌は信玄死去後に徳川家に鞍替えした武将である。勝頼としては、許せないに違いない。

単独で長篠城を助けることはできない。家康はすぐに岐阜へ使者として小栗大六《おぐりだいろく》（正氏《まさうじ》とも）を飛ばし、信長に援軍を乞うた。

小栗大六は岐阜で米搗《こめつ》き飛蝗《ばった》のように頭を下げて懇願するが、信長の返答は曖昧で「また、近々」と言うばかりで、出陣の日にちを明確にしない。三河の城一つ失っても、信長の損害はあまりない。前年の高天神城のような態度を取るつもりかもしれない。

一方の家康とすれば死活問題である。家康は長篠城に籠る奥平信昌に対し、長女の亀姫を嫁がせる約束をしている。信昌は武田を背くにあたり、人質として差し出していた弟の仙丸と同族の奥平貞友《さだとも》の娘・於阿和を勝頼に斬られているので、見殺しにするわけにはいかない。昨年の高天神城を事実上見捨てたことに加えて、今年、長篠城が開城したとあっては、三河周辺の豪族たちはこぞって武田に寝返るかもしれない。絶対に敵の手に渡してはならぬ城である。だが、信長の助けが不可欠である。家康は再び小栗大六を岐阜に送った。

それでも信長は、良い返事をよこさない。

家康は酒井忠次の次男・九十郎（のちの本多康俊《ほんだやすとし》）と石川数正の次男・勝千代《かつちよ》（のちの康勝《やすかつ》）を人質に差し出し、ようやく出陣を承諾させた。

五月十三日、信長は三万の軍勢を率いて岐阜を出立した。

三

「あれほど手伝い戦をさせながら、人質をとらねば合力《ごうりき》（協力）できぬのか。それほど徳川が信用できんのか。それほど武田が怖いのか」

岡崎城で留守居をする信康は吐き捨てる。

「お気持は察しますが、一番お怒りになられておるのはお屋形様にて、くれぐれも文句など申されませぬよう。昨年、織田様は若殿にお会いになられたかったとの仰せにございます」

「舅殿《しゅうと》が会いたいのは、儂ではなく五徳であろうよ。大方、儂のことを密告して、叱ってもらおうということであろう」

五徳は見目麗しい女子であるが気が強く、信康とは折りに触れて衝突していた。似た者どうしなのかもしれないが、心が休まらない。信康は包容力のある優しい女子を好んでいた。

「密告などと、左様な」

「儂も戯けではない。戦の前に臍《へそ》を曲げるようなことは申さぬつもりじゃ」

気は進まぬが、家康が恐れる天下人、会ってみたい気もあった。

五月十四日、信長が到着した。三万の軍勢はとても城内に入ることはできない。周辺の村に腰を落ち着けた。信康は城門まで出迎えた。

「お待ちしておりました」

信康は平岩親吉ともども恭しく頭を下げる。

「重畳至極」

信長は馬上から鷹揚に声をかける。信康は家臣ではないので、臆せず見上げた。

戦国の武将には似つかわしくなく肌が白く、髭《ひげ》は薄く鼻の下に少し生えている程度。中肉中背だが野駆け、水泳などで鍛えた体は引き締まっている。織田の血を引く者の特長で、顔は細面で目鼻だちは整い、唇は薄く、眼光は刺すようであった。この年四十二歳。

かつては「大うつけ」と嘲《あざけ》られていたようであるが、白い『織田木瓜《もっこう》』の家紋の入った萌黄《もえぎ》色の鎧直垂《よろいひたたれ》を身に纏い、腰には乗馬用の虎革の行縢《むかばき》を纏っていた。

十九歳で家督を継いだ信長は、血で血を洗う同族の家督争いを戦い抜き、自ら弟の信勝《のぶかつ》（一般的には信行《のぶゆき》）を殺めて騒動に終止符を打った。永禄三年（一五六〇）、尾張の田楽狭間で駿河、遠江、三河の太守・今川義元を討って、一躍天下にその名を轟《とどろ》かせ、尾張、美濃の二ヵ国を支配する大名になっていた。

「なにか可笑しいか？」

猛禽類のような視線を放ち、信長は問う。思いのほか、かん高い声である。

「五徳によう似ておると思いまして」

「左様か。五徳はいかがか」

「気が強うてたじたじです。扱い方をご教授願いとうございます」

「であるか」

信長は頬を緩ませて馬を歩ませた。怒ってはいないと、信康には思えた。

主殿に入り、改めて顔を合わせた。

上座に信長が座す。天下人の威厳なのか大きく見えた。

左右には両家の重臣が顔を揃えた。織田家は一癖も二癖もありそうな武士ばかりである。

「舅殿にお願いがございます。こたびも三河での戦。他国の方々に先陣を任せては末代までの恥。こたびの先陣、なにとぞ、この信康にお命じください」

万座の中、信康が口火を切った。皆、信長の前で、よくも言ったものだと、半ば感心、半ば呆れてもいた。

「若殿、織田様の行《てだて》を妨げるようなことを申してはなりません」

平岩親吉が顔を顰《しか》めて諫《いさ》める。

「まあまあ、浜松殿は勇ましい嫡男をお持ちじゃ。必要とあらば、婿殿に先陣を任せよう。されど、先陣のない戦もある」

「先陣のない戦？　それは、いかなことにございましょう」

「婿殿、考えることじゃ。戦場を駆けるだけでは戦は勝てぬ。戦場に立った時、すでに勝っておらねばならぬ。戦場は勝ちを確認する場所じゃ」

「『孫子』でございますな」

勝兵はまず勝ちて後に戦いを求め、敗兵はまず戦いて後に勝ちを求む。

十分に勝利の準備を整えてから戦う者は勝つが、戦いはじめてから勝とうとする者は負ける。

「左様。婿殿も書は読むようじゃな」

「あまり好きではありませんが。それより、舅殿から父に諫《いさ》めてほしいことがございます」

「ほう、いかなことか」

獰猛《どうもう》な信長の目が興味を示した。

「某《それがし》の妹の亀のこと。父は奥平九八郎《くはちろう》（信昌）に輿入れさせることを約束しましたが、左様な山中の国人に嫁がせては亀が不憫《ふびん》。今少し名のある武将の妻にしとうございます」

「それは築山殿の意見か」

奥底を覗《のぞ》くように信長の双眸《そうぼう》が暗く光る。

「いえ、某の思案でござる。九八郎は質を見捨てました。信用できません」

本当は図星である。築山御前は実の娘を奥三河の国人ではなく、今川に通じる名家に嫁がせたいようで、母の代弁であった。

「婿殿の見解は承知した。されど、奥平は、わずかな質と所領を天秤にかけた苦渋の決断であろう。所領を守るのが領主であり、国を守るのが国主じゃ。奥平は武田を見限り、浜松殿に属した忠義の武士。今も寡勢で城を守っていよう。婿殿もいずれ左様な決断をせねばならぬ時がある。浜松殿の思案が正しいと思う。父の考えどおりにすべきであろう」

「承知致しました」

いずれ人質を取るか所領を取るかの判断を、という信長の言葉が胸に刻まれた。

「ところで五徳は息災か」

「勿論《もちろん》にございます。五徳をこれへ」

信康が言うと、五徳が現れた。久々に父と会うとあって嬉しそうである。正面に座した。

「父上様、お久しゅうございます」

「そなたも息災そうでなにより」

一向衆を撫で斬りにする命令を下す鬼将とは想像できぬほど、信長は優しい表情を愛娘に向けていた。

「早う孫が見たいものじゃ。浜松殿も願っていよう」

「まあ、かような席で」

五徳は含羞《はにか》んだ。何年ぶりであろうかと、五徳を見ながら信康は思う、だけではない。

(儂へのあてつけか)

遠廻しでくる信長からの重圧を感じた。

「なにか困ったことはないか」

さらに追い討ちをかけてくる。まるで針の筵《むしろ》に座らされているようである。

「いえ、良くしていただいております」

目を伏せながら五徳は答えた。

聞いた途端、安堵の溜息を吐くような心境である。信康は五徳に手を上げたことはないが、怒鳴ったり、物に当たったことはある。明確に否定されるのが許せなかった。

「それは重畳」

頷く信長ではあるが、五徳の憂えた表情は、しっかりと確認していた。

「こののちも仲睦まじくの」

五徳に向かって言っているが、明らかに信康に対してのことは誰の目にも明らかである。我が娘になにかあったら、只《ただ》ではおかぬ。刃を突き付けられているようであった。

「婿殿、岡崎には如何わしい他国の者が入ったりはしておらぬか」

全てお見通しだと信長は言う。

「……ございません」

城主として、徳川家の者として、ありました、と言えるはずがない。信康は偽った。

「さすが婿殿。武田は間者を送り込むことに長けているとか。こののちも気をつけられよ」

西慶や於ゆうのような輩を近づけるな、次はないという信長の威嚇でもあった。

修羅場を潜《くぐ》ってきた数が違いすぎる。背中に冷たい汗が流れた。


翌十五日の昼前、吉田城から家康が飛んできて評議を開き、長篠城の西に陣城を築くことが決められた。

家康は尺周り（外周三十センチ）、丈二間半（四・六メートル）、数は一万七千本、同じ数の縄を用意することを信長から命じられ、急いで木材の切り出しにかかった。

織田・徳川連合軍三万八千は長篠城から六十四町（約七キロ）ほど西の志多羅之郷《したらのさと》（設楽郷）に布陣することを決めた。

十八日、信長は志多羅之郷にある極楽寺山《ごくらくじやま》に本陣を据えた。

設楽郷は一帯が平地で北方は山。その尾根が南へ伸びて所々に丘陵をなしている。また、窪《くぼ》みもあたりに点在している。敵方からは見えない場所である。

家康は信長本陣から半里（約二キロ）ほど東、竹広《たけひろ》の高松山《たかまつやま》（弾正山《だんじょうやま》とも）に布陣した。

徳川勢の北側には滝川一益《たきがわかずます》、羽柴秀吉、丹羽長秀《にわながひで》ら信長の家臣が着陣した。

即座に信長は家康が集めた丸太と縄で馬防柵を造りだした。

織田・徳川勢が布陣する少し東には、南北に小さな連吾川《れんご》が流れている。これを第一の防衛線とし、そこから西に二重三重の空堀を南北二十余町（約二・五キロ）に渡って掘る。

さらに、五十間、三十間ごとに虎口《こぐち》を設け、家康が揃えた丸太を使って格子状の馬防柵を築く。半間間隔で丸太の五尺（約百五十センチ）ほどを地の中に打ち込み、残り（約二百十センチ）の部分に三本の丸太を横に等間隔に縄で結びつける。また倒れぬよう自陣に向かって斜めに添え木もする。加えて、堀を掘って出た土を馬防柵の西側、織田・徳川軍側に盛り上げて土居《どい》とし、さらに後方の山を削って切岸《きりぎし》にした。

地元の領民も大量に動員され、空堀、土居に馬防柵は翌十九日にはほぼ完成した。

「砦にしては細長い。陣城と申すのかの」

初めて見る光景に、信康は首を傾《かし》げた。

信長は細作《さいさく》を十人ほど集め、「信長は武田家を恐れて二十余町に及ぶ柵を築いた」と触れさせた。さらに、別の十人には三万余の後詰がまいったゆえ、勝頼も早や帰国するであろう。父・信玄にはおよばぬ腰抜けと嘲笑わせた。

一方、勝頼は重臣たちの反対を押しきり、織田・徳川連合軍との戦いを決断した。

勝頼は長篠城の押さえとして春日昌澄《まさずみ》、小山田昌成《おやまだまさなり》ら二千の兵を残した。

さらに長篠城の南東に位置する鳶ヶ巣山《とびがすやま》砦をはじめ、君ヶ臥床《きみがふしど》、姥ヶ懐《うばがふところ》、中山《なかやま》、久間山《ひさまやま》砦に武田信実《のぶざね》、三枝昌貞《さいぐさまささだ》ら二千の兵を配置し、残りの兵を率いて滝川《たき》（寒狭《かんさ》川・豊《とよ》川）を渡った。

長篠城攻めは、落城寸前まで追い詰めたものの、死傷者も多く出したので、決戦に向かう兵は一万二千三百ほどであった。

武田軍は険しい道を一里半（約六キロ）も歩き、設楽原を東から見下ろす地に到着した。現在、この場所を信玄台地と呼んでいる。勝頼は本陣を柳田《やなぎだ》（八束穂《やつかほ》）の山に布き、連合軍ほどの規模ではないが、陣砦を築かせた。

織田・徳川連合軍との距離は半里（約二キロ）ほど。勝頼は南北に兵を開いて敵に構えた。

連合軍の各陣は小屋掛けされている。外は雨。時折り強く降るので、仮設の屋根を叩く音が煩《うるさ》く感じるが、濡れるよりはいい。家臣たちは樹木の枝下で水滴を凌《しの》いでいた。

二十日の夕刻、報せは信康の許にも届けられた。

「まこと勝頼は移動したのか？」

倍以上の敵に挑もうという。どれほどの自信を持っているのか、信康は勝頼の陣を覗いてみたいほどである。

「この馬防柵は敵から死角になっているようです。実際に目にした時はすでに遅うございます」

しめしめといった表情で平岩親吉は嬉しそうに言う。

「勝頼は東美濃の城を十八も落としていよう。かような急造の陣城、踏み潰すのは容易いのではないか」

「そう思わせて叩くのが織田様の策かと存じます」

「左様なものか」

信康は半信半疑である。半里先に精強な武田軍がいると思うと、胸が躍ると同時に恐怖で落ち着かなかった。

すっかり暗くなった酉《とり》ノ刻（午後六時頃）、信長は極楽寺山から十四町（約一・五キロ）ほど北の茶臼山《ちゃうすやま》に本陣を移し、評議を開いた。

評議では別働隊を組織し、鳶ヶ巣山砦と周辺の砦を落とし、その勢いを駆って長篠城の包囲勢を討って城兵を解放し、武田軍の退路を塞ぎ、陣城に攻めなければならぬように仕向けることに決定した。作戦は酒井忠次が提案し、信長に採用された。

「なるほど、それで馬防柵がいるということか」

ようやく信長の戦術を理解し、信康は感心した。

家康は二千の別働隊を選んだ。大将を酒井忠次にし、松平真乗《さねのり》、同伊忠《これただ》、同家忠《いえただ》、同康定《やすさだ》、本多康重《やすしげ》、牧野康成、西郷清員《さいごうきよかず》らを加えた。

さらに家康は、地元を知る奥平貞能と野田菅沼氏の定盈のほか、井伊谷三人衆《いいのや》の菅沼忠久《ただひさ》、近藤秀用《こんどうひでもち》、鈴木重好《すずきしげよし》らを付けた。

信長も二千を選び、さらに鉄砲五百挺を貸し出した。検使には金森長近《かなもりながちか》、佐藤秀方《さとうひでかた》、加藤景茂《かとうかげしげ》らを派遣した。

四千の夜襲勢は戌《いぬ》ノ刻（午後八時）すぎに出立し、広瀬の渡しで滝川を渡河し、南の深山を廻り、鳶ヶ巣山に向かった。

片や、勝頼も夜襲を画策した。勝頼は信長の後方にある牛久保城を攻めるため、甘利信康《あまりのぶやす》、浦野幸久《うらのゆきひさ》の配下から三百を発たせた。

甘利信康らは設楽原の北方を進むが、地元の者が目撃して牛久保城に通報すると、城を任されていた丸毛光兼《まるもみつかね》らは城の北東を流れる宝川《たから》で待ち伏せて撃退。武田の夜襲隊は一人として牛久保城に辿りつくことはできなかった。甘利信康は有海原《あるみはら》に逃げ帰った。

酒井忠次らは土地の阿部四郎兵衛《あべしろうべえ》に案内させ、鳶ヶ巣山砦などを急襲。武田方は警戒しておらず、おっとり刀で右往左往するばかり。兵数も倍の差があり、夜明けを待たずに五つの砦は陥落し、城兵の殆《ほとん》どは討死した。

勢いに乗る酒井忠次らは長篠城の包囲勢に攻めかかると、城内の奥平勢も出撃して挟み撃ちにした。春日昌澄らは討死し、小山田昌成らは逃亡して長篠城は辰ノ下刻（午前九時頃）に解放された。

設楽原に陣を布く両軍がこの事実を知るのは、一刻（約二時間）ほどのちであった。

四

五月二十一日の朝方、雨が止んだ。梅雨の真っ最中なので、湿気が濃く、蒸し風呂の中にいるようである。気温が高くないだけましというところ。

明るくなるに従って風が出て朝靄《あさもや》も流れ、少しずつ周囲の状況が明らかになってきた。

連吾川、馬防柵を前に南の右翼が徳川勢。酒井忠次らが離れて戦力が低下したので、信長は佐《さ》久間信盛《くまのぶもり》を派遣し、最右翼に布陣させた。

その北から大久保忠世《おおくぼただよ》、大須賀康高《おおすがやすたか》、榊原康政、本多忠勝、石川数正、鳥居元忠《とりいもとただ》を前線に並べた。

徳川軍の後方、高松山八釼《やつるぎ》に徳川家康。

その北の松尾山に信康と平岩親吉。

織田軍の中央に滝川一益《たきがわかずます》、羽柴秀吉、丹羽長秀らが前線に並ぶ。

左翼に水野信元《みずののぶもと》、森長可《もりながよし》ら。

秀吉の後方・茶臼山本陣に信長。

信長の南西の御堂山に遊軍の織田信忠《のぶただ》。

設楽原に在する連合軍は三万四千。

信長は佐々成政《さっさなりまさ》、前田利家《まえだとしいえ》、野々村正成《ののむらまさなり》、福富秀勝《ふくずみひでかつ》、塙直政《ばんなおまさ》に鉄砲奉行を命じて、前線で鉄砲衆を監視させ、丹羽氏次《うじつぐ》、徳山則秀《とくやまのりひで》を目付とした。

織田勢の鉄砲は一千挺あまり。徳川勢は五百挺ほどであった。

武田方の布陣地は次のとおり。

北方の右翼に馬場信春、真田信綱《さなだのぶつな》・昌輝《まさてる》、土屋昌続《つちやまさつぐ》、一条信龍《いちじょうのぶたつ》。

右翼勢の後方に穴山信君《あなやまのぶただ》。

中央に武田典厩信豊《てんきゅうのぶとよ》、武田逍遙軒信綱《しょうようけんしんこう》、小幡信定《おばたのぶさだ》、同信秀《のぶひで》、安中景繁《あんなかかげしげ》など。

南方の左翼に山県昌景《やまがたまさかげ》、内藤昌秀《ないとうまさひで》、原昌胤《はらまさたね》、小山田信茂《のぶしげ》、跡部勝資《あとべかつすけ》、菅沼貞直《さだなお》、甘利信康など。

信豊らの後方、信玄台地に本陣。武田勝頼、望月信雅、武田信光《のぶみつ》ら。

合計一万二千の軍勢であった。

両軍の間には東西三本の細い道が七町半程度（約八百メートル）離れて通っているが、そのほかは泥濘である。

信康は城攻めをしたことがあるが、戦陣らしい戦陣に立つのは初めてであった。

窪地に敵味方が南北に細長く延びて布陣している姿が薄《うっす》らと見える。

「これが真実の戦陣か」

「真実ではありますが、常ではありません。特別なものとお考えください」

平岩親吉も初めての光景だと言う。

「左様か」

異質な戦場に信康は緊張した。

霧が晴れた卯《う》ノ刻（午前六時頃）、徳川本陣の高松山から向かって南東の端に陣を布く山県昌景勢の突進によって戦端が開かれた。

寄手は粘りつく泥を撥《は》ね上げながら接近するが、そのつど矢玉に倒された。

仕方なく武田勢はうしと呼ばれる三角筒状の台に竹束《たけたば》を掛け並べて矢玉避けの急造の防護壁を造り、これを押して攻め寄せるが急造なので多数の鉄砲を浴びると壊れてしまう。

武田勢は、うしを諦めて突撃するが、矢玉を浴びて泥に埋まった。

連合軍の鉄砲足軽は全兵が土居の中にいる。土居には銃眼が備えられている。城壁でいう狭間《さま》である。この長い陣城において土居は城壁も同じ。鉄砲衆はここから筒先を出して引き金を絞るので、敵からの攻撃は受けず、安心して相手を狙えた。鉄砲は銃眼に置けるので、鉄砲衆の腕が疲弊することはなく、射撃に専念できた。

山県勢に続き、武田軍の諸将も兵を進めてくるので、連合軍は待ち構え、近づくたびに引き金を絞り、撃鉄が火蓋を叩く。そのたびに武田勢は血を噴いて泥に埋もれた。

なんとか矢玉をかい潜り、泥に塗《まみ》れ、地を這うように進んでも、連吾川が寄手を阻んだ。

平素は膝が濡れぬ連吾川が、梅雨の雨で増水し、幅は四間（約七メートル）ほどにも広がり、深さも胸まで浸かるほどに水嵩《みずかさ》を増していた。しかも流れは速く、なにかに摑まっていなければ流されてしまいそうであった。

とはいえ躊躇《ちゅうちょ》していれば矢玉の格好の的になる。仕方なく兵は川に飛び込むと激流に呑み込まれていった。具足は重く体の自由はきかない。泳ぐのは無理である。

前進したはいいが、連吾川に阻まれて立ち往生しているところを狙い撃ちにされた。

覚悟を決め、川に飛び込み鐺を使ってなんとか濁流に耐え、岸に這い上がった勇士もいたが、途端に空堀に落ちて抜けだせない。堀の中には青竹を鋭利に切った先を、上に向けて差しこんでいるので、落ちた兵は串刺しになっていた。

迂回を試みた兵もいたが、努力のかいもなく矢玉の餌食にされた。

馬防柵まで辿りつく兵はおらず、山県昌景は退却命令を出さざるをえなかった。

ほかの陣でもほぼ同じ。

信康の前には石川数正が布陣し、信玄の弟の武田逍遙軒信綱が攻め寄せていたが、兵たちは矢玉に倒れ、連吾川に流され、空堀の青竹で絶命した。

武田勢は兵を入れ替えて攻撃するが、同じことの繰り返しで死傷者が続出した。

「これは城攻めなのか」

とても野戦には見えなかった。

「そういうことになりますな」

「敵が仕寄せたくなり、仕寄せるが、仕寄れぬ砦ということか」

信康は信長が岡崎城で言った言葉を思い出して復唱した。

武田勢は多数の死傷者を出しても攻撃を止めようとはしなかった。

巳《み》ノ刻（午前十時頃）すぎ、勝頼に鳶ヶ巣山砦の陥落と、長篠包囲陣が崩壊したことが伝えられた。おそらく勝頼は驚愕《きょうがく》したことであろう。武田軍は挟撃される危険に見舞われたのである。この危機を打開するには、挟撃される前に、どちらかの軍勢に強烈な一撃を喰らわせ、混乱している隙に退却するしかない。

「敵は数だけの弱兵じゃ。一ヵ所破れば田楽《でんがく》刺しのように貫ける。破らねば、生きて帰れると思うな。押せ、押せ、押せ！」

不退転の決意で臨む勝頼は、大音声で叫び、何度も軍配を振った。

勝頼に尻を叩かれ、武田勢は猛攻を開始した。兵たちの耳にも挟撃の報せは入っているので、敵を倒さねば生き残ることはできない。なにもせずに逃げれば、追撃されるだけなので必死だ。

ただ、厳命されたからといって新たな策も、新たな武器が増えたわけでもない。これまで上手くいかなかった突撃を繰り返すばかりである。

連合軍は寄せて来る敵に対し、引き金を絞り、弓弦を弾くだけである。

「退く者は斬らせよ。臆病者は武田にはいらぬ」

勝頼は配下を追い込み、連合軍に向かわせた。

武田勢は前進するたびに矢玉を浴び、泥の飛沫をあげて命を落とした。

ほどなく酒井忠次や奥平信昌らが、滝川を渡ろうとしはじめた。武田勢とすれば、完全に挟撃される形となった。もはや破れぬ陣城に攻撃を仕掛けている暇はない。そんな時である。

山県昌景は勝頼に撤退を諫言したが拒否された。武田軍全体のことを考えてのことか、あるいは先行きを憂えてのことか、昌景は自陣に戻り、愛馬とともに連合軍に突撃した。

大久保忠世は容赦なく鉄砲を放たせ、昌景は泥に埋まった。

山県昌景の死を知ると、勝頼の従弟の典厩信豊は真っ先に逃亡をはじめた。右翼後方にいる穴山信君もこれに続く。あとは総崩れとなった。

「追い討ちをかけよ！」

家康が大音声で叫ぶと、徳川勢は馬防柵を越えて追撃にかかる。

「儂もじゃ。馬曳け」

遅れてはならぬと、信康は命じた。

「お待ち下され。若殿は下知する立場で足軽の真似をしてはなりませぬ」

平岩親吉に止められた。

「左様か。浜松衆に負けるな。追い討ちじゃ」

思いとどまり、信康は命じた。岡崎衆は浜松衆に続いて武田勢を追った。

連合軍は信濃国境近くまで追撃し、多数の兵を討ち取った。信長の家臣・太田《おおた》牛一《ぎゅういち》が記した『信長公記《しんちょうこうき》』には「雑兵一万余討ち取り」とあり、奥平信昌の四男・松平忠明《まつだいらただあき》が記した『創業記《そうぎょうき》考異《こうい》』には「一万三千余」とあり、吉田神社の神主にて吉田兼見《よしだかねみ》が記した『兼見卿記《きょうき》』には「数千騎討死」とあるが、奈良興福寺《こうふくじ》多聞院《たもんいん》の院主の多聞院英俊《たもんいんえいしゅん》らが記した『多聞院日記』の「千余討死」が一番近いのではなかろうか。

また、徳川家の家臣・阿部四郎兵衛定次《さだつぐ》が記した『長篠日記』では「織田徳川六千討死」とあるが、おそらく五百程度と思われる。追撃の時の反撃であった。

二十日では武田家臣は武田信実、三枝昌貞、五味《ごみ》貞氏《さだうじ》、飯尾《いいお》助友《すけとも》、那波《なわ》宗安《むねやす》、和田《わだ》業繁《なりしげ》、春日昌澄ら。

二十一日は、山県昌景、内藤昌秀、原昌胤、土屋昌続、馬場信春、甘利信康、真田信綱、同昌輝、望月義勝《よしかつ》、安中景繁ら。

馬場信春は勝頼を逃がすために盾になって散ったという。

徳川家で討死した名のある武士は松平伊忠ぐらいで、鳶ヶ巣山砦の戦いで死去した。

設楽原で鉄砲の餌食となった戦死者よりも、追撃戦で討たれた兵の方が多いかもしれない。

『當代記』には「信濃境まで追撃し、幾千という数を知らず」とある。

戦場を脱出した勝頼は、初鹿野《はじかの》昌次《まさつぐ》、土屋《つちや》昌恒《まさつね》のほか十数名の供廻りに守られて信濃をさして落ちていったという。

戦後、信長の本陣で略式ながら戦勝祝いの宴が開かれた。信長は下戸なので茶を口にしているが、諸将は美酒を堪能していた。

「婿殿、どうであったか」

信長は上機嫌で問う。

「見事なるご勝利にございます。かような戦もあるのかと、学ばせて戴きました」

宴席なので機嫌を損なうようなことは口にしなかった。

「臨機応変。これが戦を勝利に導く術じゃ」

信長の言葉に諸将は称賛の言葉を続けた。

五

長篠・設楽原の戦いに勝利した家康は、弓馬を休めることなく攻勢に出た。勝頼は戦の損害から簡単には回復できないと見越してのことであった。

この頃、今川氏真は家康の保護下にあったので、今川旧臣も徳川麾下として参じていた。

五月二十七日、榊原康政や本多忠勝に命じ、二俣《ふたまた》城から九町（約一キロ）ほど北東に位置する光明《こうみょう》城を攻めさせ、七月上旬には攻略させた。続いて七月には同城から五里半（約二十二キロ）ほど北東に位置する樽山《たるやま》城、ついで、光明城から四十六町（約五キロ）ほど北東の犬居《いぬい》城、同城から二里半（約十キロ）ほど北の勝坂《かつさか》城、八月二十四日には浜松城から十里半（約四十二キロ）ほど東の諏訪原城を開城させた。家康はこの城を牧野《まきの》原《はら》城と改名し、旧主の氏真を入れた。氏真の名でさらに今川旧臣を集め、駿河も手に入れようという魂胆である。

家康は諏訪原城を攻めながら、八百人ほどを派遣し、同城から二里（約八キロ）ほど南東に位置する小山《こやま》城を攻めた。

小山城は牧之原台地の最東端、大井川の三角洲に張り出した舌状台地の先端に築かれた平山城で北から東を同川支流の湯日《ゆい》川が外堀となって守り、土塁と三重の空堀もあり、周囲の湿地が寄手を阻んでいた。

城守は岡部元信《おかべもとのぶ》で一千の兵と籠っていた。

先発隊の百人は、命令どおり周囲の苅田を行った。それでも城兵は出撃してこなかった。だが、武田方の江尻《えじり》、丸子《まりこ》、田中《たなか》、用宗《もちむね》（持舟《もちぶね》）城などからの援軍二千が参じ、徳川の先発隊は手痛い打撃を受けた。

これを知った家康は急遽《きゅうきょ》、牧野原から駆け付けた。

家康は石川数正、本多忠勝、松平康親《やすちか》らに攻めかからせたが、湿地のせいでなかなか近づけず、寄ると矢玉を受けて死傷者を出した。

「某にお任せください。攻略の糸口を摑んで御覧に入れます」

信康は久々に小山城攻めに参じたので、勇んでいた。

「かような城に力攻めをすれば、我らは設楽原の武田になる。今しばらく囲んで威嚇すれば、降伏してこよう。先は長い。焦ることはない」

家康は気長に言う。

「父上は、いや浜松衆はそれでいいかもしれぬが、我ら岡崎衆は悠長に構えてはいられません」

設楽原の戦いでは、たいした活躍の場もなかった。それ以降も同じである。信康は岡崎衆から、活躍の場を得てほしい、と突き上げを喰らっており、焦っていた。

「個の戦功のために戦をするのではない。家の存亡をかけておるのじゃ。履き違えるな」

家康に注意され、信康は返事をせずに陣を出た。

膠着状態が続く中の九月七日の午後、勝頼が一万三千の兵を率いて大井川河畔に着陣した。小山城から半里（約二キロ）ほど東の地で、半刻（約一時間）とかからずに接近することができる。

「勝頼奴、撤退する」

家康は即座に決断した。五千の兵ではとても敵わない。

「殿軍は某がお引き受け致します。父上は早急に退いてください」

家康が命じる前に信康は申し出た。

「殿軍がいかな役か知っておるのか」

本隊を逃がすため、捨て石同然になる部隊である。

「承知しております。我ら岡崎衆は、これまで戦陣には立っておらず、無傷で気の力も体の力も余っております。使うは今。まごまごしておりますと、武田の多勢が仕寄せますぞ」

ここぞとばかりに信康は主張した。

「ええい、勝頼奴。殿軍は信康に任せる。牧野原城に退く」

長篠・設楽原の戦いに勝利しても、徳川家単体の勝利ではない。信長あっての勝ちである。未だ家康の脳裏から武田恐怖症は消えていない。勝頼に怒りをぶつけるように命令を出した。

家康は北西に撤退を開始した。

信康は岡崎衆二千を前にする。

「日頃、我ら岡崎衆は虐《しいた》げられてきた。こたびも活躍の場は与えられなかったが、ようやくその機会を得た。厳しい役であることは重々承知しておる。されど、これを果たさねば、こののちも我らはずっと後詰のままじゃ。よいか、いかな犠牲を払っても、父上ならびに浜松衆を無傷で逃すのじゃ。よいの！」

「おおーっ！」

信康の決意に岡崎衆は鬨で応じた。

信康は最後尾に鉄砲衆百、その後ろに弓衆百五十、さらに長柄三百、短鑓二百を並べ、大井川沿いに構えた。小山城の兵も警戒しなければならなかった。

川の東には総白の指物、白地に黒の『大』の軍旗、黒地に白の『大』の馬印が見えた。勝頼の本陣である。『風林火山』俗に言う『孫子の旗』ならびに『勝軍地蔵《しょうぐんじぞう》の旗』、『八幡大菩薩《はちまんだいぼさつ》』の旗は武田家当主の旗なので陣代の勝頼は使用できない。

（彼奴も苦労しているのじゃな。されど、儂は負けはせぬ）

同情している余裕はない。緊張しながら敵の様子を窺った。

大井川は、のちに「箱根八里は馬でも越すが、越すに越されぬ大井川」と謳われる東海道屈指の難所である。ひとたび暴れれば川幅は十町（約一・一キロ）にも及び、身の丈を越える濁流となるが、この時は初秋であまり雨は降らず、渡河はそれほど困難ではなかった。

しばし睨み合いが続き、未《ひつじ》ノ下刻（午後三時頃）になると、勝頼は痺れをきらしたのか、軍配を降り下ろした。

第一陣が川に入った。数百というところ。

「来るぞ。川から上がったとこが狙い目じゃ。それまで無駄玉を放つでないぞ」

武田勢は水飛沫を上げながら川を渡ってくる。騎馬も数十いた。

「騎馬には川中でも構わん。驚かせれば向かってはこぬ」

設楽原の戦いで経験ずみである。信康は近づく騎馬に鉄砲を放たせた。元来、馬は臆病なもの。目の前で水飛沫が上がると、馬は立ち止まり、あるいは竿立ちとなって、騎乗の者を振り落とす。また踝《くるぶし》程度の水嵩であっても流水の中を進むのは、平地を移動するより疲労するものである。川から上がった兵は一様に汗を垂らし、肩で息をしていた。

「放て！」

下知とともに轟音が響き、棒立ちとなった敵を倒した。玉込めをしている間に弓衆が矢を射て、用意が終わった鉄砲衆が再び引き金を絞った。その間に少しずつ後退していく。敵が接近しないので長柄衆は前に出さない。

武田勢は竹束を前に出すが、これも竹束を持って川中を移動するだけで疲弊し、上陸したところで息を切らす。そこへ長柄勢を突撃させる。武田勢は鑓と竹束を同時に持つことはできない。川から上がった兵を討ち取った。

信康はこれを交互に繰り返し、敵を排除しながら後退させた。

すると急に暗くなり、夕刻前に雨が降り出した。勝頼は家康がどこかで待ち受けているかもしれないと警戒し、深追いさせずに兵を退かせた。あるいは信康の戦ぶりを確認していたのかもしれない。勝頼が率いた兵、特に侍大将は俄《にわか》仕立てだったので纏まりに欠き、指揮命令の連携も疎《おろそ》かで攻めきれなかったのかもしれない。

この時、勝頼は自ら渡河して家康との決戦を望んだが、重臣の春日虎綱の諫言で断念したという。それでも小山城の陥落を阻止し、高天神城への補給路を確保したので十分の出陣であった。

これらのこともあり、信康は見事に殿軍を果たし、牧野原城に入城した。

「信康、そちは天晴れな武将じゃ。あの兵の采配ぶりであれば勝頼が十万の兵を率いても勝利することは間違いなかろう」

家康は手をとらんばかりに、信康の戦ぶりを称賛した。

九月下旬、勝頼が甲府へ帰国すると、家康も信康もそれぞれの居城に帰城した。

その後、しばし信康に出陣命令は出されなかった。

帰城した信康は信長からの圧力もあり、五徳と接するようにした。これが功を奏することとなり、翌天正四年（一五七六）初秋の吉日、子が誕生した。

「御目出度うございます。お方様に似て、お美しい姫君にございます」

侍女の言葉を聞き、信康は肩を落とした。

男子が欲しい。武士であれば、誰でもそう思うであろう。ましてや信康は家康の嫡男。どうしても後継者は必要である。気は乗らないが、正室が子を出産したのである。会わないわけにはいかない。信康は五徳の部屋を訪ねた。

部屋に入ると二人とも横になっていた。生まれたばかりの赤子はお乳を呑んで満足したのか、すやすやと寝ている。

「申し訳ございません。男子ではありませんでした」

信康の表情を見てのことか、五徳は詫びる。相当、体力を使ったのであろう、疲労困憊していた。

「なんの丈夫であればよい。そなたも疲れたであろう。ゆるりと休むがよい」

労いの言葉をかけた信康は静かに部屋を出た。子は福《ふく》（登久《とく》とも）と命名された。

五徳は翌天正五年（一五七七）の初秋にも子を産んだ。またも女子であった。

信康は出陣の最中で遠江の横須賀《よこすか》の陣で報せを聞いた。

「またか。五徳は女腹やもしれぬ」

当時、女子ばかり産む女性を、そう蔑む習慣があった。

このことは、家康も気にしていた。

「情が足りないのではないか」

五徳が信長の娘でなければ、このようなことは言わぬのであろう。

「父上は母上に情はあったのですか」

家康は桶狭間の戦い以降、築山御前に情を示してはいない。信康は物心ついた時から、冷遇しているとしか思えなかった。

「儂は今、そなたの話をしておる」

築山御前の名を出すと、家康は不快感をあらわにする。

（自分が言われて嫌ならば、息子にも申すな）

不愉快は信康も一緒である。子は久仁《くに》（熊とも）と命名された。

八月中旬、信康は一旦、岡崎に帰城した。

間もなく築山御前に呼ばれたので、母の屋敷に足を運んだ。

「無事の帰還、祝着じゃ。最近のそなたは凜々《りり》しくなったの」

嬉しそうな眼差しを向けて築山御前は言う。父と母では見方が違うのか、情愛に満ちている。

「忝《かたじけ》のうございます」

阿諛《あゆ》でも嬉しいものである。

「さて、呼んだのはほかでもない。五徳のこと。そなたも存じてのとおり、五徳は女腹。このの ちも変わるまい。今のままでは徳川の嫡流は絶えてしまう。そこで側室を持ってはいかがか? どこぞに好いた女子はおるか」

「左様な女子はおりませぬが、一応、父上に相談致しませぬと」

信康も考えていたことであるが、なにせ五徳は家康の主とも言える信長の娘。一存では決められない。

「五徳を離縁しろと申しているのではない。あくまでも側室じゃ。側室が子を産めば、正室の子として育てられる。家康殿にとっても悪い話ではあるまい。それに家康殿とて、好き勝手に側室を持っているではないか」

逆眉を立てて築山御前は言う。家康は築山御前の侍女であった於万《おまん》に手をつけ、天正二年（一五七四）二月八日に次男の於義伊《おぎい》を産ませている。信康は前年の初夏、家康に於義伊を会わせている。

ほかにも家康は西郡《にしごおり》ノ方や西郷局《さいごうのつぼね》などを側室にしている。

「そうではございますが」

「嫌ではないならば、善は急げ。最近、そなたの出陣回数が増えておるので、事を先延ばしにすれば、なにも始まらぬ」

信康に告げた築山御前は、別室に控えさせていた女子を呼ばせた。

「お初にお目にかかります。里《さと》にございます」

端座した於里は平伏した。

面を上げさせると、信康は視線を奪われた。丸顔で目が大きく愛らしい。それでいて鼻筋はとおり、唇は桜色に染まった肉厚で優しい印象である。美人だが細面で近寄りがたい五徳とは違った形の女子であった。

「素性は今川に通じる者で、わたしが保証します。いかがか」

そんなことだろうとは思ったが、信康は於里の愛くるしい目に惹かれて視線を逸らせなかった。

信康よりもかなり年上であった。

「母上が左様に推すのならば、某は構いません」

狡《ずる》いとは思いながらも、築山御前の強い推薦なので、と信康は受け入れた。

信康が応じたのだから話は早い。三日後には於里が側に上がることになり部屋が用意された。

このことは五徳の耳にも入り、烈火のごとく激怒した。

「なにゆえ年増を側室に持つのです！」

火を噴かんばかりの怒りぶりである。女性は、年下への浮気は、納得はしないが諦めはつくというが、自分よりも年上だと、ただならぬ悋気《りんき》と忿恚で鬼の形相になるという。まさにこの時の五徳である。

「母上からの申し入れじゃ。そなたは女子しか産めなかった」

「いい歳をして、まだ母の言いなりですか。それに、女子を産んだのはわたしだけのせいですか」

「そなたの申すとおり。儂にも責任の一端はあるかもしれぬ。されど、この二年、出陣が多くなった。戦ゆえ、いつ死ぬか判らぬ。また、そなたと褥を共にする夜も少なくなった。そなたが男子を産んでくれれば、それにこしたことはないが、今のところそれは叶わぬ。されば、なにかを変えねばならぬ。徳川を儂の代で終わらせてはならぬのじゃ。於里が男子を産めば、そなたの子ぞ」

母親への強い愛着《マザコン》を持つ男と蔑まれ、憤るが、信康は堪えて冷静に告げた。

「わたしの子ではありません！　それに、いくらなんでも九歳も年上の女子とは」

「父上は後家を側室にした。そなたの母も後家であり、舅殿よりも年上だったと聞く。いろいろ試してみぬとな。試すのは早いにこしたことはない」

情があると信康が口にしなかったので、五徳は腹を立てながらも下がっていった。

「妬《や》かれることは悪い気はせぬが、強いのも困りものじゃの。正室なのだから」

嫉妬する五徳を信康は疎ましく感じた。

略式の盃が交わされ、於里は側室になった。その晩、褥を共にした。

於里は二十八歳ということもあり、男の扱いには慣れている。信康はすっかり虜《とりこ》にされ、毎晩、於里と過ごすようになった。逆に五徳とは疎遠になっていった。

(儂は父上と同じことをしているのか)

そのような関係が続く中、暮れが押し迫った頃である。

「稚《やや》ができたようにございます」

含羞みながら於里は告げる。

「まことか！　でかしたぞ」

信康は、両目を見開いて喜んだ。この年一番嬉しい出来事である。

「丈夫で強い男子を産んでくれ」

信康は労いの言葉をかけ、薬師に注意を払うように指示をした。

天正六年（一五七八）正月吉日、於里は二人だけの部屋で改まる。

「殿に申し上げておかねばならぬことがございます」

神妙な面持ちで於里は言う。

「なんじゃ改まって。遠慮なく申すがよい」

「されば、申し上げます。わたしの父は浅原昌時《あさはらまさとき》と申し、今は武田家に仕えております」

申し訳なさそうに俯いたまま於里は告げた。浅原氏は遠江国境に近い駿河の島田領にわずかな所領を与えられている国人衆であった。当初は今川家に属し、信玄による駿河併合ののちに武田家に仕えていた。

「なんと！　されば、小山城に仕寄せたおり、大井川の東に陣を布いていたやもしれぬのか」

「おそらくは」

「当然、母上は存じていような」

築山御前は、敵の娘を側室に迎えさせたのか、と信康は勘気に触れた。於里は頷く。

「なにゆえ岡崎に来た？」

「わたしの夫は前《さき》の大戦《おおいくさ》で討ち死にし、実家に戻ったところ父の後妻と折り合いが合わず、伝手《つて》を頼って岡崎にまいった次第です」

「長篠・設楽原の戦いか。島田辺りとすれば、山県勢あたりに組み込まれたやもしれぬな」

山県昌景が壮絶な討死をしたことは連合軍の誰もが知るところである。

「山県勢を殲滅《せんめつ》したのは当家の者じゃ。敵方に嫁ぐことは構わぬのか」

「乱世の倣いと思っております。わたしの願いは戦のない世界で幸せに暮すこと。田畑を他国の者に奪われぬ中で、家族と生きていたいだけにございます」

「さもありなん。我が思いも同じじゃ。残念ながら、そなたの一族とは今敵どうしじゃがの」

言うと於里は項垂《うなだ》れる。憂いある表情がまた魅力的でもあった。

「して、そなたの父御は当家に靡くつもりはないのか」

「今川を滅ぼした武田の強さを信じております」

「そうであろうな。判った。そなたの出自のことは申すまい。内応させようともせぬゆえ安堵せよ。但し、当家を頼ってくるならば、受け入れるゆえ安心致せ。そなたは腹のことだけ考えればよい」

信康は優しく声をかけ於里の肩を抱き締めた。於里は嬉しそうに頷いた。

ちなみに於里の父は信濃の武田家臣で日向大和守是吉《ひなたやまとのかみこれよし》（息子の虎頭《とらあき》とも）という説もある。

六

正月二十一日、信長が鷹狩りのついでと称して岡崎城を訪れた。この三年で三度目である。最初は天正四年（一五七六）十二月、そのまま岡崎で年を越した。二度目は翌年の十二月。そしてこのたびである。同四年に信長は居城を岐阜から近江の安土《あづち》に移しているので、安土からの訪問であった。

目的は信康と五徳の夫婦関係のことである。

側室を持ったことを憤る五徳は、信長に信康の悪行を記した書を手渡した。

書に関して、大久保忠教《おおくぼただたか》が記した『三河物語』によれば五徳は信長に十二ヵ条からなる告発書を送ったと言われている。書は現存していないが、『三河後風土記』（著者不明）には次の八ヵ条が記されている。

「一、築山殿は悪人にて、三郎（信康）殿とわたしの中を様々讒言《ざんげん》いたし、不和にさせております。

一、わたしが姫ばかり二人産んだのは、何の役にも立たぬ。大将には男子こそ大事なものと妾を数多召して男子を設けるようにと築山殿が勧められ、勝頼の家臣（日向大和守）の娘を呼び出し、三郎殿の妾になされたこと。
一、築山殿は甲州の唐人薬師・滅敬という者と密会なされ、それればかりか、これを遣いとして勝頼に一味し、三郎殿にも甲斐と通じるよう勧められたこと。
一、織田、徳川の両将を滅ぼし、三郎殿には父の所領の上に織田家の所領をも治められ、築山殿には小山田という侍の妻とすべき約束の起請文を書き、築山殿に送っていたとのこと。
一、三郎殿は常々荒き所行をなされ、わたしの侍女である小侍従という女を、わたしの前で刺し殺し、その上、小侍従の口を引き裂いたこと。
一、先ごろ、三郎殿は踊りが好きでご覧になっていた時、踊子の衣装が気に入らず、また、踊りも下手だと申されて、その踊子を弓にて射殺されたこと。
一、三郎殿が鷹狩りにお出になられた時、道にて僧侶を見かけ、今日、獲物が獲得できぬのは、僧侶に会ったせいだと申され、その僧侶の首に縄を付け、力革とかいうものに結びつけ、馬を走らせてその僧侶を引きずり殺されたこと。
一、勝頼の文の中には、三郎殿が未だに一味なされた様子はありませぬが、何としても勧めて味方にして欲しいとありますゆえ、ご油断なさいますと末々御敵に与《くみ》するかもしれませんので、申しあげた次第です」
書の内容は、後世、尾鰭《おひれ》がついたものであろうが、読み終えた信長は顔色を変えたという。

信長は主殿で信康と顔を合わせた。口が「へ」の字に結ばれている。誰が見ても怒っていた。

「五徳から話を聞いた。武田家の女を側室にしたとか」

「今は武田の禄を食《は》んでおりますが、元は今川家の家臣。奥平の者とさほど変わりありません。それに、信忠殿の許婚《いいなずけ》は武田の姫で、未だ婚約の儀は破棄されておらぬと伺っております。また、舅殿も息子を武田の養子に出しているとか」

信忠と養子の話をすると、信長の顳顬《こめかみ》に血管が浮いた。

信忠は信玄の四女の松《まつ》姫と婚約して、まだ解消されておらず、今は側室がいるだけである。また、信長は四男（五男説もある）の御坊丸《おぼうまる》（信房）を東美濃・岩村城の遠山氏に養子に出したところ、元亀三年（一五七二）、秋山虎繁に攻略され、御坊丸は甲斐に送られ、人質にとられていた。信長は二つのことを苦々しく思っていた。

「側室のことですが、跡継ぎを残すために側室を持つことは、別段、異例ではないかと存じます。我が父然《しか》り、舅殿も多くの側室を持っておられるのではないでしょうか」

「潰れた家の女を妻にする浜松殿と、我が娘を娶る婿殿とでは比べること自体が違っていよう。それに婿殿はまだ若い。いくらでも修復できよう」

「勝頼が遠江を窺い、お陰で年の半分ほども戦陣におります。五徳も子を産めるのは年に一度。某もいつ死ぬか判りません。跡継ぎを作る機会を増やさねばならぬかと存じます」

五徳を遠ざけているのではなさそうなので、側室の件はそれ以上言及しなかった。

「されば、踊り子を射殺したことはいかに」

「趣き（趣味）は人それぞれ。某の中では踊りも能や狂言も同じこと。舅殿の御子息は能に没頭されておると伺います。それに皆で踊るほうが楽しく、また、兵の采配の一環にもなります。一人だけ、皆と違う踊りをしておりましたので、注意したところ、反抗したので、射殺しました。当家の兵は大半が領民。戦場で反抗されては敵いません」

『信長公記』には、信忠や次男の信雄《のぶかつ》が能に入れ込み、武の稽古や政《まつりごと》を疎かにしているので信長から叱責されたことが記されている。

二人に比べて信康は軍事訓練の一つだと、遠廻しに言ったので、信長は奥歯を強く嚙みしめた。

「左様か。されば、坊主を殺したことはいかに」

「鷹狩りをしておりました。こたびのように舅殿も熱心になされておられます。日にちを村々に伝え、領民を動員し、獲物を調べさせ、追い込んで狩りをする、まさに戦の訓練も同じ。その場所に坊主がおりました。なんでも食い倒れたのか、死んだ者がいたとのことで経を唱えておりました。経などすぐに唱えなければならぬものでしょうか。鷹狩りが終わったあとで十分ではないでしょうか。戦の稽古を邪魔されましたので、経とやらで、この縄を切ってみよと馬で引きずり廻しましたところ、息絶えた次第です。謝罪して後に廻せば許してやりました」

さすがに比叡山の僧俗三千人を撫で斬りにした舅殿とは違う、とは口にしなかった。

五徳の侍女に怒鳴ったことはあるが、殺めたことは事実無根である。

「なるほど言い分はあるようじゃ。して、婿殿は、このの ち徳川をいかにしていくつもりか」

「無論、舅殿に逆らう気などは微塵もございません。されど、このまま武田と終わりなき戦を続けるのもいかがなものかと考えます。勝頼は長篠・設楽原であれだけの敗北を喫しながら、すぐに立ち上がってまいります。逆に舅殿の兵術（戦術）を学び、強くなっている気さえします。和睦して東に向かわせれば、舅殿は安心して西に向かえるのではないでしょうか。東は広うございます。当家も版図を広げられます」

「さもありなん」

あっさりと信長は頷いた。信康は、うまく説明できたと溜息を吐く。嘘、偽りはなかった。

信長と入れ違いに家康が岡崎城にきたので、信長との会話をそのまま伝えた。

「戯け！　なにゆえ武田と和睦などと申すのじゃ。織田殿は決して勝頼は許すまい。西が片づいたら、必ず滅ぼしにかかるはず。左様なことが判らぬのか」

「されば西が片づくまで、当家は勝頼と人、米、銭を消耗させるだけの戦を続けるのですか。それが舅殿の狙いだとしたらなんとします。しかも我ら岡崎衆には、なんの益もありません」

「それで武田の女を側室にしたのか。汝は徳川を売るつもりか」

鼻息すら熱が籠っている。家康は腹の底から絞り出すような声で問う。

「父上といえども怒りますよ。誰が徳川を売るのです？　於里の一族は駿河の島田辺りでしょう。これを使い、駿河の切り崩しをしようとは思わないのですか」

「なにゆえ、そちがやらぬ。側室であろう」

「余計なことをするなと申したのは父上ではありませんか。攻めるのは浜松衆でしょう。されば内応等、硬軟つけて攻めてください。その間、某は先祖代々の岡崎を固めます。勿論、出陣の要請があれば、いつなりとも戦う所存です」

自信満々に言うと、家康は握った拳を震わせながら、信康の前から去った。

(なにゆえ、怒っておる。それほど織田が怖いのか。九月には上杉に負けているではないか)

前年の九月二十三日、柴田勝家《しばたかついえ》率いる五万の織田軍は上杉謙信《けんしん》率いる二万数千の軍勢に加賀の手取川で大敗北を喫した。織田軍が失った兵は設楽原の武田軍を上廻るという。その上杉家は信濃で武田家に圧され、北信濃の一部をわずかに保つばかりであった。

家康が浜松に戻ると、信康は広言どおり、岡崎の地固めを行った。一致団結、他国には靡かない。信康を中心に事を進めること。信康も家臣たちの所領を保証するというもの。家康と敵対するなどとは言っていない。

信康のみならず、築山御前も書で家臣たちとの交流を持った。二月四日、築山御前から、のちに『家忠日記』を残す深溝《ふこうず》松平家忠の許に書簡が送られたことが記されている。十日、信康も家忠の許に足を運んでいる。

浜松衆への不満、延《ひ》いては家康への不満で岡崎衆は纏まっていった。

その間、家康と浜松衆は遠江へ出陣し、武田家と一進一退の攻防を繰り広げていた。

この年の七月、この夏一番の暑さという日、岡崎城で産声があがった。

「御目出度うございます。玉のような男子《おのこ》にございます」

侍女が嬉しそうに告げた。

「左様か!」

まさに盆と暮れが一緒に来たような気分である。信康は即座に於里の許に走った。

「でかしたぞ於里。今期一番の功名じゃ」

信康は大声で叫び、於里と赤子の許に駆け寄った。

「今少し小さな声でお願い致します。稚が驚いてしまいます」

窘《たしな》める於里であるが、大事な仕事を終えた安堵感か、疲労の中にも満足した表情をしていた。

赤子は乳母の乳を美味《うま》そうに呑んでいた。

「お、たんと呑め。そちはよき大将になるのじゃ」

男子を得て初めて父親になるという実感を覚え、信康は身が熱くなった。

赤子は萬千代と命名した。のちに幕府が作った『徳川家譜』には記されていないが、『大日本野史』の著者である飯田忠彦《いいだただひこ》が編集した『系図纂要《けいずさんよう》』には萬千代の名が記されている。

萬千代の誕生で岡崎はまさにお祭り騒ぎ。今川氏真をはじめ今川旧臣たちから祝いの品が贈られ、祝いの使者も相次いだ。ただ、五徳だけが沈んでいた。五徳を気遣ってか、家康からは祝いの使者は訪れなかった。

代わりに信康に出陣命令が出され、八月、遠江の小山城攻めに参じた。先年同様、徳川勢は城の北西に陣を布いた。

「父上、某に嫡子が誕生しましたぞ」

信康は家康が庶子を望んでいないことを知りながら、笑顔で報告をした。

「左様か。それは目出度い」

目も合わせない。まったく喜んではいなかった。

城は一ヵ月包囲して攻撃したが、落ちる気配はなかった。九月岡崎に帰城した。これには家康も同行し、五日、岡崎で驚くべきことを命じた。

「皆は、それぞれの所領に戻るように」

家康は時代に逆行することを下知したのだ。皆は首を傾げた。

信長は尾張の名古屋城から清洲城に移った頃から、家臣たちを城下に住まわせて所領から引き離した。これを小牧城、美濃の岐阜城に移るまでにほぼ完成させた。いわゆる兵農分離である。この政策によって迅速な動員を可能にし、年貢の二重取りを防ぎ、収穫高を明確にした。お陰で武士は田畑に縛られず、一年中戦をすることができるようになった。織田軍の強さの一つである。

家康も信長の政策を取り入れ、城下に家臣を住まわせたが、これを一時停止するという。

「なにゆえでございますか」

信康はすぐに嚙み付いた。

「城下に好まざる者が入り込んでいるらしい。これを炙《あぶ》り出し、あるいは捕らえるためじゃ」

「儂と家臣たちを切り離さんとする気ですか？　某が返り忠を企てているとお疑いですか」

「左様なことではない。岡崎を守るためじゃ。よいか、反論は許さぬ。従わぬ者はその所領を召し上げる。左様に心得よ。一月《ひとつき》以内に岡崎を去るように」

問答無用の下知である。

「お待ち下さい。家臣たちが所領に戻り、万が一、武田が奥三河へ兵を進めてきた時はいかがするつもりですか。それにこの岡崎に」

「その時は儂が討ち取ってやるゆえ安堵致せ。よいの、これは厳命じゃ」

家康に厳しく言い渡されては従うしかない。家臣たちはそれぞれの所領に戻っていった。お陰で三日後には岡崎は閑散としていた。士卒の妻子も本領に戻された。これで岡崎衆は信康の命令を聞かなくても妻子が斬られることはなくなった。

これまで特別なことがなければ、一日と十五日は家臣が岡崎城に登城することになっていたが、それもなくなり寂しいものである。

残ってるのは平岩親吉や石川数正など主だった者ばかりであった。

「父上は某をいかようにされたいのですか」

「徳川の嫡男として、後を任せられるようにするためじゃ」

「某がなにをしました？　母上の侍女を側室とし、子をもうけただけではないですか。父上と同じでしょう」

於万と於義伊を忘れたのかと言いたいぐらいである。

「そちはなにも判っておらぬ。天下に号令できる武将以外は、慎重でなくばならぬのじゃ」

「はっきり、織田が怖いと申されたらいかがですか」

「なに！　前にもそのことは申したはず。よいか、ゆめゆめ軽はずみなことはするまいぞ。そちの首一つではすまぬことになるのじゃ」

武田のみならず、信長恐怖症にかられる家康は何度も念を押し、浜松に戻っていった。

「儂はそんなに悪いことをしたのか」

信康は平岩親吉に問う。

「織田様にとっては、ということにございましょう。当家の家臣の娘などであったら、これほど騒ぎをしなくともすんだのやもしれません」

「儂は疑われているということか？　武田と結んでいると」

「おそらくは」

申し訳なさそうに平岩親吉は言う。

「だいたい、徳川を分断したのは父上ではないか。浜松衆ばかり優遇するからこのざまじゃ。それを儂のせいにされては叶わぬ。儂は廃嫡されるのか」

「さすがに、それは。於義伊に跡を継がせることはないでしょうから」

「煮え切らぬの。されば、最近側室にした者たちが、男子を産めばありうるということか。左様なこととなれば、いっそ」

「そこからは申してはなりませぬ。壁に耳あり、障子に目あり、と申します」

間髪を容れずに平岩親吉は止めた。

「判った。しばらく自重していようかの」

信康は小姓たちと顔を合わせる以外、誰にも会わぬようにした。が、つまらない。十日、信康は渥美郡の田原《たはら》に鹿狩りに出かけた。

まだ、岡崎に家臣が残っているということで、二十二日、筆頭家老の酒井忠次から岡崎衆に対し、所領に帰れという命令が出た。二十五日、仕方なく石川数正と平岩親吉から岡崎衆に本領に戻るようにという通達が出された。

（儂から家臣たちを奪い、父上は儂をいかようにする気なのか。このままでは家臣の一人にされかねない。所領を持たぬ儂は無力も同じ。やはり完全に引き離される前に団結したほうがよいのではなかろうか。いや、それを誘っているとしたら……）

信康は疑心暗鬼にかられた。そこへ築山御前から呼び出しがあった。

「このまま、やりたい放題にさせておく気か？　あの人は、そなたを廃嫡にする気ぞ」

築山御前は信康の肚裡《とり》を代弁する。

「よもや。某を廃嫡して、誰に家督を継がせる気ですか」

「婿をとればすむこと。美濃の齋藤、あるいは甲斐の武田（信玄）のようになるよりましだと思案しているのではないか。信長の息子を、あの人の娘に迎えると言うやもしれぬ」

息子の齋藤義龍《よしたつ》は父の道三を討ち、武田信玄は父の信虎を甲斐から追い出している。出羽《でわ》では伊達稙宗《だてたねむね》と息子の晴宗《はるむね》が戦い、晴宗と息子の輝宗《てるむね》も戦った。

家康の娘には亀姫のほかに、督《とく》姫という次女がいた。

「某は父上を討つ気などはありませぬ」

「あの男はそう思っているやもしれぬ。全て奪われる前に、事を起こすべきではないのか」

築山御前は、話すほどに昂《たかぶ》っているようであった。

「今、我らは監視されております。過激なことは申されませぬよう」

このまま会話を続けていれば、謀叛を起こすように仕向けられかねない。信康はお茶を濁して築山屋敷を出た。

（確かに母上の申すことにも一理ある。されど、真実《まこと》父上に兵を向けられれば、萬千代や於里の身が危うくなる。今は大人しくしているしかあるまいの。父上はなにを考えておるのか）

信康には家康の心中が判らなかった。

十月、動員命令が出されたので、信康は浜松に出仕した。本領に戻った岡崎衆も浜松に登城した。信康は浜松で平岩親吉らと顔を合わせたが、ぎこちなかった。主従という感じではなかった。

（儂はほかの岡崎衆と同じ立場なのじゃな。儂は岡崎の領主ではなくなったのじゃな）

十一月二日、信康は家康と共に遠江の馬伏塚《まむしづか》城に出陣し、小山城に入った勝頼に備えた。信康が掛川城に入ると、勝頼は二十一日、駿河に撤退したので信康らも浜松に戻った。

岡崎に戻った信康は、有力国人と会い、出陣を労い、酒を振るまった。

天正七年（一五七九）元旦、岡崎は静かな正月を迎えた。城にいるのは留守居ばかりである。信康の楽しみといえば、嫡子と触れ合うこと。生まれて半年ほどなので、まだ立つことはできないが、這《は》うことはできる。

「早う、こっちにまいれ、こっちじゃ」

手を叩くと、萬千代は這ってくる。これが嬉しくてならない。

「萬千代、早う大きくなれ。大きゅうなって一緒に馬を走らせようぞ」

突如、信康は息子を抱き上げて、高い高いした。萬千代は迷惑そうであった。

信康が於里のところに入り浸りなので五徳は不満の塊であった。

「これでは嫡子を産みようがない」

五徳は怒りを信長や家康にぶつけるしかなかった。

一月十四日、信康は岡崎城で歌い初めを催した。これには松平家忠などが参じたが、前年から比べれば少ない。侘《わび》しい歌しか口に出なかった。

四月七日、寂寥の岡崎に対し、浜松は歓喜に包まれた。家康が愛してやまぬ西郷局が男子を出産した。赤子は長丸《ちょうまる》（長松丸《ちょうまつまる》とも）と命名された。

前年の三月十三日、越後の上杉謙信が死去すると、謙信の甥の景勝《かげかつ》と、北条家から養子に入った景虎《かげとら》の間で家督争いが行われた。御館《おたて》の乱である。泥沼の戦いをしていたが、勝頼が景勝を支援すると、戦況は動き、この三月二十四日、景虎が自刃して戦は景勝が勝利した。これによって勝頼は北条家を敵に廻すことになった。

ひとまず越後が落ち着いたので、勝頼は四月二十三日、軍勢を率いて穴山信君の駿河江尻城に入り、二十五日には高天神城近くの国安《くにやす》に陣を布いた。

勝頼出陣の報せを知った家康は、即座に岡崎衆にも動員命令を出した。

「武田を討って、岡崎の力を取り戻すのじゃ」

信康は意気込んで岡崎城を出立した。もはや岡崎衆の旗頭ではなくなっているので、率いる兵は百人ほど。浜松には三河から続々と兵が参集した。まさに一武将である。

(諏訪姓を名乗っていた勝頼は、武田の一武将から陣代に上り詰めたのであろう。儂はこの戦いで功を挙げ、跡継ぎに返り咲いてやる)

早く戦いたくて仕方なかった。

家康は信康とともに二十六日、馬伏塚城に入り、岡崎衆らを別働隊として北の袋井《ふくろい》方面に繰り出すと、勝頼は退路を断たれるのを良しとせず、駿河の田中に退いた。

その後、勝頼が西に兵を進めなかったので、五月、家康も浜松に引き上げた。信康には活躍の場は与えられず、肩を落としながらの帰城であった。

帰城すると、於里が人払いを求めるので、信康は居間で膝を詰めた。

「実家の父からの遣いがまいり、勝頼様が、織田様と和を結びたいので仲立ちして戴けぬかと申してまいりました」

「勝頼がか？」

一言もらし、信康は口を噤《つぐ》んだ。

(勝頼は上杉と結んだお陰で版図は飛騨《ひだ》や越中《えっちゅう》、上野にも広がり、先代の時よりも石高は増えた。されど、北条を敵に廻すことになり、逆に守りが手薄になったのも事実。上杉は内乱が収まらず、味方にするには力不足。織田、徳川を敵にするのが厳しい。和睦を思案するのは当然か)

信康は勝頼の思案を察した。

勝頼はこの頃から周囲の諸将に根廻しを行い、この年の十月頃から常陸《ひたち》の佐竹義重《さたけよししげ》に対して甲江和与《こうごうわよ》に動きだす。甲江和与とは、甲斐と近江が和睦して与することを言う。勝頼は義重を仲介として信長に和議を申し入れることに舵を切ったのだ。

「事は重要なので、儂一人の判断では決められぬ。但し、前向きに進めるつもりじゃ。益なき戦を続けるのは刻、銭と命の無駄ゆえの」

信康は慎重に応じた。

一方、五徳の躁心《いらだち》は限界にきた。家康に訴えると、六月五日、家康は岡崎に飛んできた。家康は五徳を宥めたのちに信康に向かう。

「なにゆえ側室の許に入り浸っておるのじゃ。なにをもめているのじゃ」

「別に、もめてなどおりません。ただ、五徳とは相性が悪いと言いますか、一緒にいても愚痴ばかり聞かされ、やれ、織田はこうだ、当家はああだ、と比較され、気が休まらぬのです。ちょうど、父上と母上のようなものと、ご理解下さい」

「戯け、儂のことではなく、そちのことを申しておるのじゃ」

「父上もお人が悪い。ご自身でできぬことを、息子に命じるものではありません。母上どころか、於義伊の母（於万）も蔑ろにされているではありませんか」

言うと家康は顔を赤くして脇息を叩くが、すぐに二の句が継げなかった。

「まあ、夫婦喧嘩は犬も喰わぬと申します。少し間を置けば怒りも冷めましょう。それよりも」

信康は一息吐いて続けた。

「然る伝手を通じて、勝頼が舅殿との和睦を申し出てきました」

「なに！　伝手とは誰じゃ」

「申せません。申せば返り忠が者と磔にされかねません。某はいいことかと存じます。勝頼は長篠・設楽原で大敗北を喫しても、版図を広げ、信玄をも上廻っております。対して当家は人と銭と刻を失うばかりで、殆ど実入りは増えておりません」

またも信康は深呼吸をし、改まる。

「父上頼みの舅殿はいかに。未だ本願寺と泥沼の戦いを続け、家臣の返り忠に手を焼き、武田どころではないでしょう。舅殿にとっても良き話だと存じます」

信長は天正五年（一五七七）には大和《やまと》の松永久秀《まつながひさひで》、翌六年には播磨《はりま》の別所長治《べっしょながはる》と摂津《せっつ》の荒木村重《あらきむらしげ》に背かれている。松永は討ったが、別所、荒木は敵対したままであった。

「松永弾正《だんじょう》は討たれておる。かつて背いた浅井備前守《あざいびぜんのかみ》（長政《ながまさ》）も然り。さらに申せば、比叡山も、長島、越前の一向一揆もじゃ。一時の不満で背いても滅ぼされている。織田というよりも信長殿の力は絶大。武田の比ではない。そちに世迷い事を吹き込んだのは側室か、それとも築山か」

「母をもお疑いですか？　我が側室も。父上は、それほど武田と戦を続けたいのですか。武田と組んで北条を攻めるほうが、どれほど実入りが増えましょう。某は、そう思案致します」

「下ばかりを見てるから、自分の頭の上でなにが行われているのか判らぬのじゃ」

家康の口調も荒くなってきた。

「下しか見ることができぬようにしたのは、どこのどなたです」

「そちが、築山が武田の間者を岡崎に入れるゆえ、信じられぬのじゃ」

「入れるような人選をしたのはどなたです？　父上ではないのですか！」

信康も声が大きくなった。

「汝という奴は、話にならん」

「話をしにきたのではないですか。誰がどう考えても舅殿は不利です。だいたい舅殿ほど麾下に背かれる男もおりません。こたび討伐できても、またいずれ背かれ、横死するのが関の山。左様な御仁と連《つる》んでおれば、徳川の家が傾きましょう。すでに割れているではありませんか」

「黙れ！　汝は謹慎しておれ」

憤りをあらわに家康は座を立った。

「謹慎？　儂がなにをしたと申すのじゃ」

信康は家康が肘をついていた脇息を蹴り上げた。

（父上はなにかに憑《つ》かれておるのか？　正しい判断ができておらぬ。隠居して戴いたほうがいいのではないか。儂はまだ未熟ゆえ、父上には後見役をして戴き、重臣たちとの話し合いで政を進めていけば、浜松だ岡崎だと反目し合わずにすむのではないか。岡崎の者たちに話してみるか）

そんなことを思いはじめた。

家康によって、どんどん謀叛を起こすように追い込まれていくような気がした。

信康は傅役の平岩親吉を呼び出し、思案したことを告げてみた。

「某は聞かなかったことに致します。ゆえに、二度と口になさってはなりませぬ」

平岩親吉は何度も信康に念を押す。

（儂が間違っているのか）

信康は西三河の旗頭の石川数正にも問うてみた。

「政は今ではなく、のちの世を見据えるものです。今、苦しいからといって逃げていては、誰もついてきません。今川からの独立は、それは辛いものでした。お屋形様に従っている者は、皆、これを経験しております。ご経験なさっておられぬ若殿が声高に叫んでも、応じる者はわずかでございましょう。一度振り上げた拳はなかなか下ろせぬもの。さすれば他国の者に頼らねばならず、それは返り忠ということになります。しばし謹慎しておれば、お屋形様のお怒りも解けましょう。それまで、ゆるりとなされませ」

石川数正は丁寧に説いた。

（思案が正しいからといって、従うものではないか。儂には実績がない。確かにの。まあ、相談してよかった。返り忠が者にはなりとうない）

信康は石川数正が言うように、連日、城西の矢作川で川狩りを楽しんだ。

この頃には萬千代も立てるようになり、追いかけっこをするのを常としていた。

七

一方、信康が家康を後見役とし、重臣たちの合意制で政を執り行う形を考えているということは、家康が放っている忍びたちによって浜松に届けられた。

西郷局の出自は諸説ある。そのうちの一つ、『柳営婦女伝系《りゅうえいふじょでんけい》』（著者不明）には、「父は始め服《はっ》部平太夫《とりへいだゆう》（正尚《まさなお》）と云《いっ》て伊賀の者」とある。正尚はのちに家康が伊賀越えをする時に案内役をする一人。正尚の弟は青山忠成《あおやまただなり》と改名し、長丸の傅役を務めている。

服部家の女が産んだ長丸が家康の跡継ぎになれば、一族は優遇される。信康の行動を洗いざらい調べ、あるいは誇張して家康に報告するのは、ごく自然の流れであった。

「なんと、儂を隠居させ、徳川の当主になると申すか」

家康は伊賀者だけではなく、近江の甲賀者も抱え、二重三重に情報網を張り巡らせていた。皆、同じような報せを持ってきた。

「もはやどうにもならぬか。小平次を呼べ」

すぐに家老の酒井忠次が罷《まか》り出た。家康は忠次を安土に向かわせた。

早馬を飛ばし、七月十六日、酒井忠次は安土に赴き、信長に謁見《えっけん》した。

「岡崎の三郎、不覚悟にて、処罰したいと主の家康は申しております」

酒井忠次は恭しく、事の次第を進言した。

この頃、信長は右大臣を辞しているが、正二位に任じられており、押しも押されもせぬ公家となっていた。信康は信長の婿でもあるので、罰を与える際には許可が必要であった。

「是非に及ばぬ。浜松殿の思案どおりにするがよい」

「好きにしろ」と突き放したようにも取れ、「判っているな」とも取れる言い方であった。

酒井忠次はすぐに戻り、家康に信長の言葉を伝えた。

「そうか、信長殿は左様に仰せであったか」

家康は「判っているな。切腹させろ」と捉えた。

八月三日、家康は岡崎に来た。

「こたびは何事ですか」

武装した兵が多々いる。信康はただならぬ事態が起こったことを察した。

「なにゆえ儂を隠居させるなどと申したのじゃ。なにゆえ軽々しいことを申したのじゃ」

言葉を吐《つ》くごとに家康は興奮し、唾を飛ばして問う。

「息子に忍びを張り付けていたのですか。そこまでして織田に媚びを売らねば生きてゆけぬのですか。また、某より信長のほうが大事なのですか」

「家を残すことがどれほど大事で、さらに難しいということ、そちには判るまい」

「当主ではありませんので、父上ほどの責任は判りません。されど、家を思う気持は父上と変わりません。以前にも申したとおり、信長ほど背かれた天下人はおらぬでしょう。あの男は人を利用しますが、大事にはせず、使い減らしにするような輩です。それゆえ皆、背いたのでしょう。このまま全国を平定すれば、いずれ父上もあれこれ理由をつけて斬られるに違いありません」

一息吐き、信康は続ける。

「まだ、駿府に今川があった頃、徳川（松平）は親族衆などと煽《おだ》てられておりましたが、織田との戦いで消耗させられていたと七之助（平岩親吉）らから聞きました。それゆえ父上は、織田家と結んで今川家から独立を果たした。今は今川が織田に代わっただけ。しかれば、今度は武田と結んで織田家から独立しようとしただけです。なにが悪いのでしょうか」

信康は開き直った。

「今川は義元殿あっての今川。義元殿亡きあとの今川なれば残る意味はない。氏真殿を見よ。庇護してやっても旧領を取り戻そうともせず、毎日、蹴鞠三昧《けまりざんまい》ではないか。それゆえ独立したのじゃ。勝頼は頭の巡りが悪すぎる。上杉と北条を天秤にかけ、上杉を取るなど正気の沙汰ではない。四代、八十余年続いた北条と、後継者も碌に作れなかった上杉など比べるまでもない。それに、百姓に戦をやらしているようでは、勝頼は逆立ちしても信長殿には勝てはせぬ。鉄砲は作ることができても、玉薬（火薬）をいかにするのじゃ。和泉《いずみ》の堺《さかい》を押さえられたら入手は困難。しかも信長殿は筑前《ちくぜん》の博多《はかた》とも交流を始めた。武田は長く戦い続けることはできぬ。そのことをそちは判らぬのか。もはや後の祭じゃがの」

家康は反論を許さず、信康を部屋に閉じ込めた。

（まさに罪人じゃの。儂は父に返り忠をした者として処罰されるのか。大岡彌四郎のように惨めである。

（かようなこととなれば、真実、武田と与すればよかったか。いや、それでは己の欲を満足させるだけ。儂は徳川を潰すつもりも父を討つつもりもない。媚び諂《へつら》わぬ徳川にしたかっただけじゃ。そのため、浜松衆に負けぬ岡崎衆を作りたかったのじゃが、なにが違っていたのかの。どこで間違ったのか）

信康には理解できなかった。

（儂はこうして虜同然になっているが、誰も助けようとはせぬ。ということは、岡崎衆の不満は父への不満ではなく儂への不満。腑甲斐無《ふがいな》い儂への反発だったのか。儂は大将の器に非《あら》ずということか。そういえば、父が浜松に行ってから、好き勝手に過ごしたの）

厳しい叱責を受けることもなかったので、我儘《わがまま》放題にしてきたのは事実。

（儂ぐらいの年齢の時、父は駿府で質として過ごし、疑われぬよう、失態を犯さぬよう周囲に気を配り、毎日怯《おび》えながら暮していたのじゃな。儂とは雲泥の差じゃの。今となっては後の祭か）

後悔するが、遅きに失するであった。

翌四日、家康は信康を岡崎から四里半（約十八キロ）ほど南西に位置する、尾張との国境に近い碧南《へきなん》の大浜《おおはま》城に移した。

（なにゆえ大浜に。儂を織田に引き渡すためか）

覚悟はできている。信長の前に出たら、包み隠さず、全て吐き出すつもりだ。

五日、家康は松平家忠ら五人に弓、鉄砲衆を率いて西尾《にしお》城に入るように命じた。同城には酒井重忠《しげただ》が在陣していたので増援でもあった。家康も西尾に赴いた。信康に味方しないように周囲への威嚇でもある。

七日、信康を取り戻そうとする者が出なかったので、家康は岡崎に帰城すると、岡崎城の新たな体制を編成し直した。本城の在番を松平康忠《やすただ》、榊原康政。北端の城を竹谷清宗《たけのやきよむね》、鵜殿康定《うどのやすさだ》、松平家忠とした。

九日、家康は小姓五人だけを付き添わせ、信康を大浜城から浜松城に近い遠江の堀江《ほりえ》城に移した。

（安土ではないのか。絢爛《けんらん》豪華と言われる安土を見てみたいの）

安堵と同時に残念でもあった。

十日、家康は岡崎城に西三河衆を召集し、信康に内通しないという起請文を書かせた。背く者は一人もおらず、皆、家康に忠誠を誓った。家康は安堵したという。

十三日、家康は浜松城に戻り、岡崎城には本多重次《しげつぐ》を派遣して城代に据えた。

その後、信康は駿河国境に近い二俣城近くの清瀧寺《せいりゅうじ》に入れられた。戸が閉められた暗い部屋の中で一人座している。蟄居といった状況である。

（我が罪、まず許されはすまい。このまま死ぬまで幽閉されるのであろうか。それとも切腹の下知が出されようか）

どちらも考えられる。監視の兵は少ない。夜陰に乗じて逃げようと思えば逃げられなくもない。

（儂が出奔したら、妻子はいかになろう。五徳は織田の娘なので助けられよう。福と久仁は女子ゆえ斬られることはあるまい。問題は於里と萬千代。二人は斬られるやもしれぬ。とすれば、逃げるわけにはいかぬな）

信康は運命を受け入れるしかなかった。

信康のみならず、築山御前も罪に問われ、遠江に護送された。伊賀の服部半蔵正成《はんぞうまさなり》が責任者で野中重政《のなかしげまさ》、酒井図書《さかいずしょ》、岡本時仲《おかもとときなか》、石川義房《いしかわよしふさ》らが従った。

（このまま、わたしは、いずこかの地で幽閉され、一生穴蔵のようなところで生き続けるのか。

今川義元の姪でありながら、信康や亀とも一生会うこともできず）

そう思うと哀しくも悔しくてならない。

（竹千代奴、質の分際で、ようもわたしを辱めたものじゃ。されば、今度は彼奴が一生逃れられぬ辱めを受けさせてやろう。汝は正室殺しの汚名を浴びて生き続けるのじゃ。たとえ汝が天下人になろうとも、この悪名は拭い去ることはできぬ）

ちょうど浜松の手前、三方原にさしかかった。

（汝が武田に敗れ、糞をもらしたという忌々しい地じゃな）

築山御前は輿の中で懐剣を抜き、胸に突き刺した。

力尽き、ごとりという音がしたので服部正成が慌てて中を覗くと胸を突いていた。

「どうする、胸を突いておられる。まだ息がある」

「されど、これでは助からぬ。お苦しいであろう。介錯《かいしゃく》して差し上げねば」

野中重政が首を刎《は》ね、築山御前を苦しみから解放させた。八月二十九日のことである。なお介錯は岡本時仲とも言われている。また、死去した場所は佐鳴湖畔《さなるこはん》の富塚《とみつか》とも伝わっている。

報せは浜松の家康に届けられた。

「女子のことゆえ、ほかにやりようがあったであろう」

家康は苦虫を嚙み潰したような顔でもらしたという。家康の思案では出家させて一生を終えさせようと思っていたに違いない。死罪を命じていたのであれば、謀叛の見せしめとして岡崎で斬首または磔にしていたであろう。岡崎接収から二十日ほどものちに死ぬのは不可解である。

享年は伝わっていない。家康よりも少し上。おそらく四十二、三ではなかろうか。諡《おくりな》は西光院《さいこういん》殿政岩秀貞大姉《でんせいがんしゅうていだいし》、あるいは清池院殿渓《せいちいんでんけい》（潭《たん》）月秋天大姉《げっしゅうてんだいし》。または秀蛉院殿《しゅうれいいんでん》、清池院殿《せいちいんでん》、西来院殿《さいらいいんでん》とも伝わる。信康のいる清瀧寺に葬られる。

家康の言葉を聞き、野中重政は故郷に蟄居したという。

（築山を死なせてしまった。さて信康をいかがするか）

家康は親指の爪を嚙んで考え込む。

（築山を死なせ、信康を生かしておけば、返り忠の罪は全て築山ということになる。果たしてそれでいいのか。信康は嫡男。こののちの徳川には必要じゃ。されど、粗暴な性格は生涯変わるまい。いつ儂に仇《あだ》する旗頭に担ぎ上げられぬとも限らぬ。それに、恐ろしきは織田に鉾先を向けること。左様なことをすれば徳川はこの世からなくなる）

さまざまな思案が頭の中を駆け巡る。

（信康が返り忠の疑いをかけられたことは生涯消えまい。左様な男が儂の跡継ぎでいいのか。家臣たちは従おうか。いや、誰も奪い返しには来ていない。信康に人望はない。されど、武田に走れば、今川旧臣の旗頭になりかねぬ。やはり腹を、いや、嫡男ぞ。信玄を見よ、嫡男に切腹させたゆえ、長篠・設楽原で大敗を喫した。このまま生涯、蟄居させるか。あるいは出家。いや、いつ還俗《げんぞく》して鉾先を向けて来んとも限らぬ）

堂々廻りが繰り返され、簡単に結論は出ない。

家康は何日も考えに考え抜いた。

（やはり奪い返しには来ない。警護の者どもも逃がしてやったりしない。信康も出奔しない。このままだと信康は築山に乗せられた甘ったれということになる。信康の自尊心のため、徳川のために信康が返り忠を企てたとしてやるほうが、彼奴のためではないか。西郷が長丸を産んだゆえ、男子が無になったわけでもない。西郷は、また身籠ったしの）

西郷は出産して半年もたたずに妊娠したことが伝えられた。

（仕方ないの。徳川のため、家に仇をなすものは許さぬということを徹底しよう。信康、徳川のために死んでくれ。さすれば儂は信長よりも長生きして天下を摑んでやろう）

家康は団栗《どんぐり》のような目から涙を流し、信康の生害を決意した。

九月十五日、検使として大久保忠世、平岩親吉の二人、ほかには成瀬《なるせ》正一《まさかず》、服部正成、天方通《あまがたみち》綱《つな》が清瀧寺を訪れた。親吉は遺骨を持っていた。

「来たか。それは？」

遺骨を見て、信康は胸を思いきり叩かれたような衝撃を受けた。

「築山御前様にございます」

平岩親吉は涙を流している。

「御台所を殺すとはの。父の胡麻擦《ごます》りもたいしたものじゃ。なるほど、それで寺に入れておいたのか。して、儂は切腹が許されるのか」

信康は察した。

「かようなことになり、お詫びのしようもございませぬ。代われるものなれば代わりとうございます」

声を震わせ、大粒の涙を零《こぼ》しながら平岩親吉はもらす。

「そちのせいではない。全て儂の不徳の至りじゃ。そちは、こののちも徳川のために働いてくれ」

労いの言葉をかけた信康は改まる。

「萬千代と於里の身はいかに？　彼奴等にはなんの罪もない。出家で構わぬ。生かしてくれ」

「この命に代え、萬千代様と於里様は斬らせませぬ」

平岩親吉は涙声で応じた。

「父上には、これだけは申してくれ。儂は父上に背く気も、とって代わるつもりもなかった。すべて徳川家を思ってのことじゃ。信じてもらえれば、喜んで地獄に行こう。されば、肴《さかな》を所望」

肴とは切腹の用意のこと。

すぐに三方に柄のない刃が運ばれてきた。村正《むらまさ》の作である。蟄居の身なので堂から出ることは許されない。

信康は諸肌を脱ぐと懐紙で刃を握り、三方を尻の下に置いた。

（短い人生であった。まこと先陣を駆けたかった、叶わぬのが唯一の心残りじゃ。情けない。未練は申すまい。母上がお待ちじゃ）

刃を見ると鋭利な妖しい輝きを放っていた。

「辞世の句は無用。さらばじゃ」

言うや信康は刃を腹に突き立てた。途端に激痛が走り、熱い血潮が溢れ出た。

「くっ」

呻きを堪え、信康は腹を右に搔き切る。痛みで体が震え、それ以上動けない。

「半蔵、介錯を」

くぐもった声で信康はもらす。

「できません。主君のご嫡男に刃を落とすことはできません」

服部正成は号泣し、両手をついて詫びる。

「信康様がお可愛そうであろう。某が痛みを和らげて差し上げます」

見るに見兼ねた天方通綱が腰の太刀を抜き、一閃《いっせん》した。

その瞬間、信康はなにも見えなくなり、痛みも消えた。首は床に落ちた。

享年二十一。清瀧寺に葬られた。諡は清瀧寺殿前三州達岩善通大居士《せいりゅうじでんぜんさんしゅうたつがんぜんつうだいこじ》と贈られた。また騰雲院《とううんいん》殿隆巌長越大居士《でんりゅうげんちょうえつだいこじ》ともある。

墓所は清瀧寺のほか、岡崎の大樹寺、同、若宮八幡宮《わかみやはちまんぐう》、駿河の江浄寺《こうじょうじ》にもある。

謀叛の嫌疑をかけられての死なので、信康は死しても徳川姓を名乗ることはなく、松平、あるいは岡崎信康と称されるようになった。

岡崎衆は早々と起請文を提出したこともあって、処罰されることはなかった。

信康切腹の報せはすぐさま家康に届けられた。

「鬼の半蔵をしても主の首は斬れなんだか」

報告を受けた家康は咽《むせ》び泣いた。

少し前の九月四日、徳川家と北条家の同盟は成立した。家康は武田の甲江和与には微塵も加担せず、信長への忠誠を示した。

また、信康の死後、長丸は竹千代と改められた。

信康の死を知らされた五徳は呆然とし、なにも手につかなくなった。自分の諫言状が夫の死に繋がるとは思ってもみなかったことであろう。毎日、仏壇に手を合わせ涙を流した。そして実家に戻ることを拒み、ただただ経を唱えていた。

娘を憂えた信長は家康に話し、引き取ることにした。翌天正八年（一五八〇）二月二十日、五徳は岡崎を発ち、信長の許で庇護された。その後、五徳は再婚せず、岡崎殿と呼ばれた。信長の死後は信雄に庇護された。信雄が秀吉に屈した時、秀吉は五徳を自分の側室にしようとしたが、五徳は拒み、都で暮し、寛永十三年（一六三六）一月十日、七十八歳で生涯を終えた。

信康と五徳の二人の娘は徳川家に残り、長女の福姫は小笠原秀政《おがさわらひでまさ》に嫁ぐことになる。次女の久仁は本多忠政《ただまさ》の妻になる。

於里と萬千代の消息は不明である。一説には松平、あるいは別姓を名乗り、秀忠の旗本、もしくは秀康《ひでやす》の家臣となったとも言われている。秀康を家康に引き合わせたのが信康なので、秀康の家臣として越前に行ったというほうが、信憑《しんぴょう》性があるかもしれない。

かつて信長は弟の信勝が謀叛を起こした際、信勝は斬ったが、息子の津田信澄《つだのぶずみ》ら三人の息子の命は助けた。家康はこれに倣ったのかもしれない。

終

慶長五年（一六〇〇）九月十五日、申《さる》ノ下刻（午後五時頃）、関ヶ原の西部にある陣場野《じんばの》の本陣にて、略式ながら戦勝の宴席が設けられた。

小雨降る中、東軍の諸将は傘を立て、豪快に酒を呷《あお》っている。

「宇喜多の者どもも大したことはない。当家の倍も兵を揃えながら、崩せぬとは情けない。所詮は母親の螢大名だったということじゃな。がぁははは」

東軍の先鋒を命じられた福島正則《ふくしままさのり》は、酒瓶にじかに口をつけ、腹に流し込みながら豪気に笑う。福島勢は六千、対する宇喜多秀家《ひでいえ》勢は一万七千。開戦から一刻ぐらいは押されまくっていたことを忘れているようであった。

宇喜多秀家の母・於ふくは秀吉と閨《ねや》をともにすることで宇喜多家の安堵を勝ち取り、息子の秀家を秀吉の養子にし、年寄五人衆の一人にした美しき女傑である。

「なに、貴殿の武威が突き抜けていただけのこと。さあ、呑まれよ」

本多忠勝が新たな酒瓶を差し出して称賛する。朋輩の井伊直政《なおまさ》と、家康四男の忠吉《ただよし》が抜け駆けをしているので、機嫌を損なわぬための配慮だ。

「おっ、忝ない。そういえば、なにゆえ貴殿は寡勢なのじゃ。平八《へいはち》の名が泣くぞ」

逆に福島正則は酒瓶を出す。

「いやいや、貴殿の活躍を見たら、もはや某の出る幕はござらぬ。早々に息子に家督を譲り、隠居を楽しむつもりでござる」

頭を叩きながら、戯《ざ》れ言を口にする。本多忠勝の嫡男の忠政は本多勢の主力を率い、秀忠に従って中仙道を進んでいる最中である。信康の次女・久仁との間には六男二女をもうけることになる。

（平八や万千代《まんちよ》〈井伊直政〉らが福島がごとき脳天気な武将に気を遣わねばならぬのは、秀忠奴が遅れておるからじゃ）

家康は諸将に向かって笑みを湛《たた》えているが、腸《はらわた》が煮え繰り返っていた。自身の指示の遅れと天候不順が重なったが、徳川勢の主力・秀忠の軍勢が天下分け目の関ヶ原合戦に間に合わなかった。主力を温存して西軍を打ち破ったといえば聞こえはいいが、薄氷を踏むような状態で摑んだ勝利であった。

（信康よ、そなたがいれば、かような恥をかかずにすんだであろうな。黄泉《そっち》では笑っておるか。秀忠が間に合わなかったばかりに、あの戯けどもに大禄をやらねばならぬ。それがこののち、いかなことになろうかの）

関ヶ原の勝利は喜ばしいが、先行きの不安を感じる家康であった。

慶長十七年（一六一二）二月二十五日、家康は秀忠の正室の小江《おごう》に、長々とした手紙を送った。

「一筆、手紙を差し上げます。（略）

これには今もって思い出すことがあります。三郎（信康）が生まれた時は、我らも歳が若かったので子供が珍しく、その上、三郎は痩せて弱々しい体だったので、無事に育ちさえすればいいと思い、気の詰まるようなことはせず、気儘に育てました。そのせいか、大きくなってから、急にいろいろ申し聞かせても、とかく幼少時に行儀作法を厳しくしなかったので、親を尊敬することもせず、親には気安いばかりで、のちに親子の争いになりました。毎度、申しても聞き入れず、かえって親を恨むようになりました。これに懲りて、他の子供は幼少の時より行儀作法は躾《しつけ》の者に申しつけ、もし、少しでも悪い行儀や我儘なことをすれば、我らに隠さず、いちいち報せるように申しつけておきました。我らの前に出たおりには毎度、申し含め、あるいは叱り、または説明し、いちいち申し聞かせましたので、陰日向《かげひなた》なく育ちました。第一、親を怖く思いますので、よく慎むようになり、幼少時より親へ孝行することを覚えるようになるのです。（略）」

家康の本音だが、手紙のとおりに行かないのが武士の世であった。

第二章　捨子宰相

次男秀康《ひでやす》

一

爽やかな風が心地よい。周囲は眩しいほど萌えていた。

連日、刺すように日射しが照りつけ、蟬《せみ》さえ鳴くのを控えるほどであった。

於義伊《おぎい》は徳川家の家臣・中村正吉《なかむらまさよし》に連れられて三河《みかわ》の岡崎《おかざき》城にやってきた。普段、暮している遠江《とおとうみ》の宇布見《うぶみ》からは六里半（約二十六キロ）ほど北西に位置している。

岡崎城は矢作《やはぎ》川と乙《おと》川が合流した半島状の地形の先端に築かれた平山城で石垣と水堀、空堀に守られた堅固な城である。徳川家康が誕生した城でもあった。

家康が居城とする遠江の浜松城よりも小ぶりであるが、そのようなことは三歳の於義伊には判らない。大好きな母と引き離され、これまで乗ったことのない輿《こし》に乗せられ、居心地の悪い中から普段とは違った見慣れぬ景色に戸惑うばかり。不安感がつのり、今にも泣きだしたいのをなんとか堪《こら》えている状況だった。

城に入ると六畳ほどの板張りの一室に通され、着替えさせられた。普段は薄汚れた小袖一枚で過ごしていたが、水色の真新しい直垂《ひたたれ》姿になった。

「於義伊様、父上、父上」

二人だけの部屋で中村正吉は於義伊の目を見据え、小声で呟く。

中村正吉は今川《いまがわ》旧臣で遠江の浜名湖の軍船を管理していた。永禄十一年（一五六八）、家康が飯尾《いのお》氏を討って周辺を支配する頃から徳川氏に仕えるようになった者である。於義伊は毎日、顔を合わせているので警戒感はない。

「ちちうえ、ちちうえ」

於義伊は求められるまま、言葉をなぞるように声を発した。

その声を聞いて隣の部屋はざわつき、襖《ふすま》が左右に開かれた。隣の中村正吉は平伏するが、於義伊は隣室の上座を直視した。於義伊は目がはなせなかった。

上座には少し冴えない中年の武士が座していた。なんでも見えそうなまん丸の目、良く聞こえそうな福耳。肌は戦陣や鷹狩りで、こんがりと日焼けしている。

三十五歳になる徳川家康である。

家康は於義伊から視線を外し、斜横に座す若武者をちらりと見る。「謀ったな」そんな表情をしているが、於義伊には判らない。

「父上、これなる童は於万《おまん》殿から生まれし、某《それがし》の弟。父上の次男の於義伊にございます」

端正な顔の若武者は胸を張って言う。家康の嫡男、十八歳になる信康である。

於義伊は天正二年（一五七四）二月八日辰《たつ》ノ刻（午前八時頃）、浜松城外の宇布見（産美）村の中村正吉の家で誕生した。母は於万ノ方。於万は三河碧海郡《へきかいぐん》知立《ちりゅう》神社の神主の永見吉英《ながみよしひで》と刈谷《かりや》城主の水野忠政《みずのただまさ》の娘の間に生まれた。

まだ家康が今川家の麾下《きか》であった頃の永禄元年（一五五八）、数人の馬廻と知立城に立ち寄った時、於万に見惚れて側室に差し出すように吉英に命じた。家康が三河の寺部《てらべ》、梅ヶ坪、広瀬、伊保などを攻めた時、吉英が加勢したので、味方にしておくためであった。

今川家から独立を果たしたのちの元亀三年（一五七二）、家康は於万を岡崎城に在する正室築《つき》山《やま》御前の侍女とした。

於万が懐妊したのは元亀四年（一五七三）四月頃。四ヵ月ほど前、家康は遠江の三方原《みかたがはら》で武田《たけだ》信玄《しんげん》に完膚無きまでに叩き伏せられた。家康はあまりの恐怖で敗走の途中、脱糞したほどである。

家康に勝利した信玄は、三河で年を越し、野田城を攻略し、最大の敵となる織田信長《おだのぶなが》の様子を窺っている最中であった。

死に直面し、自領を侵されている家康は子孫を残すことを考えねばならなかった。於万はちょうどいい存在で、見事に家康の子を宿した。

だが、嫉妬深い築山御前は於万の懐妊を知ると激怒した。自身の侍女というのが許せない。御前は於万を裸にして城の樹木に磔《はりつけ》にした。

これを見兼ねた本多重次《ほんだしげつぐ》が自宅に連れ帰り、中村正吉の屋敷に匿《かくま》って出産させた。出生した赤子は双子だった。当時、双子は畜生腹と言われて忌み嫌われたので、一人は死産ということにして、於万の実家に引き取られた。

家康は於万の出産を知ると、築山御前を憚って我が子として認めず、会おうとしない。生まれた時の顔が鯰《なまず》のようなギギに似ていると聞くと於義伊という幼名をつけるほど嫌った。

これまで認知しなかった子と今、対面したわけである。家康の顔がこわばった。

「左様か。於義伊、これへ」

家康が手招きするが、於義伊は恐れて立ち上がろうとはしない。仕方なしに信康が立ち上がり、於義伊の手を握った。

これまで於義伊は於万や中村正吉など限られた者にしか触れたことはない。

(あったかい)

掌には刀や鑓《やり》の稽古でできた胼胝《たこ》が硬いものの、優しさを感じた。

於義伊は信康に連れられて家康の許《もと》にきた。

「儂《わし》が父の家康じゃ」

家康は信康から渡された於義伊を膝に乗せた。信康の好意に笑みで応えるが、於義伊には笑顔を見せることはなかった。感動の瞬間であるが、素っ気ない態度だった。失意に暮れるとかいう難しいことは於義伊には判らない。本来ならば嬉しいはずであるが、そうは思えなかった。これが残念だと感じるのは、もう少し年齢を経てのことであった。

時に天正四年（一五七六）の初夏であった。

前年の五月二十一日、家康は信長の助けを借り、三河の長篠《ながしの》・設楽原《したらがはら》で武田勝頼《かつより》軍を撃破し、勢力を東に広げている時であった。

親子の縁《えにし》を確認した家康であるが、於義伊への情はないのか、浜松城に引き取ってもあまり顔を合わせることはなかった。また、於万の許に足を運ぶこともない。二人は虐げられた存在だった。

於万の命を救った本多重次が傅役《もりやく》を担い、於義伊は重次から兵法（剣術）、鑓、弓、馬術を習った。学問は重次と親しい一向衆の和信御院《わしんごいん》に学んだ。

時折、信康が於義伊の許を訪ね、土産を持ってきてくれるのが嬉しかった。でんでん太鼓や足が動く木彫りの馬、猿の面などなど。南蛮菓子を一緒に食べたこともあった。

それも長くは続かない。於義伊が六歳になった天正七年（一五七九）九月十五日、家康は遠江の二俣《ふたまた》城で、優しかった信康を自刃させた。これより早い八月二十九日には築山御前も自ら命を絶っていた。諸書では家臣に斬られたことになっている。

理由は謀叛《むほん》を企てたからだという。

「兄上が、なにゆえ……」

すでに於義伊は十分に物心はついている。築山御前は於万に辛く当たったので、可哀想だという認識はないが、信康が家康を敵として見ているなど、とても思えなかった。

於義伊には餞別《せんべつ》として童子切安綱《どうじきりやすつな》の太刀が与えられた。

（もしかしたら）

幼い於義伊に疑念が過《よぎ》る。この年の四月七日、浜松で於義伊の異母弟が誕生した。名は長丸《ちょうまる》（長松丸《ちょうまつまる》とも）。母親は西郷局《さいごうのつぼね》と呼ばれ、家康に大事にされている。

（好いた女子《おなご》に赤子ができたから兄上はいらなくなったのか）

疎まれて育ってきたせいか、於義伊は猜疑心《さいぎしん》に満ちている。

「よいですか。誰かに家督のことを尋ねられても、知らぬと答えられませ」

鬼作左《おにさくざ》と言われる本多重次は険しい表情で念を押す。

「判った」

冷遇されてきたので、於義伊はとりあえず頷くようになった。それが処世術でもある。

（そうか、兄上が死んだら、父上の跡を継ぐのは弟の儂になるのか。されど、長丸が生まれたゆえ判らなくなった。作左が言うからには、弟が父上のようになるのか。されば、儂は？　儂が好かれぬのは、母上が好かれぬから？　長丸の母は好かれているからか）

理不尽さに於義伊は小さいながらも憤る。だが、どうにかなるものでもない。

信康の自刃から四十九日が過ぎた頃、長丸の名が竹千代《たけちよ》に改名された。幼名は元服するまでの仮名なので改名は珍しい。竹千代は跡継ぎが名乗る幼名で、家康も竹千代を名乗っていた。生まれたばかりの子なのに、家康の思い入れが窺える。

（作左の言っていたとおりか）

信康亡きあと、於義伊が長兄となる。跡継ぎだと口にすれば睨《にら》まれる。

於義伊は六歳にして、弟に仕えねばならぬことを暗黙で明言されたことになる。

「この先、なにがあるか判りませぬ。腐らず、また、軽々しいことは口にせぬよう」

於万が諭す。長丸改め竹千代が死去することを示唆しているようでもあった。

「はい」

大好きな母の言うことなので二つ返事で応じた。

家康とは疎遠となっている於万であるが、女の戦いをしていることが感じとれた。また期待されていることも。それだけで於義伊は嬉しかった。

翌年、西郷局は福松丸《ふくまつまる》を産み、さらなる家康の寵愛を深めていた。於万、於義伊親子は、相変わらず距離を置かれていた。

二

竹千代、福松丸兄弟の予備のような存在の於義伊に転機が訪れたのは天正十二年（一五八四）のこと。この年、小牧《こまき》・長久手《ながくて》の戦いが行われた。

天正十年（一五八二）六月十三日、山崎の戦いで主君・織田信長の仇を討った羽柴秀吉《はしばひでよし》は、翌年、賤ヶ岳《しずがたけ》の戦いで柴田勝家《しばたかついえ》に勝利し、北ノ庄城を落として織田家筆頭の地位となり、嘗《かつ》て一向一揆の総本山・石山本願寺《いしやまほんがんじ》のあった地に大坂城を築きはじめて勢力を拡大、麾下を含めれば二十二ヵ国を差配できる地位にまで昇っていた。

この間、家康は駿河のほかに甲斐《かい》一国と信濃《しなの》の大半を版図に収めるものの、秀吉との差は開くばかり。秀吉の拡大を警戒した家康は織田信雄《のぶかつ》を誘い、小牧・長久手の戦いを仕掛け、局地戦で勝利したまではよかったものの、同盟者の信雄が単独で秀吉と和議を結んでしまったので、家康は圧された形で矛《ほこ》を収めざるをえなかった。信雄が娘を人質に差し出したので、和睦という名の敗北である。さすがの家康も単独で秀吉に対抗するわけにいかず、信雄に倣うしかなくなった。

草木もすっかり枯れ果てた十一月下旬、十一歳になった於義伊は、家康が居城とする駿河《するが》の駿《すん》府《ぷ》城に呼ばれた。案内された六畳の部屋に入ると家康がいて薬研《やげん》で薬をひいていた。

「おお、来たか」

「お呼びと聞きましたゆえ、参上致しました」

二間（約三メートル半）ほど離れた場所に腰を下ろし、於義伊は両手をついて挨拶をした。

薬研を止めて家康は於義伊を見る。初めて会った時と同じで、笑みはなかった。

「大坂に行ってくれ」

「畏《かしこ》まりました。いかようなご用命でございますか」

父親からの下知なので嬉しい。家康の役に立てると、於義伊は素直に喜んだ。

「羽柴筑前守《ちくぜんのかみ》殿には子がおらなんでの、そこでそちを是非にも養子にしたいと申してきた。儂も悩んだんじゃが、そちのためにもいいと思って応じた」

この十一月、秀吉は従三位の権大納言に叙任されているが、家康は信長時代に任じられた官途で呼ぶ。家康は信長の同盟者。秀吉は信長の家臣だという認識でいるようだった。

「質ということにございますか」

於義伊も世の情勢は判るつもりだ。

「養子だと申したであろう。上方の政《まつりごと》、ようく学ぶがよい」

家康は不機嫌になって薬研を擦りだした。

秀吉に万が一のことがあれば、羽柴家全てとは言わずとも、一国や二国は得ることができる。今後、天下を狙う家康とすれば上方に拠点があることは有り難いはずだ。また、秀吉の情報をまめに送れということでもあろう。但し、家康と秀吉が再び争うことになれば、人質は斬られる運命にある。賤ヶ岳の戦いで敵対した織田信孝《のぶたか》の母親と娘は磔にされていた。

「承知致しました」

すでに決定しているならば、拒否することはできない。また、於万の息子は腰抜けなので敵中に入ることができない、などと間違っても言わせるわけにはいかない。応じるならば、喜んで応じるほうがいい。これも処世術の一つである。

於義伊はすぐに浜松城に戻り、上坂の支度にかかった。

「わたしの立場が弱いばかりに、そなたには辛い思いをさせてすまぬの」

和議が破談すれば斬られるかもしれない。於万は於義伊を見て涙ぐむ。

「母上、某は質ではなく養子でございます。聞けば羽柴様は権大納言。こう言ってはなんですが、父上よりも位は上です。某は常々、京、大坂を見てみたいと思っておりました。それが叶うので、胸の高鳴りを止められません。どうか、そう嘆かれませぬよう」

母の悲しむ姿は見たくない。於義伊は強がってみせたが、上方に興味を持っているのは事実だった。

温暖な浜松でさえ北風が強まった十二月二日、於義伊は本多重次に伴われ、浜松城を出立した。ほかには重臣・石川数正《いしかわかずまさ》の息子の勝千代《かつちよ》（康勝《やすかつ》）、本多重次の息子の仙千代《せんちよ》（成重《なりしげ》）などが扈従《こしょう》している。

於義伊ら一行は東海道を通り、遊山《ゆさん》気分で馬に揺られ、十二月中旬、摂津《せっつ》に到着した。

馬の脚が進むほどに大坂城が大きく見える。

「これが大坂城か」

浜松や岡崎城とは違う漆黒に輝く城である。於義伊は壮大さに愕然《がくぜん》とした。

大坂城は、かつて信長を十一年も苦しめた石山本願寺跡の上町台地《うえまちだいち》の北端を造成した広大な平城《ひらじろ》である。北から西にかけて淀川《よどがわ》（大川《おおかわ》）、北東から西に大和川《やまとがわ》、東からは平野川《ひらのがわ》、東の南北に猫間川《ねこまがわ》が流れているのを天然の惣濠《そうぼり》とし、各々の川から引き込んだ水を外堀と内堀に流し込み、三角州を埋め立てて築いた町をそっくり取り込む形は惣構《そうがま》えと呼ばれている。

（父上はかような城を築く御仁に勝利なされたのか）

巨大な城に圧倒されながらも、冷淡な家康に尊敬の念を持った。

一行は大手門で一旦足を止めた。徳川家に使者として赴いた奉行の富田知信《とみたとものぶ》（一白《いっぱく》）に取次ぐと、四半刻（約三十分）ほどして知信は現れた。丸顔の温厚そうな人物であった。

「遠路はるばるようまいられた。こちらに」

於義伊らは案内役を命じられている富田知信に従った。

惣構えの中心には一際目を見張る天守閣が聳《そび》えている。五層八重に積み上げられた天守閣は青黒く光り、ちりばめた金銀が眩《まばゆ》く輝いている。ほかにも表御殿・奥御殿のある本丸があり、その周囲を二ノ丸、三ノ丸、西ノ丸、山里曲輪《やまざとくるわ》が取り巻く構造になっており、まだ普請は続けられているが、まさに難攻不落である。於義伊は見るほどに驚かされるばかりだ。

城内では騎乗は許されず、徒《かち》となる。富田知信に案内されてはいるが、何処《どこ》をどのように通ったか忘れてしまうほど広い敷地であった。城は居住地、政庁、防衛施設を兼ね備えているので迷路のようになるのは仕方ない。それでも、まだ途中ではあるが、庭には白い石が敷き詰められているところもあり、心を和ませる配慮がなされていた。

いよいよ本丸御殿の中に足を踏み入れた。外廊下は鏡のように顔が映るほど丁寧に磨きあげられ、壁には金粉銀粉が埋めこまれている。檜《ひのき》柱の柔らかい色に続き、漆で輝く柱が並ぶ。内廊下は畳で芳しい藺草《いぐさ》の香りを嗅ぐことができた。

「しばし、こちらで待たれよ」

富田知信の指示で控えの部屋に腰を下ろした。周囲を見渡すと、襖にも金や銀をあしらった虎や豹《ひょう》が描かれており、それに睨まれて威圧される。さらに天井には色とりどりの花が咲いていた。蒼い光沢を放つ畳の縁《へり》は高麗《こうらい》や繧繝《うんけん》。質素倹約に努めている徳川家とは大違いである。

財力は政治、軍事力の賜物であることは元服前の於義伊にも判る。無言の重圧を受けていると、再び富田知信が呼びに来たので、於義伊と本多重次が従った。

「こちらに」

案内された場所を目にした途端、於義伊は愕然とした。

「なんと！」

そこは緑色の海かと思うほどである。千畳敷きの大広間と呼ばれる場所であった。岡崎、浜松、駿府城の主殿の広間の優に十倍以上もある。まさに天下人の広間である。

上座から十間（約十八メートル）離れた場所を指示され、二人は腰を下ろした。上座には畳を十枚ほども重ねた二畳間が作られていた。

四半刻の半分（約十五分）ほど待たされて、数人が大広間に入ってきた。そのうちの一人が首座に就いた。即座に二人は平伏する。

「御尊顔を拝し、恐悦至極に存じます。徳川三河守家康が次男・於義伊にございます」

於義伊は言い含められた挨拶をした。

「於義伊か、役目大儀。そこではそちの顔が見えぬ。面《おもて》を上げて近《ちこ》うまいれ」

鷹揚《おうよう》に秀吉は言う。高めの声でよく通る。ただ、そう命じられても、無官の者が殿上人に対して直視することはなく、足の先辺りに視線を落とすのが礼儀である。於義伊は一尺（約二十センチ）ほど前に進み、高貴な人には恐れ多くて近づけないという仕種をする。これを何度も繰り返すのが常である。

「構わぬ。煩わしい儀礼は無用。近う」

先ほどよりも少し声の音調が高くなったので、於義伊は言われるとおりに従った。それでも視線は落としたまま擦り寄り、二間（約三メートル半）のところで膝を止めた。

「直視を許す。面を上げよ」

改めて許可されたので於義伊は応じて顔を上げた。

（この人が十万以上の兵を動かすことのできる人。儂を大坂に呼び寄せた人か）

日焼けした顔は皺が多く、噂どおり猿に似ている。子供かと思うほどの矮軀《わいく》。なんとなく笑みを湛《たた》えているように見えるが、金壺眼は笑っておらず、於義伊の心中を覗《のぞ》いている。

諸説あるが、一般的にはこの天正十二年（一五八四）では家康より六歳年上の四十八歳。唐織りの錦の袖無し陣羽織を身に纏《まと》い、赤に金と銀をあしらった袴《はかま》を穿いている。足袋も金色に輝いている。成り上がり者なので派手好きなのであろう。

「よき顔ではないか。徳川殿も良い男子をくれた。於義伊、これより、そちは我が養子じゃ。近く元服もさせるゆえの。楽しみにしておれ」

秀吉は満足そうに告げると、側近たちとともに広間を出ていった。

（儂は嫌われなかった。父上には遠ざけられていたのに）

人質として上坂したにも拘わらず、於義伊は秀吉に悪い印象は持たなかった。

その後、於義伊は秀吉の正室の北政所《きたのまんどころ》（お禰《ね》）にも挨拶した。脹《ふく》よかで温かみのある女性であった。

「慣れぬ地で、判らぬことも多々あろうが、みな優しいゆえ、遠慮のう聞くがよい。秀吉様も於義伊殿には期待されているゆえ」

秀吉同様に、北政所は寛大な態度で於義伊を労《ねぎら》った。

（期待。儂は歓迎されておる）

大人の打算もあろうし、阿諛《あゆ》もあろうが、於義伊には初めてのこと。嬉しくて仕方がなかった。

役目を終えた本多重次は帰途に就き、於義伊は城内で暮すことになった。家臣たちの分も含め、数部屋が与えられた。

於義伊は大切に扱われた。学問は五山の僧、兵法は柳生新陰《やぎゅうしんかげ》流や中条《ちゅうじょう》流、鑓流は宝蔵院《ほうぞういん》流、弓術は日置《へき》流、馬術は大坪《おおつぼ》流、砲《ほう》術は津田《つだ》流、捕手《とりて》術は竹内《たけのうち》流を学んだ。

（信康兄亡き後、儂が一番優れていることを証明してくれる）

一刻も早く元服して初陣を飾るため、於義伊は文武に没頭した。

そのかいあってか、秀吉から元服が許され、秀吉と家康からの偏諱《へんき》を受け、秀康と名乗ることになった。さらに従四位下の三河守に叙任し、河内《かわち》の国で二万石を与えられた。

「有り難き仕合わせに存じます。天下のため、身命を賭して励む所存でございます」

僅《わず》か十一歳であるが、秀吉の養子になったことで家康から独立した大名として認められた。徳川家の分断を謀っているかもしれないが、今の秀康にはどうでもいいことだった。

秀吉にとっては軽い腹芸で秀康を摑《つか》んでしまった。家康とすれば想定内のことだったのか、本多重次を使者として送る程度で、秀康を秀吉に取り込まれても慌てる様子はなかった。

因みに、実子のいない秀吉には秀康以外にも養子はいた。信長の五男（四男とも）の秀勝《ひでかつ》、実姉・智《とも》の長男の三好孫七郎《みよしまごしちろう》（秀次《ひでつぐ》）、宇喜多秀家《うきたひでいえ》。こののちもさらに増えていくことになる。

（儂はほかの養子には負けぬ。秀吉殿の跡継ぎになってみせる）

秀康は素直に意欲を燃やした。

秀吉の思惑は、秀康を可愛がることで家康の警戒を解き、上坂させて臣下の礼をとらせることであるが、天正十三年（一五八五）が明けても家康は駿府を動こうとしなかった。

「お父上のこと、大納言様も危惧なされてござる。上坂を勧めてください」

二十六歳になる才槌頭《さいづちあたま》の奉行・石田佐吉《いしださきち》（三成《みつなり》）が淡々と告げる。

佐吉は近江《おうみ》の坂田《さかた》郡石田《いしだ》村の出身で、浅井旧臣の石田藤左衛門正継《とうざえもんまさつぐ》の次男として誕生した。幼少から利発で、近くの観音寺《かんのんじ》で手習いをしていた時、新たな領主となった秀吉が鷹狩りの帰りに立ち寄って顔を合わせたという。

この時、佐吉は秀吉に三献《こん》の茶を出してもてなした。三献の茶とは、最初は微温《ぬる》い茶を茶碗いっぱいに。二杯目は、ほどよい温度の茶を茶碗の半分。三杯目は熱い茶を少々。これが、一番、喉の渇きがとれるとのこと。秀吉は佐吉の気遣いに感心して家臣にしたというもの。秀吉は頭の回転の早い佐吉を側から放さないとも伝わっている。

「承知した」

佐吉が言うからには秀吉の命令であろう。秀康は駿府に遣いを送るが、家康からは梨の飛礫《つぶて》であった。秀康の肩身は狭くなるばかりだ。

三月十日、正二位、内大臣に昇任した秀吉は、前年に家康と誼《よしみ》を通じた紀伊の根来《ねごろ》、雑賀《さいか》の討伐を宣言した。

「なにとぞ、初陣をお許し戴きますよう」

秀康は秀吉に懇願した。

「紀伊では戦にはならん。そなたは我が養子じゃ。然《しか》るべき戦いに参じさせる。それまで弓馬の稽古を怠らぬよう」

養父の秀吉には拒まれた。家康が上坂しないからに違いない。秀康は落胆した。餌をお預けされた犬のような心境である。

広言どおり、秀吉は六万もの軍勢を動員し、三月二十三日に根来寺を焼き払い、翌二十四日には雑賀を攻め、四月二十二日には太田城を水攻めにして陥落させ、二十四日には帰坂した。わずか一月《ひとつき》少々のできごとであった。

さらに秀吉は七月には従一位、関白を叙任して姓を藤原に改姓し、同月、家康と通じた土佐《とさ》の長宗我部元親《ちょうそかべもとちか》を下して四国を統一した。自身は四国に渡らず、弟の秀長らだけで平定している。ここでも秀康は参陣を認められなかった。

秀吉は家康の麾下となった信濃上田の真田昌幸《さなだまさゆき》に手を伸ばして離反させた。激怒した家康は大《お》久保忠世《くぼただよ》ら七千の兵を派遣するも、閏八月二日、昌幸の計略にかかって徳川勢は敗走させられた。家康は秀吉に牽制されているので、自身は出陣できなかったことが敗因だとしている。

「よもや、父上が敗れるとは」

長久手の局地戦では秀吉軍に勝利した家康なので、敗北は秀康には衝撃であった。

秀吉は越後《えちご》の上杉景勝《うえすぎかげかつ》とも誼を結んでおり、背後を固めると、越中《えっちゅう》の佐々成政《さっさなりまさ》を攻め、八月二十日には下した。この出陣にも秀康は加えられなかった。

「父上が上坂なさらねば、儂は初陣を果たすことができぬのか。これが質というものか」

秀康は人質の処遇に悩まされていた。

家康も負けたままではいられない。改めて真田攻めの準備を始めた。その最中の十一月十三日、二大巨頭の一人、石川数正が家族と僅かな家臣を引き連れて出奔し、秀吉の許に走った。

石川数正は家康が今川家に人質として差し出された時、一緒に同行した股肱《ここう》の臣であり、以来苦楽を共にした。大事な岡崎城代を任され、これまで秀吉との折衝役も任されていた。

出奔の理由は、秀吉と家康の力の差を見せつけられ、勝てぬと察したこと。すでに越中の佐々成政も秀吉の軍門に降り、上杉景勝も臣下の礼をとるという。家康は孤立するばかり。秀吉が家康討伐の兵を挙げれば、秀康とともに人質になっている勝千代が斬られるかもしれない。息子を不憫《ふびん》に思ったからだという。石川数正は十万石で調略を受け、応じたようである。

勝千代は秀康の前に跪《ひざまず》き、泣きそうな顔で額を畳に擦りつけた。

「申し訳ございません。お詫びのしようもございません」

「そちのせいではない。これも武家の倣い。乱世ではよくあることじゃ。それに、儂は殿下の養子。そちと敵になったわけではない。儂の小姓ではなくなるが、こののちも昵懇《じっこん》で頼むぞ」

勝千代を非難しても始まらない。秀康は寛大に声をかけた。

こうして勝千代は秀康の許を離れていったが、駿府から替えの小姓は来なかった。

石川数正を失った家康は驚愕した。家中のことが全て秀吉の知ることになったのである。これより家康は軍編制などを歳月をかけて武田流に変更しなければならなかった。

それだけではなかった。本多重次の命令で重次の甥の本多源四郎《げんしろう》（富正《とみまさ》）が上坂した。

「殿の下知で仙千代に替わることになりました」

神妙な面持ちで源四郎は言う。仙千代と同じ十四歳。厄介払いされたせいか、嬉しそうな表情ではない。源四郎は重次の兄の重富《しげとみ》の一子である。重富は信康の側近であったが、信康が自刃に追い込まれたので、所領を召し上げられ、重次の許で蟄居《ちっきょ》している。源四郎は重次の命令に否とは言えぬ立場にあった。

忠義心に篤い本多重次であるが、自身の息子は可愛いようである。

「左様か。源四郎、頼むぞ」

大名とはいえ名ばかりなので、秀康もまた拒める立場にはない。近侍する家臣を大事にするしかなかった。

仙千代は源四郎に替わって帰途に就いた。

（やはり儂は捨てられたんじゃな）

秀康は寂寥感《せきりょうかん》にかられた。

石川数正を得た秀吉は、十一月二十八日、信長の弟の織田長益《ながます》（有楽斎《うらくさい》）と信雄の家臣の滝川雄利《かつとし》を家康の許に送り、改めて上坂命令を出した。

家老を引き抜かれた家康は素直に応じるはずもなく、拒否した。勿論、拒めば秀吉が本腰をあげて出陣することは明白。家康は娘の督姫《とく》が嫁ぐ小田原の北条《ほうじょう》氏に加勢を求めた。

二十九日、秀吉は近江の坂本で報せを受けて激怒し、家康討伐を宣言した。小牧・長久手の戦い以上の兵を動員させるとも言い放った。

秀吉は闘志満々であったが、その日の晩、中部地方を中心としたマグニチュード八とも言われる大地震が勃発した。都の寺社は幾つも倒壊し、家屋は潰れ、死者は多数出た。

丹後《たんご》、若狭、越前には津波が押し寄せ、多数の人が流された。近江、伊勢以外でも被害は多数に及ぶ、と左京にある吉田神社の神主の吉田兼見《よしだかねみ》は日記に記している。秀吉は慌てて大坂に逃げ帰った。

地震の被害は甚大なもので伊勢長島《ながしま》城は焼失し、飛騨《ひだ》の白川、帰雲山《かえりくもやま》（標高一千六百二十二メートル）は崩れた。

秀吉はかつて居城にしていた近江の長浜《ながはま》城に十数万人の兵を喰わせる兵糧を運び込み、家康攻めの前線基地としていたが、城は炎上、城下は消滅した。美濃《みの》の大垣《おおがき》城も崩落、伊勢の亀山《かめやま》城も倒壊。周辺はほとんど同じような状況で、とても戦ができる状態ではなかった。

さらに天皇の御所も崩れたので、秀吉は都の再建をしなければならず、ついでならばと翌年、都に聚楽第《じゅらくだい》を築くための準備を始めさせた。

「家康という男、運は持っているようじゃ」

秀吉は出陣を先延ばしにするしかなかった。

（よかった）

ひとまず実父と養父の戦が回避でき、秀康は胸を撫で下ろした。

真田の問題が片づかぬ時に秀吉との直接対決を避けることができ、家康も安堵したという。

秀吉は聚楽第が完成した暁には天皇の行幸も視野に入れている。その前に家康を臣下に加え、九州を平定しておかねばならない。そうすれば東国を平定する大義名分の征夷大将軍の地位も手に入れられる。兵と費用を温存しておく必要があった。

「確か徳川殿には正室がいなかったの」

わざわざ秀吉が秀康の許に確認しに来た。

「仰せのとおりにございます。理由は定かではありませぬが、側室ばかりにございます」

正室の築山御前には苦い思い出がある。今川義元《よしもと》の姪の築山御前は気位が高く、国人衆から身を起こした徳川家を見下していた。名家の姫は同じようなものという認識が家康にあった、とは実子の秀康としては言えない。

「左様か。一廉《ひとかど》の武将に正室がおらぬのはまずいの」

秀吉は満足そうな表情で秀康の部屋を出ていった。

案を巡らせていた秀吉は妹の朝日《あさひ》姫を家康に妻《めあ》わせ、義兄弟の契りを結んで上坂させることにした。

朝日姫の夫は佐治日向《さじひゅうが》。二十年以上も前に結婚し、夫婦仲は良好であった。佐治日向は一介の農民であったが、秀吉が出世したので武士となり、名門の佐治姓を名乗っている。秀吉はこれを別れさせて家康に嫁がせる手筈を整えた。

離別させられた佐治日向は、恥じて自刃したという。

秀吉からの使者を受けた家康は天正十四年（一五八六）二月二十三日、秀吉に三つの条件を出した。

「一、関白の姫君（朝日姫）に男子が生まれても、御嫡子にはしない。
一、長丸を大坂の人質にはしない。
一、万が一、家康が御逝去しても、御領五ヵ国に関白は手出しせず、長丸を扶助して御家督を認めること」
秀吉は家康の条件を呑み、婚儀に応じれば起請文《きしょうもん》を差し出すと返した。

家康としても秀吉との総力戦は避けたいところ。朝日姫との結婚はあくまでも政略で色恋は関係ない。人質を取ることにもなる。望んだわけではないが、家康は婚儀に応じた。

五月十四日、朝日姫が浜松の家康に輿入れした。それでも家康は上坂しない。

九州では薩摩《さつま》の島津《しまづ》家が勢力を拡大し、秀吉の命令を無視して北進を続けている。秀吉は早く九州征伐をしたいが、家康を麾下にしなければ安心して畿内を空けることはできない。そこで十月十八日、母の大政所《おおまんどころ》（仲《なか》）を岡崎城に下向させた。

これではさすがの家康も先延ばしにはできない。

十月二十七日、大坂で秀吉に謁見して臣下の礼をとった。

会見ののち、秀康は家康と顔を合わせた。

「御無沙汰をしております。お懐かしゅうございます」

「重畳至極。そちも健勝でなによりじゃ」

感動の対面であるが、家康は冷めた口調である。

「ところで、そちは大坂方の者になったのか？」

家康の口から、つれない質問が出された。

「一刻たりとも徳川のことを忘れたことはありませぬ」

「さればなにゆえ真田のことを、今少し詳しく報せてこぬのじゃ。儂が出陣できなかったお陰で真田づれに後れをとったわ。今となっては兵を挙げることも叶わぬ。我が生涯の汚点じゃ」

怒りをあらわに家康はもらす。お前は本当に儂の息子か、そんな憤った目である。

「申し訳ございません。人手が足りず、源四郎も替わったばかり、監視の目も厳しゅうございましたゆえ」

勝千代の抜けた穴は埋まっていない。石川数正は多くの家臣の一人ではない。家老に出奔された責任はないのか、と問いたいところであるが、家康の機嫌を損なうので、秀康は堪えた。

「そちは、あの男（秀吉）から直に禄をもらっているのではないか」

この当時、一千石で二十五人の兵を動員できるとされていた。二万石を得ている秀康は五百の家臣を雇えることになる。

「仰せのとおりにございますが、信の置ける家臣は簡単には……」

得ることはできません、と言おうとしたところ、遮られた。

「言い訳無用。上方にいて温《ぬる》ま湯に浸かっておるゆえ、左様に甘えたことを申しておる。当家がいかに苦杯を舐めて今があるか判らぬのか。今少し家臣との親睦を深めよ。さすれば、そちのために命懸けで働く者が出てこよう」

「承知致しました」

そう答えるしかなかった。

秀吉の麾下となった家康は一応の目的を果たし、帰国の途に就いた。上坂の最中、家康は秀吉の配慮で従三位、権中納言に任じられていた。

家康から「家臣との親睦を深めよ」と言われたが、秀康はどうしていいか判らない。戦でもあれば、それに向けて励めるが、まだ出陣の予定はない。

そこで秀康は鷹狩りを共にするなどは言うに及ばず、夜の街に繰り出すことにした。場所は都にある二条の柳馬場《やなぎのばんば》は俗にいう遊廓《くるわ》である。

遊廓が都で公認されたのは、室町三代将軍の足利義満《あしかがよしみつ》が金閣寺を造営した応永《おうえい》四年（一三九七）、九条の里とされている。年を経て応仁《おうにん》の乱ののち二条柳町に移された。秀吉が正式に認めるのはもう少し後になるが、これまでさして問題が起きていなかったので、目溢《めこぼ》しされていた。

赤い格子のような柵に囲まれた遊廓。陽が落ちて籠提灯《かごちょうちん》に火が灯されると、笛や鼓の音がしはじめてくる。途端に男の往来が多くなった。

幾つかの店が並び、中からは鉦《かね》や太鼓の音が聞こえる。格子のついた店先には華美な着物に身を包んだ女性が三人おり、秀康らに誘いをかける。

秀康らは店の中に入り、呑めや歌えの大騒ぎ。さらに床入りして遊廓を謳歌した。

一方、家康を配下にすることができた秀吉は十二月一日、九州出馬を翌年の三月に定めた。戦の名目は紛争の停戦命令に従わぬためである。これはのちに惣無事令《そうぶじれい》と呼ばれている。

惣無事令とは戦国の大名、領主間の交戦から農民間の喧嘩、刃傷《にんじょう》沙汰に至るまでの抗争を禁止する平和令であり、領地拡大を阻止し、秀吉政権が日本全土の領土を掌握するための私戦禁止令である。争い事は関白の名の下に全て秀吉が裁定を下し、従わぬ者は朝敵として討つというものである。

九州全土の支配を目指す島津氏は平安時代に始まる惟宗《これむね》を出自《しゅつじ》とするのが通説で、建久八年(一一九七)、惟宗忠久《ただひさ》が源《みなもとの》頼朝《よりとも》から日向《ひゅうが》、大隅《おおすみ》、薩摩の守護に任ぜられた由緒正しい家柄である。信長の草履取りから成り上がった出来星関白の命令など聞く気はない。織田政権がすぐに潰れたので、同じようなものだと甘く見ており、怒濤《どとう》の勢いで北進を続け、今や九州を席巻《せっけん》する勢いであった。

「少将《しょうしょう》、喜べ。九州がそなたの初陣じゃ」

家康が上坂したからであろう、満足そうな顔で秀吉は言う。前年の七月、秀康は従四位下の左《さ》近衛権少将《こんえごんのしょうしょう》に任じられていた。

「有り難き仕合わせに存じます。殿下の養子の名に恥じぬよう戦陣を駆ける所存です」

上坂してこれ以上の喜びはない。秀康は満面の笑みで応じた。

この年の十二月十九日、秀吉は太政大臣《だじょうだいじん》に任じられ、姓を豊臣に改めた。まさに臣位を極めたと言っても過言ではなかった。

三

秀康は板の間の部屋で日の丸威胴丸具足《おどしどうまるぐそく》を身に着けて床几《しょうぎ》に腰を下ろした。具足に身を固めて武技の稽古をしたことはある。動きづらさに慣れなければ、戦場では役に立たないからである。なので初めてではないものの、ずっしりと重く感じるのは、修練とは違い、実戦の場に赴く緊張なのかもしれない。戦う場は遠い九州の地なのに。当然、恥ずかしくて口にできるものではなかった。

三方《さんぼう》が運ばれてきた。上には鮑《あわび》、栗、昆布が載せられている。秀康は備え用とは別に小さく刻まれた物をそれぞれ小さくひと摘みずつ口に入れた。ろくに嚙まぬまま酒で流し込んだ秀康は小さな盃を床に叩きつけた。

「出陣じゃ！」

「おおーっ！」

秀康が叫ぶと本多富正（源四郎）をはじめ、土屋昌雄《つちやまさお》、永見貞武《ながみさだたけ》らは呼応し、部屋を出た。

中庭には艶のある黒柿《くろがき》色の駿馬に蒔絵《まきえ》の鞍が置かれている。騎乗した秀康はゆっくりと馬を進めた。時に天正十五年（一五八七）三月一日、秀康は秀吉の本隊とともに大坂を出立した。八万数千を超える軍勢である。秀康は百人ほどを率いていた。

すでに前年から数万の兵を九州に上陸させているが、十二月十二日、四国勢は豊後《ぶんご》の戸次《へつぎ》川の戦いで島津家久《いえひさ》らに大敗を喫していた。

色とりどりの旗指物が春風に靡《なび》き、華美な具足に身を包んだ豊臣麾下の兵は延々と続いた。秀吉は物見遊山のようにゆっくりと進み、途中で厳島《いつくしま》神社を参拝する余裕もあった。

というのも、秀吉の出陣を知ると島津氏に従っていた九州の国人衆は挙《こぞ》って豊臣家に鞍替えし、先発隊の黒田孝高《くろだよしたか》や小早川隆景《こばやかわたかかげ》らに跪いている。これらを合わせれば豊臣軍は二十万を超える大軍になるので、島津軍は支配した地を放棄して、撤退を開始しはじめたところであった。

秀吉が長門《ながと》の赤間ヶ関《あかまがせき》に到着したのが三月二十五日。ここで秀吉は軍勢を二つに分けて薩摩を目指すことを発表した。

九州の東側、豊前《ぶぜん》から豊後、日向、大隅、薩摩と進む軍勢を東軍とし、秀長《ひでなが》を大将として毛利《もうり》輝元《てるもと》、吉川元長《きっかわもとなが》、小早川隆景、宇喜多秀家、黒田孝高らの八万余の軍勢である。

九州の西側、豊前から筑前、筑後、肥後を経て薩摩に南下する西軍は前田利長《まえだとしなが》、蒲生賦秀《がもうますひで》（氏郷《うじさと》）、羽柴秀勝、長岡忠興《ながおかただおき》。堀秀政《ほりひでまさ》、池田照政《いけだてるまさ》らが属す十万余の軍勢は秀吉本人が率いることになった。

三月二十八日、秀吉は関門《かんもん》海峡を渡り、豊前の小倉《こくら》城に入城した。

「まだ降伏して来ぬ戯《たわ》けがいるようじゃの。一掃致せ」

秀吉は羽柴秀勝を大将に命じ、前田利長、蒲生賦秀、佐々成政らを軍勢に加えた。この秀勝は信長の五男ではなく、姉の智の次男で秀次の弟になる小吉《こきち》のこと。先の秀勝は二年前に病死した。

「少将、初陣じゃの。逸《はや》らず、逸れ」

秀吉、独特の言い廻しだ。

「有り難き仕合わせに存じます。先陣を駆け、一番乗りを果たす所存です」

初陣を許された秀康は歓喜に震えながら応じた。

羽柴秀勝ら二万の軍勢は小倉城から八里（約三十二キロ）ほど南に位置する巌石城《がんしゃく》に向かった。

秀康は初めて飛雲脇立付《ひうんわきだてつき》・黒漆塗唐冠形兜《くろうるしぬりとうかんなりかぶと》をかぶるが、昂揚のせいか重いとは感じなかった。

巌石城は岩石山（標高四百四十六メートル）に築かれた山城で、石垣や土塁、堀切に守られ、豊前一の堅城と呼ばれていた。攻め口は北東、北西に二ヵ所、南西に二ヵ所の五ヵ所。北東は搦手《からめて》に通じているが、延びる尾根は四つ巨岩に遮られる断崖なので不向き。残る四ヵ所に兵が集中することは誰の目にも明らかであった。

「少将殿には北東の搦手をお願い致す」

同じ秀吉の養子で大将の秀勝から告げられた。

「承知……致した」

秀勝は秀吉の縁者であり、年長であり、巌石城攻めの大将であり、五千の家臣を率いて参陣していた。秀康は否と言える立場にはなかった。

「くそっ、一番、仕寄りにくい地を宛《あ》てがいよって。儂に功を挙げさせぬ気か。されば いかな切所《せっしょ》であろうとも進み、一番乗りをして当家の武勇を示すのじゃ」

秀康は家臣の尻を叩くが、ここでも二陣に据えられた。先手は前田利長である。利長は利家《としいえ》の嫡子で賤ヶ岳の戦いをはじめ諸所で戦い、越中の三郡三十二万石を与えられていた。利家の監視下にあるものの独立した大名である。

さらに佐々成政もいた。成政は信長の馬廻出身で、設楽原の戦いでは前田利家らと鉄砲衆を率いて武田勢を撃破した。秀吉にこそ敗れはしたものの、諸戦場で活躍した戦上手である。悔しさは募るばかりだ。

城に籠るのは秋月種実《あきづきたねざね》の家臣の飽田《あくた》（芥田）悪六兵衛《あくろくひょうえ》、熊井久重《くまいひさしげ》らの三千。ただ、豊臣の大軍が接近すると、兵は夜陰に乗じて逃亡し、秀康らが遠巻きに城を囲んだ時には半数以下に減っていた。

秀勝は常道どおりに降伏勧告を行うが飽田悪六兵衛らは拒否した。

四月七日、早朝から総攻撃を行った。

「我らは尾根道を通ってはおらぬ。これは抜け駆けに非《あら》ず。先手より先に一番乗りを果たしたとて、約定に背いてはおらぬ。ふんばれ！」

秀康は家臣の尻を叩き、自らも東の急峻な地を登った。とても騎乗して進めるような傾斜ではないので、守宮《やもり》のように這いつくばっての行軍であった。

搦手の進軍は困難を極めたが、大手を進む蒲生賦秀勢は死を恐れずに攻め登った。城兵は矢玉を放ち、石や棍棒《こんぼう》を投げ、熱湯や糞尿を撒いて迎撃に努めるが、硝煙が消えることはなく放ち続けられる膨大な量の鉄砲に対抗することができず、三ノ丸に続いて二ノ丸が落ちた。城兵は本丸に逃げ込んで最後の抵抗を試みるも、矢折れ弾尽き、鑓の柄は折れ、太刀は歪み、遂に昼過ぎには全兵は討死にして、城は陥落した。

「城は落ち申した。蒲生殿らが本丸でお待ちしてござる」

秀康は泥と汗で黒くなりながら傾斜の中腹まで差し掛かったところで、佐々成政からの使者を受けた。

「なんと、一合《ごう》も敵と交えぬこともできぬとは……。二陣に置かれた不運さよ」

報せを聞いた秀康は涙をこぼして嘆いた。

本丸に行くと周囲には首のない骸《むくろ》が数多《あまた》横たわっていた。

「これは飾りか」

鯉口《こいくち》を切れなかった童子切安綱の柄を握り、秀康は肩を落とした。

見兼ねた佐々成政が近づいた。

「そう落ち込まれるな。貴殿はまだ若く、戦は今日だけに非ず。次は必ず恨みを晴らされませ」

「今日の屈辱は忘れぬ」

涙を嚙みしめながら秀康は次の戦場に目を向けた。

後日、秀吉の本陣に戻った佐々成政は、秀康のことを報告した。

「さても少将殿は、よくよく徳川殿に似ておられる」

「陸奥守《むつのかみ》（成政）よ、さには非ず。少将は我が養子なれば、弓箭《きゅうせん》（戦）気質《かたぎ》も、この秀吉に似たのよ」

秀吉はからからと笑い、秀康に慰めの使者を送った。

巖石城が僅か一日で落城した。これを察したのか、三日、秋月種実は息子の種長《たねなが》とともに剃髪して古処山《こしょさん》城を開城、楢柴肩衝《ならしばかたつき》を献上し、人質を差し出して降伏した。

秋月種実の降伏が認められると、近隣の高橋元種《たかはしもとたね》、長野助盛《ながのすけもり》、麻生鎮里《あそうしげさと》、原田信種《はらだのぶたね》、杉連並《すぎつらみつ》らが挙って恭順の意を示した。

秀吉は諸将を許し、島津攻めの先鋒として兵を進ませ、十日には小倉《こくら》から二十里（約八十キロ）ど南西に位置する筑後《ちくご》の高良山《こうらやま》に着陣した。

秀康は高良山の南麓に陣を布いた。秀康は山を背にいつでも出撃できるよう鋒矢《ほうし》のように、南の敵に構えさせた。

これを秀吉は山頂から目にした。

「少将の兵は百騎に過ぎざるに、その陣立ての厚きこと。これでは猛将、勇士も正面からは仕寄れまい。むかし源九郎《げんくろう》（源義経《よしつね》）が屋島の戦いで、僅か八十の兵を率いて平家の大軍を襲い破りし陣形を彷彿する。少将は幼童にして、よくも身につけたものじゃ。天晴れ、傑出の良将じゃ」

秀吉は秀康の布陣を見て称賛した。

その後も九州の国人衆は続々と秀吉の前に跪いたので、ろくな戦闘をせぬまま南下を続けた。

一方、四月十七日、秀長らの東軍は日向南端の根白坂《ねじろざか》で島津本隊と激突。島津軍は夜襲を仕掛けてきたがこれを撃退。島津軍は撤退を余儀無くされた。

根白坂の敗北で島津軍の勢いはなくなり、薩摩、大隅で滅亡覚悟の消耗戦をしなければならなくなった。御家の消滅は避けなければならない。大将の義久《よしひさ》は剃髪して龍伯《りゅうはく》と号し、五月八日、秀吉が在する薩摩の泰平寺《たいへいじ》に赴き、降伏を申し出た。

秀吉はこれを認め、九州を支配下に収めた。

（結局、戦えなかったか。されど、まだ東国は手つかず。機会はある）

秀康は次の戦いに期待した。

巌石城攻めで覇気を示したせいか、翌年秀康は左近衛権中将《さこんえごんのちゅうじょう》に昇任した。

四

周囲の山々を染める紅葉が消えだした頃、十六歳になった秀康は都の聚楽第内の馬場にいた。ほんの数日前の天正十七年（一五八九）十一月二十四日、秀吉は北条氏直《うじなお》に戦線布告状を送り、諸将に関東征伐を宣言したばかりである。北条氏が秀吉の所領裁定を無視して真田領の名胡桃《なぐるみ》城を奪ったことへの制裁であった。

（こたびこそは戦陣を駆け、功を挙げてくれる）

翌年に大戦《おおいくさ》を控え、駿馬を駆る手にも力が入る。秀康は鞍から腰を浮かせ、前傾姿勢になって馬鞭を入れ、楕円の馬場を疾駆させた。

そこへ秀吉の馬番が戦に備えて調教を始め、秀康の右横に並びかけた。

「この無礼者！」

激怒した秀康は腰の太刀を抜き、馬上から一閃《いっせん》。首は地に転がり落ちた。

これを見た秀康の近習はおののき、秀吉の馬番たちは怒りと恐怖で顔を曇らせた。

「儂は権大納言・徳川家康の息子であり、関白殿下の養子じゃ。父や殿下であるならばいざ知らず、たとえいかに高貴な御仁であろうが、その馬であろうが、並びかけることは無礼千万。このちも討ち果たすゆえ、左様に心得よ」

秀康は毅然とした態度で言い放つと、秀吉の馬番たちは秀康を恐れて顔を引き攣《つ》らせた。

すぐにこのことは秀吉の耳に入った。秀吉は家臣を失うと同時に御料馬を血に染められたのだ。

「天晴れじゃ、中将は剛胆のみならず、早業も優れておる。頼りになる漢じゃ」

しかし、秀吉は罰するどころか褒めた。確かに馬上の抜き打ちで首を落とすのは、相当の手練である。この五月、側室の淀ノ方から、秀吉の実子の鶴松《つるまつ》が誕生しているので、秀吉はその補佐を若い秀康に托《たく》そうとしているのかもしれない。

翌天正十八年（一五九〇）三月一日、秀吉は都を出立した。

坂東武者との戦に胸を弾ませた秀康であったが、残念ながら活躍の場はなかった。二十万を超える圧倒的な兵力の前に、関東諸将の城は留守居ばかりということもあって開城を繰り返した。孤立無援となり、籠城の重圧に耐えきれなくなった北条氏直は七月五日に降伏し、およそ百年続いた戦国大名の北条家は滅亡した。

北条氏が滅んだのち、家康は東海の地から関東六ヵ国に移封となった。石高は東海五ヵ国約百二十余万石から二百数十万石への加増となるが、当時の江戸周辺は蘆《あし》が生えるのみの湿地帯で、まさに零から国造りをしなければならなかった。

「父上も大変じゃの」

報せを受けた秀康は対岸の火事のように捉えていたが、ひょんなことから他人事ではなくなった。

北条氏を下した秀吉は、続けて奥羽征伐に向かい、七月二十六日、下野《しもつけ》の宇都宮に着陣した。ここに下総《しもうさ》の結城《ゆうき》に居城を置く結城晴朝《はるとも》が小田原に続いて挨拶に訪れた。

「某、当年五十七になりますが、男子に恵まれず、跡取りがおりませぬ。なにとぞ殿下の御下知をもって相続致す男子を得させて戴けないでしょうか」

結城晴朝は平伏して秀吉に懇願した。

「よかろう。結城は鎌倉以来の名家。我が養子の秀康に継がせよう」

身一つで成り上がった秀吉は、肚裡《とり》では落ちぶれた名家を蔑《さげす》んでいるが、厄介払いするために持ち上げた。

秀吉には鶴松が誕生しているので、もはや養子は無用。秀康と同じように養子にしていた北政所の兄・木下家定《きのしたいえさだ》の五男秀俊《ひでとし》（のちの秀秋《ひであき》）を小早川家に押し付け、秀家も宇喜多家に引き取らせて処分している。そこで秀吉は秀康をどこかの家に引き取らせるように石田三成に命じた。

三成が目をつけたのが結城晴朝である。三成は今回、移封した家康を東から牽制する常陸《ひたち》の佐《さ》竹義宣《たけよしのぶ》とは昵懇の間柄。結城氏は徳川氏と佐竹氏の間に位置し、佐竹氏とも親しい関係にある。

結城晴朝は宇都宮国綱《うつのみやくにつな》の弟の朝勝《ともかつ》を婿にしているので跡継ぎに困っているわけではないが、秀吉からの提案という命令では拒むわけにはいかない。また、豊臣政権と近づくことができれば御家は安泰。二つ返事で応じ、自ら申し出たという形にしたことになる。

「有り難き仕合わせに存じます。当家は生涯、豊臣家に忠義を尽くします」

家康の実子にして秀吉の養子である秀康を自らの養子にできるとあって、結城晴朝は涙を浮かべながら額を主殿の床に擦りつけた。

家康には早々に伝えられた。慣れぬ関東の地で隣国に実子が配置されたことは悪いことではない。秀康を利用して十二万石を味方に引き入れようと思案した。最悪でも佐竹氏との緩衝地帯にするつもりだ。

秀吉に同行している秀康は秀吉に呼ばれた。主殿ではなく六畳間の一室であった。

「中将か、すでに聞いていようが、結城奴《め》が米搗《こめつ》き飛蝗《ばった》のごとく額を床に擦りつけてきかぬのじゃ。余も悩んだのじゃが、そなたのためにも、これは良いことではないかと思ったのじゃ」

難しい表情をしているが、決して笑わない金壺眼が微笑んでいた。

「知ってのとおり、金吾《きんご》は伊予に、宇喜多宰相《さいしょう》は備前に、於次《おつぎ》（秀勝）は越前にある。こののち奥羽征伐を終えれば、余は関白を秀次《ひでつぐ》に譲り、唐入りの采を執るつもりじゃ。それゆえ関東と奥羽に睨みを利《き》かせられる者がいる。信じられる者は我が養子のみ。もはやそなたしかいないのじゃ。この役目、受けてくれるか」

金吾とは衛門府《えもんふ》の唐名で、左衛門督《さえもんのかみ》の小早川秀俊のこと。宰相も同じく参議のことを指す。

尤《もっと》もらしいことを秀吉は言う。どこまで本気か判らない。半分は本音であろう。秀康を追い払いたいという思いは本音に違いない。

「無論、殿下の仰せとあれば、鬼でも死神にでも睨みを利かせる所存です」

北条氏が滅び、伊達政宗《だてまさむね》が恭順の意を示した今、秀吉に逆らう者はいない。落胆しても拒むわけにはいかない。応じるならば、秀吉を喜ばせるように口を開く。人質の世渡り方法である。

「そうか、受けてくれるか。さすが中将じゃ。佐吉（三成）、中将を結城に引き合わせよ」

秀吉は面倒を三成に押し付けて部屋を出ていった。

（今度は殿下に見捨てられるのか）

秀吉の養子は次々に整理されているので、いずれはと覚悟はしていた。

（結城か。小粒じゃの）

小早川家は三十五万余石、宇喜多家は五十七万余石もあった。

部屋で待っていると、三成が結城晴朝を連れて現れた。

「結城中務大輔《なかつかさたいふ》殿にござる」

髪も薄く白髪が多い、小柄な武将であった。結城氏は鎮守府《ちんじゅふ》将軍・藤原秀郷《ふじわらのひでさと》の末孫の小山《おやま》（結城）朝光《ともみつ》が、源頼朝の挙兵に参加して、下総の結城を領するようになった。室町時代は古河公方《こがくぼう》を主とし、その後、上杉、北条、佐竹氏の狭間にあり、なんとか名を繋いできた一族である。

これまでは秀吉の養子であったが、こののちは一介の武士になる。秀康は上座を義父になる結城晴朝に譲った。

「お初にお目にかかります。秀康にござる」

羽柴の姓も徳川の姓も、官途を名乗る気も失せたので名のみを名乗った。

「結城晴朝でござる。都から遠く離れた東の国。しかも石高も少なく、さぞかし失望しておられようが、いずれまた日の目を見る機会もござろう。それまで、ゆるりとなさるがよい」

見すかされているのか、慰めるような口調である。

「某はそれで構いませんが、中務大輔殿には跡継ぎがいたかと存ずるが」

「朝勝は、諭して宇都宮家に戻してござるゆえ、ご懸念は無用。当家はそうやって生き延びてまいった。いかに時の勢いがあろうとも、今川、武田、こたびの北条のようにしてはならぬ。武家は家名を残さねばならぬのじゃ。徳川殿のご子息なればお判りであろう。こののちも、この思案に変わりはない。そう心得られよ」

結城晴朝自身も小山家から養子に入った武将なので、家名さえ繋げば、血の繋がりはさして気にしていないのかもしれない。割り切っているようであった。

「承知致した」

天下などにはほど遠い。虚しさの中で秀康は頷いた。

秀康は嫌でも、もう一人どうしても会わなければならぬ武将がいた。家康である。

家康は宇都宮城には入らず、近くの寺を宿所とした。寺に入ると家康は本堂で重臣たちに囲まれていた。北条征伐中、何度か顔を合わせているので違和感はない。

「小田原以来にございます。すでにお聞きと思いますが、殿下の養子を解かれ、結城家に入ることになりました。我が不徳の至り。お詫びのしようもございませぬ」

当然、あなた様も承諾なされてのことでしょう。または、承諾させられた。秀康は自虐を匂わせながら挨拶をした。

「そう卑下することはない。鶴松様が生まれずとも、いずれはこうなることは判っていたこと」

鷹揚に家康は言うが、目蓋が少し広く開かれた。

「されど、判っていような。こののち、そちがなにをすべきかを」

結城氏を軸とし、下野の宇都宮氏、皆川《みながわ》氏、下総の水谷《みずのや》氏、多賀谷《たがや》氏など周辺の国人衆を取り込み、徳川方にしろということであろう。その多くが三成と親しい佐竹氏と懇意にあった。

「承知しております。されど、まずは某が結城の家を掌握することに尽力せねばなりませぬ。かようなことをしたことがありませぬので、少々の歳月が必要かと存じます」

「さもありなん」

家康も判っているようで、頷いた。

（養子から外された儂に、殿下はなに一つ期待しておるまい。徳川の父は味方だと思ってもおるまい。結城の者たちは、いかな思案でいるのかの。儂はいかな立場をとればいいのか）

目標を失った秀康は、寺を離れながら、困惑していた。

家康は八月一日に江戸入りした。秀康は遅れること六日、養父の晴朝と結城の地を踏んだ。

（これが結城の城か）

城を目にした秀康は溜息を吐いた。結城城は北から東を流れる田川を天然の惣濠とし、西から南を深田や湿地が広がる地に築かれた丘城で、土塁と水堀に守られていた。城の敷地は南北七町半（約八百メートル）、東西五町半（約六百メートル）ほどである。この辺りの城とすれば相応の城であるが、浜松城をはじめ、大坂城、聚楽第に住んできた秀康とすれば失意を感じざるをえない。改めて都落ちしたことを実感させられた。

実城《みじょう》（本丸）の主殿に入ると、家老の玉岡八郎《たまおかはちろう》をはじめ、比楽源三郎《ひらげんざぶろう》、武井十郎《たけいじゅうろう》など十数人が居並んでいた。領内の仕置、家臣の支配等したことがない、秀吉の養子であった秀康をどう揉んでやろうか、手ぐすね引いて待っていた、といった表情である。

「秀康じゃ。ゆえあって結城家に入ることになった。儂が当主になるゆえ、もはやこれまでのように結城が他家に脅かされることはない。それゆえ安心して領内の仕置に務めてくれ」

「承知致しました」

皆、素直に応じた。まったく反発がないことは、かえって疑念が湧く。調子いい返事をしておいて協力しない場合もある。秀康は言葉どおりに信用するわけにはいかなかった。

それでも恙無《つつがな》く挨拶は終わった。

晴朝の実子は娘が一人いるが、すでに那須資晴《なすすけはる》に嫁いで子（資景《すけかげ》）ももうけており、秀康より一回り以上年上なので釣り合わない。離縁させるのも酷である。

そこで秋の吉日、晴朝は江戸重通《えどしげみち》の娘・鶴姫（のちの鶴子）を養女に迎え、秀康に嫁《め》あわせた。この年十五歳になる。

その晩、秀康は鶴姫と寝室にいた。婚儀中は会話をするどころか、隣に座して下座のほうに顔を向けているので面と向かうことはない。淡い油皿の灯が揺れる中、秀康はまぢかで鶴姫を直視した。丸顔でまだ幼さの残る少女であった。

「殿下に捨てられ、落ち目の男に嫁ぐのは不満であろうの」

「いえ、殿下がお認めになられたお方。北坂東を落ち着かせるお方だと養父から伺いました」

「左様か。そう思っておるならば、有り難い」

結局は家康の血筋と関白の養子だったという肩書きしか持ってない。ないよりはまし、と思いながら秀康は鶴姫を抱き締めた。

秀康は結城家を相続し、下総結城十二万石の大名となった。

晴朝は下野の栃井《とちい》に隠居した。

奥羽征伐を完遂し、日本統一を果たした秀吉は九月一日、都に凱旋《がいせん》した。

翌年、奥羽で一揆が勃発。家康は副将として大将の秀次の補佐を命じられて出陣したが、秀康は関東の守りを固めろという命令を受け、活躍の場は与えられなかった。

天正二十年（一五九二）、秀吉は朝鮮出兵を行うと、肥前の名護屋を前衛基地として豪華な城を築き、前年自身は関白を秀次に譲って太閤《たいこう》と称し、渡海を窺っていた。

家康は関東に移封したばかりということで渡海を免除されて名護屋で留守居を命じられた。秀康も同じである。

文禄二年（一五九三）八月三日、側室・淀ノ方《よどのかた》がお拾《ひろい》を産むと、秀吉は歓喜して大坂に戻り、閏《うるう》九月には隠居城の伏見城に移徙《わたまし》した。

武将の妻子は人質として最初は大坂、のちに聚楽第のある都、続いて伏見に在住しなければならないので、そのつど移動した。諸大名の出費もかなりのもので、朝鮮への渡海費用や武器、弾薬は自分もち。名護屋築城は諸将が負担、伏見城の普請は日本にいる武将が負担した。城下の屋敷や朝鮮で戦う兵糧の戦費もないので、出陣しないからといって楽に暮らせるわけではなかった。

秀康は結城領の仕置に専念したいが、名護屋と伏見を往復しなければならないので、帰国できず、家臣たちに任せるしかなかった。そこへ来て、結城家譜代の家臣と秀康に従ってきた本多富正らの徳川旧臣が対立していた。最大の理由は秀吉が命じた太閤検地である。

これまでほとんどの大名は差出し検地、いわゆる自己申告の検地を行っていた。秀吉はこれを役人立ち会いの下で竿入れによる実地検地を行わせた。

秀吉は曲尺《かねじゃく》六尺三寸（約百九十一センチ）を一間《けん》とし、一間四方を一歩《ぶ》とする。三十歩を一畝《せ》、十畝を一反《たん》として土地の面積を統一した。

米の取れ高によって一反あたりの上田《じょうでん》は一石五斗、中田《ちゅうでん》は一石三斗、下田《げでん》は一石一斗の収穫があるものとした。上畠《じょうはた》は一石二斗、中畠は一石、下畠は八斗とし、年貢は三分の二が領主、残り三分の一が耕作者とした。

関東でいえば北条家麾下の大名は四割を年貢として納めさせたので、一見、秀吉の検地のほうが重税と思われがちであるが、多くの地で中間搾取をする地侍が存在するので、百姓は二重に年貢を払っていることは多々あった。秀吉は、この地侍たちに大名に仕えるか百姓になるかを決めさせ、搾取をなくして納税を安定させ経済の地固めをしたのが、太閤検地と呼ばれるものである。

同時に兵農分離も兼ねていた。

さすがの秀吉も、毛利氏や家康などの所領は遠慮して自己申告させていた。

「竿入れがうまくいっておらぬのか」

秀康は本多富正に問う。

「一揆が起きるからと、結城の者どもが合力《ごうりき》（協力）致しませぬ」

九州征伐ののち、肥後に移封された佐々成政は、強引な検地を実行して一揆を蜂起され、改易ののちに切腹させられている。大名にとって恐ろしい出来事である。

結城家譜代の家臣は、これを逆手にとって協力しないのであろう。検地で田畑の面積が明確になれば、自身が過少申告をしていることが露見してしまうからである。

「彼奴《あやつ》らめ。いずれ処分するが、今は揉めるわけにはいかぬ。徳川の者だけでやらせよ」

帰国できぬもどかしさに苛立ちながら、秀康は命じた。

結城は低地が多く、鬼怒《きぬ》川、田川、西仁連《にしにずれ》川などがよく氾濫する。堤防を堅固にし、治水対策を強化しなければ、石高の安定化は図れない。また、太閤検地を明確にしなければ、動員する兵も明確にできない。

かつて小吉秀勝は九州征伐後の恩賞に不服を申したところ、一度、所領を召し上げられたことがある。養子でさえ、厳しい処罰がされる。ましてや他家を継いだとなれば容赦はされない。無能な領主から所領を取り上げるには、ちょうどいい口実だ。

秀吉は先に他界した鶴松も含め、このたびのお拾《ひろい》に多くの所領を残したいと考えるようになった。北条氏を滅ぼし、奥羽の国人衆から土地を取り上げ、諸将を遠地に追ったのも近隣の土地を手に入れようとする画策であった。

「儂は結城の地を決して失わぬ」

家康と秀吉に捨てられた秀康が、しがみつけるのは、十二万石の土地しかなかった。

というのもお拾が成長するに従い、秀吉は秀次が邪魔になり、謀叛をでっちあげて自刃させた。その弟の秀勝は朝鮮の巨済島《コジェド》で病死ということになっている。その弟で秀長の養子になっていた秀保《ひでやす》は大和《やまと》の十津《とつ》川で謎の死を遂げている。誰が見ても身内の粛清である。

秀吉の養子で残るのは秀康、宇喜多秀家、小早川秀秋の三人。いつ、あらぬ理由をつけて切腹を申し付けられるかもしれない。

（もし儂のところに遣いが来たら、父上は信康兄がそうであったように助けてはくれまい）

秀康は慎重に、隙を見せずに生きるしかなかった。

秀次の死去後、秀吉は『御掟《おんおきて》』を定めた。

内容は、事前許可のない大名間の婚儀の禁止。諸大名が必要以上に昵懇になることの禁止、誓紙交換の禁止、喧嘩口論の禁止、妻妾の多抱禁止、大酒の禁止、乗り物の規定であった。

『御掟』を遂行し、豊臣政権を安定させるために十人衆を設置した。

一般的には五大老と言われる年寄《としより》は徳川家康、前田利家、毛利輝元、宇喜多秀家、小早川隆景で、隆景死去後、上杉景勝《うえすぎかげかつ》が任に就いた。

五奉行は浅野長政《あさのながまさ》、石田三成、長束正家《なつかまさいえ》、増田長盛《ましたながもり》、徳善院玄以《とくぜんいんげんい》。

秀吉は石高の高い年寄を奉行に監視させることにした。

お拾の成長を待てない秀吉は、わずか四歳でお拾を元服させて秀頼《ひでより》と名乗らせ、自身の後継者にすることを楽しみにしていた。

その気持は判らぬわけではない。天正十九年（一五九一）に誕生した長女は夭折してしまったものの、文禄四年（一五九五）六月十日、待望の男子が誕生した。秀吉が溺愛するのも納得できた。母親は残念ながら鶴姫ではなく、家臣の中川一茂《なかがわかずしげ》の姉（娘とも）の清姫《きよ》である。嫡子は長吉丸《ちょうきちまる》と命名した。

清姫は慶長二年（一五九七）十二月にも男子を産んだ。次男の名は虎松《とらまつ》。

同じ年の同月には側室の於駒《おこま》が喜佐姫《きさ》を産んでいる。

「長男、次男の差はあれ、儂は長吉丸も虎松も差別はせぬぞ。喜佐もの」

自身が疎まれたので、秀康は三人に誓う。三人とも愛しくて仕方がなかった。

五

慶長三年（一五九八）八月十八日に太閤秀吉が伏見城で死去すると、その年の年末にかけて朝鮮に渡っていた諸将が帰国した。七年近くも戦ってもほとんどの武将には恩賞はなし。秀吉を非難することができないので、加藤清正《かとうきよまさ》らの怒りの鉾先《ほこさき》は、奉行の石田三成らに向けられた。

秀吉は身一つで、しかも短い歳月で天下を統一したので、豊臣政権にはさまざまな矛盾が渦巻いている。これがそれぞれ対立しはじめた。

十人衆内では、家康と浅野長政を除く八人の武将。

秀吉子飼では加藤清正、福島正則《ふくしままさのり》らの武闘派と、石田三成らの吏僚《りりょう》派。

秀吉に所領を削られた外様大名ならびに取り潰された大名の旧臣たち。

兵農分離によって所領を奪われた国人や地侍と、豊臣政権に屈した領主たち。

堺の商人と博多の商人。堺の商人どうしの対立。

秀吉の正室・北政所と側室・淀ノ方。

秀吉が存命している時には、多種多様の憤懣《ふんまん》も天下人の権威《カリスマ》と剛腕で強引に押さえ付けることができたが、重石《おもし》が外れた途端に各所で不満が沸き上がった。

これを利用したのは秀康の父・徳川家康である。

秀吉の死去後、秀頼は大坂に移徙《わたまし》し、伏見に在する家康と対立した。

年寄筆頭では我慢できない家康は、秀吉の死と同時に専横を開始した。独断で所領を与えるのみならず、『御掟』を破って諸大名と交友。前田利家が病死すると、加藤清正らを煽って石田三成を大坂から追い出し、伏見の治部少曲輪に追い詰めた。

石田三成を追って加藤清正らが伏見に来ると、家康は三成を蟄居させることで騒動を収めた。

「宰相《さいしょう》、治部少輔《じぶのしょう》（三成）を無事に佐和山《さわやま》に送り届けよ。決して、誰一人、指一本触れさせるでない。大事な役目ぞ」

腹の底に響くような声で家康は命じた。

秀康は前年に参議に任じられている。悔しいが弟の秀忠は天正二十年（一五九二）には中納言に任じられていた。

（この目は、本気で守れということじゃな）

途中で斬れ、というものではないので秀康は安心して応じた。

伏見から都の粟田口《あわたぐち》を抜け、琵琶湖の東側を通って三成の居城の佐和山に向かう。三成は騎乗している。周囲は結城家の家臣が守っているので、秀康は三成と馬を並べた。

「こたびは内府殿にうまくやられました」

ぼそりと三成は言う。才槌頭で色白の三成。秀吉の影のように近侍し、奉行として裏方の仕事をこなし、賤ヶ岳の戦いのほか、幾つもの戦場に立ち、朝鮮にも渡った。おそらく三成がいなければ、秀吉の日本統一はもっと歳月がかかったかもしれない。

「あまり悔しそうではござらぬの」

「力の差を実感したまで。同じ程度の者に負けると悔しいが、相手があまりにも強大だと、諦めがつくというもの」

「緒戦は、というように聞こえるが」

秀康が大坂で人質になった時から、三成は徹底して家康を敵視してきた。三成は秀吉の鏡に映る心情と言っても過言ではない。そう簡単に三成が、家康の排除を諦めるとは思えない。

「宰相殿の勘違いでござる。敗れし者は蟄居して余生を送るのみ。琵琶湖の鮎や鱒《ます》は美味ゆえ、釣りと食で楽しめましょう。近くを通られる時は是非お寄りくだされ」

いつもの高飛車なもの言いではなく、柔らかな口調だ。

やがて勢多《せた》の橋に達した。東側には多くの兵が揃っていた。

「宰相殿、ここでけっこう。あれなるは、我が家臣でござる。宰相殿に佐和山までお送り戴いては、我が領民は某が護送されたと勘違い致す。かような顔ですが立ててくだされ」

武士は体面を大事にするものである。

「左様か」

「宰相殿、なにもお礼できませぬが、これを」

三成は一刀を差し出した。

「これは太閤殿下から拝領した御差料の正宗でござる」

「左様な大事なものを儂が貰《もら》って構わぬのか。我が手にした場合、貴殿を斬る刃になるやもしれぬぞ」

「宰相殿は今、結城の家を継いでおられるが、それまでは太閤殿下の御養子でござった。こののち世が乱れた時、その刀で幼い義弟の秀頼様をお助け下さい」

三成は徳川ではなく豊臣につけと言う。

「無論、殿下の御恩は忘れておらぬ。天下静謐《せいひつ》を乱す者は我が敵となろう」

秀康の本心である。

「それを聞いて安堵致した。されば」

三成は馬上から頭を下げ、轡《くつわ》をとる従者とともに勢多の橋を渡っていった。

(秀頼か。よもや父上も大坂に刃を向けまい。されど、治部とは争うやもしれぬな。父上が大事に送らせたのは治部に兵を挙げさせるためであろう。治部とならば父上とともに戦おう。されど、江戸と大坂が争った時、儂はいかに致すかのう)

豊臣家の家臣が相手ならば躊躇なく戦えるが、相手が秀吉の遺児となれば話は別である。今はそうならないことを祈りながら、秀康は勢多の橋に背を向けた。

この頃、秀康は六人目の年寄（大老）に入る可能性があった。慶長四年（一五九九）三月二十二日、江戸にいる秀忠は伏見にいる秀康に対し、「六人のうちにお入りなされ候」という祝いの書状を送っている。重病の利家に代わり、息子の利長と秀康が推挙されたことになる。ただ、利家死去後、家康は五大老五奉行制を必要としなかったので実現しなかった。

それでも秀康は豊臣政権の中枢で重要な位置付けにいたことは確かであった。

三成を蟄居させても家康は専横をやめない。

前田家の徳山則秀《とくやまのりひで》を出奔させ、片山延高《かたやまのぶたか》を内通させて同家を揺さぶり、伏見城の掌握に続き、暗殺計画を利用して大坂城の西ノ丸を占拠した上で、浅野長政らを蟄居させ、首謀者を前田利長として加賀討伐を宣言。利長は芳春院《ほうしゅんいん》（まつ）を人質として江戸に差し出すことで、加賀討伐を停止させた。宇喜多家に起こった御家騒動も家康が背後で糸を引き、重臣たちを離反させた。

（殿下が築いた態勢が必ずしも最良とは言えぬ。力ある者が天下に立つのは世の常。足利が織田に変わり、さらに豊臣になった。これが徳川になったとしても、なんら可笑《おか》しくはない。織田家は続いておる。秀頼もそうなればいい）

家康を止める者はいない。秀康は天下は廻り物だと思っていた。

慶長五年（一六〇〇）が明けると、家康は移封後の領内整備に勤《いそ》しむ会津の上杉家に難癖をつけ、上洛を拒んだ景勝に対して、遂に会津討伐を宣言した。

六月六日、家康は諸大名を大坂城の西ノ丸に集め、上杉討伐の部署を定めた。

白河口は徳川家康・秀忠。関東、東海、関西の諸将はこれに属す。

仙道《せんどう》口は佐竹義宣（岩城貞隆《いわきさだたか》、相馬義胤《そうまよしたね》）。但し佐竹家は上杉方であった。

信夫《しのぶ》口は伊達政宗。

米沢《よねざわ》口は最上義光《もがみよしあき》。最上川以北の諸将はこれに属す。

津川《つがわ》口は前田利長、堀秀治《ひではる》。越後に在する諸将はこれに属す。

軍役は百石で三人。これらを合計すると二十万を超える軍勢だった。

畿内で留守居をする大名は百石で一人の軍役。

（上杉か。戦いたくない相手だが、不足はない。存分に戦おうぞ）

徳川家には戦国最強と謳《うた》われた武田家の旧臣がたくさんいるのでよく話は聞かされた。その武田家と真っ向から戦い、一歩も退かなかったのが上杉謙信《けんしん》である。

上杉謙信は武田信玄と信濃の川中島《かわなかじま》で五度戦った。領土争いでは少々圧されたものの、四度目の激戦では信玄の弟の信繁《のぶしげ》をはじめ、多数の重臣を討ち取った。これが武田氏滅亡の序曲だと言われている。七十度戦い二敗しかしていない闘将を秀康は尊敬していた。景勝はその魂と兵を引き継いでいる。戦いたくもあり、戦いたくもないというのが本音だった。

帰国に際し、秀康は家臣の安福宇右衛門《やすふくうえもん》に命じた。

「我らが帰国すれば、治部が大坂に入って兵を挙げるという。さすれば妻子を質にとるは必定。このまま連れ帰りたいのはやまやまなれど、それでは殿下が定めた妻子在坂の掟に背くことになる。ゆえに、そちの裁量でこっそりと逃せ。諸将も同じじゃ。父上もの」

「承知致しました」

難題を押しつけられた安福宇右衛門は、こわばった表情で応じた。

秀康は家康に従って下向し、七月三日、結城城に帰城。旅の疲れを癒す間もなく、先手の大将に任じられた弟の秀忠に合流して北進し、七月二十四日には下野の宇都宮に達した。同地は藤原氏の血を引く名門の宇都宮氏が支配していたが、秀吉が行った太閤検地で過少申告していたことが明らかとなって改易となり、以後、浅野長政が管理したのちに蒲生秀隆《がもうひでたか》（のちの秀行《ひでゆき》）が治めるようになった。

宇都宮城主の蒲生秀隆は家康の三女の振姫《ふりひめ》を娶《めと》っているので、秀康にとっては義弟ということになる。そういう閨閥《けいばつ》から秀康は饗応を受け、二ノ丸の一室で横になることができた。

「夜分に畏れ入ります。お屋形様からの遣いとして本多上野介《こうずけのすけ》（正純《まさずみ》）殿がまいられました」

子《ね》ノ刻（御前零時頃）、本多富正に起こされた。

「上野介が？」

寝入ってから一刻（約二時間）ほどで起こされ、秀康は不快感をあらわに身を起こした。

「かような夜中に、宇都宮までまいるとは、よもや！　これへ通せ」

寝惚眼《ねぼけまなこ》は一瞬で覚め、夜具を跳ね退け、上半身を起こした。着替えるのも面倒なので、褥《しとね》用の白い小袖のまま待った。

「火急なことゆえ、夜分の訪問、お許しください」

と言うわりには落ち着いた口調で入室した本多正純は、端座したまま頭を下げた。正純は家康の懐刀と言われる本多正信《まさのぶ》の嫡子で、この年三十五歳。父に劣らず頭が切れると言われていた。正信ほど目は離れておらず、顎の細さが父譲りであった。

「治部が兵を挙げたのか？」

「さすが宰相様、お察しのとおりにございます」

家康が上方を留守にすれば、三成が挙兵するという噂は、三成が佐和山に蟄居した時から言われ続けていた。さらに会津征伐に向かう諸将は、会津には行かないという考えを持っていた。

会津征伐の先鋒《せんぽう》を命じられた一人の長岡忠興は、豊後の杵築《きつき》で留守居をする重臣の松井康之《まついやすゆき》らに対し、「石田三成と毛利輝元が談合したことが色々と噂に立っている……（中略）内府は早速、上洛するようだ……」という書状を、すでに七月二十一日の段階で送っていた。

「上方では……」

本多正純は仔細を告げる。

七月十七日、毛利輝元が大坂城の西ノ丸を奪い、さらに石田三成が大坂に入り、「内府ちかひの条々」という家康への弾劾状を諸将に送り、伏見城の開城を要求したこと。

これは伏見城を守る鳥居元忠《とりいもとただ》の家臣・浜島無手右衛門《はまじまむてえもん》が伝えた。さらに、弾劾状は飛騨・高山《たかやま》城主の金森長近《かなもりながちか》や摂津・三田《さんだ》城主の山崎家盛《やまざきいえもり》、遠江・掛川《かけがわ》城主の山内一豊《やまのうちかずとよ》からも届けられた。

「よし、治部を討ちにまいるぞ。すぐに支度をしろ」

喜び勇んだ秀康は、蒲生秀隆を伴ってもと来た奥州道中《おうしゅうどうちゅう》（奥州街道）を戻り、小山《おやま》に向かった。宇都宮から小山まではおよそ七里半（約三十キロ）。夜間で、しかも常陸の佐竹義宣は三成と昵懇ということもあり、秀康は夜襲に備えながら移動しなければならない。小山に到着した時には、辺りが明るくなっていた。

小山氏は藤原秀郷の流れをくむ名門で、九世紀半ばには同地に土着して戦国の世を迎えた。秀吉の小田原征伐に際して、小山秀綱は北条方に与《くみ》したので改易となり、同地は結城氏の所領となった。秀綱は結城氏預かりの身として秀康から捨て扶持《ぶち》をもらって暮していた。

秀康は家康の北進のため、下野唐沢山《からさわやま》城主の佐野政綱《さのまさつな》（信吉《のぶよし》）らに命じて、小山氏の居城であった祇園《ぎおん》城の庄屋の住まいを改修してその奥に仮御殿を設けさせていた。

「遅くなりました」

二十五日の卯《う》ノ刻（午前六時頃）、朝餉《あさげ》もとらずに陣に入ると、徳川秀忠のほか、井伊直政《いいなおまさ》、本多忠勝《ほんだただかつ》、同正信、同正純、大久保忠隣《おおくぼただちか》、酒井家次《さかいいえつぐ》など主だった者が集まっていた。

（秀忠は跡継ぎ候補。儂よりも先に話をしたのか）

秀康はちらりと本多正純を見た。秀忠はともに宇都宮にいたはずである。

首座の家康は難しそうな表情をしている。眠いのか、思案が纏まっていないのか、団栗《どんぐり》のような目は半開きである。

大方のことは話していたようで、皆、疲れた顔をしていた。

「忠吉《ただよし》がおらぬようですが」

秀忠の横に空けてあった床几に腰を下ろし、秀康は問う。

「一足先に戻りました」

岳父の井伊直政が答えた。

「いつ、治部を討ちに戻るのか」

秀康は身を乗り出すようにしてたずねた。

「そのことは、これから諸将を集めて評議を行うことになっております」

本多忠勝が告げた。「家康に過ぎたるものが二つあり、唐《から》の頭《かしら》（兜の飾り）に本多平八」と謳われ、信長からは「花実兼備《かじつけんび》」と讃えられ、多くの戦功を挙げたにも拘わらず、具足に一度たりとも疵《きず》を負ったことのない勇将である。

秀康は徳川家の重臣たちから、これまでの経緯を知らされた。

「左様か。ところで、話はどこまで進んでおるのか」

持って廻った返答しかしないので、秀康は本多忠勝に問う。

「まだにござる」

いつになく堅い表情で本多忠勝は言う。

「改めて意見を申せ」

これまで黙っていた家康は重い口を開いた。

「されば、申し上げます。北に上杉、東に佐竹の強敵を控え、西に大敵が蜂起すれば挟み撃ちとなります。ここは速やかに諸将を帰国させ、徳川の兵のみで箱根の嶮《けん》を守り、領国を固めるべきかと存じます」

珍しく本多正信が口火を切った。家康と正信の主従関係は「君臣水魚《くんしんすいぎょ》の如し」と言われるほど親密で、正信は家康の肚裡を十二分に認識しているはずであるが、思いのほか消極的である。

（箱根の嶮を守る？　よもや！　いや、秀頼が出陣するわけでもなし。ありえぬ）

一瞬、三成が秀頼を担いだかと、脳裏を過ったが、弾劾状にそのことは書かれていないので、秀康は最悪の状態を否定した。

（ということは皆を奮起させるため、あえて己の思案とは逆さのことを口にするのか）

謀将の画策を察し、秀康は片頰を上げた。

「佐渡殿（正信）の言葉とは思えぬ。箱根の嶮を守るなどは全くの下策。それでは北条家の二の舞いにござろう。治部少輔の蜂起は、これ天の与える好機。その機を取らざれば反《かえ》って災いを受けるの諺《ことわざ》もござれば、今すぐ旌旗《せいき》を翻《ひるがえ》し、一挙に上方の敵を撃破して天下をおとりになるべきかと存じます」

待ってましたと直政は主張した。

「万千代《まんちよ》の申すとおり」

大久保忠隣は井伊直政の意見に賛同した。

「宰相、そちの存念を申せ」

珍しく家康が質問する。秀康を家臣として見ていることが、不愉快である。

（なにゆえ問われる？　西上以外の兵略などあろうか。上杉と戦えば、会津に足留めされ、上方は治部の思いのままになる。あるいは太閤の養子になっていたゆえ儂を疑っているのか）

疑心を抱きながら秀康は家康に目を向ける。

「かような評議など無用。直ちに上方へ御発進なさることが尤もにござる。但し、上杉は精強ゆえ用心せねばならず、確かなる押さえを仰せつけるべきでござる」

「我が意も西上にある」

本意を口にするが、家康はなにか煮え切らない。

後れて徳川四天王の一人の榊原康政《さかきばらやすまさ》が到着した。康政は秀康らがいた宇都宮よりも九里（約三十六キロ）ほど北の大田原《おおたわら》まで進んでいた。

「おお小平太《こへいた》か。ちょうどよかった。西上するや否やを話しおうていたところじゃ。そちはいかに考える？」

「上杉は精強なれど、我らに比べて寡勢。治部ら上方の兵は脆弱なれど多勢にござる。上杉と戦えば手負いが多く出て、上方との決戦は不利になりましょう。そこで、上杉と戦うと見せかけて敵を油断させ、不意をついて西上致せば勝利することは間違いありません」

「さすが小平太、的を射ておる」

家康は満足そうに頷いた。

宇都宮周辺に後詰《ごづめ》を置いて上杉家に備えさせ、西上することに話は纏まった。大評議の前の話し合いは、これで終わり、それぞれは陣所に戻って朝餉をとった。

解散した時、本多忠勝は家康に呼ばれ、誰を宇都宮に残すかを問われた。

「譜代や麾下の大名だけでは軽く見られ、上杉に背後を突かれる恐れがあります。ゆえにお屋形様のご子息の一人を置かれるべきでしょう。すでに下野守（忠吉）様は駿府に向かわれておりますれば、ここは宰相様に守って戴くべきかと存じます」

「さすが平八。我が意と同じじゃ」

家康は顔を綻ばせて、称賛したという。勿論、秀康はこの会話を知るよしもなかった。

正午頃には諸将も揃い、俗に言う小山評議が行われた。外に葵《あおい》の家紋が染められた陣幕が張られ、諸将は床几に腰を下ろして首座に向かっているが、その座は空けられていた。秀康と秀忠のほか徳川家の重臣が上座に座している。

諸将のうちの何人かは貧乏揺すりをしたり、太股や腕を叩いたりと、落ち着かない様子。無駄話をする者もおらず、緊張した面持ちは、出陣前のゆえでもあった。

冒頭から家康は参加せず、徳川家の家臣と諸将で始められた。

「すでにご存じの方もござろう。治部少輔が大坂に入り、兵を挙げた。方々は妻子を大坂に置かれているので、後ろめたく案じられ、煩《わずら》われることでござろう。されば速やかにこの陣を引き払って大坂に上られ、宇喜多、石田と一味せんこと恨みには思わず。我らが領内においては旅宿、人馬のことは、障《さわ》りないように用意するのでご安心めされよ」

井伊直政が告げるや否や、福島正則が床几を立った。

「愚弄するな！　妻子よりも奸賊《かんぞく》の治部少輔を討つべし！」

福島正則が発言すると、評議は一気に過熱し、諸将は家康に賛同して反転西上が決定した。

（誰ぞに勧められたのであろう。まあ、事を決めるには、かような狂言も必要か）

秀吉死去後、家康に擦り寄る黒田長政《くろだながまさ》、藤堂高虎《とうどうたかとら》の顔を交互に眺めながら、ある意味、感心もした。

「かくなる上は、我が城をご存分に使われますよう」

平素は大人しい掛川城主の山内一豊が居城を差し出すと、東海道筋に居城を持つ豊臣恩顧の武将は揃って一豊に倣ったので、家康は瞬時にして兵站線《へいたんせん》を確保することができた。さらに群集心理か、福島正則は、秀頼から預かった備蓄米三十万石を差し出す、と口にしたので、座は大いに白熱した。

お膳立てができたので、家康は満を持して登場した。

「方々の豊臣家への忠義心には感謝致す。されば、これより西上致し、太閤殿下が造られた世を乱さんとする石田治部少輔ならびに、これに与する逆賊を討とうぞ！」

「うおおーっ！」

家康の宣言に陣幕を揺るがすかのような鬨《とき》が響き渡った。

(さすが父上、豊臣の姓をうまく利用する。これが戦の前の駆け引きか)

改めて家康の大きさを感じさせられた。

三成らが上方にいるので家康らはこれを西軍、対して自身たちを東軍と称した。

西軍打倒の先鋒となった福島正則、池田照政勢は即座に西上の途に就いた。

家康をはじめ徳川家の家臣と、関東の諸将は小山の陣に残っていた。上杉家ならびに、これに与すると思われる佐竹義宣、相馬義胤への備えを決めるためである。

なお、美濃・岩村《いわむら》城主の田丸直昌《たまるなおまさ》は、三成ごときが家康に刃向かうのは蟷螂《とうろう》の斧だが、三成が秀頼を擁しているので、東軍には味方できぬと言い、評議ののち、小山を去った。

また、家康の天敵の真田昌幸親子は下野の犬伏《いぬぶし》で家族会議を行い、昌幸の長男の信幸《のぶゆき》（のちの信之）は東軍に、昌幸・信繁《のぶしげ》（一般的には幸村《ゆきむら》）親子は西軍につくと決め、昌幸らは信濃の上田に戻っていった。

「さて、上杉への押さえじゃが、中納言と宰相に任せる」

家康は二人の息子に平等に言いつけた。だが、秀康は納得できない。

「これは存じよらぬ仰せをこうむり、迷惑至極。こたび、上方で御一戦するとは、天下分け目の大事なり。されば、先手の諸将と申し合わせ、軍功に励むべき所存。たとえ、父上の機嫌を損ねても、これは聞けませぬ」

秀康は家康に喰ってかかった。

「そちが、治部少輔討伐の先陣を所望するは尤もなこと。されど、大事な合戦に挑むにあたり、留守居に先陣と同等の者を置くは弓矢の古法なり。諸将の質をも預かるゆえ、安堵できる者として、そちを選んだのじゃ」

「これはしたり。諸人安堵のためならば、弟の忠吉を呼び戻し、某をお連れくだされ」

秀康は膝を乗り出して懇願するが、家康は冷めた表情で頭を横に振った。

「諸人安堵のためならば、そちが申したごとく、四男の忠吉一人を置けばよい。されど、会津の上杉は謙信以来、弓矢を取って天下に並ぶ者はない。また、景勝は幼き頃より戦の中で育ち、武名遠近に著《いちじる》しい。かの信長公を相手に滅するを覚悟で徹底の抗戦を試みて一歩も引かず。ゆえに太閤は戦を避けて懐柔《かいじゅう》に奔走《ほんそう》した。彼の者を押さえられるは、我が七万の家臣がいる中でもそち一人じゃ。そちが上杉に備えておれば、皆は安心して治部少輔らと戦える」

家康は目頭を熱くして説得した。

「……畏まりました。上杉が仕寄せてきましたなら、必ずや追い払ってみせましょう」

不満で仕方ないが、ここまで家康に言われたら、面子を潰すことになるので不承不承、応じるしかない。秀忠も一緒ということが、我慢できる要因であった。

「もし、上杉が下野に仕寄せてきた時は、宇都宮城に退いて城を固く守ること。さすれば上杉は城の攻略を諦めて江戸に向かうはず。それゆえ宰相らは敵の軍勢が半数ほども利根《とね》川を渡ったところで背後より追い討ちをかけること。さすれば、上杉は四散して会津に退いてゆこう」

家康は丁寧に戦術を披露し、さらに釘を刺す。

「中納言と宰相は殿軍《しんがり》を一日交代で行い、儂の命令があるまで宇都宮に留まること」

秀康らの下には榊原康政、小笠原秀政《おがさわらひでまさ》、里見義康《さとみよしやす》、蒲生秀隆、鳥居忠政《ただまさ》、内藤政長《ないとうまさなが》、松平忠政《まつだいらただまさ》ら徳川家の家臣がつけられ、関東の諸将がその下に置かれた。

小山に在していた家康は八月四日、帰途に就いた。

六

一方、下野国境に近い白河《しらかわ》周辺に布陣していた上杉景勝は、下野の革籠原《かわごはら》に家康軍を追い込んで討つつもりで待ち構えていた時に、反転したことを知った。

家宰の直江兼続《なおえかねつぐ》は追撃を主張したが、北から伊達政宗や最上義光らに牽制されている上杉景勝は西に兵を向けることができず、陽動なども警戒してしばし留まっているしかなかった。

西に向かった福島正則らは、家康に尻を叩かれて八月二十三日、岐阜城を陥落させた。同じ日、家康の意を受けた松平家清《いえきよ》が宇都宮に到着した。

松平家清は武蔵《むさし》の雉岡《きじがおか》城主で一万石を与えられている。困惑した表情をしていた。

「上様の御下知をお伝え致します。中納言様は一両日に支度を整え、中仙道を通って西上すること。宰相様は引き続き、宇都宮で上杉に備えること」

三十五歳になる松平家清は淡々と告げる。すでに家清は家康を天下人のように呼んでいた。

松平家清の言葉を聞き、上座で隣に座す秀忠は顔を綻ばせるが、秀康は血相を変えた。

「できぬ」

実直な一族の松平家清を睨み、怒りをあらわに秀康は拒否した。勿論、憤りを覚えているのは、目の前の家清にではなく、むしろ江戸城にいる実父の方である。

「上様が悩みに悩んで出された御下知にございます。御子息の宰相様が、御父上に背かれては勝てる戦も勝てなくなります。先日、上様が仰せになられたごとく、宇都宮を守るのは重要な役目。おそらく上杉も上様が小山を発たれたことは摑んでおりましょう。されど、未だ白河に多数の兵を置かれております。いつ、下野に雪崩《なだれ》込んでくるか判りません。それだけではござらぬ」

一息吐いて松平家清は続ける。

「伊達が上様の御下知に背き、上杉領に仕寄せ、城を一つ落としております」

七月二十五日、自重という家康の命令を無視し、伊達政宗は旧領の白石《しろいし》城を陥落させていた。

「伊達はこれまで太閤殿下に何度も嚙みついた曲者。なにをするか判りませぬ。混乱に乗じて旧領の奪還を目論み、あるいは、上杉と和睦して一緒に関東に兵を出すやもしれません」

松平家清が口にしたことは現実のことで、白石城を落とした伊達政宗は、家康が江戸に戻ってしまったので不安になり、八月中旬には上杉家に和睦を持ちかけた。これは単なる停戦や休戦ではなく、同盟を結んで関東に出撃しようというものである。

九月三日、伊達家からの申し出を受けた直江兼続は、陸奥《むつ》福島城将の本庄繁長《ほんじょうしげなが》に対し、信夫口（伊達家）との和睦を結ぶために、黒金尚信《くろがねなおのぶ》と竹俣伊兵衛《たけのまたいべえ》の二人を送る。白石城の帰属に関わりなく、天下（秀頼）御奉公のために和睦を取り付けるように努めること。関東出馬の時には政宗を同陣させること。不可能ならば伊達家の家老を三人から五人は立てさせ、兵も三千から五千は出陣させるように交渉すること。万一、関東での合戦が困難になっても、伊達が背信しないように備えること……。という旨の書状を記して指示を与えた。

「よって、上杉への押さえは宰相様をおいて他にあらず。左様に心得られませ、上杉家との戦いとなった時、これを召されよと、上様は具足をお贈りになられました」

松平家清が言うと、朱漆塗本小札啄木威胴丸具足《しゅうるしぬりほんこざねたくぼくおどしどうまるぐそく》と赤熊《しゃぐま》の兜、さらに稲葉郷《いなばごう》の太刀が運ばれた。

「玩具をやるから、いい子にしろ、ということか」

体よくあしらわれ、秀康は落胆の溜息を吐いた。

二十四日、失意の秀康とは裏腹に、秀忠は三万八千七十余人の兵を率いて宇都宮を出立した。

（四度目か）

一度目は生まれる前に、二度目は秀吉の許に、三度目は結城家に、四度目は留守居にも似た殿軍。城から出陣する弟・秀忠の軍勢を眺め、秀康はまたも捨てられたという意識を強くした。

家康自身も九月一日、三万三千の兵を率いて江戸城を出発した。

「暇じゃの。やることがない。儂のほうから戦を仕掛けるわけにはいかぬが、敵が仕寄せてくれば戦うのも吝《やぶさ》かではない。敵がおらぬならば作ればよい。直江を見習おう」

家康に会津討伐を決意させたのは直江兼続である。兼続が豊光寺《ほうこうじ》の長老・西笑承兌《せいしょうしょうたい》への返書、いわゆる「直江状」を送ったことに発する。内容は家康を痛烈に批判し、愚弄した上で、話があるならば会津に来いと、明らかに家康に対する挑戦状であった。

我が父のことではあるが、書状を読ませてもらった秀康は、胸が空《す》くような気がしたものである。

書状には書状をと、秀康は書状を持たせた使者を会津に向かわせた。

「このたび京都大乱につき、退治せんと家康は上洛いたした。その留守居をしているが、安閑と日を送るのは待ち遠しいので、貴殿と一戦致したい。ご同意なさるならば、早々に兵を纏め、出陣されるように。返事をお待ちする」

書状を受け取った直江兼続は、使者に返書を持たせた。

「ご使者を戴き、忝《かたじけな》く存じます。当方は謙信以来、留守へ攻めかかることはせず。内府殿ご上洛のために貴殿が留守居として宇都宮にご在陣とは、とても相応しい用事を賜りました。合戦のことは、この次に内府殿がご出陣なされれば一戦致す所存。今、内府殿の留守中に、お若い人に攻めかかることはできません」

秀康では上杉家の敵ではない。力量不足であると兼続は一蹴にした。

「直江奴」

腹立たしいが、宇都宮に在する二万の兵で会津攻めはできない。上杉家は百二十万石。三万六千の兵を動員できる。悔しいが秀康から仕掛けることはできなかった。

秀康をあしらった直江兼続は九月三日、最上氏を攻めるために米沢城を出発した。

自分だけ取り残されているような気がした。

やることがないので、朝から酒を喰らい、時折、鷹狩りなどをして暇を潰している最中の九月下旬、家康が美濃の関ヶ原で三成率いる西軍に勝利したことが届けられた。

「なんと！」

あまりの衝撃に、愛しい鷹がせっかく捕まえてきた百舌《もず》を取り逃がしてしまったほどである。

五日ほど前の九月十五日、家康を大将とする東軍八万八千余と、戦の首謀者ともいえる石田三成らの西軍八万三千余が、美濃の西端に位置する近江と国境を接する関ヶ原で激突した。秀康の弟の忠吉と岳父の井伊直政の抜け駆けで戦いの火蓋《ひぶた》が切られた。

寡勢ながら、緒戦は地の利のある西軍が優勢に戦っていたが、午ノ刻（正午頃）近くになり、日和見をしていた小早川秀秋が東軍として参じたことにより、形勢は逆転。午ノ下刻（午後一時頃）には西軍は総崩れとなった。

また、中仙道を進んでいた秀忠は徳川家の主力を率いていたにも拘わらず、上田城の真田昌幸の計略に引っかかって決戦の場には間に合わなかった。

（十七万余の兵が戦って、わずか半日で勝敗が決するとは。さすが父上というべきか。おそらく勝利の秘訣は矢玉のみならず、太閤死去後の如く、調略を駆使してのことであろうの。戦に参じなくとも、その様子をこの目で見たかったの）

秀康は嘆きながらも、家康の凄さを思い知らされた。さらに別の心もある。

（忠吉が一番鑓。秀忠は戦に遅滞か）

忠吉には嫉妬、秀忠には嘲笑。異母兄として情けないとは思うものの、湧き上がる感情は押さえきれなかった。

戦後、秀康は宇都宮を守り、上杉家に南下させなかった功を認められ、加増の上で移封することが決められた。そこで家康は秀康に播磨《はりま》と越前のどちらがいいか選ばせた。

（越前か、播磨か。一国で家督を諦めさせようということか。まあ、たいした働きもせなんだゆえ、そんなものなのかもしれぬ。ほかの大名が聞けば羨むであろうな）

冷めた見方をしているが、今後のこともあるので深慮しなければならない。

「家臣と相談させて下さい」

秀康は使者に即答せず、宇都宮城で家臣たちと膝を突き合わせた。本多富正、土屋昌春《つちやまさはる》、多賀谷三経《みつつね》、今村盛次《いまむらもりつぐ》、山川朝貞《やまかわともさだ》らの関東衆のほか、新たに家康からつけられた長谷部采女《はせべうねめ》である。

太閤検地によれば越前は四十九万九千石。播磨は三十五万八千石。ともに京、大坂に近く、さらに北国《ほっこく》街道、山陽道（西国街道）の要衝でもある。

「石高は力にございます。こののち宰相様が公儀の重職に就かれ、意見した時、これが通る通らぬも石高がものを言います。さらに越前の竿入れ（検地）は甘く、本腰を入れて測れば三割から四割増しと噂されております」

越前出身の長谷部采女は主張する。采女は家康からの目付でもあった。

「三割から四割か、さすれば六十五万石から七十万石ぐらいになるの」

その石高ならば満足できる。加賀、能登、越中で百万石と言われる前田氏に次ぐ石高である。関ヶ原合戦前、上杉、毛利氏は百二十万石を有していたが、上杉氏は米沢で三十万石ほどに減封が妥当、毛利氏は周防《すおう》・長門二十九万八千余石に減封させられていた。

「されど、越前は雪深く、賤ヶ岳の戦いの折り、柴田勢は出陣に遅れ、敗れたのではないか」

本多富正は反論する。

「柴田殿は一揆討伐に手を焼き、さらに信長公に使い廻しにされておりましたゆえ、領内の仕置が遅れておりました。ゆえに、領民を掌握しきれず、街道の雪掻きが間に合わなかった。それよりも、戦への備えなど、全ての面において対応の遅れが勝敗を決したものと存じます。豊臣の世となり、一揆は終息しましたゆえ、ご懸念は無用にございます」

長谷部采女は地元を推す。秀康は違和感を覚えた。

「上様から、越前にしろと下知を受けているのか」

「いえ、左様なことは。ただ、某は……」

「よい。そちの顔に書いてある。我が役目は百万石の前田を押さえることであろう」

秀康は察した。

「これは、さすがに慧眼《けいがん》。仰せのとおりにございます。なにとぞ、内密にお願い致します」

長谷部采女は額を畳に擦り付けて懇願する。

(選んでいいと申しながら、結局は決められておったのか。つまらんの)

選択とは名ばかりで、答えは決められていた。秀康は落胆しながら越前を申し出た。

「よくぞ、越前に気がついた。さすが宰相じゃ」

笑顔で家康は言う。

(父上が儂に喜ぶ顔を見せたのは初めてのことやもしれぬの)

不満は残ったものの、悪い気はしなかった。

秀康は下総の結城郡の一部に加え越前北ノ庄六十八万石を与えられ、合計七十五万石の大名となった。本格的な検地をすれば、さらに石高は増えるに違いない。

関ヶ原で一番鑓をつけた忠吉は武蔵忍《おし》十万石から尾張清洲《おわりきよす》五十二万石へ移封の上、加増となった。

戦に間に合わなかった秀忠に恩賞はなかった。

(不思議な論功じゃ。抜け駆けまでして一番鑓をつけた忠吉が五十二万石か。その程度で抑えたのは、先鋒を横取りされた福島への気遣いなのだろうか。あるいは、兄弟の序列を考えてのことか。それに対して、なにもしなかった儂が七十五万石とはの)

多くの所領が欲しいのは誰でも同じであるが、忠吉の石高を聞くと些《いささ》か気が引ける。

(秀忠への恩賞がないのは、遅滞の責めではなく、跡継ぎだからであろう。儂は秀忠とは違う。秀忠は戦う機会を与えられながら、ものにすることができなかった。対して儂は戦う機会を与えられなかった。この差は大きい)

兄弟の中で最高禄になったが、それほど嬉しいとは思えなかった。

十一月、大坂城の西ノ丸に家康のほか、大久保忠隣、井伊直政、榊原康政、本多忠勝、平岩親吉《ひらいわちかよし》、本多正信らが集まり、秀康、秀忠、忠吉のうち誰を家康の嗣子にするかが話し合われた。

「結城宰相は年長であり、知略武勇がある」

本多正信は秀康を推した。

「下野守(忠吉)様は関ヶ原の功者。こののちのこと(豊臣との戦)もあれば、下野守様以外に上様の跡継ぎはおらぬ」

井伊直政は当たり前のように娘婿の忠吉を推す。

「お二方とも、上様のご子息であり、弓馬《きゅうば》の道をもって論ずることはできぬ。されど、中納言様は知勇を兼ね備えており、天下を譲るにはこのお方しかおらぬ。これは儂が中納言様の家老を務めているゆえ、決して贔屓《ひいき》しているわけではない」

大久保忠隣が秀忠を推すと、榊原康政も賛同した。すると、本多正信や本多忠勝、平岩親吉らも同調するようになり、秀忠に内定が出されたことになる。

秀忠を正式に家康の跡継ぎにすると発表するまで、このことは秘密にされた。

その頃、秀康はまだ宇都宮にいた。まだ、上杉家は降伏していないので、関東の諸将も含め、周辺には二万の兵も在陣していた。戦はなくとも腹は減る。兵糧米が乏しくなり、士卒の間では争いを始める者もでてきた。

「いかなことになっておるのじゃ。とっくに刈り入れはすんでいるのではないか」

「仰せのとおり、刈り入れはすんでおりますゆえ、両三日もあれば取り寄せることはできます。されど、今、兵糧が不足し、諸軍に配る量がございません。もし今これを分け与えてしまいますれば、万一の時の備えがございません。国許から届きました時には、十分に与える所存です」

奉行の片山《かたやま》吉次が答えた。

「なにを申す！　今、空腹の最中、敵が仕寄せてきたら、存分に働けるのか？　皆、儂のために命を棄ててくれている者どもであろう。皆を飢えさせるわけにはいかぬ」

秀康は片山吉次を叱り、残っている米俵を蔵から持ち運ばせると、自ら俵の縄を解き、米を掬《すく》って兵に与えたので、皆は飢えを凌《しの》げた。

同時期、関ヶ原の結果を知った上杉景勝が、秀康の許へ降参を申し入れてきた。

「治部少輔は滅び、上杉は勢いを失った。これに乗じて攻めかかるのは武に非ず。上杉は西上する上様に追い討ちを行わなかった武の家。この名家を滅ぼすのは心許ない。よかろう、上様への口添えを致すゆえ、早々に降伏の使者を送るように」

秀康は快く引き受け、大坂にいる家康に遣いを送った。

これを受け、上杉景勝は十二月、家臣の本庄繁長を大坂に向かわせた。

七

慶長六年（一六〇一）初夏、越前に入国するにあたり、秀康は江戸城に登った。

どうしても秀忠に質《ただ》さねばならぬことがあるので、秀康は二ノ丸に足を運んだ。

「これは兄上、いかがなされましたか」

寝転がりながら書を読んでいた秀忠は、身を正して問う。

「いや、ちと尋ねたきことがあっての」

一畳ほど間を空け、秀忠の真正面に腰を下ろして秀康は問う。

「されば、お呼び戴ければ、某のほうから足を運びましたものを。いかなことでしょうか」

迷惑そうに秀忠は言う。秀忠にとっては煙たい存在なのかもしれない。

「関ヶ原での遅滞。まこと遅滞なのか？」

秀康は瞬きもせず、秀忠を直視する。

「と申されますと？」

余計なことを掘り返さないでくれ、と秀忠の目が困惑している。

「そちが率いた兵は徳川の主力。本来ならば、絶対に必要とする力じゃ。儂が上様なれば、必ず到着を待って戦う。旗本と豊臣の家臣たちばかりでは不安だからの。されど、上様はそちを待たずに戦い、勝利なされた。温存したのではなかろうかと思っての」

「決して左様な。ただただ、某の不徳の致すところでございます。こたびの失態、お詫びのしようもございません」

あくまでも秀忠は、自分のことだと言い張っている。

「無能を装うことはない。上様は用意周到な御仁じゃ。遣いが何日で到着するかも、利根川が水《みず》嵩《かさ》を増していたことも承知していたはず」

前年八月二十九日、家康は大久保忠益《おおくぼただます》を中仙道を西上する秀忠の許に向かわせたが、秋の大雨で利根川が増水して渡れず、足留めをされたので伝言が遅れたことが秀忠遅滞の真相だった。秀忠は黙り込んだ。

「ゆえに偶然だとは思えぬ」

「なにゆえ、左様に思われるのですか」

「上様も迷っておられた。一番の懸念は、毛利中納言が秀頼を担いで参じること。さすれば豊臣恩顧の武将たちは、挙って上様の許を離れよう。されば、上様は治部少輔らに誘《おび》き出されてしまったことになる。本能寺における信長親子の例を避けるために参じさせなかった。小牧・長久手のように長対峙を想定していた。ところが、秀頼がおらぬことが明らかになった。また、吉川などが動かぬことも確信したゆえ、そちがおらずとも、決戦に踏み切ったのであろう。お陰で上様は飛車、角を欠いても、手持ちの駒だけで勝利したと称賛され、軍神とまで呼ばれるようになった」

「それは、勝利したゆえ、後追いで申されているのではありませんか」

「そうかもしれぬ。ゆえにじゃ、誰にも漏らさぬ。本音を申せ。兄弟ではないか？」

秀康は身を乗り出すようにして質問した。

「いえ、残念ながら、兄上の考えは外れております。遣いが川を渡れなかったゆえに、某が遅れただけのこと。悔しいゆえ、もう申さないで下さい」

屈辱を噛みしめながら秀忠は言う。眉間には皺が刻まれていた。

「左様か。これはすまぬことを申した。儂も戦から外されたゆえ、思案も外れているのであろう。笑ってくれ」

険悪な関係にならぬように気遣いながら、秀康は二ノ丸を後にした。

（真のところは、どうなんであろうの）

機嫌が悪くなって所領を召し上げられては敵わない。家康に問うわけにはいかず、想像しているしかなかった。

秀康が越前に入国したのは、同年の夏であった。

この時から秀康は結城家の養子ではなくなった。家康の男系男子なので親藩となり、姓を松平に改めた。

(今は徳川姓ではないが、まあ名乗る機会もあるやもしれぬ)

秀忠も関ヶ原に参じてはいない。秀康は家督を諦めてはいなかった。

越前の隣国は加賀、美濃、近江の山脈が壁のように聳え立ち、西の海側は国見岳《くにみだけ》、金比羅山《こんぴらさん》、若須岳《わかすだけ》に挟まれた盆地が越前の国である。漁場は豊かなので、多くの魚介が獲れた。

家臣たちに先乗りさせ、居城をどこに置くか調べさせた結果、かつて国府があった武生《たけふ》と柴田勝家が居城としていた北ノ庄の二択となった。

「前田に備えるための城ならば、加賀に近いほうがよかろう」

家康の心証をよくしようと、秀康は北ノ庄に居を置くことにした。すると家康は喜び、自ら縄張りをすると言い、本丸と二ノ丸を担当。三ノ丸とそのほかは吉田好寛《よしだよしひろ》が行うことになった。秀康は清水好正《しみずよしまさ》を総奉行にして普請を行わせた。

なお、城の名が北ノ庄城から福井城になるのはまだ先のことである。

新たな秀康の北ノ庄城の地は柴田勝家時代とほとんど変わらず、北の九頭竜川《くずりゅう》を外濠とし、足羽川《あすわ》と吉野川の合流地点に築いた平城である。四重五階の天守閣を中心に幾輪にも堀が囲み、馬出しに虎口《こぐち》、搦手門が交互に配置され、まるで巨大な迷路となった外郭備えである。大改修となったので、完成には五年の歳月を要した。

秀康は越前六十八万石のうち、五十五万石を家臣の給知に当て、残りを蔵入地にした。また、慣れぬ地でもあるので、各地に代官を置いて北ノ庄で一括管理という形ではなく、少し古い形であるが、重臣たちを領内に配置して所領を与え、警護も兼ねて、それぞれの城に入れて支配させることにした。主だったところは次のとおり。

本多富正は南条郡《なんじょう》の府中で三万九千石、土屋昌春は大野《おおの》郡の大野で三万八千石、多賀谷三経は坂井《さかい》郡の柿ヶ原《かきがはら》（金津《かなづ》）で三万二千石、今村盛次は坂井郡の丸岡《まるおか》で二万五千石、山川朝貞は吉田《よしだ》郡の谷口《たにぐち》（花谷《はなだに》）で一万七千石、吉田好寛は足羽《あすわ》郡の南江守《みなみえもり》で一万四千石、清水好正は敦賀《つるが》郡の津内《つない》で一万一千石、林定正《はやしさだまさ》は大野郡の勝山《かつやま》で九千八百石、加藤康寛《かとうやすひろ》は大野郡の木本《このもと》で五千石などである。

移封に際し、秀康は検地などに非協力的だった結城家の譜代の玉岡八郎、比楽源三郎、武井十郎などを越前に連れて行かないことにした。引き続き、秀康が結城の所領を持っていたこともあり、玉岡八郎らは結城で土着した。ただ、その息子たちは越前の松平家の家臣として扶持している。

秀康は新田開発を進めながら、米の育たぬ地では蕎麦を作らせ、絹、布、切石、和紙などの産業にも力を入れさせた。寛永十五年（一六三八）に成立した『毛吹草《けふきぐさ》』に全国の特産品が記されており、越前からは北ノ庄の絹、布、切石、今立《いまだて》郡の五箇《ごか》の和紙が掲載されている。

領内整備を進める中の慶長七年（一六〇二）七月、秀康は中仙道を通り、江戸に向かった。その途中、信濃、上野国境の碓氷《うすい》峠の関所に差し掛かった。

「申し訳ございませんが、いずれの家中であっても、鉄砲を所持する方をお通しすることはできません」

関所の番人に止められた。のちに江戸幕府が成立し、謀叛を防止するために関所では「入り鉄砲と出女」が厳しく取り締まられた。その走りである。

「儂は越前の秀康じゃ。儂に無礼を働くことは、天下に無礼を働くのも同じことじゃ！」

秀康は大音声で怒鳴り、今にも腰の太刀に手をかけようとした。

その剣幕に畏怖し、番人たちは逃げるようにして門から離れた。秀康は無人となった関所を悠々と押し通った。この蛮行はすぐさま江戸の家康に届けられた。

「江戸の決まりを守れぬとはの」

家康は苦虫を嚙み潰したような顔をしたが、一緒にいた秀忠は気を遣った。

「関所の番人は、兄上に斬り殺されなかっただけ幸いであった」

秀忠の一言で場は和み、秀康は罪に問われることはなかった。また、越前の松平家だけは、鉄砲持参でも関所を通る特別の許可が出された。

翌慶長八年（一六〇三）二月十二日、家康は再建した伏見城で征夷大将軍の宣旨《せんじ》を受けた。一般的にいう江戸幕府の始まりである。

（ようやく天下をとられたか。これで信康兄も報われよう）

これで徳川家に刃向かう者は朝敵になる。家が脅かされることがなくなり、秀康も喜んだ。

家康の将軍宣下で秀康は従三位に昇任される恩恵を受けた。一方、競争相手の秀忠は右近衛大将に任じられた。これは征夷大将軍の次席である。

（やはり父上は将軍職を秀忠に譲るつもりか）

不快感を募らせたが、どうにもならない。秀康は苛立つばかりであった。

慶長九年（一六〇四）四月二十日、秀康は家康が将軍に任じられてから初の江戸出府をした。

この時、秀忠は鷹狩りに事寄せて品川まで出向き、秀康を出迎えた。

「兄上、お久しゅうございます。およそ十月ぶりでございますな」

秀忠は駕籠《かご》を降りて挨拶をする気の遣いようである。

「大納言殿もの」

相手は格上であるが、弟なので駕籠を降りなかった。秀康の自尊心であった。

その後、二人は駕籠を並べて進み、いよいよ江戸城に達した。

「大納言殿、先に入られよ」

悔しいが徳川家の者が秩序を乱すわけにはいかない。秀康は譲った。

「いえ、兄弟の順は別。ここは兄上が先に」

秀忠も譲るので、互いに相手を勧めることになったが埒《らち》があかない。仕方がないので二つの駕籠を並べて大手門を潜《くぐ》ることにした。

このことからも越前は制外と言われるようになった。


同じ年の七月十七日、秀康は伏見屋敷で相撲を興行し、諸将のみならず、家康と秀忠を招待した。相撲は勝負が早くつき、非常に判りやすく、知識のないものにも受け入れられるので老若男女を問わず人気である。秀康は家中や、屋敷に出入りする商人などにも見物することを許したので、屋敷の庭は人々で犇《ひし》めきあった。

前相撲の取組が十四番終わり、ついに東西の両大関《おおぜき》、越前の嵐追手《あらしおって》と加賀の順礼《じゅんれい》の対決になった。嵐追手は公家抱えの力士で天下一との評判があり、順礼は加賀藩の家臣で、都の北野天満宮の勧進相撲に出て七日間で三十三番に勝利した力士である。両者が登場すると、万庭は否応なしに歓声が響き、呼び出しの声も聞こえないほどになった。

やがて行司の立ち合いの掛け声とともに両者はぶつかり、嵐追手が順礼を投げ倒すと、熱狂した群衆は将軍の前にも拘わらず、場所を弁《わきま》えずに騒ぎ立て、収拾がつかぬ状態になった。

騒然とする中、縁の座にいた秀康は無言のまま立ち上がり、周囲を見渡すと、満庭は水を打ったように静まりかえった。

これを見た家康は、「今日の饗宴、歓楽最も多し。なかでも秀康が神威、実に人の心目驚かせり」と感嘆したという。

一睨みで皆を黙らせる威厳に家康も福島正則も、秀康を恐れるようになった。

この年の十一月十六日、秀康の双子の弟の貞愛《さだちか》が死去した。貞愛は母・於万の実家である三河の永見家に預けられ、知立神社の神職として暮していた。晩年には足が不自由になっていたと聞いたので、見舞いの使者を送ったものの、家康が獣腹の子と嫌ったので、会いに行くのは憚った。

（信康兄が儂を上様に引き合わせてくれたゆえ、儂も会わせてやればよかったかの）

それればかりが悔やまれてならなかった。

八

慶長十年（一六〇五）二月十四日、都の北野天満宮で阿国《おくに》歌舞伎が披露された。

阿国の出自は諸説あるが、一般的には出雲《いずも》の杵築中村の鍛冶屋・中村三右衛門の娘で、出雲大社の巫女となり、同社勧進のため諸国を廻ったとされている。

彫の深い女子は長い黒髪を鉢金の入った鉢巻きで押さえ、水晶の数珠を幾つも首に下げ、白い小袖の上に赤、緑、臙脂《えんじ》、紺などの色を混ぜた腰までの衣を纏った男装で刀を肩に担いでいる。嘗《かつ》て愛した名古屋山三郎の亡霊の役を演じているのが、この年四十四歳になる阿国である。

相手役は阿国の役をする夫の三十郎。二人は太鼓や笛の音に合わせ、艶《なまめ》かしく絡み合うように舞う。阿国は男役ではあるが、豊満な胸の谷間まで露出している、桃色の帯は紐のように細く、腰はぴたりと衣張りついているが、裾が広がっているので、ちらりと足が見える。これを露出しながらしなやかに優雅に舞う。そして、楽しげに、時には苦悶の表情を見せ、妖艶な目を投げかけ、もっとよく自分を見てくれ、目の奥に焼きつけてくれと全身で主張するので、男女を問わず魅了されていた。

二人の舞いが終わると、割れんばかりの歓声が響き渡った。

「天下に幾万の女子があれど、一人の女と天下に呼ばれたるは、この女なり。儂は天下一人の男となることは叶わず。あの女にさえ劣りたるは無念なり」

喝采を浴びる阿国を見ながら、秀康に涙が込み上がった。

秀康が声をかければ酒の席に阿国を呼ぶこともできるが、惨めになるので静かに北野天満宮を後にした。


ずっと懸念していたことが当たってしまった。同じ年の四月十六日、秀忠は伏見城で征夷大将軍に任じられた。将軍を譲った家康は大御所と呼ばれるようになった。

不愉快ではあるが、祝いの席に参じぬわけにはいかない。秀忠は異母弟とはいえ武家の頂点に立った。不承不承、祝いの言葉を述べて下がった。

この時、上杉景勝も同席し、秀康に上座を譲った。

「いえ、上杉殿は権中納言、某は参議も辞しておりますので、上座にお座りください」

秀康が権中納言に任じられるのは、三ヵ月後のことである。

「いえ、宰相殿は公方《くぼう》（秀忠）様の御兄上なれば、ここは上座に」

二人は譲り合いになり、秀忠の裁定で秀康が上座に腰を下ろした。

「さすが宰相殿は礼節を弁えておられる」

居合わせた諸将は秀康を称賛した。

祝いの席は我慢したが、秀康の落胆と怒りは治まらず、噂では秀康を推したと聞いたので、本多正信を秀康の伏見屋敷に呼びつけた。

「兄・信康亡きあと、儂が徳川の総領であるのに、なにゆえ弟の秀忠が将軍に就いたのじゃ！」

これまでの鬱憤を晴らすかのように、秀康は声で戸を揺るがした。

「畏れながら、宰相様は以前、秀吉公の養子であられたゆえ、将軍に就けるわけにはいかなかったものと存じます」

家康から何度も相談を受けているはずなのに、他人事のように本多正信は答えた。

「されば、大坂になにかあれば、儂は太閤の養子として事を起こさねばならぬな」

そう答えると、冷静沈着な本多正信も顔を引き攣らせた。

この返答で家康から咎められはしなかったが、警戒される存在になった。

逆に福島正則などからは好かれ、たびたび屋敷に顔を出すようになった。

「もし、天下に大事が起これば、儂は越前殿に加担しましょう」

酔った福島正則は、公然と言った。

(儂は公儀に弓引くつもりはないのだがの)

憤りに任せて本多正信に言ったことを、秀康は少々後悔した。

(こののち弟に仕えねばならぬのか)

もどかしさに憂えるばかりであった。

秀康は伏見城の留守居を任されることが多く、同城に在していた。何年か前から病気がちで寝込むこともしばしばあった。

秀康を好む福島正則は、たびたび見舞いに訪れた。この日、家臣の一人が秀康に申し次いでいる間、正則は玄関に飾ってある秀康の鑓を取り、鞘を外して刃に爪をかけて見入った。

これを知った秀康は激怒した。

「新藤五三桐の太刀を持ってこい！」

さすがに大大名の福島正則を斬れば秀康といえどもただではすまない。近習の一人が気を利かせ、内緒で正則に言伝をした。

「今日、我が主のご機嫌が悪そうですのでお帰りなされた方がよろしいかと存じます」

「左様か、儂も急に持病が起きた」

察した福島正則は即座に秀康が使用していた二ノ丸を後にした。

怒りの治まらぬ秀康は福島正則が触った鑓を持ってこさせ、これを管理させていた金左衛門という百石取りの家臣を縁下の白洲へ呼び出した。金左衛門は膝をつき、震えている。

険しい顔で秀康は鑓の鞘を抜き、青白く輝く穂先を凝視した。

「左衛門大夫（正則）が爪をかけたからといって恥とは思わぬ。ただ、もしこの鑓に塵一つでもついていたならば、そちを串刺しにするつもりであったが、儂が見込んで預けただけのことはある。見事に手入れしてあることは神妙じゃ」

秀康は金左衛門を褒め、新たに百石を加増した。

のちに秀康は、先日は会えなかったので残念だった、と福島正則と顔を合わせるたびに言ったので、豪気な正則も顔を歪めたという。

幕府からも警戒された秀康であるが、病の進行は進み、伏見城の留守居も勤められぬようになったので、慶長十二年（一六〇七）三月一日、越前へ帰国した。

名医と言われる曲直瀬玄朔《まなせげんさく》（道三《どうさん》）に診てもらっても、快復はせず、そのうちに起きることもできなくなった。

諸将をはじめ、将軍・秀忠や、大御所・家康からも見舞いの使者が訪れた。

「これは大御所様が調合なされた薬でございます」

使者が薬を差し出した。家康は薬師も顔負けなほど薬には精通している。

「左様か。有り難き仕合わせと、お伝えせよ」

横になったまま秀康は使者に告げた。

（よもや）

不審に思った秀康は金魚の入った鉢に薬を入れたところ金魚は死んでしまった。

（父上は儂にこれを呑めというのか。儂に死ねというのか。それほど儂が嫌いなのか。厄介なのか。それが徳川を守るためか）

秀康は悩む。ただ、人間の薬が金魚に合わなかっただけかもしれない。

（そう長くない命。儂は徳川と豊臣のいずれの役に立つべきか。戦場に立ったことのない秀頼では、豊臣恩顧の大名が与しても、おそらく父上には勝てまい。武家は家を残してこその武家。こののち、秀忠やその息子になにかあれば、我が息子に家督が廻ることもあろう）

苦悩した秀康は子どもたちのことを考え、家康からの薬を口にすることにした。

「よいか、儂が死んだら結城家の寺に葬るように」

近習に遺言を残し、秀康は家康から贈られた薬を呑み込んだ。

（叶うならば、『葵』の紋を高々と掲げ、思いきり戦場を駆け廻りたかったの）

唯一の心残りであった。

それから数日後の閏四月八日、薬の影響のほどは定かではないが、秀康は息を引き取った。享年三十四。

遺言どおり、秀康の遺体は結城家の菩提寺である曹洞宗孝顕寺《そうとうしゅうこうけんじ》で火葬され、孝顕寺殿前三品黄門吹毛月珊大居士《こうけんじでんぜんさんぴんこうもんすいもうげっさんだいこじ》という諡《おくりな》が贈られた。

ところが、家康が異議を唱えた。

「徳川は代々浄土宗である。他宗の寺に葬ることは叶わぬ」

家康の言葉は絶対である。仕方なく嫡子の忠直《ただなお》をはじめ家老たちは相談の上、知恩院《ちおんいん》の満誉上人《まんよしょうにん》の弟子の万清《まんしょう》をもって開山とし、浄光院《じょうこういん》を建立《こんりゅう》した。寺名は、のちに徳川五代将軍の綱吉《つなよし》の御台所が浄光院と称したので、これを憚《はばか》り、運正寺《うんしょうじ》と改めた。葬る宗派も変えたので、戒名《かいみょう》も浄光院殿前黄門森巖道慰運正大居士《じょうこういんでんぜんこうもんしんがんどういうんしょうだいこじ》と改めた。

秀康は死しても家康に翻弄されたことになる。

秀康の死因は『當代記』に唐瘡《とうかさ》とある。いわゆる梅毒である。唐瘡《とうかさ》は痘瘡、別名の疱瘡《ほうそう》（天然痘《てんねんとう》）と混同されている。いずれも感染症であるが、症状は大きく違う。

秀康は七男二女（長女は早世、忠直、忠昌《ただまさ》、喜佐、直政《なおまさ》、吉松《よしまつ》、直基《なおもと》、直良《なおよし》、呑栄《どんえい》）がいた。

もし、秀康が梅毒ならば、母子ともに感染しているはずであるが、そのような記録はない。また、秀康死去後、正室の鶴姫は権大納言の烏丸光広《からすまるみつひろ》に再嫁するが、光広にも感染の記録はない。

曲直瀬玄朔が記した治験書《ちけん》の『医学天正記』には、「越前宰相殿、瀉利《しゃり》（下痢《げり》）・発熱・咽渇《いんかつ》（喉渇《こうかつ》）・五令《ごれい》ニ《に》加滑《かこつ》」とある。五令は関節の痛みや腫れなど、加滑は腱の痛みなどなので、疱瘡が正しいのかもしれない。腫物を患っていたとも言われている。

築山御前と嫡子の信康は家康の力不足だったこともあり、命を奪わねばならなかった。幕府とすれば屈辱この上なかったので、悪女と謀叛人とするしかなかった。また、大谷吉継《おおたによしつぐ》なども関ヶ原で西軍に与したので、幕府にとって都合が悪く、不治の病として広めたことなどから、跡を継がせるべき秀康に継がせなかった引け目で、秀康を唐瘡と陥れたのかもしれない。

家督は嫡男の忠直に受け継がれた。その後、家は分家され、支藩も含めると九十万石を数えるようになる。秀康は死をもって子孫を栄えさせたのかもしれない。

また、結城の姓を名乗る者はいなくなってしまったが、秀康の五男・直基は結城家の社稷《しゃしょく》を継ぎ、その子孫は結城家の巴紋・桐紋を使い続けた。

秀康とともに越前に移り住んだ於万ノ方は、七十三歳で天寿を迎える。秀康の意思を継いでか、最初の秀康の菩提寺とされた孝顕寺に葬られた。

幕末、越前の松平家からは有名な春嶽《しゅんがく》（慶永《よしなが》）を輩出するが、残念ながら秀康の血筋ではない。ただ、春嶽は有能な橋本左内《はしもとさない》や由利公正《ゆりきみまさ》などを登用し、藩校・明道館《めいどうかん》を創設、殖産興業を推奨し、洋式の軍制を導入した。また、種瘡所《しゅとうじょ》を創建し、天然痘の撲滅の研究に尽力するなど、藩政改革を先導した。

第三章　汚名返上　三男秀忠《ひでただ》

一

慶長五年（一六〇〇）七月十九日、秀忠は居間で栗色漆塗伊予札素懸威二枚胴具足《くりいろうるしぬりいよざねすがけおどしにまいどうぐそく》を身に着けた。

秀忠は家康の三男で、この年二十二歳になる。「秀」の字は秀吉からの偏諱《へんき》である。向かう先は会津。上洛命令を拒否した上杉景勝《うえすぎかげかつ》を討つためである。

（重いの）

率直な実感である。秀吉が天下統一の総仕上げとして関東征伐をした十年前、秀忠は相模《さがみ》の湯《ゆ》本《もと》で具足初《ぞ》めをした。ただ、あの時はまだ十二歳で体も小さかったので重いのは仕方がなかったが、今では家康の背を超えるほどに成長しているので、己の非力さを感じた。

母は一つ年下の忠吉《ただよし》と同じで家康が最も愛したと言われる西郷局《さいごうのつぼね》。すでにこの世にはないが、慈愛に満ちた優しい笑顔は記憶に残っていた。

「いつにても身だしなみは肝腎。お忘れなく」

横で銀の笄《こうがい》を手渡しながら小江《おごう》は言う。笄は髪型を崩さずに頭を掻く時などに使用する四寸（約十二センチ）ほどの道具である。

小督《おごう》、江与《えよ》の名でも知られる小江は浅井長政《あざいながまさ》の三女で、この年二十八歳。小江は文禄四年（一五九五）、秀吉の肝煎《きもい》りで秀忠の許《もと》に輿入《こしい》れした。これまで小江は佐治一成《さじかずなり》、羽柴秀勝《はしばひでかつ》に嫁ぎ、秀勝との間には娘（完子《さだこ》）をもうけている。秀忠との間には二人の娘（千《せん》姫、子々《ねね》）を誕生させていた。

秀忠は織田信雄《おだのぶかつ》の娘の小《お》姫と縁組みしていたが、小姫の死去により婚礼には至らず、小江が最初の妻ということになる。

「判っておる」

笄を受け取った秀忠は、脇差の鞘に差しながら頷く。徳川家の三河《みかわ》武士は無骨者が多く、あまり身なりに気を遣わぬ武士もいるが、秀忠は多感な時期を京、大坂で過ごし、秀吉に近侍していたこともあるので、外見も一応は気をつけている。

（いい加減、子供扱いするはやめてくれぬかの）

夫婦仲は悪くはないが、六歳という年齢の差のせいか、小江は秀忠を夫として見ていないような気がしてならない。

（戦功でも挙げれば見方も変わるかの）

不満を持ちながら秀忠は江戸城を出立した。秀忠は先軍の大将に任じられ、三万余の兵を率いている。本来ならば緊張するものであるが、小江とのやりとりのせいか、気は張ってはいなかった。同月の八日、重臣の榊原康政《さかきばらやすまさ》が先発し、下野《しもつけ》の小山《おやま》辺りまで進んでおり、今のところ問題がないという報せが届けられているからかもしれない。

秀忠は解《ほぐ》れた気持のまま、濃茶毛の愛馬に跨《また》がった。そこへ異母弟の信吉《のぶよし》が来た。

「某《それがし》も参陣しとうございます」

羨ましそうに信吉は言う。信吉は家康の五男で、この年十八歳になる。母は武田《たけだ》旧臣の秋山虎康《あきやまとらやす》の娘の於都摩《おつま》。於都摩は武田信玄《しんげん》の娘で穴山梅雪斎《あなやまばいせっさい》に嫁いだ見性院《けんしょういん》の養女として家康の側室になった。これらの関係から信吉は武田家を再興して武田信吉としている。信吉は下総《しもうさ》の佐倉で十万石を与えられ、秀吉の正室・北政所《きたのまんどころ》の甥・木下勝俊《きのしたかつとし》の娘を正室に迎えていた。因みに於都摩は天正十九年（一五九一）に他界している。

「留守居も立派な役目じゃ。帰る城がなくなっては目も当てられぬゆえの」

「判っております。お任せください」

信吉は胸を叩くが胸は薄い。体が丈夫ではないので、弓、鑓《やり》、刀の鍛練はしない。読み書きが得意なせいか、顔も日焼けしておらず、兄弟の中では貧弱に見えた。

「くれぐれも志乃《しの》のことを頼む」

秀忠は留守居の一人に厳命した。志乃は奥務めをする侍女で、小江の目を盗んで手をつけたところ、身籠った女子《おなご》である。姉さん女房の小江には常に監視されているところがあったので息抜きのつもりもあったのは事実。これまで小江との間には二人の子をもうけているが、いずれも女子なので、別の女人と接すれば、男子を得られるのではと思ったのも本音である。

懐妊が発覚したので正式に側室にしたものの、小江が激怒したのは言うまでもない。小江は嫉妬深いので、志乃と腹の子が心配だった。

何度も念を押した秀忠は、威風堂々江戸城の大手門を潜《くぐ》った。先軍の大将に任じられた秀忠が率いる軍勢は三万七千数百。秀忠は、このたびが事実上の初陣となる。

家康は二十一日に江戸を発った。会津に向かう兵は七万二千余で、江戸には五万余、その周辺には二万の後詰《ごづめ》が控えていた。

二十四日、秀忠は下野の宇都宮城に着陣した。上杉勢が待ち構える陸奥《むつ》国境まで十七里（約六十八キロ）に迫った。ゆっくり進んでも四日あれば到着できる距離である。

城主の蒲生秀隆《がもうひでたか》に出迎えられ、本丸の主殿に腰を下ろした。

「敵の様子はいかに」

敵は精強な上杉軍。秀忠は先軍の大将でもあり、初陣でもあるので敵が気になって仕方ない。

「国境を越えた白河の周辺に二万余の兵を置いております」

義弟の蒲生秀隆が恭しく答えた。

「二万余？　少ないのではないか」

上杉家は会津百二十万石。国外への出陣ならば三万六千は動員できる。領国内ならば、さらに増やすことができるはずである。

「おそらく遊軍を用意しているものと存じます。今のところ摑《つか》めておりませぬゆえ、おそらくは会津周辺にいるものと存じます」

「摑めぬか。上杉の忍びは有能と聞くからの」

上杉家は軒轅《のきざる》という優秀な忍びの集団を抱えている。激戦を極めた第四回目の川中島《かわなかじま》合戦において、軒轅は武田方の忍び十七人を討ち取っていた。蒲生家の細作《さいさく》、物見が入国を阻止されても納得のことである。

「申し訳ございません。至急に探らせます。ほかには、常陸《ひたち》の佐竹《さたけ》は南陸奥の棚倉《たなぐら》に一万数千を集めております。おそらく上杉と手をとり、我らの横腹を突かんとするつもりかと存じます」

「重畳。さっそく父上に報せよう」

労《ねぎら》った秀忠は、後方を進む家康に遣いを送った。

上杉家は決戦に備え、先陣の安田能元《やすだよしもと》、二陣の嶋津忠直《しまづただなお》が小峰《こみね》城に、三陣の本庄繁長《ほんじょうしげなが》が関山に陣を布いている。これらの軍勢は一万二千。景勝の本隊八千は長沼《ながぬま》城に入っていた。遊軍の直江《なおえ》兼続《かねつぐ》勢一万は南会津の鴫山《しぎやま》城にいた。

上杉軍は神速。今にも国境を越えて攻めてくるような気がして落ち着かなかった。

毎日移動しているので疲れている。夜は床に就けばすぐに眠れた。戌《いぬ》ノ下刻（午後九時頃）、秀忠は寝ようとしていた。

「申し上げます。本多上野介《ほんだこうずけのすけ》殿がまいられました」

近習の土井利勝《どいとしかつ》が廊下から声をかけた。利勝は家康の母・於大《おだい》の異母兄・水野信元《みずののぶもと》の庶子として生まれ利昌《としまさ》の養子となった。この年二十八歳。文武に長けており、家康の落胤《らくいん》という説もあるほど、家康から可愛がられた武士である。

「上野介が?」

眠くなりだした頃だったので、少々苛立ちながら本多正純《まさずみ》の入室を許した。寝るための白い小袖のまま相対した。

「夜分、畏れ入ります。緊急のことゆえ、お許しください」

申し訳なさそうではなく、淡々と告げる。どこか石田三成《いしだみつなり》に雰囲気が似ていた。

(もしや治部《じぶ》が兵を挙げたのか)

瞬時に察したお陰で目が覚めたものの、軽はずみに自ら口にしないこと、凡愚を装っても、まずは相手に言わせること、というのが家康の帝王学である。

「いかがした?」

睡眠を邪魔するだけの報せであろうな、などと嫌味を言ってはならない。発言しやすいように鷹揚に構える。家康の教えだ。

「石田治部少輔《しょう》が大坂城に入り、七月十七日、毛利《もうり》中納言が大坂城の西ノ丸を奪い……」

本多正純は西軍が伏見城の開城要求をしたことまで伝えた。

(やはり)

思ったとおりだ、と言うのは愚将の証《あかし》なので口には出せない。

「秀頼《ひでより》様ならびに、西ノ丸にいた当家の家臣はいかに？」

常に大義名分が立つようにしろ。秀忠は従った。

「秀頼様は淀《よど》ノ方《かた》様がお守りになられているので、ご心配には及びません。西ノ丸を守る佐野肥《さのひ》後守《ごのかみ》（綱正《つなまさ》）殿らは伏見城に落ち、女子衆も無事に八幡《やわた》まで逃れたようにございます」

「それは重畳。して、儂《わし》はいかがすればよい」

「上様がおられる小山にお戻り戴きます」

すでに本多正純は家康を天下人として呼んでいた。

（小山に戻るということは、やはり、長岡越中守《ながおかえっちゅうのかみ》（忠興《ただおき》）らが申すとおり、会津には向かわぬということか。こののち雪深くなる会津で精強な上杉と戦うより、西で治部少輔と戦うほうが、天下に近づく。されば、こたびの会津行きは、治部少輔が兵を挙げやすくするための陽動だったのか。天下をとるには、そこまで思案せねばならぬのか。儂に父上の跡が継げようか）

秀忠は不安にかられた。

「左様か。されば兄上は？」

秀忠にとっても異母兄の秀康《ひでやす》は気になるところである。

「刻限を後らせてお伝え致します」

「なにゆえか」

「敵は近《ちこ》うございます。本能寺の二の舞いは避けなければなりません」

当然といったような口ぶりで本多正純は答えた。織田信長・信忠《のぶただ》親子は少数の家臣とともに近くにいたので共に横死し、織田家は家名を繋ぐだけの大名になってしまった。

「さもありなん」

納得した秀忠はすぐに支度をし、小山に向かった。

秀忠が小山に到着したのは、皆が寝静まる丑《うし》ノ下刻（午前三時頃）であった。

本多正純の父の正信《まさのぶ》などは起きていて、大坂の奉行衆が、在坂する女子を人質に取ろうとしていることや、弾劾状を配って兵を集っていることなどの続報が伝えられた。

「このちのことは決まっておるのか」

「仰せのとおり。されど、なにがあっても異議を唱えますよう。少々塞ぎたくなるやもしれませんが、前《さきの》中納言様には、いずれ必ず良き目が廻ってまいります」

秀忠は文禄三年（一五九四）に権中納言を辞しているが、周囲は敬意を込めて官職名で呼ぶ。

（ということは、一度は酷い扱いを受けるということか。まあ、父上の思案ならば仕方なし）

秀忠は覚悟を決めて応じた。

同腹の弟の忠吉は一足先に帰途に就いたと聞き、秀忠は安堵と同時に羨ましくも思った。

翌二十五日の早朝、食事をとったのちに秀忠は家康と顔を合わせた。

「聞いたか」

さまざまなことが頭の中で廻り、纏《まと》まっていないのか、最近の家康は質問が短い。

「一通りは」

「ならばよい。思いのほか治部は多くの兵を集めた。おそらく我らが上杉と戦うまで出陣は待たず、伏見や他の城に兵を向けてこよう。我らは早急に陣を畳んで討ちに行かねばならぬ」

不機嫌そうに家康は言う。弾劾状には長束正家《なつかまさいえ》、増田長盛《ましたながもり》、徳善院玄以《とくぜんいんげんい》が署名し、添状を毛利輝元《てるもと》、宇喜多秀家《うきたひでいえ》が記している。これに三成と上杉景勝が加わるので、十人衆のうち七人が敵に廻ったことになる。年寄筆頭、最大所領を持つ家康とすれば予想外のことで由々しき事態に違いない。

「仰せのとおりにございます」

「そちにもしっかり働いてもらう。大事な役目じゃ。怠るでないぞ」

試すように家康は言う。秀忠は深く頷いた。

ほどなく秀康が到着して、徳川家における事前会議が行われた。秀康と秀忠は宇都宮に残って上杉軍に備えることが命じられた。

（落胆するな、とはこのことか。殿軍《しんがり》は見捨てられたような気になるが、重要な役目じゃ。この目処《めど》がつけば西上に加えられる）

釘を刺されていたので秀忠は反論しなかった。

「承知致しました。見事、殿軍の役目、果たす所存です」

喰ってかかった秀康に対し、説明を受けていた秀忠は快く応じた。

「さすが前中納言じゃ」

家康は満足そうに褒めた。

秀康も応じたものの、隣で憤懣《ふんまん》に満ちた表情をしている。おそらく打ち合わせをしていないので真相を知らない。不憫《ふびん》に思えた。

正午頃から小山評議が行われ、西上が決まった。諸将は三成打倒で一致し、西に反転した。

「上杉は手強いが、北には伊達《だて》も最上《もがみ》も控えておる。伊達には餌をちらつかせたゆえ、上杉は簡単に下野には出て来れまい。また、佐竹も単独で我らに仕寄せては来ぬであろう。なにかあれば、即座に知らせるように。功のため、逸《はや》るではない。そちたちがしくじれば、我らの西上は叶わなくなる。さすれば、一生、治部に頭を下げなければならぬ。よくよく慎重にの」

出立にあたり、家康は何度も念を押した。石橋を叩いても渡らぬと言われる所以《ゆえん》である。秀忠らと一緒にいる榊原康政らにも、諄《くど》いぐらいに言い含めているに違いない。

さらに家康は、万が一、上杉軍が攻めてきた時の対処の仕方も教授した。

取り決めどおり、秀忠は秀康とともに一日交代で殿軍を勤めるため、宇都宮に戻るべく小山を発った。

「上杉は我らに兵を向けてくると思うか」

一緒に馬を並べる土井利勝に秀忠は問う。

「乱世に絶対はないかと存じますが、上様が仰せになられたように、易々とは仕寄せては来れぬのではないでしょうか。一人の武士としては相対しとうございますが」

「儂もじゃ」

毘沙門天《びしゃもんてん》の『毘』の旗を靡《なび》かせて疾駆《しっく》する上杉軍は脅威《きょうい》ではあるが、目にしたいのも事実。須《しゅ》弥山《みせん》の北を守る四天王最強の毘沙門天は諸将から武神として崇められていた。

宇都宮に戻った秀忠は、家臣が平素より早い足取りで近づくたびに、「上杉勢が接近してまいりました」と報告するのではないかと、戦々兢々《きょうきょう》とした日々を過ごしていた。

退屈は静謐《せいひつ》の裏返し。幸福の証でもあるが、なにか物足りない。万事無事《ばんじぶじ》は武士の望みであるが、西上した諸将が三成らの西軍と戦い、打ち破って功名を挙げているかと思うと、落ち着かなかった。

依然として上杉軍の脅威に晒《さら》されたままではあるが、国境を越えたという報せは届けられていないので、宇都宮の陣は少々弛緩していた。

気を引き締めなければと思いはじめた八月二十三日、家康からの使者として大久保忠益《おおくぼただます》が訪れた。

「前中納言様には、明日にも宇都宮を発ち、信濃を平定せよとの下知にございます」

「真実《まこと》か！」

緩んでいた心を一喝されたようで、瞬時に身が引き締まった。

「はい。真田を討って後報を待てとのことにございます」

真田昌幸《さなだまさゆき》・信繁《のぶしげ》親子は会津出陣の途中で三成からの誘いを受けると、家康軍には合流せずに信《しな》濃《の》の上田城に戻り、籠城の準備をしていた。家康とすれば東軍から離反した者を許すわけにはいかない。また、西進する上で背後の敵を野放しにはできない。さらに、天正十三年（一五八五）の第一次上田合戦で敗れているので、復讐しなければならなかった。

「宇都宮の守りはいかがするのか」

「上様が小山で仰せになられたとおり、宰相様に守って戴きますので、信濃の平定に全力を向けられますよう」

「承知したと、父上に伝えられよ」

告げると大久保忠益は秀忠の前を下がった。

秀康の許には松平家清が向かった。

（そうじゃな。徳川の血筋として、真田を討たねばならぬ。人の心配をしている場合ではない）

真田の攻略を命じられた秀忠は急に事の重さを感じ、緊張しはじめた。

いくら信濃に集中しろと言われても、秀康を無視して城を発つわけにはいかない。一言ぐらい挨拶するのが礼儀であろう。気は進まないが、二ノ丸に足を運んだ。

六畳間の一室で待っていると、秀康が現れた。案の定、憤懣に満ちて険しい表情をしていた。

「わざわざ、そなた自ら来ることもなかろう。遣いで十分じゃ。信濃への出陣、目出度いの」

秀康のほうから声をかけてきた。これには助かった。

「有難うざいます。元来は兄上が命じられるべきところ、不肖某《それがし》が勤めさせて戴きます」

「謙《へりくだ》ることはない。年寄筆頭からの下知じゃ。ただ従うのみ」

本音は定かではないが、秀康は家康を父親というよりも上司として見ているような口ぶりだ。

「畏れ入ります」

「そちは儂に気を遣っているようじゃが、左様な労力は全て敵に向けよ。真田は寡で多を敗る戦上手。勝つためには手段を選ばぬと聞く。実際、徳川が敗れたのも事実。心してかかれ」

「ご助言、忝《かたじけ》のうございます。必ずや勝利して吉報をお届け致す所存です。されば」

礼を口にした秀忠は秀康の前から下がった。

（兄上が儂に助言したのは、儂に話をさせたくなかったのやもしれぬな）

察しながら廊下を歩く。険悪な関係ではないが、ぎこちない間柄ではあった。

二

八月二十四日、秀忠は三万八千七十余人の兵を率いて宇都宮を出立した。従う武将は榊原康政、本多正信、大久保忠隣、酒井重忠《さかいしげただ》、同家次《いえつぐ》、本多忠政《ほんだただまさ》、牧野康成《まきのやすなり》、小笠原信之《おがさわらのぶゆき》、奥平家昌《おくだいらいえまさ》ら徳川家臣の主力部隊。これに上野や信濃の森忠政《もりただまさ》、仙石秀久《せんごくひでひさ》、石川康長《いしかわやすなが》、日根野吉明《ひねのよしあき》、菅沼忠政《すがぬまただまさ》、諏《す》訪頼水《わよりみず》、戸田一西《とだかずあき》ら……およそ三万七千二百。さらに途中の上野の沼田から真田信幸《のぶゆき》が合流する予定であった。

ただ、急なことなので兵糧が数日分しかない。本多正信は一月《ひとつき》ほど分の兵糧を調達するため江戸に戻った。

本多忠政は父の忠勝《ただかつ》に代わり、主力を率いていた。

同じ日、家康は甲斐《かい》の府中に戻った浅野長政《あさのながまさ》に対して書状を送った。

「特別に申し入れます。中納言（秀忠）が信濃で働くので、其許《そこもと》は大変であろうが、出陣して諸事助言をしてください。さてまた左京大夫（長慶《ながよし》のちの幸長《よしなが》）殿には念を入れて何度も報せて戴き感謝している。詳しいことは本多彌八郎《やはちろう》正純、大久保十兵衛《じゅうべえ》（長安《ながやす》）に聞いて下さい」

この書状からも、秀忠の行動目的は信濃平定であり、平定を成功させるために隠居の浅野長政まで駆り出す念の入れようであった。

（天正の戦いの仇、儂が討ってやる。亡き母のためにも儂が徳川の跡継ぎになるのじゃ）

いつになく秀忠は勇んでいた。上田城は、真田昌幸が徳川家に属していた時、対上杉家のため、城を強固にしなければならないと訴えたので、家康は銭、兵糧を援助して堅固に完成させた。その途端に昌幸は上杉家に寝返った。家康は敵に城を造ってやったことになる。徳川家の血筋としては抛《ほう》っておくわけにはいかぬ城であった。

秀忠は宇都宮から西に向かい、下野の栃木、上野の太田、高崎、松井田《まついだ》を通り、上信国境の碓《うす》氷峠《い》を越えて信濃の小諸《こもろ》に到着したのは九月二日のことであった。

小諸城は西の千曲川《ちくま》、北西を中沢川《なかざわ》、南東を蛇堀川《じゃぼり》に囲まれた平山城で土塁と堀に守られていた。

城に腰を落ち着ける間もなく、秀忠は真田信幸と義弟の本多忠政を上田城に遣わした。信幸は本多忠勝の娘の小松《こまつ》姫を娶《めと》っていた。

真田昌幸は恭順の意を示し、二人を城ではなく、城東の国分寺《こくぶんじ》に招き、剃髪して現れた。

「権中納言様は素直に応じれば、所領は与えると申してござる」

真田信幸は実の父には言いづらそうなので、代わって本多忠政が昌幸に言う。

「忝なき思し召しにて、委細畏《いさいかしこ》まり奉《たてまつ》ります。この趣き、家臣らにも申し聞かせ、掃除など致した上で城を明け渡したいと思うゆえ、二日間の猶予を戴きたく存ずる」

真田昌幸は使者を饗応の席上、始終笑みを絶やさず答えた。

二人は戻って仔細《しさい》を伝えた。

「左様か」

呆気無い。肩透かしを喰らったようである。

「伊豆守《いずのかみ》殿、貴殿はいかが思案なされるか」

真田信幸は昌幸の長男。意見が聞きたかった。

「剃髪までしている以上、降るつもりかと存じます。されど、我が父は一筋縄ではいきません。用意を整えた上で、本領安堵、替え地など求めてくるものと思われます」

身内だけに真意を突いているような気がする。真田昌幸は三年間で武田、北条、徳川、上杉、豊臣（当時は羽柴）と五度も主を変えた男で、生き残るためにはなんでもする曲者であった。

「儂が提示できねば抵抗すると申されるか」

「あるいは」

言いにくそうに真田信幸は答えた。

「そうでしょうか。表裏比興《ひょうりひきょう》の安房守《あわのかみ》（昌幸）も、三万八千の兵にはなす術《すべ》なしなのではないですか。抵抗すれば踏み潰すのみ」

榊原康政が残念そうに言う。第一次上田合戦の時、家康が送った兵はおよそ七千。主だった武将は鳥居元忠《とりいもとただ》、大久保忠世《おおくぼただよ》、平岩親吉《ひらいわちかよし》らであった。

表裏比興とは秀吉が真田昌幸に対して言った言葉で、裏切りなどは厭わない卑しい男、という貶《けな》す意味であるが、昌幸は褒め言葉として受け止めている節があった。

「式部大輔《しきぶのたいふ》（康政）の申すことは尤《もっと》もなれど、降伏を申し出てきた以上、仕寄せるわけにはいかぬ。二日間、城を明け渡すのを待つしかないの」

物足りなさを感じつつも、秀忠は真田昌幸を赦免《しゃめん》することにした。

秀忠には余裕があった。三万八千のうち外様を抜きにしても、三万は徳川家の主力である。対して真田家は領民を掻き集めても十分の一の三千ほど。いざ戦鼓が鳴れば一蹴できる自信があった。

ゆとりのある秀忠とは対照に、家康は焦りを覚えていた。

というのも居城の清洲《きよす》に在する福島正則《ふくしままさのり》らの尻を叩いたところ、わずか二日間で堅固な岐阜城を陥落させてしまった。さらに美濃《みの》の合渡川《ごうとがわ》の戦いでは石田勢を敗走させている。

三成らは美濃の大垣城を拠点として家康との戦いを思案していたところ、岐阜城を落とした福島正則らは大垣城から一里十町（約五キロ）ほど北西の赤坂に陣を布いて対峙しはじめた。

このまま福島正則らを放置すれば、家康抜きで三成らを討ちかねない。天下に君臨しようとする家康とすれば、このまま徳川家抜きで戦をさせておいてはならない。自ら戦陣に立って采配を振らなければならなかった。

そこで家康は八月二十九日、命令を「西上」に変更するため、再び大久保忠益を使者として秀忠の許に向かわせた。家康自身は九月一日、三万三千の兵を率いて江戸城を出立した。

秀忠に開城の支度をすると言った真田昌幸は、籠城の準備を大方整えていた。三成からは勝った暁には、信濃のほか甲斐と上野を得るという空手形を取り付けているので闘志満々である。家臣と領民には敵の首一つ取れば百石与えるという約束をしていたので、城兵の士気は第一次上田合戦の時よりも上がっていた。

参集した兵数は二千五百余。真田昌幸は次男の信繁に五百の兵を預けて上田城から五十町（約五・五キロ）北東に位置する砥石城《といしじょう》に入れた。さらに、その東の虚空蔵山《こくぞうさん》と上田城から二里半（約十キロ）ほど西の冠者ヶ岳《かじゃがたけ》（子檀嶺岳《こまゆみだけ》）に三百ずつの伏兵を置いた。加えて城の東を流れる神川《かんがわ》の上流を塞《せ》き止めさせてもいた。徳川家を主体とする東軍が迫ることを手薬練《てぐすね》引いて待っている状態であった。

そうとは知らぬ秀忠は、小諸城近くの秘湯に浸かって使者が来るのを待っていた。

二日後の九月四日、真田方からの使者は来ない。

「約定の日ぞ。なにをしておる。様子を見てまいれ」

業を煮やした秀忠は、先と同じく真田信幸と本多忠政を上田城に向かわせた。

「約束の日でござる。早々に城を明け渡されよ」

催促された本多忠政は強く求めた。

「秀忠公の御意は忝なく存じます。されど、秀頼公の仰せとして、年寄（大老）並びに奉行より申し遣わされた以上、主命を背くわけにはまいりませぬ」

真田昌幸の四女（趙州院《ちょうしゅういん》）は三成の父・正継《まさつぐ》の猶子となった宇多頼次《うだよりつぐ》に嫁いでおり、その従姉は三成の正室という関係から、昌幸は三成の誘いを受けて西軍に与《くみ》していた。一説には昌幸の正室の山之手《やまのて》殿は頼次の伯父の頼忠《よりただ》の娘とも言われており、真田、石田、宇多は婚儀で密接な関係にあった。

また、昌幸次男の信繁は三成と行動を共にする大谷吉継《おおたによしつぐ》の娘を正室に迎えていた。

断った真田昌幸は続ける。

「実を申せば、籠城の支度をするため、返事を延引してござった。お陰で兵糧も運び終え、準備も整ってござる。当家は太閤殿下の御恩を忘れ難く、この城に籠ったうえは、城を枕に討ち死にし、名を後世に残す所存。願わくば当城を攻め名をあげられよ」

いけしゃあしゃあと真田昌幸は言ってのけた。

即座に二人は戻り、秀忠に仔細を報告した。

「安房守奴《め》、最初から儂を謀《たばか》っておったのか！」

真田信幸に聞いた予想どころではなかった。秀忠は珍しく声を荒らげた。

「伊豆守殿、よもや、親父が降るつもりがなかったことを知っていたのではなかろうの」

腹立たしげに榊原康政は言う。

「左様なことはござらぬ。お疑いならば、某は先陣を駆けて晴らして御覧に入れよう」

眉間に皺を刻んで真田信幸は反論する。

「敵と通じているやもしれぬ者に先陣を任せるわけにはいかぬ」

戦の最中に背信されては敵わぬと、榊原康政は首を振る。

「やめよ。かような砌《みぎり》に味方で争っていかがする。それこそ敵の思う壺じゃ。我らは多勢、落ち着いて仕寄せれば後れをとることなどはない。我らに敵対したこと後悔させてくれる」

激昂する秀忠であるが、常に冷静であれという家康の教えに従い、その場を収めた。改めて上田城攻めを決定した。

九月五日、仙石秀久、忠政《ただまさ》親子を先手として進ませ、左右の脇備は榊原康政と牧野康成。軍勢は神川を渡り、上田城から半里ほど東の染谷台《そめやだい》で一旦兵を止め、敵を窺った。

「徳川への愚弄、決して許さん。真田奴、素っ首を刎《は》ねてくれる」

歯噛《はがみ》した秀忠は栗色漆塗越中頭形兜《えっちゅうずなりかぶと》の緒を強く結んだ。秀忠本隊は神川から半里ほど東の本海野《もとうんの》にある大平寺《たいへいじ》村に陣を布いた。

「申し上げます。砥石城に敵が入っているようにございます」

物見が戻って報告する。

「左様か。されば伊豆守に攻略を命じよ。砥石城を焼き払ってでも落とせとな」

下知を出すと、真田信幸は二つ返事で砥石城に向かった。兵数は八百である。

「畏れながら武田の旧臣たちに聞きましたが、その昔、村上周防守《むらかみすおうのかみ》（義清《よしきよ》）が守る砥石城を、信玄公は三倍以上の兵で仕寄せても何度も追い払われ、安房守の父（幸綱《ゆきつな》）が弟（矢沢頼綱《やざわよりつな》）を内応させて掌握したとのことにございます。簡単には落ちぬものかと存じます」

土井利勝が無謀な命令ではないか、と助言する。

「儂も聞いておるが、伊豆守が誠に味方なのか、見極める必要がある。伊豆守が本気なれば、我らも本腰を入れて上田に仕寄せる」

敵味方か判らぬ武将や、離反を繰り返す者は一度厳しい戦陣で試さねばならぬ。家康からの教えである。

「これは失礼致しました」

おそらくは土井利勝も家康から聞いているであろう。判っているならば問題はないといった表情であった。

真田信幸はすぐには攻めず、南の麓に兵を置き、降伏勧告を行った。誰もが一蹴されるものと思っていたところ、城に籠っていた真田信繁は、兄弟で殺しあいをするのを良しとせず、半刻後には城を兄に明け渡して上田城に退いていった。

報せはすぐさま秀忠の許に届けられた。城の攻略は喜ばしいが、一合《ごう》も交えずに城を手に入れたことは怪しい。

「どう思う？　伊豆守は安房守と通じているからではないのか」

「確かに疑わしいとは存じますが、ただ単に兄弟で戦いたくなかったともとれます」

「伊豆守をどうしたらいいと思う？　城を預けるか、はたや上田城攻めに加わらせるか」

城の攻略は戦功である。秀忠は真田信幸の処遇を悩んだ。

「落とした者に城を預けるのが常にございます。もし、伊豆守を上田城攻めの先陣や二陣に据え、鋒先《ほこさき》が鈍れば寄手全体の士気が鈍ります。ここは城を預け、ここぞという時の遊軍にしてはいかがでしょう」

「さもありなん」

秀忠は側近の意見に賛同し、真田信幸に砥石城を守ることを命じた。さらに千曲川の南には石川三長《みつなが》、森忠政などの信濃衆を置いて上田城に重圧をかけた。

「安房守は曲者。なにをするか判らぬ。夜討ちに気をつけさせよ」

秀忠は夜警を増やして敵に備えたが、真田勢は夜襲をしてはこなかった。

翌九月六日の朝。空はどんよりと曇っていた。

「安房守は砥石城を失っても、なんとも思わぬのか」

朝餉《あさげ》の粥を流し込みながら、秀忠は首を捻《ひね》る。寡が多に勝つには急襲、夜襲は常のはずである。

「すんなり城を譲ったのは、一兵たりとも失いたくないからではないでしょうか」

城兵は寄手の十分の一以下だと土井利勝は言う。

「確かにの」

正論であるが、どうも煮え切らぬところもある。秀忠が悩んでいるのは勝ち方である。戦いを始めたら圧倒的な力を見せて敵を打ち破らねばならない。それだけの兵力を持っていた。なので、死傷者を多数出して城を落とすような真似はできない。戦は勝利を確信する場所。『孫子』に記されるように、法螺《ほら》を吹いた時には勝利していなければならない。家康の教えである。

辰《たつ》ノ刻（午前八時頃）過ぎ、武家の倣いとして改めて降伏勧告をしたが、昌幸に拒まれた。

「仕方ない。刈田をせよ」

秀忠は酒井家次、牧野康成、大久保忠佐《ただすけ》らに命じた。城兵の半分以上は農民である。手塩にかけ育てた稲を目の前で刈られれば、その衝撃は測り知れないであろう。兵糧がなければ籠城は続けられない。寄手は、これ見よがしに稲を刈り取った。

「おのれ、数だけの弱兵どもめ、稲の値は首で貰ってやる」

真田勢は当主の昌幸の下、城門を開いて打って出た。城兵は弓、鉄砲を放って稲を刈る兵を射倒した。

「好機じゃ。敵は打って出た。全兵纏めて討ち取れ！」

喜んだ牧野康成は叫び、家臣を戦闘に加わらせた。

真田勢を指揮するのは宿老にして忍びの長《おさ》でもある横谷幸重《よこやゆきしげ》で、幸重は踏み止まろうとはせず、躱《かわ》しながら城に退く。牧野勢らは勢いに乗って城内に乗り入れようと、追いに追い、城の東に位置する三ノ丸の城門がすぐそこに迫った。

南東から南西に流れる千曲川、これを南の惣濠《そうぼり》とし、城のすぐ南は分流の尼ヶ淵《あまがぶち》、北も同じく分流の矢出沢《やでさわ》川、東は同川の分流の蛭沢《ひるさわ》川が守る台形の平地に築かれたのが上田城である。東の城下を惣構《そうがま》えの中に取り込んでいた。

城門まであと十間（約十八メートル）に迫った時、城内に潜んでいた真田兵は一斉に城壁から身を乗り出し、引き金を絞り、弓弦を弾いた。

途端に徳川勢は血飛沫《ちしぶき》をあげて倒れた。

一番乗りは戦功でも高評価の対象であり、寄手はこれを目指して突撃するので、簡単に足は止まらない。待ち構える真田勢は順番に殺到する兵を弓、鉄砲で仕留めた。死傷者が続出するので、徳川勢は倒れた味方に足をとられて転倒し、そこを狙われて命を失う者もいた。

「今ぞ。打って出よ」

城門で寄手が混乱しているので、真田昌幸は城内で控える兵を出撃させた。真田勢は右往左往する徳川勢を討ち、さらに攪拌《かくはん》して城内に引き上げる。

「追え、敵は寡勢じゃ。逃すな」

牧野康成は大音声で命じて真田勢を追う。配下は三ノ丸の中に突入した。

ここで再び伏兵が出るかと思いきや、出ない。真田勢はさらに退くので、徳川勢は奥深くに入り込む。三ノ丸の中は家臣たちの住居が多数建ち並び、道は細く碁盤の目のように配置されていた。徳川勢は縫うように抜け、二ノ丸の手前まできた。

「放て！」

各家の屋敷から城兵は飛び出し、あるいは屋根に登り、弓、鉄砲を放った。城内の迷路に引き込まれた寄手は後戻りもままならず、出口を見つけられぬうちに討ち取られた。

城の外にいる本多忠政らは寄手が蟻地獄に嵌《は》まっているとは知るよしもなく、味方が続々と城内に突入しているので、後れをとるまいと躊躇なく兵を前進させた。

「退け！」

寄手を翻弄している真田昌幸であるが、さらに兵を退かせる。

「敵は寡勢、替えが利かぬ。今少し進めば撫で斬りにできる」

牧野康成は突撃の効果を信じて采配を振った。

寄手は多数の味方を失っているので、昌幸の首を取らねば収まらない。無我夢中で奥へ、奥へと突き進む。当初は数人が横一列に並んで進めていた道が、逆茂木《さかもぎ》、乱杙《らんぐい》によって阻まれ、四人、三人に減り、さらに千鳥柵《ちどりさく》によって、二人がやっと通れるところに引き込まれていた。

「天正の戦を忘れたか。徳川は戯《たわ》けばかりじゃ」

二ノ丸のところまで引き込んだ真田昌幸は、再び矢玉で寄手の屍《しかばね》を山にした。第一次上田合戦を繰り返すような戦い方であった。

開戦してから一刻（約二時間）ほどした大平寺村の本陣で、秀忠は苛立っていた。届く報せは捗々《はかばか》しいものではなかった。

「どうなっておるのじゃ。なにゆえ三千の敵を破れぬ」

秀忠は床几《しょうぎ》を立ったり座ったり、座れば扇子で自分の右足を何度も叩いた。

「落ち着かれませ、こたびは徳川の主力です。じき吉報が届きましょう」

土井利勝は宥《なだ》めた。そこへ物見が戻った。

「申し上げます。牧野勢が城内に突入致しました」

「真実《まこと》か！」

勢いよく床几を立った秀忠は大声を出した。父親の名誉を息子が挽回する。これほど痛快なことはない。そのために家康は秀忠に主力を率いさせたのである。これをせずして信濃に来た意味がない。

「されば儂も前進致す」

「畏れながら、大将は妄《みだ》りに動くものではありませぬ」

土井利勝が止めるが、秀忠は聞かない。

「長久手のおり、父上は瞬時に動いて敵を破った。大将が前進すれば、味方は勇もう」

秀忠は周囲の反対を押し切って神川を渡り、染谷台に本陣を置いた。東の大手門まで半里（約二キロ）ほどまで接近したことになる。本陣には『金の二つ団子指し通し、鳥毛の出し』の馬印が立てられていた。

上田城から五十六町（約五キロ）ほど北西の虚空蔵山城には忍びの長である唐沢玄蕃《からさわげんば》がいた。秀忠の着陣を知った玄蕃は手筈どおり、神川上流の仲間に合図を送り、塞き止めていた堤防を一気に切って落とした。

途端に平素は静かな神川が、岩を抱き、砂を巻き上げて黒く染まり、唸《うな》りをあげて激流と化して川下に向かう。

「川が増水、なにゆえに？」

曇ってはいるが、雨は降っていない。北側に続く山に雨雲も見えない。報せを受けた秀忠は首を傾げた。背後の川が激流となったので当分の間、東に退くことができなくなってしまった。

「よもや」

真田が、と言おうとした時、使番が跪いた。

「申し上げます。北の仙石勢に新手が仕寄せました」

「新手？　真田はまだ伏兵を用意していたのか」

報せを聞いた秀忠は背筋に寒さを感じた。濁流に背後を封鎖され、逃げ場を失ってしまったかもしれないのだ。

真田昌幸は寄手を城内に引き込むだけではなかった。次男の信繁を遊軍として北側から城を抜け出させ、大きく迂回させながら秀忠本陣を狙わせていた。

真田信繁は勇者の証でもある鹿角の兜をかぶり、忍びの技を身につける配下ともども仙石秀久勢に波状攻撃をかけて突き崩し、さらに大久保忠佐勢を蹴散らして東に向かう。

信繁勢は三百で、先鋒は海野六郎《うんのろくろう》、二手は望月六郎《もちづきろくろう》、本隊は信繁。

「狙うは秀忠の首一つ！」

遂に真田信繁は秀忠本陣に達した。

秀忠の旗本で一番、北側にいた御子神典膳《みこがみてんぜん》らが食い止めた。典膳は剣豪・伊藤一刀斎《いとういっとうさい》から目録と瓶割の太刀が与えられた武士で、のちに小野派一刀流の開祖となり、将軍家兵法指南役に任じられる小野次郎右衛門忠明《おのじろうえもんただあき》である。

信繁勢が秀忠の旗本と干戈《かんか》を交えている時、周辺の領民も蜂起して戦いに加わった。

「真田の兵が、我が旗本と戦っておるのか？　大将の本陣に達しておるのか」

報せを受けた秀忠は、かつて味わったことのない恐怖に襲われ、身が震えた。十分の一の真田など鎧袖一触《がいしゅういっしょく》するはずであったが、敵の鋒先はどんどん身に接近してきている。秀忠は夢にも思わぬことであった。

「万に一の遭遇ですが、桶狭間《おけはざま》の例もございますれば、ここは一旦退かれませ」

土井利勝が勧める。

「治部大輔《じぶのたいふ》（今川義元《いまがわよしもと》）は退いたゆえ追い討ちをかけられて討たれたのではないか」

「油断をしていたからにございます。退く時に退かねば左様な憂き目に遭います。ご本陣を移すだけにございます。さあ、早う」

秀忠の自尊心を潰さないように土井利勝は強引に助言する。

「あい判った。ひとまず、移す」

混乱する思案の秀忠にとっては渡りに船で応じた。

退き貝が吹かれ、秀忠勢は退却する。後ろ備えの徳川勢が神川に綱を張っていたので、秀忠勢はこれに摑まりながら退いていく。中には濁流に流された者もいた。

秀忠の旗本だけで一万はいるので、真田信繁が勇士でも、さすがに秀忠に刃が届くことはない。

（早う、早う退くのじゃ）

今にも敵の矢玉や穂先が背を襲うのではないか。秀忠は引き攣《つ》った顔をし、死に神から逃れるような思いで馬鞭を入れた。秀忠は這々《ほうほう》の体《てい》で神川を渡り、大平寺村を越え小諸城まで退いた。

この日、徳川勢は数百兵を失った。

染谷台に何度も真田勢の鬨《とき》が響き渡った。

「儂は負けたのか？　徳川は敗れたのか？　寡勢の真田に敗北したのか？　なにゆえに」

小諸城に逃げ込んだ秀忠は狼狽《うろた》えながら周囲に問う。

「まだ緒戦にございます。将棋や碁の一手目で負けもなにもありますまい」

土井利勝は宥めるが、秀忠は寛大に構えてはいられない。

「儂はなんという戦下手なのか。儂が徳川の名を地に落とした」

秀忠は罪悪感に打ち拉《ひし》がれた。秀康の蔑《さげす》む顔が目に浮かぶ。

「そう嘆かれませぬよう。城を落とせば、笑い話にございます。たとえ初日に後れをとっても、次に備えるのが大将の務め。明日どうするか、落ち着いて思案致しましょう」

土井利勝は家康の教授を口にする。

「そうじゃ、そうであったの」

秀忠は家康の言葉を思い出し、心穏やかにするため、何度も深呼吸をした。

その後、諸将を集め、翌日は急がず、焦らず、じっくり攻める作戦を立てた。

翌七日、寄手はじわじわと城に迫るが、落とし穴に落ちたり、接近すると縄が持ち上がって足を取られたりしたところを釣瓶《つるべ》撃ちにされ、怯《ひる》んだところに突き入られた。態勢を立て直して討ち取ろうとすると、真田勢は退くので追い掛ける。途端に伏兵が矢玉を放って寄手は地に倒れた。

真田勢は巧みな戦術で出ては退き、退いては反撃に転じて徳川勢を攪乱した。

「ええい、なにゆえ、寡勢の真田を敗れぬのじゃ」

秀忠は地団駄踏んで悔しがるが、攻めるたびに兵を失った。

その晩、本多正信が合流した。

「方々がおりながら、安房守の児戯な挑発に乗るとは言語道断。なにをしておられる!」

本多正信は秀忠を叱責できないので、榊原康政らを叱咤《しった》する。

「よく調べもせぬで仕寄せた責任は万死に値する」

厳しい口調で言い放った本多正信は牧野康成、太田吉政《おおたよしまさ》、鎮目惟明《しずめこれあき》らを軍法違反として処分し、上野の吾妻《あがつま》に謹慎させた。

（すまぬの）

自分の代わりに罪を問われたことは承知している。秀忠は罪の意識に苛《さいな》まれた。

「まずは城下を焼き払い、敵に小細工をさせぬようにする。三ノ丸の城壁が低いので火矢を打ち込んで炎上を拡大させ、籠城兵を本丸に追い込んでいく。城郭を一つずつ落とせば、上田城など恐るるに足りません」

「委細承知」

本多正信の作戦に、秀忠は頷いた。挫《くじ》けた闘志が戻るようであった。

八日、九日と雨足が強く、城下を灰燼《かいじん》に帰すことはできなかった。

九日の午後、家康が遣わした大久保忠益が到着した。忠益は八月二十九日、江戸を出立していたが、秋の大雨で利根《とね》川が増水して渡れず、足留めをされていたので遅れたという。

「岐阜城が陥落したので、上田城攻めを止めて即座に西上せよ、との下知にございます」

「なんと！」

城攻めに失敗した、秀忠は名誉を挽回することなく移動しなければならなかった。衝撃と落胆が身の中で螺旋《らせん》を描く。

（緒戦で後れをとったまま兵を退けば、敗れて逃亡したという汚名を広めることになる。さすれば徳川は二度も真田に敗れたことになってしまう。左様なことはあってはならぬ）

秀忠は強く否定する。

（仮に退いたとすれば、勝利に気をよくした真田が熾烈な追撃をせんとも限らぬ。それどころか、儂に従っている信濃衆が返り忠をせんとも限らん。さらに道中にいる地侍や百姓が落ち武者狩りさながらに襲いかかってくるやもしれぬ。さすれば、無事に父上に合流できるか判らぬ）

消極的なことばかりが頭に浮かぶ。

（されど、佐渡守〈本多正信〉が申したように戦上手の真田を討てば、味方の返り忠はなく、落ち武者狩りも現れず、安心して西上できる。真田を討てば、福島らの士気もあがろう。これが今できる最上の行いではなかろうか。我らの兵は敵の十倍以上なのじゃ）

積極的な思案も浮かんだ。

（しかれども、息子として、父上の天下とりの戦に参じられなくていいのか。父上も儂に預けた徳川の主力を欲していよう）

堂々廻りが繰り返され、秀忠は決断できずにいた。すると、本多正信が口を開いた。

「上様の下知を無視し、上田にこだわって治部少輔との戦いに遅れれば、たとえ権中納言様といえども、ただではすみません。上様は天下をおとりになるにあたり、権中納言様が必要だと思案なされたのです。この策を妨げてはなりません。治部少輔を討てば、上田のことなど蚊に刺されたようなものにございます」

「佐渡守の申すとおりじゃ。明日の朝一で上田を発つ」

無念で仕方ないが、秀忠は上田城攻めを諦めることにした。

翌十日、秀忠は上田城に対し、信濃を所領とする森忠政、石川康長、仙石秀久、日根野吉明と真田信幸を備え、中仙道を通って西上を急いだ。

秀忠を追って出撃すれば、逆に袋叩きにされる。真田は城を出ることはなかった。

「早う、早う進むのじゃ」

秋雨の中、秀忠は無我夢中で前進するが、途中から豪雨となって行く手を阻まれる。道は泥濘《でいねい》となり、増水した木曾《きそ》川が渡れず、三日もの間、足留めを余儀なくされた。さらに替え馬まで潰れ、ずぶ濡れになりながら徒《かち》で進まねばならなかった。

運命の九月十五日はまだ信濃の奈良井《ならい》辺りを彷徨《さまよ》い、十六日は木曾の山村良勝《やまむらよしかつ》の館に入り、十七日、妻籠《つまご》で関ヶ原合戦の勝敗を聞いた。

「そんな」

秀忠は力なく漏らした。

東西十七万余の兵を集めて行われた天下分け目の戦いは、小早川秀秋の西軍攻撃によって僅《わず》か半日の戦闘で、家康率いる東軍に勝利を齎《もたら》せた。

「天下とりの戦に間に合わぬとは」

鬼の形相の家康の顔が目に浮かぶ。恐ろしいだけではなく、情けなく、合わせる顔がない。

「真田奴、首を取らねば収まらぬ」

これほど人を憎いと思ったことはない。秀忠は引き返そうとした。

「畏れながら、今から真田の首を取ったとて、天下の仕置を左右するものではありません。まずは一刻も早く上様の許にまいって遅滞を詫びるのが大事。大坂やほかにも西軍はおります。上様の下知を受けて討伐をして上様の天下とりに合力《ごうりき》（協力）致しましょう」

さすがに本多正信も、西上命令を出した家康の指示が遅かったとは言わない。

秀忠は本多正信の助言に従い、西上を再開した。

三

寝る間を惜しんで駆けどおした秀忠が、大津に到着したのは関ヶ原の戦いから五日後の九月二十日のこと。全兵を引き連れてではとても間に合わないので、旗本の一部隊だけを率いての行動であった。秀忠は城の南東で兵を止めた。

大津でも城主の京極高次《きょうごくたかつぐ》と毛利元康《もとやす》らの戦いがあり、城下は焼け野原となっていた。

「大津は十五日に開城したようですが、京極宰相が引き付けたことで一万数千が関ヶ原の本戦に間に合わなかったようにございます。寄手には立花左近将監《たちばなさこんしょうげん》（親成《ちかなり》、のちの宗茂《むねしげ》）もいたので、これを関ヶ原に向かわせなかったので、城は落ちましたが、上様のお役に立ったようにございます」

土井利勝が聞いてきたことを口にする。立花親成は鎮西一《ちんぜいいち》と秀吉に称賛された戦上手で、敗れたことがない。朝鮮では五千で二万の敵を敗ったこともあった。

「知っておるわ！　能書きはよいから、早う父上の許にまいれ」

自慢されているようで腹が立つ。秀忠は家康の覚え目出度い土井利勝を向かわせた。

半刻ほどで土井利勝は戻ってきた。

「上様はお怒りで、会いとうないと仰せになられました」

門前払いだったという。仕方がないので、怒りが収まるまで勢多橋を渡った対岸の草津で謹慎した。

一日経っても家康の機嫌は直らない。そこで二十二日の晩、榊原康政が密かに家康の許に出頭した。

「こたび権中納言様がご不審を蒙《こうむ》られたことは我らの罪でございます。上田を落とせなかったことは上様からの西上の下知に従ったまでで、関ヶ原に間に合わなかったことは上様が戦をお急ぎになられたことにございます」

榊原康政は臆せず、家康の無理な命令を指摘した。

「余は遣いを送ったはずじゃ」

家康は天下人のように自身を余と口にしていた。

「その使者の大久保は驟雨《しゅうう》のために遅れ、上田に到着したのは九日のこと。特に木曾の道は荒れて人馬が通るのもままならず、これでは、いかように急いでも上田から数日で関ヶ原には間に合いません」

遣いを出すのが遅かった。天候不順は事前に判っていたはずだと、榊原康政は遠回しに言う。

これには家康も口を噤《つぐ》んだ。

「権中納言様もよいお歳で、いずれは上様から天下をも譲られるお方ですのに、弓矢を取っての道において、父の御心に叶わないと人に侮られましたら、子の恥辱のみならず、父の御身にもその嘲《あざけ》りを受けることになりましょう。これほど御遠慮のないなされようはございません。磐石な徳川の世を築くために、お許しなされますよう」

榊原康政が涙ながらに説く。

「よう申した。さすが小平太《こへいた》じゃ。そちの忠心、我が家の続く限り、子々孫々に至るまで忘れることはない」

家康も目を潤ませて頷いた。これにより、家康の怒りも解けた。

翌二十三日、秀忠は大津城に赴いた。かろうじて破壊されずに残った本丸に入り、家康の前に罷《まか》り出た。二ノ丸、三ノ丸などは三井寺に据えられた大筒によって残骸と化していた。

関ヶ原に勝利し、秀忠を許したとはいえ、恵比須顔というわけではない。どちらかといえば、不機嫌そうに口を一文字に結んでいた。真ん丸の目は刺すようである。秀忠は身が竦《すく》む。

「こたびの戦勝お目出度うございます。また、戦いに遅れたことお詫びのしようもございません」

秀忠は祝いの言葉を述べたのちに、謝罪して頭を下げた。

「重畳至極。上田は残念であったの」

「不徳の致すところ。重ねてお詫び申し上げます」

いつ大目玉を喰らうのか、秀忠は緊張しながら詫びた。

「秀忠よ、余がなにゆえ、そなたとの対面を拒んだか判るか」

「真田の計略にかかり、遅滞したからかと」

言葉尻が小さくなる。

「なくはないが、それは小さなこと。こたびの戦で余は勝利した。万が一負けた時、弔い合戦をせんと軍勢を纏めて上ってきたならばよいが、そなたは道を急ぐ余り、軍勢を置き去りにし、身一つに近い形で駆けつけた。伏兵や落ち武者狩りの者どもがいたらなんとする。これは大将にあるまじきこと。大将が討たれれば戦が敗北となり家も傾く。今川、武田、織田、明智《あけち》がどうなったか。大将とは兵を差配するもので、自ら戦うものにはあらず。左様に心得よ」

「はっ、肝に銘じます」

上田城攻めの失敗、遅滞をそれほど責められず、秀忠は安堵した。腰の力が抜けていくようであった。

すでに家康は三成の佐和山城を十七日に陥落させている。十九日には小西行長《こにしゆきなが》が伊吹山《いぶきやま》で、二十一日、三成が近江の古橋《ふるはし》村で、二十二日には都で安国寺《あんこくじ》恵瓊《えけい》が捕獲され、一応、西軍の残党狩りは終了していた。

二十七日、秀忠は家康とともに大坂城に入り、本丸の広間で秀頼と対面した。

上座の中心には八歳になる秀頼が座している。端正な顔だちであるが、丸みを帯びている。体は同世代よりも大柄で、すでに背は五尺（約百五十二センチ）にも達していて、ありし日の秀吉よりも大きかった。母方の祖父の浅井長政の隔世遺伝なのかもしれない。これにより父親は秀吉ではないという噂はよく耳にしたものである。

秀吉が死んだ直後に秀忠は伏見から江戸に帰国したので、およそ二年ぶりである。

（しばらく見ないうちに大きゅうなったの。なにも知らんと女子に囲まれて暮しておるが、いずれは好むと好まざるとに拘わらず、戦いの場に担ぎ出されるのであろうな）

堅固で巨大な城に大柄な天下人の一粒胤《ひとつぶだね》が住んでいる。下座の秀忠の隣には、天下を欲する還暦前の家康が腰を下ろしている。誰が見ても争いになることは明白であった。

秀頼の隣、向かって左には実母の淀ノ方が、右には淀ノ方の乳母の大蔵卿局《おおくらきょうのつぼね》が腰を下ろした。ともに煌《きら》びやかな衣装に身を包んでいた。

「御尊顔を拝し恐悦至極に存じ奉ります」

家康が挨拶を口にし、秀忠は一緒に平伏した。

「江戸の爺は騒動を起こしました治部少輔や西軍に与した者どもを打ち敗ってまいりました。これで、秀頼様に鉾先を向ける悪しき輩《やから》はおりません。また、左様な者が現れれば、爺は忽《たちま》ち討ち取りますゆえ、ご安心なされませ」

家康は気さくに話しかける。

「重畳至極」

秀頼は教えられた言葉を口にする。

「内府殿、天晴れなるご活躍。こののちも秀頼のため、励まれますよう」

鷹揚に淀ノ方は言う。織田信長の妹で絶世の美女と謳《うた》われるお市御寮人と、公家の正親町三条《おおぎまちさんじょう》氏の血を引くと言われる浅井長政の間に長女として生まれたので、母に劣らぬ細面の美女である。二度の落城を経て秀吉の側室となって秀頼を産んだことで、秀吉の正室・北政所以上の権勢を持つようになった。

秀吉の家臣とはいえ、関ヶ原で勝利した家康には気を遣わねばならない。三成とは昵懇《じっこん》の淀ノ方は心中、苦々しい思いで口にしているのであろう。秀吉の造った豊臣政権を守ろうとしたのは三成で、これを崩壊させたのは家康なのだから。

「畏まってございます」

返事をすると、三人は広間を出ていった。

「まこと豊家《ほうけ》の所領を減らすのですか」

西ノ丸に戻り、秀忠は問う。

「治部に与したのじゃ、仕方なかろう。悪いのは治部の口車に乗った豊家の家老どもじゃ」

淀ノ方が三成の求めに応じ、織田信高《のぶたか》や岸田忠氏《きしだただうじ》ら秀頼麾下の黄母衣《きほろ》衆を西軍に参じさせ、さらに西軍に兵糧を送っていた。

秀頼との対面後、家康は井伊直政、本多忠勝、榊原康政、本多正信、大久保忠隣、徳永法印《ほういん》（壽昌《ながまさ》）に命じて、諸将の戦功を論議させた。康政と忠隣も加えられているので秀忠の意向も少なからず反映されることになる。

秀忠は大坂城二ノ丸を守るように命じられた。移動する前に、西ノ丸にいる弟の忠吉の許に足を運んだ。

「わざわざ兄上の方からお運びになるとは恐れ多し。声がけして下されば、某の方から訪ねましたものを」

身を正して忠吉は言う。忠吉は右腕を晒《さらし》で吊っていた。名誉の負傷である。痛いのであろう、時折、顔をこわばらせる。これが秀忠には悔しくも羨ましくてならない。

「よいよい、楽にしておれ。こたびの活躍、天晴れの一言に尽きる。亡き母上もさぞ、お喜びになられていよう。兄として誇りに思うぞ」

実の弟の活躍は喜ばしいが、心の底から祝うことができないのは兄として情けない。

「兄上にそう言って戴けるのは嬉しい限り。西上のことは聞きました。父上の遣いが今少し早く到着しておれば、間に合ったものと存じます。兄上のせいではありませぬ」

「いや、儂が事前に移動の道を均《なら》しておかなかったことが失態じゃ。戦はなにが起こるか判らぬことは、そなたも直に目にしたであろう。これに対応できぬ者は凡愚と言われても仕方ない。父上は徳川の本軍を使わず、西軍の八万を打ち負かしたのじゃ。信長公も太閤《たいこう》もできなかったことをやってのけられた。これを誹《そし》るようなことを言ってはならぬ。遅滞は儂のせいじゃ」

自分が汚名を浴びれば、家康の評価が上がる。今はそれでいいと秀忠は思う。

「体を厭《いと》え」

労った秀忠は退室した。

（同じ初陣どうしの兄弟で、かようも差がついたか）

忠吉の勝利に満ちた笑みが忘れられない。劣等感を植え付けられたようであった。

捕縛された三成、小西行長、安国寺恵瓊らは十月一日には京の街中を引き廻され、六条河原の刑場で斬首された。

総大将の毛利輝元は吉川廣家《きっかわひろいえ》らの内応で本領安堵を約束されたが、弾劾状に署名し、諸書を発行し、四国や伊勢を攻めたことが露見したので一旦は改易となった。驚愕した廣家が泣きつき、廣家が与えられた周防、長門《ながと》の二ヵ国を輝元に与え直すということで毛利家の取り潰しは免れた。毛利家は六ヵ国を削減された。石高は二十九万八千四百八十余石となった。

十月十五日、家康は大坂城の西ノ丸にて東軍諸将への加増を行った。秀忠も一緒に出席しろと命じられたので、家康と諸将の間に腰を下ろした。凡愚の極み、という嘲る諸将の視線が突き刺さる。肩身が狭いどころか、針の筵《むしろ》に座らされているような心境である。

恩賞のほうは、尾張清洲二十四万石の福島正則は安芸広島及び備後鞆《とも》四十九万八千石。このほか、ほとんどの武将が一倍半から二倍近くに所領が増えた。忠吉に抜け駆けされた正則であるが、倍の所領を貰い、恵比須顔であった。

西軍に参じた大名は、勿論この場にはいないが、ほとんどが改易となった。最終的には九十家の改易と四家の減封となり、石高にして六百数十万石。全国の三割余が東軍に加増されたことになる。改易による牢人の数は二十万人を超える。

秀忠を苦しめた真田昌幸・信繁親子は、真田信幸の助命懇願があり、命ばかりは助けられ、高《こう》野山《やさん》の麓の九度山《くどやま》に追放された。

西軍に与してまだ処分が決まっていないのは、島津龍伯《しまづりゅうはく》（義久。関ヶ原参陣は弟の惟新《いしん》）、上杉景勝、相馬義胤《そうまよしたね》、佐竹義宣《よしのぶ》、その弟の蘆名盛重《あしなもりしげ》、岩城貞隆《いわきさだたか》、多賀谷宣家《たがやのぶいえ》である。

豊臣家は、秀忠が危惧したとおり、六十五万石の一大名に転落した。西軍に兵と兵糧を送ったことが露呈したためである。

これでひとます論功行賞は終了した。あとは個別に対応するということになった。

「儂が遅滞したお陰で、左衛門大夫（福島正則）ら豊臣恩顧の大名に恩賞を弾み、遠くに追いやらねばならなかった。このこと、今後いかになろうかの」

二ノ丸の一室に戻り、秀忠はもらす。

「過ぎたことです。そのへんのことは上様も思案なされておりましょう。それに、論功の場に居させられたのは、権中納言様が上様の跡継ぎとお認めになられた証拠。お気になされませぬよう」

土井利勝が慰める。

精神的に疲れた。秀忠は溜息を吐くように頷いた。

十一月、大坂城の西ノ丸で徳川家の重臣たちで家康の跡継ぎを誰にするかが話し合われた。

秀康は秀吉の養子になっていたので、家督からは除外された。秀忠か忠吉のどちらかになり、秀忠を推したのは大久保忠隣《ただちか》一人であったが、これが通った。

「乱世であれば武勇に秀でた者を優先させねばならぬが、天下を治めるには文徳が必要である。

そうでなければ創業の志を守り、保つことはできない。秀忠こそ後継者に最適である」

家康はそう告げ、皆を納得させたという。

「御目出度うございます」

まだ、正式発表はされていないが、噂はすぐに広まった。土井利勝が祝いの言葉を述べる。

「内々の話し合いじゃ。披露したわけではない。浮かれるな。儂はなんの実績もないのじゃ」

秀忠は自身を戒めた。家康の跡継ぎは嬉しいが、海千山千の諸将を束ねていかねばならない。

(今の儂にはできぬ。多くを学ばねばならん)

今度は戦とは違う妙な重圧を感じるようになった。

大坂も底冷えがする師走の下旬、江戸で待望の男子が誕生した、という報せが届けられた。

「御目出度うございます。今月の三日、御嫡男が誕生なされました。玉のような男子にて、於志乃様ともども健やかとのことにございます」

「左様か！　ようやった」

志乃の満足そうな顔を思い浮かべながら秀忠は労った。

赤子は長丸《ちょうまる》と命名した。早く江戸に戻れることを心待ちにした。

因みに江戸時代の後期、増上寺《ぞうじょうじ》の学寮にして歴史紀伝の編纂に努めた竹尾善筑《たけおぜんちく》が記した『幕府《ばくふ》祚胤伝《そいんでん》』には長丸の誕生は慶長六年（一六〇一）十二月三日とある。おそらく一年、誤ったと思われる。

同年三月二十四日、秀忠は修築し直した伏見城の二ノ丸に移動した。前日には家康が移っている。上方における新たな徳川の居城であった。

四月になって、ようやく帰城できることになった。伏見の留守居は忠吉に任せ、十日、秀忠は伏見を発つと、下旬、江戸に帰城した。

四

「戦勝、御目出度うございます。ご無事であられたこと、なによりでございます」

小江が姫たちと出迎えた。三人の乳母と一緒に五歳の長女・千姫、三歳の次女・子々姫、二歳の三女・勝《かつ》姫がいた。月並みであるが、皆、目に入れても痛くないほど可愛い姫たちである。ただ、この席には長丸も志乃もいない。

「ご不満ですか」

秀忠の心中を見すかして小江が問う。

「いや、左様なことはないが」

「それは、ようございました。さあ、千、お父《てて》様の許にまいりなさい」

「はい、お父さま」

小江に促された千姫は走り出し、秀忠に抱きついた。

「おお、於千、しばらく見ぬ間に大きゅうなったの」

千姫を膝の上に抱きかかえながら、秀忠は言う。千姫のほうも、久々なのでくったくのない笑みを向ける。秀忠にとっては至極の瞬間でもあった。これでは、そう簡単に長丸の許には行けない。小江にしてやられた。

無論、その晩、小江と褥《しとね》を共にしたが秀忠は小江に触れようとしない。

「もう、わたしには趣きはないのですか？　それとも京、大坂では新しい女子ができましたか」

昨年七月、会津攻めのために出陣してから九ヵ月が経つ。二十三歳の健康な秀忠が、その間、女子に触れないのはおかしい。

「左様なことはない」

否定するが、身に覚えはある。武家において伽《とぎ》の女子は側室とは別の女子と考える。子が出来た時は側室として迎えたり、あるいは庶子として子だけ認め、その母は城には上げないが、金品を渡して生活の面倒を見るなど、幾つかの形がある。

家康は次男の秀康が生まれても、嫡男の信康が会わせるまで母子ともに認知しなかったことは有名である。

「されば、わたしを抱いてください。わたしが徳川の跡継ぎを産みます」

すでに秀忠が家康の後継者に内定していることは伝わっている。小江は力強く主張する。

「あい判った」

否とも言えない。小江は嫌いではないが、もっと甘い雰囲気、あるいは妖しい魅力があれば、昂揚するのだがと思いながら秀忠は小江を抱き締めた。

翌日の午後、秀忠は二ノ丸の端にある志乃の許に足を運んだ。

「これは、わざわざお運び戴きまして、恐悦の極みに存じます」

志乃は慌てて平伏した。

「よいよい。畏まらずともよい。これが長丸か」

小さな敷きものに横たわる長男を覗き込み、秀忠は満面の笑みを浮かべる。武家にとって男子の誕生は正側を問わず直系を守る重大事。秀忠としても一仕事をやりとげた満足感があった。

「今しがたお乳を呑んだばかりです。あまり呑まぬので心配しております」

それでも長丸は満腹になったせいか、すやすやと寝息をたてて眠っていた。

「左様か。長丸は我が長男じゃ。ほかの者たちも相談して大事に育てよ」

志乃は身分が低いせいか乳母はつけられなかった。なので、秀忠つきの家老の大久保忠隣には長丸に気を配るように命じておいた。

長男も得た。関ヶ原の遅滞さえなければ、秀忠は順風満帆であった。

半年ほどが過ぎ、周囲では稲穂が頭を垂れだした頃、秀忠は江戸の東、葛飾で鷹狩りを満喫していた。鷹狩りは、事前に獲物がいそうな場所を捜し、家臣や領民に追い立てさせ、鷹に狩りをさせることである。兵の采配の仕方にも似ているので、武将たちからは好まれた。家康からも積極的に行うように勧められてもいた。

その日も、兎《うさぎ》や百舌《もず》などを狩り、秀忠は満足であった。

「申し上げます。御嫡男、長丸様、先ほど身罷《みまか》られました」

床几に座して家臣たちと談笑していた秀忠は一瞬、顔が硬直した。あまりのことに頭が廻らず、なにを言われているのか判らなかった。

「なにゆえに？」

「突然とのこと。申し訳ございません。それしか聞いておりません。早急にお戻り……」

「帰る」

遣いが最後まで言い終わらないうちに、秀忠はこわばった顔のまま床几を蹴った。

（長丸が、儂の嫡男が、そんなはずはない）

秀忠は駿馬を疾駆させながら、何度も肚裡《とり》で否定した。馬は長時間走ることはできないので、何度か乗り換え、一刻（約二時間）ほどで帰城した。

「長丸！」

部屋に入ると、志乃が項垂《うなだ》れていた。

小さな敷き物に長丸は寝かされており、白い布が顔にかけられていた。

「申し訳ございません」

蚊の鳴くような声で詫びる。

「なぜ」

ふらふらと歩きながら長丸に近づき、跪いて顔に掛かる布をとった。長丸は息をしていないが、眠っているようであった。

「具合が悪くて寝ていたところ、お方様からという灸士がまいり、灸をしたところ、俄《にわか》に苦しみ、あっという間に、ううっ……」

志乃は伏して嗚咽をあげた。

「小江が⁉」

即座に秀忠は小江の許に向かった。

「小江、そちは長丸になにをしたのじゃ」

通常は伺いを立てるのが筋であるが、秀忠は無遠慮に部屋に入り、声を荒らげた。

「徳川の跡継ぎがなにを狼狽えておるのです？　熱を出したら灸を据える。ごく当たり前のことではないですか。上様もなされておる。それともわたしが毒でも盛らせたとでも言うのですか」

冷めた口調で小江は言う。尤もな言い分である。

「そうではないが、あまりにも」

小江に都合が良すぎる。嫉妬して殺めたのではないか。喉元まで出かかったが、憶測で口走っては取り返しがつかなくなる。秀忠はかろうじて堪えた。

「長丸はもともと乳を呑まず、体が弱かったと聞きます。お気持は察します。秀忠殿のお子はわたしの子でもあります。冥福を祈りましょう。ご要望とあらば、経など唱えます」

他人事のようであるが、正室として小江の言うことは正論だった。

かくたる証拠がないので、これ以上、小江を問いつめるわけにはいかない。秀忠は肩を落として小江の部屋を出た。

良庵という灸士に問い質したが、秀忠などにする灸と同じで、子供用に少なくしたとも告げていた。とても小江の意を受けて長丸を殺めたとは思えなかった。

秀忠は悲嘆し、しばらくはなにも手につかなかった。

死因は『幕府祚胤伝』に「御早世《おんそうせい》被当《ひとう》御灸《おきゅう》」とある。灸に当たって早世したということである。

また同書では慶長七年（一六〇二）九月二十五日に没したということになっているが、京都相国寺鹿苑院《しょうこくじろくおんいん》の院主が記した『鹿苑日録《ろくおんにちろく》』の慶長六年九月二十日条に、また権中納言の山科言経《やましなときつね》が記した『言経卿記《ときつねきょうき》』には同年九月二十一日条に秀忠の息子が他界したとある。慶長六年九月二十日が正しいようである。

伏見にいる家康は、跡継ぎの長男を抱くこともできなかった。

四十九日ののち、志乃は小江によって下城させられた。秀忠は止めることができなかった。

（嫡子は小江に産んでもらうしかないのか）

秀忠は溜息を吐いた。

関ヶ原の戦いから三年後の慶長八年（一六〇三）二月十二日、家康は再建した伏見城で征夷大将軍の宣旨《せんじ》を受けた。一般的にいう江戸幕府の始まりである。

ほかには従一位・右大臣、源氏長者《げんじちょうじゃ》、淳和奨学両院別当《じゅんなしょうがくりょういんべっとう》、牛車《ぎっしゃ》の礼遇、兵仗《ひょうじょう》の礼遇と盛り沢山。同時一括による六種八通の厚遇は「日本国王」と称した足利義満《あしかがよしみつ》をも上廻るものである。

秀忠は留守居で江戸にいた。

「御目出度うございます。上様の念願が叶いましたな。これで徳川も安泰です」

土井利勝が嬉しそうに言う。

「まあ、儂が将軍になったわけではないが、父上の長年の夢が叶い、徳川が豊臣の上になったのじゃ。さぞ、お喜びでござろう。されど、豊臣がこのまま素直に徳川の麾下になるとも思えぬ。この先、一波瀾も二波瀾もあろう。その時いかになろうか」

おそらく家康は、それを利用して豊臣家を攻めるつもりだ。

(秀頼には我が娘の於千が嫁ぐことが決まっておる。とすれば戦は避けたいところ。されど、父上も高齢。父上の死後、秀頼が儂に刃を向けてきた時、徳川は勝てようか)

加藤清正《かとうきよまさ》のほか、福島正則ら豊臣恩顧の大名に加え、前田《まえだ》、黒田《くろだ》、蜂須賀《はちすか》、毛利、上杉など豊臣家と馴染みの深い大名、さらに伊達、島津など徳川を快く思っていない大名は数多ある。

家康が死ねば秀頼は若くして関白の座に就き、諸将は豊臣家に靡くことになる。到底、秀忠では押さえることはできない。

(今の儂では無理じゃ。父上が万全の態勢を築いて、儂に引き継いでくれねば。されど、その時、豊臣は滅ばぬまでも、今の織田のごとく名ばかりの家になっていような。左様な家に於千を嫁がせるのか)

徳川家にとって目出度い日であるが、愛娘が不憫に思えた。

その年の五月上旬、江戸城は出陣さながらの人数で犇《ひし》めいていた。

「於千、離れて寂しゅうなるが、みな、そなたを大事にしてくれるゆえ安堵致せ」

「はい。父上もお元気で」

千姫は敵になるかもしれない家に嫁ぐことを理解していないのか、健気《けなげ》に言う。

「小江も、身重で大変じゃが、頼むぞ」

かなりお腹は大きくなっているが、小江は千姫を心配して一緒に上坂することになった。

「お任せください。上方から吉報をお届け致します」

笑みを向けた小江は、千姫ともども江戸を発っていった。

七月二十八日、秀吉の遺言に従い、七歳の千姫は十一歳の秀頼の正室として迎えられた。

前後して小江は伏見で出産した。母子共に健やかであるが、またしても女子。四女は初《はつ》姫と命名された。

四女が生まれた時は、京極家に嫁がせるということが、小江と、その姉で京極高次に嫁いでいる於初《おはつ》の間で約束され、家康も秀忠も同意していた。

於初は初姫を産屋から連れ帰ったという。京極高次の長男の熊麿《くままろ》に嫁がせる予定である。

小江は秋には江戸に帰城した。

この年の十一月七日、秀忠は右近衛大将に任じられた。この職は律令制における近衛府の最上位で、警察、軍事の権限を握る地位にある。征夷大将軍は特別職であるが、これに次ぐ。着々と将軍継承の準備は進められていた。

年末、小江は再び妊娠していることが明確になった。

「こたびこそは男子を産みますので」

「そうしてくれ、徳川のためにも、日本のためにも」

小江が男子を産めば、側室を持てるかもしれない。秀忠は男子が生まれることを願った。

翌慶長九年（一六〇四）七月十七日、小江は男子を出産した。

「ようやった！」

秀忠は狂喜乱舞したい心境であった。これで全ての柵《しがらみ》から解放されるような気がした。即座に秀忠は小江と赤子の許に赴いた。

「ようやった小江。御目出度う」

「なにを他人行儀な。御名を」

小江もやっと正室の任務を果たせたようで、これまでの出産とは違い、安堵した優しい表情をしていた。

「徳川家嫡流の正室が最初に産んだ男子はこの名しかない、竹千代《たけちよ》じゃ」

胸を張って秀忠は言う。秀忠は後追いで竹千代を名乗らされたので、目の前の自分の子には最初から竹千代を名乗らせることにした。

乳母は都で募集した於福《おふく》に決まっている。於福は本能寺襲撃を主導したとも言われる惟任光秀《これとうみつひで》の重臣・齋藤利三《さいとうとしみつ》の娘で、変後、親戚がいる四国の土佐に身を隠したのち、小早川秀秋《こばやかわひであき》の重臣・稲葉正成《いなばまさなり》に嫁いだ。その後、正成は浪々の身になったにも拘わらず浮気をしたので、於福は自ら正成を離縁し、募集の高札を見て竹千代の乳母となった女子である。浮気相手の女子を斬り殺したという噂もある剛の者でもあった。

信長は小江にとって伯父にあたるので、当初、小江は於福を乳母にするのを嫌がったが、家康が決めたので拒むわけにもいかなかった。

「於福、竹千代は徳川の跡取りじゃ。しっかり育てよ」

「承知致しました」

面長で切れ長の目の於福は、竹千代に乳を与えながら告げる。

これで一安心かと思いきや、竹千代は病弱でしょっちゅう熱を出す赤子だった。

「最悪のことを考えておかねばなりませんね」

報告を受けると小江のほうから切り出し、もう一人男子を産むと主張する。

「確かに」

そううまくいくかと思いつつも秀忠は励んだ。

慶長十年（一六〇五）の正月、秀忠は江戸城の本丸の家康の居間で二人きりになった。

「今年、そなたに将軍を譲る」

「え⁉　左様な大事。まだ、某には早うございます」

荷が重過ぎる。即座に秀忠は否定した。

「早いからいいのじゃ。余が健在のうちに可能な限り受け継ぐがよい。それと、世間には未だ豊臣を主君だと崇めておる戯けがいる。天下は二度と豊臣には戻らぬことを世に知らしめるのじゃ。よいの」

「承知致しました」

家康の命令は絶対である。秀忠は緊張しながら応じた。

家康は一足先に上洛し、秀忠は二月二十四日、十万の兵を率いて江戸を出立した。

（天下とはかようなものか）

東国の武士に囲まれて秀忠は昂《たかぶ》った。

（いや、驕《おご》ってはならぬ。これは全て父上に従っているもので、儂ではない）

秀忠は駿馬に揺られながら自戒した。

軍勢はゆっくりと進み、入洛したのは快晴の三月二十一日のこと。榊原康政を先陣に、伊達政《まさ》宗《むね》ら十八人の武将が続いた。秀忠の三万の後ろにも十人の武将が連なった。

十万という大軍を率いての上洛だけに、前関白の二条昭実《にじょうあきざね》ら多くの公家衆が見物に繰り出し、都の民は目を見張り、ただただ呆気にとられていた。

秀忠はその日のうちに伏見城に入城すると、西国の大名たちが挙《こぞ》って挨拶に訪れた。秀忠は疲労していたが、一人ずつ顔を合わせ、労いの言葉をかけた。

家康は四月七日、秀忠に将軍職を譲ることを朝廷に申請し、後日、許可が降りた。

十六日の卯《う》ノ刻（午前六時頃）、将軍宣下の陣儀《じんぎ》が行われた。陣儀とは大臣以下、参議以上の公家が参加する朝議のこと。改めて承認がなされた。

午《うま》ノ刻（正午頃）、勅使として権大納言の広橋兼勝《ひろはしかねかつ》や権中納言の勧修寺光豊《かじゅうじみつとよ》らが伏見城に到着した。秀忠は紅直垂《べにひたたれ》に烏帽子《えぼし》をかぶり、小刀を差して迎えた。

「汝《なんじ》を征夷大将軍に任じる」

「慎んでお受け致します。征夷大将軍として日本の静謐を保ち、万民が安心して暮らせるよう努める所存です」

緊張しながら秀忠は答えた。これにより、徳川二代将軍が誕生した。これ以降、家康は大御所と呼ばれるようになった。

家康が二年足らずで将軍職を秀忠に譲ったので、同職は徳川家が世襲することを世間に示したことになる。各大名は同意こそしないものの、仕方ないと諦めて従うが、案の定、豊臣家は納得せず、秀頼の姿はなかった。特に淀ノ方は未だ徳川家を秀吉の家臣として見ているので、主家を差し置いてなにが将軍だ、と憤っているという。

淀ノ方は秀頼を将軍職を任命できる関白にするため、公家衆に金品を贈る活動をしているが、家康のほうが何枚も上手《うわて》で、武力を背景に進物を贈り、しっかりと公家衆を懐柔しているので、淀ノ方の思いどおりにはいかなかった。

それでも家康は義孫の秀頼に気を遣い、内大臣から右大臣に昇任させている。

（内大臣は太閤死去当時に父上が任じられていた役職。にも拘わらず、ただ太閤の子というだけで、なんの功もないわずか十三歳の秀頼が、それ以上の役職に任じられていることが、どれほど有り難いことか、淀殿は判らぬのか。儂は判っているつもりじゃ。諸将は父上がいるゆえ、形ばかりで儂に頭を下げるが、功がない儂が将軍か、と肚《はら》では蔑んでいるであろう。ゆえに、儂は将軍になろうとも父上を立てていくつもりじゃ。それで磐石の徳川を作る。それが儂の役目じゃ）

現状認識のできない豊臣家を目の当たりにし、秀忠は将軍就任の日に気持を新たにした。

秀忠が江戸に戻ったのちに小江は妊娠し、翌慶長十一年（一六〇六）六月一日、男子を出産した。赤子は国松《くにまつ》と名づけられた。のちの忠長《ただなが》である。

「乳も出ますので、こたびは乳母をおかず、わたしが国松を育てます」

乳母に任せると乳母に懐き、自由がきかない。小江は強く主張する。

「よきに計らえ」

次男だから好きにさせることにした。これは武家のしきたりを変えるものでもあった。小江の許に行けば国松がいる。顔を合わせる機会が増えれば情も深くなる。小江が国松に愛情を注ぎ込むので、秀忠は知らず知らずのうちに竹千代よりも国松に情を持つようになっていった。

秀忠が将軍になっても家康との力関係は変わらない。秀忠は家康の傀儡《かいらい》だと揶揄《やゆ》されるが、秀忠は気にせず父親の指示に従った。

秀忠の趣味は唯一、碁を打つことであったが、将軍に就任するにあたり、これを止めた。

「将軍の儂が趣味に現《うつつ》を抜かしておれば、皆も真似をして怠けることになる」

自らを律することで、自分にはない権威や威厳を補おうとした。

慶長十二年(一六〇七)に家康は駿府に隠居城を築いて移り住むと、世間は二元政治になると心配したものの、状況は家康が江戸にいる時と同じである。面倒なのは、一々駿府にお伺いを立てなければならないことぐらいである。秀忠はそのつど使者を送った。

「将軍は余が梯子《はしご》をかけても敵わぬほどの律儀者じゃが、堅いばかりも困りもの。時には戯れ言を申し、馬鹿をするのもよいものじゃ」

駿府で家康が口にしたことを、土井利勝が伝えた。

「大御所は数々の功を挙げて天下をとられたゆえ、馬鹿を申しても構わぬが、なんの功もない儂が馬鹿を申せば、ただの馬鹿になる。左様なことは口にするな」

秀忠は土井利勝の申し出を一蹴した。

さらに秀忠は老臣たちから家康のことを聞き、徹底して家康を真似ることに勉めた。独自の判断などはもってのほか。仮にそれが誤りであったとしても、家康と同じことをしての失態ならば、家臣たちも納得すると思ってのことであった。

家康が駿府に移動してすぐ、秀康死去の報せが届けられた。五男の信吉、四男の忠吉に続いての兄弟の死には胸を締め付けられる。秀康はかつて競争相手にされたが、秀忠が後継者の内定を受けてからは、そのような感情は薄れた。

(儂は跡継ぎとして育てられた。恵まれた暮しをしていたが、常に足枷《あしかせ》をはめられていたようで窮屈だった。おそらく、このちも変わるまい。その点、秀康殿は気儘《きまま》に暮していた。儂は羨ましいと思っていた。儂には、いや父上には憤懣を持っていたであろう。父上も一度ぐらいお優しい言葉をかけてやればよかったものを。せめて秀康殿の子は大事にしてやろう)

秀忠は冥福を祈りながら危機感を覚えた。兄弟、一族は力である。秀吉は秀頼の競争相手になりそうな親族を悉《ことごと》く消していったので、豊臣家の力は弱まった。秀忠の弟で出陣可能なのは六男の忠輝ぐらいで、その下の三人(五郎太丸《ごろうたまる》、長福、鶴千代《つるちよ》)はまだ幼い。七男の松千代《まっちよ》と八男の仙千代《せんちよ》は共に関ヶ原の戦い前に早世している。

(儂がしっかりしなければならぬのじゃな)

今さらながら、秀忠は徳川家の跡取りとして征夷大将軍として重圧を覚えた。

未熟なりにも秀忠は将軍職に従事している。最初は愚弄していた諸将も、秀忠が出す朱印状がなければ、なにも動かなくなることを知ると、必然的に崇めるようになってきた。将軍として少しずつでも前進していた。

年を追うごとに幕府の態勢は固まってきているが、相変わらず豊臣家は将軍家に臣下の礼をとるようなことはしなかった。

焦《じ》れた家康は慶長十六年（一六一一）三月二十八日、都の二条城で、なんとか秀頼と会見を行った。この時、家康は成長した秀頼を見て、生あるうちに討たねばならぬと誓ったという。

家康は秀忠に相談もなく豊臣打倒の準備を開始した。

五

慶長十九年（一六一四）一月、秀忠の家老というよりも、幕府の二大巨頭の一人、大久保忠隣が改易となった。理由は前年に死去した佐渡奉行の大久保長安《ながやす》が不正蓄財をしていたことによる連座と、無届けによる婚姻、さらに謀叛《むほん》の画策であった。

大久保忠隣がバテレン禁止令に基づいて都で掃討している時、駿府から江戸に改易の命令が出されたのであった。

「まさか、ありえん」

報せを受けた秀忠は即座に否定する。大久保忠隣は古くから秀忠を補佐する武功派の武将である。秀忠を家康の跡継ぎに強く推したのも忠隣であった。

連座と婚姻は、いいがかりである。問題は謀叛。秀忠の調べたところ、そのような兆しはない。

（これは儂への警告か）

秀忠はそう受け取った。大久保忠隣は武功派でありながら、豊臣家の処遇については秀忠同様に穏健派でもあった。秀頼が幕府に従うならば、存続させるつもりであるが、家康は違う。成長著しい秀頼を残して自身が死ねば、律儀な秀忠では、戦国の世を戦い抜いてきた武将たちを差配して幕府を維持するのは難しい。ならば、どんな手を使っても豊臣家を滅ぼそうと考えた。そこで政敵でもある本多正信を使って謀叛をでっち上げ、忠隣を追い落としたわけである。

（下知に従わねば廃嫡も止むなし、ということ。代わりはいるか）

弟の忠輝は二十三歳になり、越後の高田で四十五万石を与えられている。なお石高に関しては諸説ある。

（於千の悲しむ顔は見とうないの）

大久保忠隣の改易によって、豊臣家との戦が近づくことを実感した。

既に乱世を生き抜いてきた黒田如水《じょすい》、浅野長政、浅野幸長、加藤清正、池田輝政《いけだてるまさ》など豊臣恩顧の武将が次々と死去している。家康にとって好機であった。

秀忠の予感はすぐにやってきた。四月十六日、都の東山《ひがしやま》にある方広寺《ほうこうじ》大仏殿の釣鐘が完成した。八月三日、豊臣家は大仏の開眼供養《かいげんくよう》を十八日には堂供養を行うつもりでいたところ、家康は釣鐘に刻まれた「国家安康《こっかあんこう》」、「君臣豊楽《くんしんほうらく》」の文字を見つけ、外交僧で寺社行政を司る金地院崇伝《こんちいんすうでん》、儒学者の林羅山《はやしらざん》らに、戦を仕掛ける口実を作れと命令。崇伝らは家康の名を分断し、豊臣を君として子孫殷昌《しそんいんしょう》を楽しむ願いを込めて呪詛《じゅそ》、調伏《ちょうぶく》を祈禱《きとう》するものだと難癖をつけた。いわゆる、「方広寺鐘銘事件」である。

豊臣家は何度も弁明の使者を派遣するが、家康は聞く耳を持っていない。もはや呑気に構えてはいられない。釈明は聞き入れられないので、豊臣家は交渉を諦めた。決戦を覚悟し、武具や兵糧を揃え、牢人を召し抱えはじめた。

「秀頼奴《め》、許し難し。豊臣を討つ」

北叟笑《ほくそえ》んだ家康は八月下旬、本多正純を江戸に派遣した。

「大坂を討ちます。早急に支度なさいますよう」

「あい判った、と大御所様にお伝えせよ」

下知を受けた秀忠は九月七日、幕府は江戸に在する西国の諸大名に対し、幕府に背かないという起請文を差し出させた。

十月一日、家康は江戸の秀忠に改めて出陣の通告をし、諸将に出兵を下知した。八日には伊勢津の藤堂高虎《とうどうたかとら》に命じ、東海道筋の諸将とともに大坂の天王寺口に向かわせた。

家康からの指示で、秀忠は福島正則、加藤嘉明《よしあき》、脇坂安治《わきざかやすはる》、平野長泰《ひらのながやす》ら賤ヶ岳七本鑓《しずがたけしちほんやり》の生き残りと、黒田長政《ながまさ》に留守居を命じた。家康は豊臣恩顧の大名を信用していなかった。

その上で家康は立花宗茂に秀忠の補佐を命じた。関ヶ原で西軍に属した宗茂は、一度改易になったものの、秀忠の身辺警護などを務め、南陸奥の棚倉《たなぐら》で三万石を与えられていた。

秀忠としても西国無双と謳われた立花宗茂が側にいるのは有り難いことであった。

十一日、家康は兵五百を率いて駿府を出立、二十三日には都の二条城に入った。

一方の秀忠は奥羽の武将の到着が遅れたこともあり、出陣に手間どった。伊達政宗が江戸城に登城したのが十七日であった。

「貴殿はこたび一番の先鋒たるべし」

苛立ちながらも味方の闘志を削がぬよう、秀忠は命じた。

大方の兵が整ったので、二十三日、秀忠は江戸を出発した。途中で家康の側にいる本多正純に対して書状を送った。

「留守居等の仕置を申しつけ、二十三日、神奈川まで出仕しました。すぐに上洛するので、大坂攻めは我らが到着するまでお待ちなされるよう（家康に）申し上げてください。誠に勝手な言い分ですが、戦いの場を失いたくないので、よくよく然るべきように申し上げてください」

秀忠は関ヶ原の遅滞の二の舞いだけは避けたかった。翌日にも書を送った。

「早々に出馬の命令を下されたことには感謝致します。油断なく進んではおりますが、なに分、大軍を召し連れているので行程が捗《はかど》らず、迷惑しております。よって奥州、関東勢は幾段にも陣備えを致したので、後続させることにし、某は先に急軍するつもりです」

これを受けた家康は「多勢を急速に進めるのは難しいので、もう少しゆっくり進むように」と伝えた。

だが、遅滞したくない秀忠は供廻二百四十名の健脚を選抜して先を急いだ。家康は無理をするなと諭すが、秀忠は書状を見る余裕はなかった。二十九日には遠江《とおとうみ》の吉田に到着したが、道を急がせるため、供奉する者から武具調達の者まで残して進む有り様で、二、三日前に発った伊達勢を追い越す勢いであった。

十一月六日、秀忠は近江の永原に進み、八日まで同地で遅れた兵を待ち、十日伏見に到着。翌十一日、二条城に行って家康と対面した。

「遅れましたこと、申し訳ございません。また、お待ち戴きましたこと、感謝致します」

征夷大将軍とは思えぬほど、秀忠は平伏して詫びた。

「よいよい、急ぐ戦ではない」

鷹揚に家康は告げる。主力は秀忠が率いているので、家康は待たざるをえなかった。

「大坂方が淀川の堤を壊し、我らの通行ならびに布陣を阻止せんとしたと聞きましたが」

十月の中旬、豊臣家は城の北東から北西に流れる淀川の堤防を破壊し、周囲を水に浸した。

「そのことか、児戯なことじゃ。十日ほどで堤の修復を終えておる」

家康は安心させるように言う。

「さすが大御所様にございます」

「褒められるほどでもない。大坂には十万の兵が入っているようじゃが、所詮は烏合《うごう》の衆。これを指揮する者はおらぬ。されど、城は堅固ゆえ、簡単には破れまい。じっくり仕寄せればよい」

「承知致しました」

家康と同陣すれば安心だが、それでは戦功を挙げられない。痛し痒《かゆ》しでもあった。

その後、秀忠は伏見城に移動した。

十五日、秀忠は伏見城を発ち、河内路《かわち》を通って大坂に向かった。同じ日、家康は大和路《やまと》を進んで大坂に進んだ。

徐々に大坂城が見えてきた。漆黒の巨城を目にするのは関ヶ原の戦いの翌年以来か。

（城の中には於千がいるのか。秀頼、いや淀殿が降伏して城を出てくれればいいが）

巨城の主は秀頼ではなく淀ノ方であるというのは、世間の共通認識であった。

（そういえば真田の輩が出城を築いているそうな。上田の失態、必ず取り戻してやる）

秀忠は復讐を誓う。関ヶ原の戦い後、高野山の九度山に追放された真田昌幸は三年前に死去している。ただ、昌幸から戦略、戦術を受け継いだ次男の信繁は監視の目をかい潜って大坂に入城し、城の南東に出城、通称・真田丸を築いたという報せは届けられていた。

（儂が突き崩して、真田の首を刎ねてやる）

秀忠は闘志満々のまま兵を進めた。

十七日、大坂城天守閣から二里（約八キロ）ほど南東の平野《ひらの》に陣を布いた。周囲はなにもない平地で大坂城を見上げる地である。物見が戻り、詳細を絵図に描いて提出した。

真田丸がよく見えた。南北百二十三間（約二百二十四メートル）、東西七十九間（約百四十四メートル）で、三方面に空堀を掘り、塀を一重かけ、塀の外、空堀の外と中に柵を三重に立て、櫓《やぐら》を七ヵ所築き、馬出し口を東西に設け、その外にも二重に柵列を築いていた。塀の外には幅七尺（約二・一メートル）の武者走りも作り、兵の移動を円滑にしていた。

「思いのほか、仕寄せにくい出城ですな」

横で土井利勝が言う。

「所詮は人の造りしものじゃ。必ず欠点はある。大坂城もの。そこを突けばよい」

攻略できるかのように秀忠は言うが、正直、欠点がどこにあるのか判らなかった。

密かに立花宗茂に聞いた。

「空堀もあり、鉄砲も多数用意しておりましょうゆえ、安易に近づけば数多の手負いを出しましょう。それゆえ、大筒を二、三備え、櫓を壊せば出城に籠っていることはできなくなりましょう。さすれば我らの敵ではありません」

関ヶ原の際、立花宗茂は大筒で大津城を破壊して降伏させていた。ただ、奇しくもその日にちが九月十五日であったので、関ヶ原の本戦には間に合わなかった。

「さもありなん。さすが左近将監じゃ」

すぐさま秀忠は家康の許に遣いを送り、大筒の設置を申し出た。

家康は平野から半里（約二キロ）少々西の住吉《すみよし》に本陣を置いている。

「無用じゃ。真田など構うな」

家康にとって真田丸は眼中にないのかもしれない。大筒は北側に設置された。

家康は住吉から半里ほど北の茶臼山《ちゃうすやま》に諸将を集めて評議を開いた。家康と秀忠は大坂城を背にして床几に腰を下ろした。

「大坂城は外郭を破ることができても、内城は容易に破れぬ。それゆえ城への通行を止め、塁壁を諸所に築くことが大事である」

家康は二刻（約四時間）に亘《わた》って持久戦を主張し、諸将を持ち場に戻らせた。

「将軍、決して逸るまいぞ。この戦、なにもしなければ勝てる戦じゃ」

諸将がいなくなった茶臼山の陣で家康は念を押す。

「なにもしない？　この寒空です。長対峙は寄手の負担が大きくなるのではないですか」

「一月《ひとつき》以内に城を開かせる。それゆえ、絶対に抜け駆けなどはさせぬよう」

家康は厳しく釘を刺す。秀忠は半信半疑のまま頷いた。

寄手は大坂城を二十万余の軍勢が十重二十重《とえはたえ》に包囲した。諸将は下知どおりに土塁を築き、柵を設けて蟻一匹逃さないように守りを固めた。

岡山に移動した秀忠本陣の前には榊原康勝《やすかつ》、松倉重政《まつくらしげまさ》、前田利常《としつね》らが陣を布き、真田丸に鉾先を向けていた。

（憎き真田が目の前におるのに、なにもできぬとはの）

征夷大将軍が抜け駆けをするわけにはいかない。秀忠は奥歯を強く嚙みしめた。

茶臼山の家康本陣の前には伊達政宗、藤堂高虎、松平忠直《まつだいらただなお》、井伊直孝《なおたか》が陣を布いていた。

すぐに両陣営から鉄砲が放たれるが、旗指物を揺らすほど近くはないので、緊張感はない。本気で城を落としたいと思っているのは家康だけなので仕方ないことではあった。

十九日、初動があった。城の南西に木津川口砦《きづがわぐち》があり、守将の明石全登《あかしてるずみ》が本丸に入ったことを知った寄手の蜂須賀至鎮《よししげ》らが同砦を攻略した。実質的な大坂冬ノ陣の開始である。

木津川口砦を落としたので、幕府方の船が木津川を邪魔されずに航行できるようになった。また、背後を脅かされることもなくなったので、戦略上、重要なことである。

二十六日には、城の北東の鴫野《しぎの》で上杉景勝勢が豊家七手組ならびに大野治長《おおのはるなが》、竹田永翁《たけだえいおう》らを敗った。

同じ日、上杉陣の北に位置する今福《いまふく》で佐竹義宣と上杉勢の援軍が木村重成《きむらしげなり》や後藤基次《ごとうもとつぐ》らを敗走させた。

二十九日、城西の博労淵《ばくろうぶち》砦を守る薄田兼相《すすきだかねすけ》が神崎《かんざき》の遊女屋に上がっていることを蜂須賀至鎮、池田忠雄《いけだただかつ》、石川忠総《いしかわただふさ》らが摑み、留守を突いて同砦を陥落させた。

同じ日、幕府方の九鬼守隆《くきもりたか》、向井忠勝《むかいただかつ》らの水軍が、城の北西の野田・福島の戦いで大坂方の大野治胤《はるたね》率いる水軍を破った。

連戦連勝であった。

「大御所様が申されたように、大坂は烏合の衆じゃな。かようなこととなれば儂も真田を、と言いたいが秀忠は口を閉ざした。今、家康は金掘り人足を使って坑道を掘らせている。土の下から真田丸を崩す作戦を実行している最中なので、安易に攻撃命令を出すわけにはいかなかった。

秀忠が注目する真田は、味方の劣勢を打破するためか、連日、真田丸の南に隆起する篠山《ささやま》に登り、前田利常に鉄砲を放って挑発していた。

家康から軽はずみな行動を慎むように命じられている前田利常であるが、血気盛んな若き当主は大名一の石高を得る百十九万余石の自尊心もあり、秀忠の娘の珠姫《たま》を正室に迎えていることからも、武威を示さずにはいられなかった。

十二月四日の未明、前田利常は目障りな真田兵を排除するため、家臣の本多政重《まさしげ》、山崎閑齋《やまざきかんさい》らに命じ、篠山を襲撃させた。

本多政重らは息を殺して篠山に攻め上がったものの、すでに蛻《もぬけ》の殼《から》だった。忍びを多数抱える真田勢は前田勢の動きを摑むや即座に下山し、少し北の味原池《あじはらのいけ》の辺りに退いていた。

肩透かしを喰らわされた本多政重らは戸惑っていたところ、別働隊の横山長知《よこやまながちか》らが味原池を越えていることを知ると、一気に下山して真田丸に迫った。

顔が見えるところまで接近すると、真田勢は挑発をして嘲笑う。激怒した前田勢は楯も竹束も持たずに攻撃を開始したので、真田勢に引き付けられて矢玉の餌食にされ、多数の死傷者を出した。

前田勢に釣られて松倉、榊原、井伊、松平、藤堂勢までもが戦いに加わり、多くの屍を晒した。

「なにをしておる。早う退かせよ」

報せを聞いた家康は、忿恚《ふんい》をあらわに扇子を地に叩きつけた。

真田勢はさらに追撃も行ったので、幕府勢は一万五千の兵を失った。

「戯け！　なにをしておるか」

報せを受けた秀忠は、狼狽えながら憤る。自身の前衛も戦闘に参加しているので他人事ではすまない。戦々兢々としていると、家康の使者が到着した。

「二度と、許可なく仕寄せることはないよう」

家康の前衛も戦いに参じたので、厳しい叱責はなく、秀忠は安堵した。

翌五日、伊達政宗が家康から借りた大鉄砲を放つと、城兵は慌てはじめた。炸裂弾ではないので城壁は破壊できないが、雷鳴のような轟《とどろ》きは、敵を十分威嚇《いかく》できた。大鉄砲には効果がある。家康はこれを継続させたところ、十七日には後水尾《ごみずのお》天皇から、武家伝奏で権大納言の広橋兼勝と同じく武家伝奏の三条西実条《さんじょうにしさねえだ》の勅使が家康本陣を訪れ、和睦の斡旋《あっせん》を申し出てきた。

朝廷も動きだしたので、悠長に構えてはいられなくなった。家康は北と北西の二ヵ所に配置したカルバリン砲の砲撃を開始した。この頃、炸裂弾を遠距離に飛ばす能力はないので、もっぱら石や鉛玉であるが、それでも、一発放つたびに発する爆裂音は凄まじい。稲妻が落ちるような音が谺《こだま》し、城内の女子を不安にさせた。

休まずに射撃し続けたいところであるが、砲身が過熱するので水をかけて冷却しなければならない。その間は南を除く本丸に近い三方面から順番に鬨が上がる。これではとても眠れたものではない。通常の鉄砲で城壁を崩すことはできないが、城兵に常に攻撃に晒されているという重圧を与えるには効果があった。

そのうちに威嚇射撃していたカルバリン砲の一発が、本丸の奥御殿に命中した。近くには淀ノ方もおり、その侍女たち七、八人が死傷した。血塗《ちまみ》れの骸《むくろ》を目の当たりにした淀ノ方は半狂乱になり、主戦から一転して和睦を主張し、城からの使者が本陣を訪れた。

家康はこれを受け、和睦の交渉を開始させた。幕府方は本多正純と家康の側室の阿茶局《あちゃのつぼね》。豊臣方は大蔵卿局と小江の姉の常高院《じょうこういん》。場所は平野川を東に渡った今里《いまざと》にある京極忠高《ただたか》の陣である。

会談は順調に進み、条件は次の三つとなった。
一、大坂城は本丸のみを残し、二ノ丸、三ノ丸および惣構えを破却すること。
一、淀ノ方は人質にならなくてもよい。
一、淀ノ方の代わりに、大野治長と織田有楽斎《うらくさい》が人質を出すこと。
さらに本多正純は口頭で惣濠を埋めることを約束させた。大蔵卿局と常高院は外堀だと勘違いしたようである。

「これが大御所様の和睦の本意でございましたか。誠になにもせずに一つの戦が終わり、次の戦の勝利を決めることができましたな」

茶臼山の陣で秀忠は言い、家康の狡賢《ずるがしこ》さに感心もした。

「乱世において騙されることは罪じゃ。そのことを誰も秀頼に教えぬのが悪い」

家康の言葉に秀忠は頷くが、秀頼が不憫でならなかった。

十二月二十日に起請文が交わされ、大野治長と織田有楽斎は人質を差し出した。

二十三日、惣構えの破却工事が開始され、大坂冬ノ陣は終結した。

二十五日の巳《み》ノ刻（午前十時頃）には南の惣構えはすっかり破却された。真田丸も消滅した。

先に家康は二条城に戻り、秀忠は工事の進捗状況を確認しながら、慶長二十年（一六一五）一月十九日、伏見城に入った。

家康から帰国命令が出たので、秀忠は伏見を発ち、二月七日、遠江の中泉《なかいずみ》で家康と対面した。

「先にお報せしたとおり、外郭の破却と惣濠の埋め立てはほぼ完了致しました」

「重畳。折角、将軍自ら監督をしてくれたのに、無駄になるやもしれんな」

家康は残念そうには言わない。寧《むし》ろ、嬉しそうである。

「仰せのとおり。某が江戸に戻る頃、あるいはその前に悪い報せが届くやもしれまん」

「炎天下の戦陣は避けたいの。梅雨の前には静謐を取り戻したいものじゃ」

家康の言葉に秀忠は頷いた。豊臣家を滅ぼす戦は避けられない。仕方ないが、懸念もある。

「万が一の時は覚悟致せ。天下万民のためじゃ」

千姫のことである。家康は徳川家を守るために長男の信康と正室の築山御前を自刃させている。さらに次男の秀康も惜しみなく養子という名の人質に出していた。

「畏まりました」

家康の前では、そう言うしかないが、なんとか助け出す行《てだて》を考えねばばと悩むばかりであった。

秀忠は同月の中旬には江戸に帰城した。

六

家康が口にしたとおり、豊臣家は内堀まで埋めたことを抗議するが、家康は聞く耳を持っていない。何度かの訴えも退けられたので、ようやく騙されたと気づき、掘り返しを始めた。

三月五日、京都所司代の板倉勝重《いたくらかつしげ》は即座に家康に報告した。

報せを聞いた家康は和睦の破棄は許しがたしと、秀頼が大坂城を退去して大和か伊勢に国替えするか、新規召し抱えの牢人全てを城外に追放しろと、厳しい二者択一を迫った。どちらも受け入れがたいことは十分承知の上での最後通牒《つうちょう》でもあった。

同時に戦支度の命令が江戸に届けられた。

「最後の戦じゃの。やるからには功を挙げねば」

秀忠は準備を始めた。

家康の通告を呑めるわけはない。豊臣家は内堀を掘り返し、戦の準備を開始した。まさに家康の思うとおりとなった。

四月四日、家康は表向きは名古屋城に在する九男・義直《よしなお》の婚儀に列席するためと称して駿府を出立した。事実上の出陣である。

同じ日、秀忠は全国に大坂攻めを命じた。

六日、秀忠は酒井家次、本多忠朝《ただとも》、榊原康勝らを先発させ、自身は十日、多勢を率いて江戸を発った。途中で秀忠は家康に書状を送った。

「なにとぞ、某が到着するまで戦いを始めないでください」

将軍になっても、活躍したいという思いは拭えなかった。

十八日、家康は二条城に入城。秀忠は二十一日、伏見城に入り、二十二日、二条城で家康と顔を合わせた。

「戦を始められなかったこと、忝のうございます」

「武家の棟梁《とうりょう》がおらねば始められまい。こたび、敵は城に籠ることができぬ。ゆえに打って出るしかない。公儀の力を示す絶好の機会ぞ」

家康も最後の戦にするつもりで、秀忠の尻を叩く。関ヶ原の失態を取り戻させたいのであろう。自分の命令にも問題があったので、帳消しにする意味も含まれているようであった。

「承知しております。なにとぞ、一番、厳しき地をお任せください」

勿論、そのつもりである。

「将軍、勘違いをしてはならぬ。征夷大将軍は武家の棟梁。棟梁は兵を采配するもので自ら戦うものではない。間違っても前線に出ようなどとは思うまいぞ」

秀忠の心中を察して家康は釘を刺す。改めて掠り傷一つでも負うことが許されない立場であることを認識させられた。

四月二十五日、家康は二条城で諸将の部署を定めた。

大和口。

第一番手、水野勝成、堀直寄《ほりなおより》、本多利長《としなが》ら三千二百九十余人。

第二番手、本多忠政、古田重治《ふるたしげはる》、稲葉紀通《のりみち》ら五千余人。

第三番手、松平忠明《ただあき》、徳永昌重《まさしげ》、一柳直盛《ひとつやなぎなおもり》、西尾嘉教《にしおよしのり》ら四千余人。

第四番手、伊達政宗一万。

第五番手、松平忠輝、村上忠勝《ただかつ》、溝口宣勝《みぞぐちのぶかつ》ら一万二千余人。

河内口。

藤堂高虎、榊原康勝、本多忠朝《ただとも》、井伊直孝、松平忠直、前田利常ら五万四千九百余人。

本軍。

酒井忠世《ただよ》、土井利勝、本多正純、立花宗茂ら八千百五十余人。

秀忠二万余人。家康一万五千余人。

後備。

徳川義直、徳川頼宣《よりのぶ》二万二千七百余人。

総勢十五万五千四十余人。

「策などは無用じゃ。大坂城の東と南から迫り、一気に討ち破り、秀頼の首をあげるだけじゃ。余と将軍は二十八日に出陣する」

家康は強く宣言した。評議ののち、藤堂高虎、井伊直孝らはすぐさま河内方面に向かった。

待ち受ける豊臣勢は大和郡山《やまとこおりやま》、堺、岸和田《きしわだ》、紀伊の和歌山を押さえ、南から兵を進める幕府軍を西から牽制する戦略を立てた。

二十六日、大野治房ら二千の兵が大和に進み、幕府に属する筒井正次《つついまさつぐ》の郡山城を攻略したが、大和の五条二見《ごじょうふたみ》城の松倉重政と戦って破れた。

大坂夏ノ陣の開戦である。

二十八日、大野治胤が無警戒の堺を焼き討ちにし、岸和田城に迫った。

大野治房、塙直之《ばんなおゆき》、岡部則綱《おかべのりつな》ら三千の兵は和歌山を目指したところ、途中の樫井《かしい》で浅野長晟《ながあきら》勢五千と遭遇。治房らは市街戦に引きこまれて則綱は敗走、直之と淡輪重政《たんのわしげまさ》は討ち取られ、豊臣勢は退却を余儀なくされた。

結局、大野治房、治胤兄弟も帰城しなければならず、積極策も虚しい結果となった。

（順調じゃが、このままでは誠に儂が戦陣に着陣する前に終わるやもしれぬ。刀槍《とうそう》を手にすることはなかろうが、攻めて采配は振るいたいの）

蚊帳《かや》の外に置かれているようで秀忠は焦りを感じていた。

五月五日、秀忠は具足に身を固め、その上に鶏羽の羽織に袖を通し、唐人笠をかぶり、黄金色に輝く駿馬に跨がって伏見城を出立した。

先頭には『惣白』に三葉葵の招きをつけた陣旗を靡かせ、『金の二つ団子指し通し、鳥毛の出し』の馬印、『金開扇に朱の丸』の大馬印を掲げ、威風堂々二万の兵とともに進んだ。八幡山から洞ヶ峠を越えて河内の砂《すな》（須奈）村に布陣した。

同じ日、家康も二条城を出た。

「堀なき大坂を落とすのに、金、銀、荷駄はいらぬ。腰兵糧三日分もあれば十分じゃ」

余裕の体の家康は具足に袖を通すこともなく、茶の羽織に浅葱《あさぎ》の湯帷子《ゆかたびら》を身に着け、編笠《あみがさ》、草鞋《わらじ》穿《ば》きといった平服で、糧米《りょうまい》五升、干鯛一枚、ならびに糒《ほしい》樽《だる》、味噌、鰹節、香ノ物少々といった軽量の支度であった。

家康は秀忠の砂から一里ほど北東に位置する河内の星田《ほしだ》で兵を止めた。

一方、幕府軍が西進、南進してくることを摑んだ豊臣軍は河内の平野で急襲することにし、大坂城から出撃した。

後藤基次、毛利吉政《よしまさ》、真田信繁らは大坂城から二里（約八キロ）ほど南東の平野に着陣し、道《どう》明寺《みょうじ》で落ち合い、国分《こくぶ》辺りで大和方面から来る幕府軍を挟撃する策を立てた。道明寺は平野から二里半（約十キロ）ほど南東、国分は同地から半里（約二キロ）ほど東に位置している。

六日の子《ね》ノ刻（午前零時頃）、後藤基次は二千八百の兵を率いて平野を発ち、夜明け前に道明寺に達した。濃霧の中で逸《そ》れてしまった基次は松倉重政らと遭遇。松倉勢を突き崩すも、水野勝成、堀直寄らの三千六百さらに、伊達政宗ら一万八千らと戦い戦死した。

豊臣軍は善戦するも多勢に無勢は否めず、薄田兼相が討死する中、秀頼からの撤退命令が届き、真田信繁が殿軍となって退却した。

報せは砂に在陣する秀忠に届けられた。

（伊達は六倍以上の兵を持ちながら寡勢の真田を破れぬのか。真田侮《あなど》りがたし）

改めて真田強しということを認識させられた。

同じ日、大坂城から二里（約八キロ）余り南東の若江《わかえ》で木村重成、山口弘定《やまぐちひろさだ》ら六千と、井伊直孝、榊原康勝勢九千四百余が衝突。木村勢は一旦押し返すものの、兵数の差で圧され、重成は討死。木村勢は潰滅した。

同じく道明寺から二里ほど北の八尾《やお》で長宗我部盛親《ちょうそかべもりちか》、増田盛次《もりつぐ》ら五千三百と藤堂高虎五千が激突。長宗我部勢は藤堂勢を圧倒していたが、秀頼からの撤退命令に従った。

報せは、逐一秀忠に届けられた。

「この勢いならば、明日、決戦に踏み切られるやもしれませんな」

同陣に黒田長政がいる。家康はさらに加藤嘉明も同陣させ、秀忠を補佐させている。

「左様じゃな」

秀忠は強く感じた。その旨、家康から届けられた。

この日、家康は星田から二里と三十町（約十一キロ）ほど南に位置する枚岡《ひらおか》に陣を移した。秀忠は砂から三里（約十二キロ）ほど南の千塚《ちづか》に移動した。枚岡から一里（約四キロ）少々南に位置している。

幕府軍は六日のうちに兵を移動し、布陣を終えていた。

大坂城南の天王寺口の陣備は本多忠朝を先鋒に浅野長重《ながしげ》、秋田実季《あきたさねすえ》、真田信吉《のぶよし》、松平忠直、諏《す》訪《わ》忠澄《ただすみ》、保科正光《ほしなまさみつ》、小笠原秀政《ひでまさ》ら。

大坂城南西の紀州口は伊達政宗、溝口宣勝、村上忠勝、松平忠輝ら。

大坂城南東の岡山口の陣備は前田利常、本多康俊《やすとし》、本多康紀《やすのり》、藤堂高虎、片桐且元《かたぎりかつもと》、長岡忠興《ただおき》、井伊直孝ら。

天王寺口の総大将は家康で、岡山口は秀忠である。

大坂方の天王寺口は茶臼山に真田信繁、その東に毛利吉政、その東に浅井長房《あざいながふさ》、竹田永翁、木村宗明《むねあき》ら。

大坂方の岡山口は北川宣勝《きたがわのぶかつ》、山川賢信《やまかわかねのぶ》、御宿政友《みしゅくまさとも》、二宮長範《にのみやながのり》、岡部則綱、大野治房ら。

船場に明石全登。

真田信繁の戦術は明石全登勢を陽動とし、自身をはじめ、ほかの諸将が戦っている間に遊軍の明石勢を迂回させ、家康の本陣を突くものである。

家康もまだ暗い五月七日寅《とら》ノ刻（午前四時頃）に枚岡を発ち、巳ノ刻（午前十時頃）、同地から二里半（約十キロ）ほど南西の平野に本陣を移した。

秀忠も千塚を発ち、巳ノ刻、平野で家康と顔を合わせた。

「畏れながら、なにとぞ某に天王寺口をお任せください」

茶臼山に『総赤の切裂折掛に金の六連銭』の陣旗が立てられている報せが届けられている。真田信繁のものである。秀忠は陣代えを申し出た。

「将軍の闘志は頼もしい限り。されど、敵が増えたり、謀られたりしたわけではなし。決められたとおりに事を進め、真っ向から打ち破ることが、今後の公儀の威厳にも繋がる。逸らず、兵を采配するように」

家康は余裕の口調で諭し、秀忠の申し出を退けた。

「承知致しました」

少々肩を落としながら、秀忠は平野から半里（約二キロ）ほど北西の桑津《くわづ》の辺りに移動した。家康は同地から半里ほど南西の長居辺りに移動した。

平地なので秀忠の陣から敵を見ることはできない。ただ、秀忠も戦国の世を生き抜いてきた武士である。本日、睨み合いだけで終わるとは思えない。恐らく敵味方も同じ心境であろう。体の芯から沸き上がる闘志の熱気というものを感じていた。

（大御所様は動くなと申されたが、岡山口の先鋒が仕掛けたら前進する）

どんな叱責を受けようとも、秀忠は戦いに参じるつもりだった。

初夏の日射しが具足を熱するようになった午ノ刻（正午頃）、天王寺口の本多忠朝勢が毛利吉政勢に向かって前進して一斉射撃を開始した。天王寺口の戦いの始まりである。

触発されたように岡山口でも北川宣勝、山川賢信勢と前田利常勢が鉄砲を撃ち合いだした。

「申し上げます。岡山口で戦いが始まりました」

物見が跪き、報せた。

「左様か。ついに始まったか！　すぐにでも進めるようにしておけ」

いつになく秀忠は昂っていた。

天王寺口の陣では竹田永翁の勢いが凄まじく、本多忠朝は討ち取られてしまった。一角が崩れてしまったので、竹田永翁や毛利吉政勢が秀忠の左備えに突撃してきそうだった。

これを見た藤堂高虎、井伊直孝勢が阻止する。

激戦の中、大野治房が秀忠の馬印を見つけ、前進してきた。報せはすぐに齎された。

「大番組を前進させよ。二番組、次に備えよ」

秀忠は初めて戦の最中に下知を飛ばした。

（この感じ。これが戦陣の武将か）

上田城の戦いでは舞い上がっていたが今は違う。初めて戦いに参じている気がした。

秀忠の下知を受け、同じ名前を持つ大番組頭の高木正次《たかぎまさつぐ》、阿部《あべ》正次らが前進し、大野治房勢と衝突した。

豊臣方は失うものなど何もないとばかりに、死を恐れずに突進してくるので前田勢は押され、一部が秀忠本陣に向かって疾駆してきた。

「二手を前へ」

命令に従い、水野忠清《みずのただきよ》、青山忠俊《あおやまただとし》らが進み、鉄砲を放ち合ったのち敵と剣戟《けんげき》を響かせた。

それでも合間を縫って敵は秀忠に向かってくる。

「雅楽頭《うたのかみ》、大炊助《おおいのすけ》、敵を止めよ」

秀忠は酒井忠世、土井利勝を投入して敵を押しとどめようとするが、後がない豊臣勢の勢いが強く、秀忠勢は押された。まだ秀忠本陣に迫ってはいないが、近づいている。

「かかれーっ！」

安藤対馬守重信《あんどうつしまのかみしげのぶ》は、後退する味方を掻き分けながら前進するが、敵の勢いを止めるのは難しかった。

「公方様（秀忠）をお守り致せ」

阿部正次は引き返して鑓を振るい息子の正澄《まさずみ》とともども五十二の首を、配下は五十八の首をあげる活躍をして敵を止める。それでも豊臣方は遮二無二《しゃにむに》突き進んでくる。

「なにゆえ止められぬ！」

秀忠は本陣で苛立ち、涸れた声で叫ぶ。その時、周囲で喊声《かんせい》が上がった。

「返り忠か！　許さん」

秀忠は背後に置かれている鎧を摑み、喊声の上がった東に騎馬で進もうとした。

「お待ち下さい。総大将の公方様が左様なことで動かれてはなりません。動くのは前の敵を討つ時のみ。今の当家に、潰れる豊臣に与する者などおりません」

近習の内藤清次《ないとうきよつぐ》に止められ、秀忠は思い止まった。

それでも秀忠の本陣は混乱している。

(なにゆえ多勢の徳川が、公儀の徳川が寡勢の牢人どもに圧されるのか)

秀忠には理解できなかった。

「敵は寡勢。緒戦で勝負を決めねば勝てる見込みはありません。それゆえ必死なだけです。踏み止まればじきに疲れ、動けなくなります。さすれば形勢は逆転します。それまでの辛抱です」

内藤清次は弱気になる秀忠に進言する。清次の父清成《きよなり》は青山忠成《ただなり》とともに秀忠の傅役《もりやく》を務めた武将である。親子ともども忠義心は篤い。

「判っておるわ」

怒鳴った秀忠は皆に向かう。

「逃げた者は斬る！　前へ進め。前進あるのみ。敵陣に旗を翳《かざ》せ！」

秀忠が大音声で叫ぶと、秀忠の旗奉行の三枝忠吉が敵中に突入し、大馬印を大野治房陣の手前に押し立てた。

「敵の勢いは止まった。反撃じゃ！」

敵に押し崩された酒井、土井勢であるが、秀忠の大馬印を見て勇気を取り戻し、勢いを盛り返した。

「押し返せ！」

秀忠は獅子吼《ししく》して兵を前に進め、岡山の陣に移動した。同陣は三間六尺（約七メートル）ほどの高さの御勝山古墳の上に造られており、大坂城が目にできた。

一方、真田信繁は松平忠直勢を蹴散らして家康の本陣に迫った。家康の旗本は、まさか敵が迫るとは思わずに右往左往し、壊乱状態となった。

家康本陣は三度破られて後退。家康は一時、切腹を覚悟するほどに追い詰められたが、周囲に支えられて難を逃れ、三里（約十二キロ）も退却している。

豊臣勢の勢いもここまで。内藤清次が口にしたように寡勢で戦い続けているので疲労が蓄積されている。真田信繁は阿修羅のような戦いをしたが、疲労困憊《ひろうこんぱい》し、茶臼山のすぐ北の安井《やすい》（安居）神社近くに退いて休息していたところを松平忠直の家臣の西尾宗次《にしおむねつぐ》に討たれた。

この結果を聞いた島津惟新は「真田日本一《ひのもといち》の兵《つわもの》、古《いにしえ》よりの物語にもこれなきよし」と語ったという。

幕府軍はそれぞれの陣で勝利し、豊臣兵の追撃をし、続々と秀忠の軍勢に合流して、ついに大坂城の本丸を包囲した。逃亡兵も続出し、各方面で落ち武者狩りが行われた。

本丸は炎上し、秀頼たちは北側に位置する山里郭《やまざとくるわ》に移動した。

（於千はいかが、あいなっていようか。落城前に城を出すのが武家の倣いじゃが）

秀忠の正室の小江は二度落城の憂き目に遭っているが、その前に城から出されている。秀忠は憂慮しながら、千姫の無事を祈った。

申《さる》ノ下刻（午後五時頃）、家康は茶臼山の陣に移動した。

夜になり、秀頼と淀ノ方の助命を嘆願するために千姫は本丸を出た。豊臣方の堀内氏久《ほりうちうじひさ》から幕府方の坂崎出羽守成正《さかざきでわのかみなりまさ》に引き渡され、茶臼山で家康に対面した。

「御爺《おじじ》様、なにとぞ秀頼様と淀ノ方様の御命をお助けください」

千姫は跪き、涙ながらに訴えた。

「姫は優しい女子じゃ。あい判った。助けてやろう。されど、今、御上から政《まつりごと》を任されておるのは、そなたの父の秀忠じゃ。まずは将軍にこのことを頼むがよかろう。決して悪いようには致さぬはずじゃ」

家康は優しく諭して千姫を岡山の秀忠の許に向かわせた。

「申し上げます。千姫様がまいられました」

「真実《まこと》か！」

地獄で仏に逢ったような心境である。秀忠は床几を立って喜びの声を上げた。

千姫は桃色の汚れた打ち掛けを羽織って秀忠の前に現れた。

「おおっ、於千、よう無事であった。心配したぞ」

これほど嬉しいことはない。嫁に出したとはいえ、やはり長女には格別の思いがあった。

「父上、なにとぞ秀頼様と淀ノ方様の御命をお助けください。御爺様の許にまいったところ父上にお頼みしろと仰せになられました。なにとぞ秀頼様と淀ノ方様の御命をお助けください」

千姫は地に両手をついて哀訴した。

（父上に会ったのか。その上で父上は儂に判断させようとしたのか。自分が悪く思われたくないゆえ、いや、将軍として厳しい下知を出させ、公儀に逆らう者は、誰であっても許さぬという姿勢を貫かせるために。例外はないということか）

秀忠は改めて家康の非情さを思い知らされた。

「ここまで公儀に楯突いて助命されるはずがなかろう。なにゆえ、そなたは秀頼と共に死ななかったのじゃ」

不憫でならないが、秀忠は厳しく言い捨てた。

「酷い。父上は鬼じゃ。されば大坂城に戻り、秀頼様と共に逝きます」

絶望感に打ち拉がれながら、千姫は言い放つ。

「遅い。そなたは死ぬ機会を逸した。連れて行け」

秀忠は泣き喚《わめ》く千姫を輿に乗せ、伏見城に送らせた。秀頼の微かな望みも潰《つい》えた。

熾烈な一夜が明けた。五月八日の早朝、秀忠は茶臼山の本陣に家康を訪ねた。家康は、昨日、切腹を覚悟したとは思えぬほど、安心した表情をしていた。

「こたびは、大御所様の御指図を戴きましたお陰で、豊臣の者どもを退治することができました。忝のうございます。これで世に静謐が齎されることと存じます」

秀忠は恭しく口上を述べた。

「重畳。して、於千はいかがした」

「見張りをつけて伏見に送らせました。自刃などせぬよう監視させております」

「それはよきこと。秀頼はいかがする気じゃ」

心して答えろと、団栗のような眼差しが、猛禽類のように鋭くなった。

「世を乱した大悪人を許すわけにはまいりませぬ。死をもって償わせる所存です」

「左様か。左様よのう。仕方ないの」

秀忠の返答に満足そうに頷いた。

午ノ刻頃（正午頃）になり、秀忠は射撃の命令を下した。途端に山里郭に向かって百余の筒先が火を噴き、乾いた轟音を響かせた。

（これで秀頼も諦めがついたであろう。太閤の息子ならば潔く腹を切れ）

一斉射撃の轟きを耳にしながら、秀忠は肚裡で冥福を祈った。

「これが徳川の返答か」

千姫の助命嘆願が受け入れられなかったことを察し、秀頼は自刃して果てた。享年二十三。

淀ノ方も胸を突いた。享年四十七。大野治長らも主に従って腹を切り、積んであった火薬に火をかけて山里郭を爆発させた。遺骸は跡形もなく消え去った。

（豊臣は消えた。戦国の世が終わったのじゃ）

立ちこもる黒煙を眺め、秀忠は万感の思いにかられた。喜んでいいはずなのに、どこか虚しい。

（豊臣家を滅ぼさねばならなかったのは、偏《ひとえ》に儂が腑甲斐《ふがい》無いからじゃの。関ヶ原に間に合っておれば、於千を悲しませることもなかったろうに）

考えるほどに虚無感は増すばかりであった。

大坂夏ノ陣ののち、「掛かれ対馬《つしま》に逃げ大炊《おおい》、どうもつかずの雅楽頭《うたのかみ》」という狂歌が流行った。この者たちが、今後、幕府を支えていく面々である。

(少々頼り無いところもあるが、二度と戦はないと思えば、構わぬか)

いつの世でも戦の時は武功派が持てはやされるが、治になると吏僚派が台頭して争いのもとになる。そうして豊臣家は滅亡した。気をつけねばならぬと秀忠は自戒した。


戦後、幕府は、閏《うるう》六月十三日に一国一城令《いっこくいちじょうれい》を発布した。もはやこの世に戦はなくなったので、領国に城は一つで十分。人が住む屋敷があればいいということである。これにより、武士の憧れであった「一国一城の主《あるじ》」は夢と消えた。

七月七日には武家諸法度《ぶけしょはっと》を制定し、城の修築等は全て幕府に届け出をしなければ改易にするなどの禁令を発し、武家を拘束した。この法度によって、取り潰しに遭う大名は江戸時代を通じて多数に及ぶ。十七日には禁中并公家諸法度《きんちゅうならびにくげしょはっと》で朝廷を管理し、さらに諸宗本山・本寺の法度を定めて寺社宗教を統制した。

同月十三日には元号が元和《げんな》と改元された。これは偃武《えんぶ》(平和)を天下に示し、戦がなくなり武器を蔵に仕舞うことを指している。

日増しに幕府の力は強くなり、逆らうことができない世の中になった。

最後の仕事をやり遂げたせいか、元和二年(一六一六)一月、家康が倒れた。秀忠はすぐに駿府に駆けつけた。上半身は起こせるが、家康は床にいて白い小袖のままであった。

「余が死んだら天下はいかようになるか」

「乱れるものと存じます」

「さもありなん。こののちは、そなたの好きにするがよい」

その心掛けがあるならば問題はない、と家康は胸を撫で下ろした。

「余が死んでも秀忠がいるから安心じゃ。万が一、秀忠の政に誤りがあるならば、遠慮なく討ち取って天下を治めればよい。余は恨みには思わぬ」

家康は見舞いにくる武将たちに告げた。勿論、本心ではなく牽制である。

その家康もついに力尽き、四月十七日、巳ノ刻（午前十時頃）、生涯を閉じた。享年七十五。神号は東照大権現《とうしょうだいごんげん》、戒名は東照大権現安国院殿徳蓮社崇譽道和大居士《とうしょうだいごんげんあんこくいんでんとくれんしゃすうよどうわだいこじ》が贈られた。

秀忠の後継者について、秀忠は長男の竹千代が病弱の上に引っ込み思案なので、利発で健康で明るい国松にしようと考えていたが、家康の一喝によって竹千代に決まった。以降、徳川家では長男が家督を継ぐこととされた。

家康が駿府に移ってからは本多正純が単独で大名に指示することが多かったが、秀忠は正純一人を優遇するのを止め、年寄制度をとった。本多正純、土井利勝、安藤重信、酒井忠世ら四人の連署で奉書を大名に出させることにした。

また、立花宗茂、丹羽長重《にわながしげ》、佐久間安政《さくまやすまさ》、細川興元《ほそかわおきもと》、猪子一時《いのこかずとき》、三好一任《みよしまさとう》、本田一継《ほんだかずつぐ》、能勢頼《のせより》継《つぐ》ら「御咄衆《おはなししゅう》」を側に置き、政から戦に渡って話を聞き、現実の政に役立てさせた。

家康の遺言どおり、秀忠は大名の統制を本格的にやりだした。真っ先に手をつけたのは弟の忠輝で、越後高田等の所領を没収し、伊勢の朝熊《あさま》に流配した。理由は大坂ノ陣に出陣する時、秀忠の家臣を斬り、戦闘では傍観、朝廷への挨拶をすっぽかすなどで、家康は蟄居処分としていたが、秀忠は厳しい処分をした。

さらに松平（結城《ゆうき》）秀康の息子の松平忠直も豊後《ぶんご》の萩原に流した。忠直は大坂ノ陣の論功を不服とし、幕府の命令に従わなくなったからである。忠直の家督は長男の仙千代が継ぎ、越後の高田に移封。北ノ庄は弟の忠昌《ただまさ》が継いだ。

身内であっても幕府を軽んじることは許さないという断固とした態度を示したことになる。見せしめ的なこともあるが、大名を震撼させることにはなった。

それでも法を守らない者はいる。福島正則は幕府の許可もなく城の修築をした。これは武家諸法度に背く行為だ。幕府は元に戻すように命じたが正則は無視したので、安芸四十九万八千石は没収となり、三男の忠勝が信濃と越後で四万五千石程度が与えられることになった。

家康は関ヶ原の戦いで豊臣恩顧の大名に合力してもらって天下を治めることに成功したので、多少なりとも遠慮があった。だが、関ヶ原に遅滞した秀忠には気遣いする必要はない。秀忠は死去するまでに四十一家を取り潰している。

それは外様のみならず、幕府の中核にいる本多正純も同じであった。駿府にいた正純は江戸の土井利勝らに疎まれていたこともあるが、福島正則改易の時、秀忠に異を唱え、同心するものが出ると脅しをかけたことが一番の原因だという。

また、秀忠は江戸郊外で鷹狩りを行い、板橋《いたばし》郷竹《たけ》村の大工の娘・静《しず》（志津）を身籠らせた。静は神尾栄嘉《かんおさかよし》の娘という説もある。

静は慶長十六年（一六一一）五月七日、神田白銀《かんだしろがね》の竹村次俊《たけむらつぎとし》宅にて男子を産んだ。幸松丸《こうしょうまる》と命名された男子は次俊宅にいたものの、見性院《けんしょういん》に養育されることになり、江戸城田安門《たやすもん》内の比丘尼《びくに》邸に住んでいた。見性院は武田信玄の次女で、穴山梅雪斎の正室である。秀忠は慶長十七年（一六一二）三月、駿府で鷹狩りをした際、密かに家康に伝えている。幸松丸の存在が小江にばれそうになると、秀忠は武田旧臣の保科正光の養子とし、静とともに信濃の高遠《たかとお》に移住させた。正光は高遠で二万五千石を与えられている。幸松丸はのちに保科正之《まさゆき》となり、家光《いえみつ》を補佐して副将軍とも呼ばれ、会津松平家の礎を築くようになる。幸松丸の命を救ったことは、江戸幕府にとって非常に重要なことであった。

秀忠はキリスト教の禁止を強く推し進め、明《みん》国（中国）以外の国は肥前の平戸への入港しか認めず幕府で管理して独占するようにした。

秀忠は元和六年（一六二〇）六月十八日、五女の和《かず》を後水尾天皇の女御《にょうご》として入内《じゅだい》させた。和は東福門院和子《とうふくもんいんまさこ》と呼ばれるようになり、同九年（一六二三）十一月十九日、女一宮《おんないちのみや》を産む。この女子はのちに即位して明正《めいしょう》天皇になる。秀忠は信長も家康もなしえなかった治天《ちてん》の君《きみ》になったことになる。幸せの絶頂でもあった。

秀忠は将軍職を家光に譲ったあとも西ノ丸に退いて大御所としての政務を執った。病でも座につくので家臣たちが休養することを勧めたが聞かない。

「大御所の自分が怠ければ、庶民も皆怠ける国になる」

日本人の勤勉さは、秀忠から始まったのかもしれない。

そんな秀忠も病には勝てず、ついに起きることができなくなった。

枕許には幕政にも深く係わる南光坊天海《なんこうぼうてんかい》が座した。

「御無礼ながら、身罷《みまか》られたのちに神号をお求めか」

「東照大権現様は一代で天下を治められ公儀をお造りになられた英雄。それに比べ、儂はただ、これを受け継いだに過ぎぬ。神号など恐れ多し。普通の諡《おくりな》で結構。小江と同じ墓に入れてもらえれば有り難い」

秀忠は神になることを遠慮した。

寛永九年（一六三二）一月二十四日、秀忠は江戸城西ノ丸で死去した。享年五十四。諡は台徳院殿興蓮社徳譽入西大居士《たいとくいんでんこうれんじゃとくよにゅうさいだいこじ》が贈られた。秀忠は芝《しば》の増上寺に葬られた。当初、小江とは別々に葬られたが、太平洋戦争の火災ののちに共に合祀《ごうし》され、三百十余年ののちに念願が叶ったことになる。

病で倒れた秀忠は「もう一度、日光の東照宮を詣で、父に天下安寧を保っていたことを伝えたい」と周囲に漏らしていたという。戦功を挙げられなかった自分は、江戸幕府の基礎を築いたことを家康に伝えたかったに違いない。

秀忠なくして江戸二百六十年の平和は続かなかったと言っても過言ではないであろう。

第四章　抜け駆け　四男忠吉《ただよし》

一

天正十九年（一五九一）正月——。

「これが江戸……」

多摩川を渡り、広がる湿地を眺めた福松丸《ふくまつまる》は、溜息を吐いた。周囲には蘆《あし》が生えるばかりの原野が続き、とても人が住めるとは思えぬ場所である。

生まれた駿府《すんぷ》や、これまで暮してきた都や大坂は実に華やかで活気のある城下であった。

福松丸は天正八年（一五八〇）九月十日、徳川家康の四男として誕生した。母は家康が最も愛したと言われる西郷局《さいごうのつぼね》である。

生まれた翌年、家康は兄弟の争いを起こさせぬためもあり、福松丸を三河《みかわ》の東条松平家《とうじょうまつだいら》の養子とし、一万石を相続させた。ただ、福松丸は幼いので駿府におり、東条城は城代の松井忠次《まついただつぐ》（のちの松平康親《やすちか》）に任せた。

天正十年（一五八二）東条松平家は四万石で駿河《するが》の三枚橋《さんまいばし》城に転封している。

温暖な地でなに不自由なく暮していたが、五歳になった天正十二年（一五八四）の十二月、別腹の兄の於義伊《おぎい》（のちの結城秀康《ゆうきひでやす》）とともに人質として大坂に上った。

同じ年、家康は羽柴《はしば》姓を名乗っていた秀吉の大軍と小牧《こまき》・長久手《ながくて》の戦いで対峙し、長久手の局地戦で勝利するものの、同盟者の織田信雄《おだのぶかつ》が家康に相談することもなく、和睦という名の降伏をしてしまったので、家康も単独で戦うには分が悪いと判断し、信雄に倣ったことによる。

福松丸には傅役《もりやく》の小笠原吉次《おがさわらよしつぐ》とその妻の乳母、小姓や中間《ちゅうげん》が同行した。

家康とは異なり、細面の福松丸は眉目秀麗と周囲から羨望の眼差しを向けられ、女子《おなご》はおろか乱世の武将にも人気があった。家康の息子でなければ色恋沙汰も多かったかもしれない。

文武も熱心に修業したので、秀吉にも気に入られた。福松丸は早い初陣を望んだが、幼いという理由で九州攻めも、関東・奥羽《おうう》征伐にも参陣は許されなかった。

関東征伐後の天正十八年（一五九〇）、家康は駿河、遠江《とおとうみ》、三河、甲斐《かい》、信濃《しなの》五ヵ国約百二十二万石から関東六ヵ国約二百五十五万石の地に移封した。

北条《ほうじょう》氏が居城としていた小田原には難攻不落の城があり、城下も栄えていたが、秀吉は一度後れをとったことのある家康が同城に入ることを好まず、江戸の地を勧めた。

家康としても、全国平定を目前にした秀吉を相手に戦えるはずもなく、二つ返事で未開の地に出城のような平城があるばかりの地を居城の地とするしかなかった。家康はまず、利根川の流れを変えて水捌《は》けをよくするところから国造りを始めねばならなかった。

城に近づくと、さすがに町並みが目に入る。都や大坂のような瓦屋根を見ることはなく、藁葺《わらぶ》きや素板に石を載せたようなものばかりで、質素というよりも貧しく映った。

ただ、人は多い。関東を治めるための居城と城下を築くため、地を固め、樹を切り、削る音や、金槌で叩く音が途絶えることはない。町造りの息吹を感じた。

活気のある声を左右に聞きながら福松丸は江戸城に達した。

「これが父の居城……」

江戸城を見た福松丸は失意に浸って口を開けた。

この頃の江戸城について、『落穂集《おちぼしゅう》』には、城内に柿《こけら》（木の削り屑《くず》）葺《ぶ》きの屋根の屋敷ばかりで、台所は茅葺《かやぶ》きで古く、玄関は船板を用い、板敷きの部屋がなく土間で、石垣など一ヵ所もなく、芝土居で、土手には竹木が繁っていたとある。平安時代に江戸氏が築き、室町時代に太田道《おおたどう》灌《かん》が修築し、その後、北条氏麾下《きか》の遠山《とおやま》氏が在していた。

大手門は現在の永田町辺りにあり、東の曲輪《くるわ》は日比谷の入江に接するほど近かった。城には多数の家臣や人足が出入りし、急速な勢いで普請が行われていた。

主閣の御殿に入り、広間で待っていると、小太りした体を揺すって家康が入ってきた。

「ご無沙汰しております。福松丸、ただ今到着致しました」

福松丸は上座に腰を下ろした家康に対し、両手をついて挨拶した。

「重畳至極。少し背が伸びたか」

笑みを湛《たた》えて家康は問う。西郷局の息子ということでか、慈愛に満ちた目を向ける。家康とはおよそ一年半ぶりの再会であった。

「五尺二寸（約百五十八センチ）になりました」

「ほう、左様に」

息子の成長が嬉しそうである。

「それゆえ、早う元服して初陣を果たしとうございます。奥羽に兵を出すと聞いております」

天正十八年（一五九〇）、秀吉は奥羽の仕置を終えて全国を統一したものの、諸将が帰国した途端に一揆が蜂起して奪われた地を取り戻した。これを支援しているのが奥羽の梟雄《きょうゆう》、独眼龍《どくがんりゅう》と渾名《あだな》される伊達政宗《だてまさむね》だという。

「そちはまだ早い。今少し修業を積むがよい」

「畏《おそ》れながら、兄上は元服前ですが、小田原攻めにも参じております。某《それがし》は負けているとは思えませぬ」

一つ年上の同腹の兄の長丸《ちょうまる》は、家康の許に嫁いだ秀吉の妹の朝日《あさひ》姫に可愛がられ、前年に具足初めを行い、小田原の陣にも参じている。

今は元服と任官のために上洛していた。

「奥羽には家臣たちを行かせるつもりじゃ。見てのとおり、儂《わし》は移封したてで暫《しばら》くは関東の仕置に専念しなければならぬ。そちも我が息子ならば、これに合力《ごうりき》（協力）致せ。よいな」

豊かな頬から笑みが消え、念を押す。怒れば怖いことは知っている。

（於義兄のようになってはならぬ）

家康は秀康が自分の息子であることを疑っていることもあり、親子でありながら、あまり顔を合わせようとはしなかった。

「承知しました」

父親に嫌われたくはない。福松丸は渋々応じた。

「戦ばかりが武将の道ではない。武将の本質は所領を治めること。戦は政《まつりごと》の一環じゃ。戦で勝てば所領は広がるが、関白が奥羽を平定した今、これ以上、所領が広がることはまずない。戦をすれば人が死ぬ。敵のみならず我が家臣たちもじゃ。兵は武士だけでは賄《まかな》えぬ。半数は百姓じゃ。百姓が死ねば田畑を耕す者がいなくなる。家臣が死ねば相応の補償をせねばならぬ。ゆえに戦はせぬほうがよい。するならば、絶対に勝てるようにせねばならぬ」

「勝兵はまず勝ちて後に戦いを求め、敗兵はまず戦いて後に勝ちを求む。でございますね」

十分に勝利の態勢を整えてから戦いを始めるものは勝つが、戦い始めてから勝とうとする者は負ける、と『孫子』に記されている。

「左様。それゆえ功名のための出陣などは匹夫《ひっぷ》の勇。そちも城主となるのじゃ。出陣する時は、兵を差配せねばならぬ。しかれば、兵を動かすことを学ぶように」

『孫子』を口にしたことで家康は満足そうな表情をするものの、しっかりと釘を刺された。福松丸は武蔵《むさし》の忍《おし》領で十万石を与えられることになっていた。

「肝に銘じます」

福松丸には九歳になる別腹の弟（万千代《まんちよ》、のちの信吉《のぶよし》）がいる。早く初陣は果たしたいが、城主の座を奪われたくない。不承不承応じた。

家康は正月五日、奥羽の一揆を鎮圧するために江戸を出立し武蔵の岩付《いわつき》に着陣。動向を窺っていたところ伊達政宗が一揆の支援をしていたことが濃厚となったので、まずはこれを問い質《ただ》すために帰城。閏《うるう》一月三日、江戸を発って上洛の途に就いた。

福松丸は江戸に留まり、文武に励む日々を過ごした。

この年の八月、秀吉は唐入りの前提として朝鮮出兵、文禄《ぶんろく》ノ役《えき》を宣言した。徳川家は移封したてということで、当分の間、渡海することは免れた。そこで福松丸は元服が許された。

福松丸は前髪を落とし、忠吉と名乗るようになった。官途は下野守《しもつけのかみ》。

「ようお似合いでございます」

小笠原吉次が褒める。

月代《さかやき》を剃《そ》り、頭部が涼しい感じがするが、どこか自信のようなものが湧いた。

天正二十年（一五九二）二月十九日、忠吉は初めて所領の武蔵忍城に入城した。『徳川諸家系譜』はこれにより元服したとしている。名は世良田《せらた》下野守忠吉。

世良田氏は新田《にった》源氏から分立した上野《こうずけ》の豪族とされている。家康の祖父の清康《きよやす》が三河で対立していた源氏の血を引く吉良《きら》氏に対抗するために世良田二郎三郎清康と称したという。家康も当初は世良田姓を名乗っていたが、三河守を任官するにあたり、徳川に改姓している。

「これが儂の城か」

初めて忍城を目にした忠吉は万感の思いにかられた。

忍城は武蔵の北端で江戸から十四里半（約五十八キロ）ほど北西に位置して上野との国境に近い。遠くに追いやられたような気さえする。

城は利根川に接する低地に築かれている。南には荒川が流れており、この両川を惣濠《そうぼり》とする。城の周囲は湿地と沼が広がり、さらに外側には深田が続き、城への道は狭く、簡単には近寄れない。まさに水城、水に浮く浮城とも呼ばれている。

忍城は秀吉が関東を攻めた時、唯一落ちなかった城である。留守居ばかりの城を石田三成《いしだみつなり》ら二万の兵で囲んで水攻めにするも失敗。最後には四万で総攻めにするが、やはり落ちず、小田原城に籠っていた城主の成田氏長《なりたうじなが》の命令により、ようやく開城となった次第である。

さして大きい城ではないが、難攻不落の城を任されたということだけは、悪い気はしなかった。周囲の湿地には枯れた蓮《はす》が僅《わず》かに姿を見せている。夏になれば大きな葉を広げ、一面緑の姿に変えるであろう。楽しみにしながら忠吉は入城した。

東の大手門を潜《くぐ》り、中心の本丸に向かうには、五つの橋を渡らねばならなかった。それぞれの館が島のようになっている。

家臣たちが出迎える中、忠吉はゆっくりと馬脚を進める。

「まさに浮き城じゃな」

騎馬で橋を渡りながら忠吉は言う。

「左様でございますな。橋を落とせば、舟にでも乗らねば辿り着くことすらできませぬ」

家康の息子の城が、そうそう簡単に攻められることはなかろうが、堅固にしたことはない。日焼けした面長の小笠原吉次が満足そうに頷いた。各島には樹木が植えられているので、周囲から遠望されることもなく、何《いず》れが本丸なのかも見極められぬ城であった。

五十畳ほどの広間に入ると、主だった者が顔を揃えた。宿老筆頭の小笠原吉次をはじめ、富永《とみなが》忠兼《ただかね》、阿部河内守《あべかわちのかみ》、松井忠通《まついただみち》、興津文右衛門《おきつぶんえもん》、奥山大膳《おくやまだいぜん》、高木内膳《たかぎないぜん》、寺西政矩《てらにしまさのり》らである。いずれも忠吉が養子に入った東条松平家が支配してきた三河の幡豆《はず》、遠江の牧野《まきの》、駿河の沼津出身者で、先代の家忠《いえただ》が甚太郎《じんたろう》を称していたので、甚太郎衆と呼ばれていた。家忠は天正九年（一五八一）に死去している。

忍領を治めていた成田氏長は蒲生氏郷《がもううじさと》預かりとなって会津に赴き、福井城の本丸を任された。氏長は氏郷に従って奥羽の一揆討伐に向かっている頃、同城の二ノ丸を守備していた浜田将監《はまだしょうげん》・十左衛門兄弟が一揆衆に呼応して本丸を占拠した。氏長の嫡女の甲斐《かい》姫は氏郷の黒川城で人質になっていたが、急を知ると具足を着けて駆けつけて十左衛門を討ち取った。その後、蒲生勢と成田勢も加わって一揆を鎮圧。将監を捕らえて騒動を収めた。

武勇に秀でた甲斐姫は東国一と謳《うた》われる美女。これを聞いた秀吉は甲斐姫を側室にし、成田氏長に下野の烏山《からすやま》で三万石を与え大名に戻した。よって主だった成田旧臣は烏山に赴き、農兵や身分の低い者は忍領で帰農した。

忠吉は忍領に残った者たちをそっくり召し抱え、甚太郎衆の麾下に組み込んだ。成田旧臣は新参で身分が低いので主殿で忠吉に顔を合わせることはなかった。

「成田の旧臣たちとはうまくやっておるか？　年貢など厳しく取り立てて一揆など起こさせまいぞ」

忠吉は皆に念を押す。

旗本として数千石で秀吉に仕えていた木村吉清《きむらよしきよ》・清久《きよひさ》親子は、奥羽討伐ののちに大崎五郡、葛西《かさい》七郡の合計十二郡で三十万石を与えられた。木村親子は大名に出世したばかりで、仕置の仕方を知らない。占領軍にありがちな略奪、乱暴、狼藉を自由気儘《きまま》に行い、これらが一揆の切っ掛けとなった。これは避けねばならない。

「当家に仕えたいと申す者は、分け隔てなく、召し抱えております。ただ、かつての禄高どおりとはいかぬので、不満をもらす者も少なくはありません。また、関東は貫高を用いておりますれば、石高との違い、さらに差出しと、竿入れとの違いなど、戸惑っております」

難しい顔で小笠原吉次は答えた。

貫高は土地の面積に課税したもので、石高は生産性に課税するもの。

また、差出しとは自己申告の検地で、竿入れは役人による実地検地を指している。

「左様か。父上も気にかけておる。慎重にの」

これまで家康は忍領の家臣に関して、自らの指示で給付していた。

城主といっても名ばかりの忠吉であった。

忍領に入った忠吉は、積極的に領地を廻り、家臣たちに接した。父の家康も兵法には造詣が深いので忠吉も影響を受けている。

武蔵の隣国の上野には、新陰流《しんかげりゅう》を創設した上泉信綱《かみいずみのぶつな》がいた。この高弟に疋田豊五郎景兼《ひきたぶんごろうかげやす》がおり、その一族の疋田市左衛門《いちざえもん》が成田家に仕えていた。忠吉は市左衛門を召し出し、毎日のように兵法の稽古に勤《いそ》しんだ。

寺にもよく足を運んで僧から法問を聴聞した。熊谷にある本寺の龍渕《りゅうえん》（淵）寺《じ》をはじめ、城下、大手門南の清善寺《せいぜんじ》にはまめに通い、明嶺《みょうれい》和尚と親しくした。

家臣に支えられ、初めて領内の仕置に接する忠吉の悩みは川の氾濫であった。忍領は湿地が多く、米はよくとれるものの、大雨が降ると荒川や利根川が堤防を越えて田畑に流れ込む。だから秀吉は石田三成に命じて忍城を水攻めにしたのであろうが。

「堤を堅固にすることは言うに及ばず、水を逃す遊び地が必要かと存じます」

小笠原吉次が答えた。

「さすれば、その地は田畑が作れぬではないか」

「これをやらねば全てが潰れてしまいます。十万石を確実に得るため、捨てねばならぬ地が必要です。さらに、氾濫する前に川から水を引き込み、また利根川から水を迂回させ、改めて流す川を造ってはいかがでしょう。さすれば、これまで田に出来なかった地に田を開くことができます」

「よかろう。いかほどの歳月がかかるか」

解決策を聞き、忠吉は喜んだ。

「領民を動かさせねばなりませぬ。田植え、稲刈りのない時期に行いますゆえ、五十年。いや百年かかるやもしれません」

「気の遠くなる話よな。されど、祈っていても埒《らち》があかぬ。まずはできるところから始めよ」

失意を覚えつつも忠吉は命じ、堤の構築から開始させた。

堤で水を抑えて大洪水の進行を阻み、また、逆流させながら、その地に遊水させて利根川の下流に流すもので、中条堤《ちゅうじょうてい》と呼ばれた。水を溜めるところを中条遊水池という。

さらに人工の川は見沼代用水《みぬまだいようすい》と呼ばれた。ただ、完成したのは、いずれも江戸時代の後期から明治時代にかかるもので、長期間の作業が必要だった。

忍領の仕置に専念する中の十月十一日、忠吉は嫁を娶《めと》った。名は清姫《きよ》と言い、年齢は十四歳。徳川四天王の一人、井伊直政《いいなおまさ》の娘である。

井伊直政は三河譜代の家臣ではないが、上野の箕輪《みのわ》で十二万石を与えられ、徳川家筆頭の石高を有する大名に出世していた。武田《たけだ》旧臣を家臣に組み込み、赤で統一した軍勢は井伊の赤備えと恐れられ、徳川家の先陣を駆けていた。

忍城の大手門には紅白の幔幕《まんまく》が張られ、篝火《かがりび》を焚《た》いて出迎える中、塗輿《ぬりごし》が入り、葛籠《つづら》、長持、挟箱《はさみばこ》、屏風箱《びょうぶばこ》などの嫁入道具を持った列が長々と続いた。国主のものと見劣りしないほど豪勢であった。

忠吉は紺の直垂《ひたたれ》を身に着けて烏帽子《えぼし》をかぶり、主殿の上座に座っていた。下座には松平家の家臣と井伊家の家臣が左右に並んで座している。

そこへ『橘』の家紋が刺繍された白無垢《しろむく》姿の清姫が現れた。

「おおーっ！」

清楚な清姫の花嫁姿を目にした男たちは羨望の感嘆をもらした。清姫は母親似なのか丸顔の愛くるしい顔だち。雛人形のようで、忠吉も惹かれた。

婚儀は恙《つつが》無く終わり、忠吉は幸福感に包まれた。

夫婦仲は睦まじいものの、なかなか子を得ることができなかった。それでも慶長二年（一五九七）一月十日、待望の男子が忍城で誕生した。

「ようやった！」

忠吉は直ちに清姫の部屋を訪れ、歓喜の声を上げた。

「左様な大声を出しますと、稚《やや》が驚きます」

大事な一仕事を終えた清姫は、慈愛に満ちた目で我が子を見ながら告げる。

「すまぬの。そちはこの城の跡継ぎぞ。早う大きゅうなれ」

清姫をそっちのけで、忠吉は寝息を立てる我が子に微笑んだ。

松寿丸《しょうじゅまる》と名づけられた忠吉の嫡子は、多方面から祝いの品が贈られ、部屋が一杯になるほどだったが、急に容態が悪くなり、薬の投与も効かず、加持祈祷《かじきとう》の甲斐も虚しく一月二十六日、この世を去った。

「松寿丸……」

忠吉は落胆し、しばらくはなにもする気がおきなかった。家康をはじめ諸将から弔意が届けられるが、まったくの慰めにもならない。考えるほどに涙が頬を濡らした。

松寿丸は城下の正覚寺《しょうかくじ》に葬られ、梅貞大童子《ばいていだいどうじ》の諡《おくりな》が贈られた。同寺は忠吉の母・西郷局の位牌所にもなっていた。

残念ながら、その後、忠吉は側室を置いても子に恵まれることはなかった。

二

慶長五年（一六〇〇）七月二十四日の夜。忠吉は下野の小山《おやま》の陣にいた。同陣は廃城となった祇園城《ぎおんじょう》（小山古城）の中にある庄屋の住まいを改修したものである。

忠吉は仮小屋で夜露を凌《しの》いだ。蒸し暑く、さらに蚊が多く、寝苦しい夜であった。

「申し上げます。お屋形様が呼んでおられます」

寝始めて四半刻（約三十分）、小笠原吉次が起こしにきた。

「左様か」

すぐに頭が廻らない。腹立たしいが、家康の命令なので仕方ない。蚊に刺された首を掻きながら、だるい体に鞭打つようにして家康の本陣に向かった。

陣に入ると、徳川家の重臣が集まっていた。

浜島無手右衛門《はまじまむてえもん》が三成の蜂起を伝えると、みなは意見を言い合い、西上で方針は決定した。

「忠吉、そちは一足早く戻り、駿府で我らを待て」

団栗《どんぐり》のような眼でじっと見据え、家康は命じる。

「承知致しました」

歓喜で両目を見開き、忠吉は応じた。

（初陣じゃ。後詰《ごづめ》ではない。西上の軍勢に加われる！）

忠吉は喜び勇んで本陣を出た。

小山で反転すれば、必ず三人のうちの一人は上杉景勝《うえすぎかげかつ》への備えとして下野のどこかに残される。伊達政宗や最上義光《もがみよしあき》などが控えているので、上杉勢が南下するとは考えにくい。残された者は戦功を挙げることはできないであろう。

（父上は治部《じぶ》を倒して天下人になる気じゃ。西に向かえば必ず戦いに参じられる）

夜中にも拘わらず、足取りが軽かった。

翌日、評議を開き、諸将は西に進むことになる。福島正則《ふくしままさのり》などは三成と戦えるとあって先陣争いをするような勢いで帰途に就くに違いない。忠吉は追い越される前に帰城しなければならない。

暗い中、忠吉は荷物を纏《まと》めて小山の陣を発った。忍城に帰城したのは二日後のこと。

小山の陣では二十五日、俗に言う小山評議を開いて西進を決め、諸将は打倒三成を合い言葉に西上の途に就いた。殿軍《しんがり》は結城秀康と徳川秀忠が一日交代で行い、二人は家康の命令があるまで下野の宇都宮に留まること。さらに、家康の娘婿の蒲生秀隆や里見義康《さとみよしやす》ら関東の諸将はこれに従うことになった。

帰城した忠吉はすぐさま出陣の用意を始めた。

「儂らだけで出立しても構わんのか？　舅《しゅうと》には報せんでもいいのか？」

意気込みはあるが不安もある。井伊直政の後ろ楯があれば安心である。

「聞いてみます」

小笠原吉次は上野の箕輪に使者を立てた。

「西上の先鋒は福島左衛門大夫《さえもんたいふ》（正則）と池田侍従《いけだじじゅう》（照政《てるまさ》）と決まりました。兵部少輔《ひょうぶのしょう》（井伊直政）殿はこれを不満に思われ、病と称して出立を拒まれているようにございます」

「なんと童のような」

とは思うものの、井伊直政の言い分も納得できる。

「確かに、治部を敗れば父が天下に近づくことになる。されど、豊臣《とよとみ》恩顧の大名に先陣を任せれば、功を徳川家以外の者に奪われることになり、徳川の武威が侮られる。舅はこれを懸念しておるのであろう」

「仰せはご尤《もっと》もでございますが、当家が前のめりになって治部を討てば、豊臣家への背信と捉えられかれぬ。お屋形様は、これを危惧《きぐ》なされておられるのではないでしょうか。あくまでも豊臣家の家臣どうしの戦いにして、争いを終息させるのがお屋形様の策かと」

「なるほど、それも一理ある。難しいの。されば、思案するのは父上に任せ、儂は父上の策を台なしにせぬよう、早々に出立致そう」

出発をいつにするかは重要なこと。鬮《くじ》や占いに頼ることは珍しくなかった。そこで忠吉は清善寺の明嶺和尚を尋ねた。

「こたびの西上は戦いとあいなろう。出立の吉日をお教え戴きたい」

「出立なれば凶日になされよ」

「なにゆえか」

意外な明嶺和尚の答えに忠吉は首を傾げた。

「おおよそ武将が戦に赴く時は一身を捨てて、天下のために大功を立て、英名を長きに亘《わた》って伝えんことこそ、勇者の本意でござろう。しかれば死して再び帰らぬと言える凶日こそ、これに勝る吉日はないかと存ずる」

「さもありなん」

大いに喜んだ忠吉は、即座に帰城すると、その日に出立することを決めた。

忠吉は改めて用意させた三方《さんぼう》に載せられた鮑《あわび》、栗、昆布をひと摘みずつ口に入れた。打って、勝って、喜ぶの験《げん》に因んだもの。これを酒で呑み込み、小さな盃を床に叩きつけて忍城を発った。率いる兵は三千であった。

七月下旬、忠吉は駿府城に到着した。駿河の府なので、駿府と呼ばれている。かつて今川《いまがわ》氏が三国の太守として権勢を振るっていた頃、家康を人質としていた城である。当時は堀のある館という形であったが、武田氏滅亡後、家康が入って天守閣を構える城に普請し直したものの、その途中で江戸に移封となり、完成を見たのは他人の城となってからのこと。この六月、大坂からの帰路の最中であったという。駿河は四本の大河を渡らねばならず、上方と往復する時は中仙道を利用していたので、東海道は滅多に使用しなかった。

「かような城になっていたのか」

漆黒の天守閣を見上げ、忠吉は感激した。忠吉も幼少の頃は駿府で過ごしたので懐かしさが込み上がる。二ノ丸、三ノ丸を擁し、堀の幅も広くなったような気がする。秀吉が家康を押さえるために普請し直した城である。

「お待ちしておりました」

会津攻めから急遽《きゅうきょ》帰城した中村一忠《なかむらかずただ》（一学《かずのり》とも）と叔父の一栄《かずしげ》、家老の横田村詮《よこたむらあき》が出迎えた。

中村家は駿河で十四万五千石を与えられていたが、当主の一氏《かずうじ》は重い病で起きることができず、十一歳になる嫡子の一忠が会津討伐軍に従軍。一氏は中村家の将来を家康に托していた。その一氏はこの七月十七日に病死していた。

「わざわざの出迎え痛み入る。また、式部少輔《しきぶのしょう》（一氏）殿のこと、慎んで御悔やみ申す」

忠吉は下馬して弔辞を述べた。家康の子だからと驕《おご》っているわけにはいかない。石田三成らの西軍と戦う上で士気を下げるような真似はしてはならぬからである。

「こちらこそ、内府殿のご子息に、丁寧なお言葉を戴き、父も草葉の蔭で喜んでおりましょう。茶など用意してござれば、まずは中でお寛《くつろ》ぎくだされ」

一忠は幼いが、教えられた言葉を口にする。

内府とは衛門府《えもんふ》の唐名で、内大臣の家康を指す。

忠吉は中村一榮らに案内され、至れり尽せりの饗応を受けた。その旨を秀忠に伝えた。

これを受け、秀忠からの返書が届けられた。

「駿河からの書状をもらった。祝着である。顔を合わせることができないのは残念で仕方ない。万事、油断しないことが肝要だ。以上。

八月二日
秀忠（花押）

松平下野守（忠吉）殿」

仲の良い同腹の弟にも、しっかりと松平と姓が記されていた。すでに主従の線は引かれていた。

仮病を決め込んでいた井伊直政を危惧し、家康は直政を先鋒として出陣させることにした。

八月四日、家康は福島正則に対し、次のように伝えた。

「重要なことを申し上げる。このたび先勢《せんせい》（先鋒）として井伊兵部少輔を差し遣わすので、行な《てだて》どは我々が出馬するまでは、なにがあろうとも、彼の指図に従うことが本望である。なお詳しくは井伊兵部少輔が申すであろう」

同月十一日、井伊直政と本多忠勝《ほんだただかつ》は江戸城を出発した。それぞれ三千六百、五百の兵を率いていた。因みに忠勝の本隊二千五百は嫡子の忠政《ただまさ》が率いて、秀忠とともに宇都宮にいた。

数日後、井伊直政らは駿府に到着した。

「舅殿、待っていたぞ。いつ敵の城を攻めるのか」

井伊直政の顔を見るなり、忠吉は問う。

「二、三日後には清洲《きよす》に赴き、左衛門大夫らと相談して仕寄るつもりですが、忠吉様には駿府でお屋形様を待てとの下知が出されております」

「なんと！　父上は先に出陣させておきながら、参陣させせぬつもりか。納得できぬ！」

脇息が跳ね上がるほど強く叩き、忠吉は声を荒らげた。

「気持はお察し致しますが、敵の本軍との戦いはまだ先にございます。その前になにかあっては一大事。まずは、豊臣恩顧の大名が、まこと戦う意志があるのか確かめる必要があります」

「儂がいては足手纏《あしでまと》いになるということか」

「いえ、決して左様なことではありません。お屋形様がまいるまでは忠吉様が我らの大将。大将が軽々しく諸将と接するものではありません。お屋形様がまいれば、必然、忠吉様は前線に陣を構えることになります。それまで大将の重責を務められますよう」

井伊直政は丁寧に説く。

「まこと父上がまいれば、儂は前線に出られるのじゃな」

「必ずお連れ致しますゆえ、某を信じてくだされ」

徳川四天王の一人が胸を叩くので、忠吉は承諾するしかなかった。

翌日、井伊直政らは中村一榮を伴って清洲に向かって行った。

(兄上も、かような思いか)

喜び勇んで出陣しただけに、忠吉はおいてきぼりを喰らわされたような心境だった。

清洲城に入城した井伊直政らは福島正則ら豊臣恩顧の大名たちと摩擦を繰り返しながらも城を発ち、八月二十二日、美濃の加賀野井《かがのい》、竹ヶ鼻《たけがはな》城を攻略し、二十三日、織田秀信《おだひでのぶ》の岐阜城を落とすと、翌二十四日には石田三成らが籠る大垣城近くの赤坂に陣を布いた。

翌日には早馬が報せを伝えた。

「くそっ、完全に出し抜かれた。このままでは彼奴《きゃつ》らだけで治部を討ってしまうではないか。かようなところで指を咥《くわ》えて報せを待っているつもりはない。出立致すぞ」

焦りを覚えた忠吉は小笠原吉次らが止めるのも聞かず、駿府を発ち、三日後には赤坂に着陣した。

赤坂は大垣城から一里十町（約五キロ）ほど北西に位置していた。

「なんと！　駿府でお待ち下さいと申したではありませんか」

驚きと同時に立腹口調で井伊直政は言う。家康の息子でなければ、手を出しかねない剣幕である。

「そう怒るな。舅殿をはじめ、福島、池田らは大垣城に仕寄らんとする勢いだったではないか。万が一、治部少輔を釣り出して討ってしまった場合、徳川の血縁が一人もいないではのちの仕置にも差し障りが出てくるのではないか」

「そうではありますが……。やはりお屋形様の下知は絶対にございますぞ」

忠吉の言い分に理解を示すが、井伊直政は家康の命令には忠実である。

今川、徳川、武田家に翻弄されてきた井伊家は一時、所領も失い、僅かに家名を繋ぐのみとなったところ、直政が家康に拾われた。直政は末端の鑓働《やりばたら》きから奉公して徳川四天王の地位まで上り詰めた武将である。家康の命令に逆らうわけはなかった。

そこへ福島正則が現れた。

「後詰が着いたと聞いたゆえ内府が来たのかと思いきや、倅《せがれ》のほうか」

舌打ちしかねない口調で福島正則は吐き捨てる。賤ヶ岳《しずがたけ》の戦いで七本鑓《しちほんやり》に数えられる戦功を挙げ、以来、九州、朝鮮の戦場で活躍してきた猛将である。秀吉の親戚という立場もあってか、家康を主と仰ぐような素振りはなく、ましてやその子の忠吉など同僚の家人ぐらいの認識しか持っていないようであった。

「数日ののちには到着する予定でござる。それまで軽弾みなことはなされませぬよう」

井伊直政は平身低頭、福島正則に気を遣っていた。

「以前にも申したが、内府はまこと来る気があるのか？　ここにいる者だけで大垣に仕寄り、治部奴《め》の素首刎《は》ねても構わんのだぞ」

眉間に皺を寄せて福島正則は言う。赤坂周辺にいる東軍は六万近くいる。

対して大垣城には西軍の石田三成、島津惟新《しまづいしん》、福原長堯《ふくはらながたか》ら七千数百の兵が在していた。

数こそ西軍は少ないものの、湿地に囲まれた大垣城は天険の要害で簡単には近づけず、力攻めをして攻略しようとすれば、相当の犠牲を覚悟しなければならない。

「左衛門大夫殿の意見は尤もなれど、城攻めに手子摺《てこず》っているところへ毛利中納言の兵が参ずれば、我らは挟み撃ちとなり申す。城攻めは我が主の到着を待ってからに致しましょう」

本多忠勝も必死に説き、宥《なだ》めた。

豊臣恩顧の大名を押さえるのは、大変だということを思わされた。

岐阜城の陥落は忠吉のみならず、家康にも衝撃を与えた。このまま江戸で様子を見ていれば福島正則らだけで三成を討ってしまいかねない。そうすれば天下人への道が遠のいてしまう。

八月二十四日、家康は宇都宮城に在する息子の秀忠に対し、中仙道を通って美濃に向かうように命じて、出立させた。兵数は主力の三万八千七十余人であった。

家康自身は九月一日、三万三千の兵を率いて江戸城を出発した。

家康が赤坂に到着する最中、忠吉は井伊直政の側にいた。

（舅殿は、かようなことをしておるのか）

井伊直政は黒田長政《くろだながまさ》や藤堂高虎《とうどうたかとら》らと顔を合わせ、小早川秀秋《こばやかわひであき》や朽木元綱《くちきもとつな》、脇坂安治《わきざかやすはる》らに調略の手を伸ばさせ、味方に引き入れる工作をさせていた。

さらに西軍の吉川廣家《きっかわひろいえ》とも使者を往来させ、大坂の毛利輝元《もうりてるもと》には出馬させないこと、南宮山《なんぐうさん》の毛利秀元《ひでもと》には戦に参じさせないように交渉していた。

（戦は政の一環と父上が申していたが。これが戦なのか）

戦とは戦場で雄々しく戦うものばかりかと思っていたが、どうやら違うらしい。『孫子』には欺き、内応などが多く記されているが、間近にするのは初めてなので戸惑うばかりであった。

家康の到着を待つ間、西軍は続々と大垣の西、関ヶ原周辺に参陣していた。南宮山に毛利秀元と吉川廣家。その東に安国寺恵瓊《あんこくじえけい》、長束正家《なつかまさいえ》、長宗我部盛親《ちょうそかべもりちか》。関ヶ原の西の天満山《てんまやま》周辺には戸田《とだ》重政《しげまさ》、平塚為廣《ひらつかためひろ》、大谷吉継《おおたによしつぐ》、木下頼継《きのしたよりつぐ》。松尾山の麓には朽木元綱、脇坂安治、赤座直保《あかざなおやす》、小川祐《おがわすけ》忠《ただ》など。大垣城には西軍の副将を務める宇喜多秀家《うきたひでいえ》も入城している。

「敵のほうが多くなったのではないか」

物見の報せでは西軍は七万近くが揃っていた。

「されど、動かねば案山子《かかし》と同じです」

調略は進んでいるとばかりに井伊直政は言う。

「動かぬと安心していたところで背かれたら、目も当てられまい」

「そうさせぬために尽力しておりますのでご安心を」

何度も井伊直政が胸を叩くので忠吉は頷いた。

九月十四日、家康は岐阜城を発ち、赤坂に向かった。

「忠吉様は東軍の諸将に睨《にら》みを利かすためにお残り下さい。我らがお迎えにあがります」

井伊直政らは家康を迎えに東に進んだ。

岐阜から赤坂まではおよそ五里半（約二十二キロ）。家康の本隊は中仙道を進み、警戒心の強い家康は五百の兵と共に別の道を選択した。長良《ながら》川の舟橋を渡り、木田から舟に乗って本巣《もとす》郡の垣ヶ木戸《がきがきど》に達した時だった。

ちょうど食料不足に悩む島津勢が東軍の兵糧を略奪しようと襲いかかった。川上久林《かわかみひさしげ》はまさかその軍勢が東軍の総大将だとは夢にも思わぬことだった。まさに千載一遇の好機。恩賞は思いのまま。久林らは歓喜して塗輿を襲撃する。

精強な島津兵の前に旗本たちは血祭りにあげられ、家康は決戦を前に切腹を覚悟しなければならなかった。

そこへ井伊直政らが到着して島津兵を排除したので家康は危機を逃れることができた。家康の直政への信任は厚くなるばかりであった。

「ご無事でなにより」

家康が赤坂の陣に到着したので、挨拶に赴いた。

「戯《たわ》け！　駿府で待てと申したであろう！」

周辺の旗指物が揺れるほどの怒号が響き渡った。

（儂がいたとしても島津の奇襲は防げまいに。親子揃っていなかっただけ、織田の二の舞いにならずにすんだではないか）

肚裡《とり》で忠吉は言い返す。本能寺の変の時、信長《のぶなが》と嫡子の信忠《のぶただ》が近くにいたことで、織田家はありし日の勢力を失い、微禄の大名として存在するだけになった。家康自身、秀吉が死んだ直後、不測の事態に備えて秀忠を伏見から江戸に帰国させていた。ただ、声には出せない。

「申し訳ございません。この失態は先陣を駆ることで挽回する所存です」

反論して後詰にでも廻されては戦うことができない。忠吉は素直に応じた。

この日、小早川秀秋が一万数千の兵を率いて松尾山に陣を布いた。同山には、竹中半兵衛重治《たけなかはんべえしげはる》が築いた長亭軒城《ちょうていけんじょう》があった。これを三成の命令で大垣城主の伊藤盛正《いとうもりまさ》が普請し直し、松尾新城として布陣していたが、秀秋は多勢で脅して奪い取ったという。

「小早川は味方なのか」

忠吉は小笠原吉次に問う。井伊の陣には諸将の使者がひっきりなしに出入りし、直政は多忙を極めていたので忠吉は会うのを控えていた。

「と伺っております。ただ、西軍の使者も松尾山には登っているようです」

「左様か。信が置けぬの」

小早川秀秋は秀吉の正室・北政所《きたのまんどころ》の甥にあたり、秀吉の養子になっていたこともある。慶長ノ役で渡海し、秀吉の命令を無視して在陣を続け、蔚山《ウルサン》城の戦いでは雑兵に交じって鑓働きをしたところ秀吉の逆鱗に触れて筑前の名島《なじま》を召し上げられそうになった。家康の取りなしで保留になり、秀吉の死で移封は流れた。家康に恩があるにも拘わらず、鳥居元忠《とりいもとただ》との話し合いが纏まらずに伏見城に入れず、逆に西軍に取り込まれて城を攻撃して落城させている。その後、伏見城攻めは人質をとられていたので止むに止まれぬ仕儀と家康に詫びを入れ、新たに人質を差し出して東軍として布陣したところである。西軍には「西軍」だと偽っていた。

「仰せのとおり。あとは中納言（秀忠）様がご到着なされれば万全でございますが」

小笠原吉次は意味ありげに言う。

家康より先に発った秀忠であるが、徳川軍の主力を率いていながら、信濃の上田で真田昌幸《さなだまさゆき》の計略にかかり、城攻めを余儀無くされ、多数の犠牲を払って足留めにされていた。これを知った家康は、西上することを厳命。秀忠は信濃衆に後備えを任せ、美濃に向かっている最中であった。

（儂はここにいる。いつ敵と相対しても戦うことができる。されど、万が一、兄上が決戦に間に合わなかったら、いかようになろうか……。儂は実の兄になんと卑しいことを考えておるのか）

忠吉は秀忠が遅滞することを望み、同時にそんな自身を嫌悪した。

赤坂は手狭なので家康は五町半（約六百メートル）ほど南の岡山に本陣を移した。大垣城からは一里（約四キロ）ほど北西に位置するところなので、さすがに三成らも気がついた。

東軍の大将が着陣して士気が高まっているのに、西軍の総大将の毛利輝元はまだ大坂城を出ておらず、大垣城内は沈鬱な空気に包まれていた。

西軍の闘志をあげるため三成の家臣の嶋左近《しまさこん》らが出撃して東軍を挑発。両軍のほぼ中間に当たる杭瀬川《くいせ》で中村一榮、有馬豊氏《ありまとようじ》の兵を打ち破ったが、大勢に影響を与えるものではなかった。

その夜、徳永壽昌《とくながながまさ》から三成の書状が家康に届けられた。書状は九月十二日に三成が大坂城の増田長盛《ましたながもり》に宛てた十七ヵ条からなるもので、壽昌の家臣が、三成の家臣を斬って奪い取ったものである。

書状の内容は、西軍の士気が低いこと。早く、田辺《たなべ》、大津城を攻略して援軍を送って欲しいという懇望が記されていた。

丹後《たんご》の田辺城には長岡幽齋《ながおかゆうさい》が籠り、小野木重次《おのぎしげつぐ》ら一万五千の兵と二ヵ月近く戦い、九月十三日に開城している。重次らは戦後処理をしていた。

近江《おうみ》の大津城には京極高次《きょうごくたかつぐ》が籠り、立花親成《たちばなちかなり》（のちの宗茂《むねしげ》）ら一万数千と激戦を繰り広げ、九月十四日降伏を受け入れた。

まだ家康の許には田辺、大津の状況は伝わっていない。ただ、両城が落ちれば、三万からの兵が美濃に到着する。しかも敵には西国一の武将と言われる立花親成がいる。東軍には厄介な武将である。ここで秀忠勢を待つかどうかは判断に苦しむところ。

東軍にとっての好材料は西軍の諸将は纏まっていないこと。三成が長期戦を覚悟していること。さらに、毛利輝元自身の出馬の可能性は薄いということである。家康は秀忠を待たず、短期決戦を挑むことを選択した。

「治部少輔の佐和山《さわやま》城を落とし、大坂に向かう」

敵を大垣城から引き摺り出すため、あながち嘘とも言えぬ情報を流すと、西軍は夜陰に乗じて大垣城を出て東軍の進行を阻止するように関ヶ原の西に向かっていった。

報せは半刻（約一時間）と経たずに届けられた。

「左様か！　されば我らも移動じゃ」

家康は諸将に通達し、すぐに先陣の福島正則から陣を畳んだ。

「帰る城が無くなるは武士の恥。治部少輔は焦ったのか」

眠い目をこすり、出立の支度をしながら忠吉は問う。

「一理あるかと存じますが、おそらくは小早川勢の存在が、西軍を発たせた理由ではないでしょうか。治部少輔も、小早川が我らからの誘いを受けていることは摑《つか》んでいましょうゆえ」

小笠原吉次が立ち止まって答えた。

「小早川？　松尾山の小早川が我らの味方だとすれば、大垣の西軍は兵糧を運ぶことを妨げられる。敵は兵糧に困っておるのか？」

忠吉は周囲の地形を思い浮かべながら言う。松尾山の北麓は中仙道が走っていた。小早川勢が東軍ならば、三成らは補給路を断たれたことになる。

「左様なところかと。敵も旗指物を見て、当家の主力（秀忠軍）が到着しておらぬことは摑んでおりましょう。西軍は南宮山や笹尾山などに陣を築いておりますゆえ、それなりに勝算を持っての移動と存じます」

「されば、明日、戦が行われるのじゃな」

闘争本能が燃え上がり、忠吉は身を震わせながら言う。

真冬を思わせるような冷たい雨の中、東軍は福島正則を先頭に西に移動した。忠吉勢は中ほどにいるので丑《うし》ノ刻（午前二時頃）を過ぎて騎乗した。

少しずつ蓑《みの》が重くなり体温を奪うが、闘志満々の忠吉は寒さを感じなかった。雨音と泥を撥《は》ね上げる音が延々と続く。向かう先は関ヶ原であった。

東西両軍の先頭が陣を発った時刻の差は三刻（約六時間）と離れていないので、西軍の最後尾であった宇喜多勢の荷駄隊と東軍の先頭福島勢が接触して、小競り合いを起こすほど双方は接近していた。暗夜の雨が視界をより悪くしていた。

同士打ちを避けるため、東軍では「山が山」「麾《さい》が麾」を合い言葉にし、識別の合印《あいいん》は「角切《すみきり》」とした。合印とは、兜や袖の一部につけた一定の標識である。因みに西軍は合い言葉は「大が大」、合印はなかった。

三

関ヶ原という地は美濃・不破《ふわ》郡の西端に位置し、一里（約四キロ）少々西に進めば近江の国に入る。北は伊吹《いぶき》山脈、南は鈴鹿《すずか》山脈が互いに裾野を広げ、西は今須《います》山、東は南宮山が控えた東西一里、南北半里の楕円形をした盆地である。この中を東西に中仙道が、中央から北西に北国《ほっこく》街道が、南東に伊勢街道が延びる交通の要でもあった。

関ヶ原周辺は飛鳥時代では壬申《じんしん》の乱が、鎌倉時代は承久《じょうきゅう》の乱、南北朝時代には青野ヶ原《あおのがはら》の戦いと、時代の変革期には必ず戦場となってきた場所であった。

忠吉は岡山の陣から二里（八キロ）ほどの地で、兵を止めた。前が止まったので、それより先に進めないこともあった。朝方ではあるが辺りは夜中のように暗い。まだ雨も降っていた。

家康も忠吉の陣から十四町（約一・五キロ）ほど東の桃配山《ももくばりやま》に陣を布いたので、これでほぼ両陣営は布陣を終えたことになる。

西軍の布陣――。

関ヶ原の北東に位置する笹尾山の中腹に三成本陣の四千、山の南麓には蒲生頼郷《よりさと》の一千、北麓には嶋左近の一千。すぐ南に豊臣家の旗本が二千。その南側、北国街道を挟んだ地に島津惟新の七百五十、その東に島津豊久《とよひさ》の七百五十。

天満山の北に小西行長《こにしゆきなが》の四千、その南に宇喜多秀家の一万七千が五段に構えた。さらに南に大谷吉継の六百。その東に戸田勝成と平塚為廣が合わせて九百。

中仙道を挟んだ南に大谷吉勝《よしかつ》と木下頼継が合わせて三千五百。

大谷勢の南東に赤座直保の六百、小川祐忠の二千、朽木元綱の六百、脇坂安治の一千が南北に並んだ。その南の松尾山に小早川秀秋の一万五千六百。

一里半ほど東の南宮山の北側に吉川廣家の三千。その南に毛利秀元の一万五千。山の東麓に安国寺恵瓊の一千八百。その南に長束正家の一千五百。東南の栗原《くりはら》山麓に長宗我部盛親の六千六百。合計で八万三千二百余人の軍勢である。

　東軍の布陣は次のとおり。

　宇喜多勢の正面に福島正則の六千。その後方北に藤堂高虎の二千五百、南に京極高知《たかとも》の三千。二将の背後に寺澤廣高《てらさわひろたか》の二千四百。その背後に本多忠勝の五百。

　中仙道の北、石田陣に対して北から黒田長政の五千四百、長岡忠興《ただおき》の五千、加藤嘉明《かとうよしあき》の三千、筒井定次《つついさだつぐ》の二千八百。島津勢の正面に田中吉政《たなかよしまさ》の三千。筒井の後方に井伊直政の三千六百と忠吉の三千。長岡、加藤勢の後方に古田重然《ふるたしげなり》の一千二百、織田有楽齋《おだうらくさい》の四百五十、金森長近《かなもりながちか》の一千百、生駒一正《いこまかずまさ》の一千八百。

　井伊、松平勢の後方十町（約一・一キロ）少々の桃配山の本陣に徳川家康の三万。そこから七町（約八百メートル）ほど東の野上の有馬豊氏の九百。五町（約六百メートル）ほど東に山内一豊《やまのうちかずとよ》の二千。同じく五町ほど東に浅野長慶《あさのながよし》の六千五百。吉川勢に対する形で池田照政の四千五百。合計で八万八千六百五十余人の軍勢である。

　蜂須賀至鎮《はちすかよししげ》や美濃衆は大垣城に備えていた。

　東軍は西軍が布いた鶴翼《かくよく》の陣の中心に引き摺り込まれた形になる。一斉攻撃を受ければまさに袋叩きに合ってしまう。東軍の不利は誰が見ても明らかである。

　なんとなく状況は理解しているが、周囲は闇なので敵の旗すら見えない。実感がなかった。

　忠吉は諸将に倣い、床几を並べた上に盾を載せた簡易の寝床を造らせ、傘で雨を凌いだ。お世辞にも寝心地のいいものではない。筵《むしろ》や藁をかけても寒さは緩和されず、昂揚しているせいか、寝つくことはできなかった。それでも、うとうとしかけた頃、朝餉《あさげ》ができたと起こされた。

辺りが明るくなってきても、まだ雨は降っていた。

干し飯《いい》を湯に浸した陣粥を流し込んだ。美味なものではないが、腹になにか入ると落ち着く。朝餉を終えた忠吉は床几に座した。

（この雨の中、敵と戦うのか。やはり、先に陣を布いた敵は有利じゃな）

忠吉らの陣から西に向かって緩やかな傾斜が続いている。東軍は泥濘《ぬかる》む坂を上りながら戦わねばならなかった。

「敵の様子は判るか」

「前方にはお味方が並び、その西は雨にて見えませぬ」

物見が戻り、申し訳なさそうに報告する。

「そうお焦りになりませぬよう。我らは二陣もしくは三陣。敵が崩れるか、疲弊してからにございます」

小笠原吉次が宥めるように言う。

（二陣か。確かに初陣も果たしたことのない儂を簡単には前線に出してはくれまいな）

残念に思う反面、どこか安心もしていた。ただ、準備はしておかねばならない。

「なにがあるか判らぬ。いつでも動けるよう用意は怠るな」

戦うために陣にいる。忠吉は緊張しながら命じた。

卯《う》ノ下刻（午前七時頃）になってようやく雨が止んだ。そこへ井伊直政が訪れた。

「お早うございます。よう眠れましたか」

潜ってきた修羅場の数か、家康や西軍の使者との応対などに追われ、おそらく寝ていないであろう井伊直政は涼しい顔で言う。

「勿論」

眠れなかった、と言うと肝の小さな男だと蔑《さげす》まれそうなので、忠吉は虚勢を張った。

「それは重畳。されば、某とともにまいりましょう」

「いずこへ？」

「無論、前線にございます。こたびの戦はお屋形様を天下人にするためのもの。その契機を他家の者にさせてはなりませぬ。お屋形様の血を引く忠吉様が作るのです」

「なんと！　抜け駆けをするのか？　抜け駆けは厳罰と触れられておろう。しかもこたびの先陣は左衛門大夫（福島正則）。彼奴は儂らでも斬りかかってきかねぬぞ」

忠吉は首を捻《ひね》る。福島正則は岐阜城攻撃に際し、約束を違《たが》えて先に木曾川《きそがわ》を渡河したと味方の池田照政に詰め寄り、一触即発となった。これを井伊直政らが宥め和解させてから、まだ一月《ひとつき》も経っていない。直政のほうがよく判っているはずである。

「大丈夫です。お任せください」

井伊直政が胸を叩くので、忠吉は頷いた。

忠吉は三百の兵を率い、残りは小笠原吉次らに預けて井伊直政に従った。

風が吹きだしたので靄《もや》が流れだした。五間（約十メートル）先が判らぬ状態から、少しずつ人影や旗指物が見えてきた。朧《おぼろ》げだったものが明確になってくると緊張感が増す。敵に近づくと具足の重さを感じる。忠吉は銀箔置白糸威《ぎんぱくおきしろいとおどし》の具足を身に着け、前立のない頭形兜《ずなりかぶと》をかぶっていた。

内密の前進なので『三団子』の馬印や「直鋒」と描かれた大四半旗は掲げていなかった。

まだ視界は鮮明ではない。これにまぎれて福島正則の陣の横をすり抜けようとした時、同家で先鋒を務める可児才蔵吉長《かにさいぞうよしなが》が、大薙刀《おおなぎなた》を差し出して遮った。

「待て、その方ら、いずれの家中か？」

険しい顔で可児才蔵は問う。開戦前ということもあり、今にも斬りかからん緊迫感があった。

可児才蔵は生涯四百六十余の首をとる剛勇で、齋藤龍興《さいとうたつおき》、柴田勝家《しばたかついえ》、明智光秀《あけちみつひで》、織田信孝《おだのぶたか》、豊《とよ》臣秀次《とみひでつぐ》、前田利家《まえだとしいえ》、佐々成政《さっさなりまさ》と主を変え、福島正則には七百四十六石で仕えていた。

「儂は徳川家の家臣、井伊兵部少輔直政じゃ」

井伊直政は胸を張って答えた。

「徳川は抜け駆けをするつもりか？　こたびの先鋒は我が主の福島左衛門大夫と決まっておる。ゆえに何人《なんぴと》たりとも通すわけにはまいらぬ。これを押して通るとあらば、敵と戦う前にそちと一戦じゃ！」

周辺にも響き渡るように怒号し、可児才蔵は大薙刀の石突を地面に突き刺すように打ち付けた。

可児才蔵の声に応じ、家臣たちが主の後方を固め、忠吉らに敵のような目を向ける。今にも戦いが始まりそうな状況で空気が張り詰めた。

「待て、我らは抜け駆けなどするつもりはない。こちらにおわすは徳川内大臣がご子息の松平下野守でござる。こたびは初陣ゆえ、敵の陣形を見せるために前進したまでじゃ」

同士打ちを避けるため、井伊直政は気を廻した。

「三百人も引き連れて物見などという言い訳は通用せん。陣形を見るだけならば、兵をここに置き、御手廻ばかりにて通られよ」

疑念の晴れぬ可児才蔵であるが、家康の息子にはさすがに気を遣った。

「承知した」

即座に井伊直政は応じ、自身の家老の木俣《きまた》右京《うきょう》に残りの兵を預け、数十騎を連れて前進しようとした。

「物見に鉄砲は必要なかろう」

まだ可児才蔵は納得しない。

「そうであった」

井伊直政は素直に頷き、鉄砲衆も木俣右京に預け、手鑓を持つ兵のみを率いて前進した。

家臣の中には楯に青竹を括り付けた竹楯を持つ者が数人いた。丈は三尺（約九十センチ）、幅は二尺（約六十センチ）と竹束に比べて小さいものの、ないよりはましであった。

「大丈夫なのか」

馬を並べて忠吉は問う。飛び道具がないので、不安だ。

「ご心配には及びません。全て予定どおりです」

本心は定かではないが、井伊直政は笑みを浮かべている。

「左様か」

今の忠吉は最強の岳父を信じるしかなかった。

十五間（約二十七メートル）ほど進んだところで井伊直政の顔が引き締まった。

「鑓を手になされよ。某が『剛《ごう》』と申したら、正面の敵を突かれませ。敵を討つ必要はござらぬ。突くや否や、馬首を返して駆けに駆けられよ。身を低くし、なにがあっても振り向かれませぬよう。敵は弓、鉄砲を持っておる。お屋形様のご子息が鑓をつけることが一番の肝にござる。これは忠吉様にしかできぬことにて、未来永劫語り継がれる誉れにございますぞ」

自身が突撃しそうな勢いで井伊直政は言う。

「あい判った」

重圧の中、こわばった表情で忠吉は頷いた。

本来、当主の息子の初陣というものは、矢玉の届かぬところから、おざなりに弓、鉄砲を放って体裁を整えることが多いものであるが、このたびは違う。弓、鉄砲を構える敵陣に、鑓を手に斬り込まねばならない。まさに自殺行為である。

（父上は儂を見殺しに？　捨て駒にして徳川が先陣を切ったという名誉を得るつもりか）

秀康も秀忠も江戸で留守居をする信吉も皆、無傷である。忠吉の替えはいる。

（ええい、左様な目には遭遇《あ》わぬ。敵を突き崩して帰陣してくれる）

秘密裏の行動なので大声を出すわけにはいかない。忠吉は不安を払拭するように肚裡で吐き、左手で手綱を摑み、右手で鑓を強く握りしめた。

福島勢の横を素通りし、まだ見ぬ敵に近づくと、小刻みに手足が震えた。

（儂は臆しているのか？　いや、ただの武者震いじゃ）

敵と戦う前に恐怖に打ち勝たねばならない。忠吉は自分の心の弱さを打ち消そうと右の太股を鑓の柄で叩き続けた。

十間（約十八メートル）ほど進むと、朧げながら敵の姿が見えてきた。

正面に紺地に白の『兒《こ》』文字の軍旗が翻《ひるがえ》っていた。西軍の副将で戦場の主力となる宇喜多秀家の陣である。距離は十間ほどしか離れていなかった。

「宇喜多か、いかがする」

こちらが目にしたのだから、敵も忠吉を見つけても不思議ではない。

「むっ」

案の定、敵も気がついた。宇喜多勢の先鋒を率いる明石《あかし》掃部助《かもんのすけ》全登《てるずみ》である。全登は杭瀬《くいせ》川の戦いでも活躍した武将である。

「剛！」

明石全登が命じるより早く、井伊直政は叫んだ。

「うおおーっ！」

岳父の合図に応じ、忠吉は雄叫びをあげて、鐙《あぶみ》を蹴った。途端に栗毛の駿馬は疾駆する。

「続け！　下野守様を守るのじゃ」

本心であろう。忠吉を死なせたら自身の切腹だけではすまない。井伊直政は大声で叫び、砂塵をあげた。

「敵じゃ、敵じゃ、迎え撃て！」

突如、霧の中から敵が現れ、宇喜多勢は戸惑っていた。視界の悪さは湿気の多さも同じ。火薬が湿ると鉄砲は機能しない。なので、火縄に火を灯していなかったのかもしれない。

宇喜多勢の躊躇をよそに、忠吉は駿馬の尻を鑓の柄で叩き、敵に迫る。

（敵の矢玉などには当たらぬ。敵の鉾先が儂に届くわけがない）

忠吉は肚裡で唱え、正面を見据えた。鉄砲の用意が整わないせいか、これを守ろうと鑓衆が十数人前に出た。あと十も数えれば接触できる距離にあった。

「今じゃ！」

「おう！」

井伊直政の怒号に応じ、忠吉は真向かいにいる長身の宇喜多兵に鑓を突き出した。

刹那、金属音が響き、火花が散った。わずかに手が痺れた。敵に弾かれはしたが、確かな手応えがあった。

（やったぞ。儂が一番鑓ぞ）

喜びの興奮で目眩《めまい》がするほどだった。一瞬、周囲が見えなかった。

濃霧の中を進み、偶発的に衝突し、戦いになった。これならば、福島正則も抜け駆けとは言わず、諦めざるをえない。しかも、鉄砲ではなく、敵に鑓をつけた。徳川家にとって、これ以上の名誉はなかった。

「退け！」

始終、井伊直政は命令口調であった。鑓の主が忠吉と判れば、敵はどんな犠牲を払っても、捕らえ、あるいは討ちに来る。これを避けるためであった。目的は果たしたので長居は無用である。

「承知」

即座に忠吉は馬首を返して手綱を煽《あお》った。

「絶対に逃すな。鉄砲衆、放て！」

明石全登が大音声で命じると、用意を整えた鉄砲衆が前に出て、退く忠吉に発砲した。

「守れ！」

井伊直政が即座に命じると、竹楯を持った足軽が鉄砲衆に備えた。轟音が響いた途端に鉄砲の玉が青竹を弾き、破片が飛び散った。

「駆けよ。もっと早う駆けよ」

鑓を捨てた忠吉は駿馬に馬鞭を入れて催促する。

（大丈夫じゃ。当たらぬ。敵の玉など当たらぬ）

発砲音が聞こえるたびに、背中に悪寒のようなものが走る。そして、衝撃がないとひとまず安心するが、また射撃音がすると、身が竦《すく》む。いつ死神に背中を叩かれるのではないかと、おののきながら忠吉は馬を走らせた。

「井伊奴、やはり抜け駆けか！」

敵の鉄砲音を聞いた可児才蔵は憤怒するが、もはや後戻りはできない。

「鉄砲衆、敵を蜂の巣に致せ！」

可児才蔵が怒りの命令を下すと、八百挺《ちょう》を有する福島勢の鉄砲衆が構え、筒先から火を噴いた。

霧が晴れかかったと思ったら、硝煙で再び曇る。夥《おびただ》しい轟音が響き渡った。

福島勢に呼応するように宇喜多勢も、千挺近い鉄砲を咆哮《ほうこう》させた。

時に九月十五日、辰《たつ》ノ刻（午前八時頃）、天下分け目の戦端が開かれた。


「敵の玉に当たらずにすんだか」

福島勢の背後まで退き、忠吉は馬から転げ落ちるように降りた。わずか一町（約百十メートル）ほどの距離が、これほど長いと思わなかった。また、かつてない疲労感を覚えた。体が鉛のように重い。しばらく起き上がりたくない。ただ、足の方からじわじわと熱い血潮が沸き上がる。地獄から生還した気分である。硬直から解放されていくようであった。

そこへ井伊直政が近づいてきた。義父の顔を見て安心感が増す。

「やりましたな。御目出度うございます。忠吉様の手によってこたびの戦が始まりました。飛び道具に頼らず、鑓をつけたのです。これほどの功はございませぬ」

井伊直政は娘婿に対し、満面の笑みを向けて称賛した。

「左様か。舅殿のお陰じゃ」

事実なので義父を労った。家康の期待に応えられ、喜びが湧いてきた。

開戦されたので、忠吉と井伊直政は松平家の陣に戻った。井伊勢は松平勢の北隣に布陣している。両陣は共に二陣の位置にいるので静かなものである。

「無事の御帰還、おめでとうございます。並びに一番鑓の誉れ、重ねてお祝い申し上げます」

陣を守っていた小笠原吉次が出迎えた。

「重畳」

床几に座した忠吉は竹筒の水を呑み、ようやく一心地吐けた。

「いつ、前進の下知が出るか判らぬ。用意を怠るな」

自身が契機を作った戦。忠吉は責任を感じていた。

開戦から半刻（約一時間）後、福島正則勢は宇喜多秀家勢に、黒田長政、長岡忠興、加藤嘉明、筒井定次、田中吉政、生駒一正らは石田三成勢に殺到。

京極高知、藤堂高虎らは福島勢の左を廻って大谷吉継らに迫る。

古田重然、織田有楽齋、金森長近、寺沢正成《てらざわまさなり》らは小西行長勢に突撃した。

戦はやや西軍が優勢。多勢を擁する東軍であるが、攻めるたびに押し返されていた。

関ヶ原は西に行くに従って先細りとなり、西軍を取り囲んで叩くことができない。しかも東から西にゆるい上り坂となり、東軍は上りながら攻めねばならない。さらに地面は朝まで降った雨で泥濘んで滑り易い。対して西軍は攻めてくる東軍を順番に討っていけばいい。先に陣地取りをしたことが功を奏していた。

四

開戦からおよそ一刻（約二時間）。戦況は一進一退といったところだった。床几に座す忠吉は、物見の報告を聞きながら、苛立っていた。戦に参じて戦功を挙げたいが、許可が出ない。もどかしくてならなかった。

「味方は多勢なのに崩せぬの」

忠吉は井伊直政に話しかける。

「今は陣取りのせいで敵は優位ですが、じきに疲れます。敵は交代する兵がおりませんが、我らをはじめ、お屋形様や後備えは無傷です。敵が疲れてからが本当の戦いとなりましょう」

西軍にもまだ無傷の兵はいる。忠吉らの南、南宮山には、毛利秀元、吉川廣家が、その東には安国寺恵瓊、長束正家、長宗我部盛親なども健在であるが、まだ動いていなかった。

陣を布くだけで戦闘には参加しない。これを守ることで毛利家の本領は安堵する。この約束を誓紙にして、井伊直政と本多忠勝は吉川廣家に送り、代わりに吉川家から人質を得ていた。

松尾山の小早川秀秋は東軍として布陣し、西軍には西軍だと言っている。西軍の面々はこれを知らずに戦っていた。勿論、忠吉は岳父から聞かされている。

「敵の右翼が動かぬならば、お屋形様を動かさずに勝利したいものじゃの。それだけではなく、敵将の首一つぐらいはあげたいもの」

「仰せのとおりにございますが、お焦りになりませぬよう」

同意するが、井伊直政は腰を上げようとはしない。すでに目的を果したので、忠吉を危険に晒したくないのであろう。松平家の陣にいるのは、忠吉を押さえるためなのかもしれない。

巳《み》ノ刻（午前十時頃）、攻めあぐねた東軍の尻を叩くように家康は桃配山を下りて前進した。まさか、これほど早く陣を移すとは思わなかった。家康の必死さが窺えた。

「お屋形様が動いたぞ。このまま傍観していては、儂は腰抜けと蔑まれ、お屋形様は凡愚を持ったと嘲《あざけ》られよう。舅殿は不忠の誹《そし》りを受けようぞ」

下知はまだ届けられていないが、戦闘に加われという命令だと、忠吉は瞬時に理解した。

「承知。押し立てましょう」

井伊直政もすぐに察した。

「されど、逸りませぬよう。敵も味方も必死です。矢玉はいずこから飛んでくるか判りませぬ」

騎乗しようとする忠吉に井伊直政は釘を刺す。

「判っておる」

守る気はないが、同意しなければ陣に押さえつけられるので応じた。

忠吉は騎乗し、井伊直政らと前進した。刀鑓の稽古は怠っていないので、初陣とはいえ、自信はある。緊張はするが、抜け駆けではないので、開戦前ほどではない。一合《ごう》を交えたことが力になっているのかもしれない。

松平、井伊勢が前進すると、石田勢と小西勢の間が僅かに開いた。この間を五町ほども前進すると、少し奥まったところに白地に『十』の旗指物が見えた。島津勢である。島津勢は二陣とされていたので、これまで戦闘に参加せず、無傷のままでいた。

「島津は寡勢。これを破れば、治部少輔の横腹を突けるの。また小西も然《しか》り」

「仰せのとおりでございますが、島津は精強。侮《あなど》ってはなりませんぞ」

井伊直政は念を押す。島津勢は大垣在陣時より多少増えたが一千五百ほどと、井伊、松平六千六百の四分の一以下の兵しかいない。ただ、島津氏は秀吉が征伐に出なければ九州を統一していたはずである。慶長ノ役の泗川《サチヨン》の戦いでは五千の兵で二十万の敵を撃破し、露梁《ノリヤン》の海戦では日本水軍の宿敵の李舜臣《イスンシン》を討ち、鬼石曼子《グイシーマンズ》と恐れられた。日本軍が無事に帰国できたのは、島津惟新の活躍があったからと言っても過言ではなかった。

「判っておる。されど、父上は島津に命を狙われた。舅殿も知っているはず。此奴らを潰さねば、この戦に勝利したとて汚点を残すことになるのではないか」

実際に島津勢と戦ったことはないので、忠吉には恐れはない。

「無論、そのつもりです。されど、ご油断めされるな」

忠吉に注意を促した井伊直政は下知を出し、まず自身の井伊勢に攻めさせた。但し、井伊勢は島津勢ではなく石田勢の右側にいる蒲生頼郷と銃撃戦を開始してしまった。

（舅はそれほど島津が恐ろしいのか。島津がどれほどのものか。敵は我らの半数以下ではないか。井伊が島津を避けるならば、儂が討ってくれる。彼奴らを討てば、儂の評価はさらに上がる。兄に代わって跡継ぎになれるやもしれぬ）

そう思うと武士の血が騒ぐ。

「敵は島津じゃ。かかれーっ！」

忠吉は大音声で下知を飛ばすと、鉄砲衆が隘路《あいろ》を縫うように進み、一町よりも遠いところから轟音を響かせた。玉が届かないので島津勢は反撃してこない。

「今少し前進せよ」

戦っているふりでは戦功は挙げられない。忠吉は兵を進ませ、筒先から火を噴かせた。

待ち構える島津勢は有効殺傷距離に入った途端に引き金を絞り、接近する松平勢を血祭りにあげた。

「なにゆえ鉄砲で後れをとるのじゃ？　同じ道具であろう。しかも寡勢じゃ」

鉄砲どうしの戦いで負けることが、忠吉には理解できなかった。

「島津は石田、小西勢に挟まれた奥まったところに陣を布いているので、我らは多勢を生かして横に広がることができませぬ。広い地ならば包み込むことができるのですが」

申し訳なさそうに小笠原吉次が言う。松平勢は狭い通路を順番に進み、各個撃破されている状態であった。

「敵は、異国にて血で血を洗う戦いをしてまいりました。言葉が通じぬゆえに和睦はなし。生き残るためには勝つしかない。対して当家は小田原の陣以来、奥羽の小競り合いに参じたのみで、随分と実戦から遠ざかっております。勘を取り戻すのに、しばしの刻がいりましょう」

井伊直政は冷静を保ち、続ける。

「それゆえ、穴熊を突いて手負いを増やすのは控えるほうがよいかと存じます。もう周囲では敵が疲れてきております。熊は穴から出てきたところを討ちましょう」

「そうやもしれぬが、内大臣の倅が、なにもできずに退いたでは、汚名を残すことになる。このままでは退けぬ。退くのは、少しでも敵を叩いてからじゃ」

戦いに参じているのは自分だ。忠吉には家康の息子の代表という自負があった。

「お待ちください」

忠吉は岳父の制止を振り切って前進する。

「儂は内大臣・徳川家康が四男、松平下野守忠吉じゃ。島津家に武士がいるならば、柵の内側に籠っておらず、儂と勝負致せ！」

駿馬に跨《また》がる忠吉は、鉄砲衆の前に出ると公然と名乗りをあげた。

「松浦三郎兵衛《まつうらさぶろうびょうえ》、俺《おい》が相手になりもそう」

島津家の家臣は自尊心が高い。

六尺（約百八十二センチ）豊かな佐土原《さどわら》衆の松浦三郎兵衛は騎乗したまま四尺二寸（約百二十七センチ）の太刀を抜き、馬出し口を出ると、忠吉に向かって砂塵を上げた。

「望むところ」

忠吉も三尺（約九十一センチ）の太刀を抜き、鐙を蹴った。

幾つも数えぬうちに両者は接近し、先に松浦三郎兵衛が袈裟《けさ》がけに斬りつける。

「おっ」

寸前で忠吉は躱《かわ》し、斬り返すが、今度は三郎兵衛が身を反らして避ける。次は互いに相打ちとなって剣戟《けんげき》が響いた。この時、流れた三郎兵衛の太刀は忠吉の左手を斬って浅手を負わせ、忠吉の太刀は三郎兵衛の兜に当たり、右の眉のところを微かに斬った。

松浦三郎兵衛の右目に血が入り、腕で拭《ぬぐ》おうとしているところ、忠吉は馬を寄せて串刺しにしようとするが、三郎兵衛はその手を摑んで組み打ちとなり、二人とも落馬した。

忠吉と松浦三郎兵衛は地面の上で上下体勢を入れ替え、互いに首を掻《か》こうともみ合っていた。忠吉は右手の指を負傷していた。

「殿」

主の危機を目にするや否や、松平家臣の島沢九兵衛《しまざわきゅうべえ》（加藤孫太郎《まごたろう》とも）は即座に駆け寄り、松浦三郎兵衛を鐺で突き刺して、首をあげた。

「こん、馬鹿奴《ざこはっ》、一対一の戦いではなかか」

松浦三郎兵衛の朋輩が仇を討とうと陣を飛び出した。

「ぼっけ者《もん》、戻らんか」

大将の惟新から陣を出るなと釘を刺されている島津豊久は、慌てて家臣を引き上げさせた。

陣内に兵が戻ると、島津勢は下知どおり、柵の中から鉄砲を放って寄せつけさせなかった。

「くそ、島津奴」

右手を押さえながら忠吉は悔しがる。

「忠吉様は十分に戦功を挙げました。お戻りください」

井伊直政は慌ただしく駆け寄り、周囲に竹束を並べて懇願する。

危うく大事な娘婿を失いそうになった。家康の息子を死なせでもしたら切腹でも許されない。井伊直政は半ば強制的に忠吉を陣に連れ戻した。

「島津は陣に逃げました。忠吉様の勝ちにございます。島津は寡勢ゆえ、出撃することはないかと存じます。仕掛ける敵を変更しましょう」

忠吉の機嫌を損ねないように井伊直政は気を遣う。

「承知」

島津家が鉄砲の扱いに慣れ、攻めづらいので、忠吉は応じ、鉾先を南隣の小西勢に向けた。

膠着《こうちゃく》状態が続く中の午《うま》ノ刻（正午頃）、松尾山に陣を布く小早川秀秋が下山して大谷吉継勢を攻撃。小早川勢に同調して赤座直保、小川祐忠、朽木元綱、脇坂安治も大谷、木下勢に突撃して同勢を潰滅させた。もはや立て直すことは不可能となり、吉継は山中で自刃した。

小早川らの日和見勢は福島勢と戦う宇喜多勢に殺到すると、こちらも軍勢を支えることができず、秀家らは西に向かって逃亡。小西行長は先に陣を離脱していた。

午ノ下刻（午後一時頃）、西軍は総崩れとなって西に逃亡する。東軍は追撃にかかった。

「こたびこそ島津を討ち取れ！」

背を向けて逃げる敵ほど容易《たやす》く討てる。戦功の挙げ時だと忠吉は本腰を入れた。

ただ、島津氏の発想は、他家とは異なっていた。

「敵は何方《いずかた》が猛勢か」

進むべき方向を島津惟新が問う。

「東よりの敵が以《もっ》てのほか猛勢でございもす」

家臣の川上忠兄《かわかみただえ》が答えた。

「そいなら、そん猛勢の中に懸かり入れる」

周囲の予想に反し、島津勢は西の伊吹山の方に逃げるのではなく、一丸となって猛然と迫る東軍を相手に敵中突破することにした。松平、井伊勢はこれを知らずに遭遇した。

島津勢は中仙道を東に進み、松平勢より先に井伊勢と衝突した。亜細亜《アジア》の英雄ともいえる島津惟新を討ち取れると、井伊直政は喜び勇んで仕寄ったところ、柏木源藤《かしわぎげんとう》の鉄砲に右腕を撃たれて落馬した。

主が負傷し、井伊家の家臣は狼狽えた。その隙に島津勢は井伊勢を蹴散らして突進する。

「舅の仇。島津を逃すな！」

井伊直政が死んだわけではないが、家臣を鼓舞するために忠吉は叫んだ。

だが、島津の先鋒は強い。剛勇の木脇祐秀《きわきすけひで》は奇声を発しながら長刀を振るい、前を遮《さえぎ》る井伊兵を四、五人薙ぎ払う。まったく寄せつけなかった。

「戯け。逃げるな」

忠吉は叱責する。ここを突破されれば、背後に在する家康の本陣に突撃されてしまう。

「畏れながら、島津は全てを捨てた死に兵にございます。正面から破ろうとすれば、同等の兵を失います。ここは先に行かせて追い討ちをかけるが賢明にございます。さすればお屋形様の兵と我らで挟み撃ちにございます」

小笠原吉次が進言する。

「あい判った」

木脇祐秀を止めるのは無理だと判断し家老の意見に忠吉は同意した。

忠吉は島津勢をやり過ごし、背後から襲いかかった。

ところが、島津惟新は殿軍《しんがり》に「捨《す》て奸《がまり》」という必殺の鉄砲戦術部隊を備えていた。捨て奸は殿軍の兵を退却する道筋に沿って、鉄砲を持った兵を数人ずつ点々と伏せさせ、追ってくる敵軍の指揮官を狙撃する島津家の高等戦術であった。

「ぐあっ」

追いかけたところ、忠吉は鉄砲で右腕を貫かれ、落馬した。

「殿！」

小笠原吉次らの家臣が駆け寄り、周囲を固めた。

「殿、これ以上怪我をなされては祝いの宴に出られませぬ。追い討ちはほどほどになされませ。明日には治部少輔の佐和山城に仕寄るかと存じます」

「左様じゃな」

腕が痛くて上がらない。忠吉は受け入れざるをえなかった。

島津勢は熾烈な追撃を受けながら、伊勢、近江、大和《やまと》の山中を抜けて大坂に戻った。島津兵は自ら犠牲になり、千五百いた兵を僅か八十余人にまで減らしても、大将の惟新を無事に逃すことに成功している。島津の退き口と呼ばれた過酷な行軍は、のちの世までの語り種となり、最後の一兵まで戦うという姿勢を見せたことで、お家を守ることにも繋がった。

忠吉は傷口から鉄砲の玉を抉《えぐ》り出され、あまりの痛みに気絶寸前の状態だった。

ぱらぱらと雨が落ちてきた未《ひつじ》ノ下刻（午後三時頃）、陣場野《じんばの》の本陣で首実検が行われた。

忠吉は同じように負傷した井伊直政と家康の前に罷り出た。二人とも傷を負った腕を背負った靫《うつぼ》にかけていた。負傷した者が大将の前に出る武家の礼儀であった。

敵に一番鑓をつけた。これだけで優越感に浸れた。

すでに諸将は挨拶をすませ酒が振る舞われて上機嫌だ。ただ、忠吉らを目にした福島正則の顔が険しくなった。

「負傷したのか」

首座の床几に腰を下ろす家康が、心配そうに声をかけた。

「不肖の息子にて申し訳ありませぬ。されど浅手ゆえご懸念は無用にございます」

いつの時代でも怪我をした姿を見せるのは親不孝者とされた。

「そう卑下することはない。勇者の証じゃ。これ、薬をこれへ」

家康は小姓に薬箱を持ってこさせ、自ら忠吉の傷に塗ってくれた。

「有り難き仕合わせに存じます」

忠吉は感激した。父親からの愛情よりも、天下分け目の関ヶ原の戦いの勝将から厚遇を受けたことが嬉しかった。

「抜け駆けの功名じゃな」

酒を大盃で呷《あお》りながら、不快げに福島正則は言う。

「まあ、そう言うな。おぬしの活躍は誰もが知るところじゃ」

黒田長政が宥めた。長政は秀吉の懐刀と言われる黒田如水《じょすい》（孝高《よしたか》）の嫡子で、戦の前は吉川廣家と交渉して毛利秀元を動かせず、お陰で西軍の半数近くが戦闘には参じなかった。さらに小早川秀秋を味方に引き込んだ。関ヶ原の戦いの陰の功労者でもある。

「こたびのこと、某は下野守様に付き添い、抜け駆けした形になり申したが、これは自《おの》が功を欲したものではなく偶然のこと。無礼は許されよ」

この先、なにがあるか判らない。まだ、福島正則の機嫌をとっておくことは重要なこと。直政は正則をはじめ居並ぶ武将たちに頭を下げた。

「そちの功は芝原《しばはら》以来。誰も功欲しさに抜け駆けしたとは思っておらぬ」

家康の助け舟に、福島正則は反論できなかった。

井伊直政と福島正則は同じ四十歳。初陣の早い者には一目を置いている。直政の初陣は天正四年（一五七六）の芝原の戦い、正則は天正六年（一五七八）の三木城合戦であった。

負傷した忠吉はほどほどのところで家康の前から下がった。

家康は忠吉の一番鑓をたいそう喜んでいたので、忠吉は腕が痛くても幸福感に包まれた。

家康が期待した秀忠は戦勝の宴にすら間に合わなかった。

戦後、忠吉は大坂城の西ノ丸の一室で秀忠と顔を合わせた。

「こたびの活躍、天晴れじゃ。兄弟として誇りに思うぞ」

悔しくも羨ましくもあろうが、秀忠は喜んでくれた。

「忝《かたじけ》のうございます。父上の遣いが今少し早く到着しておれば、間に合ったものと存じます。兄上のせいではありませぬ」

八月二十九日、家康の命令により、大久保忠益《おおくぼただます》が使者として江戸を出立し、秀忠の許に向かったが、秋の大雨で利根川が増水して渡れず、足留めをされたので伝言が遅れたことが秀忠遅滞の真相だった。

「すんだこと。父上は徳川の本軍を使わず、西軍を打ち負かしたのじゃ。父上の勝利にケチをつけてはならぬ。遅れたのは総て儂が至らなかったのじゃ」

秀忠は家康の失態を受け入れるつもりだった。

（儂ならば父上に言い返しているであろうな。兄上の器は儂よりも大きいようじゃ。されど活躍したのは自分である。忠吉は秀忠や秀康に対しても胸を張れた。

五

十一月十八日、忠吉は兄の秀忠とともに参内して従四位下・侍従に任じられた。

関ヶ原合戦の論功行賞で、忠吉は武蔵忍十万石から尾張清洲五十二万石へ移封の上、大幅な加増となった。一番鑓の功名の結果である。

岳父の井伊直政は上野箕輪十二万石から近江佐和山十八万石と小幅な加増であったが、西への守りという重要な地を任された。直政への信頼の高さが窺えた。

関ヶ原合戦で重役を果たした忠吉の評価は高くなった。対して秀忠の評価はどん底となった。

十一月、大坂城の西ノ丸で徳川家の重臣は家康の跡継ぎを誰にするか話し合った。

(確かに儂は関ヶ原で結果を残した。されど、同じ母を持つ兄を差し置いて徳川の跡継ぎになっていいものか。儂が兄たちに下知を出すようになるのか)

戦国の武士であれば、殆《ほとん》どの者が当主の跡継ぎになりたいと思うであろう。忠吉にも当然、その願望はある。ただ、忠吉に優しい秀忠を追い落としたいとは思っていなかった。

結果、家康の跡継ぎは秀忠に決まった。

(まあ、順当か。儂が候補の名に出ただけでもよしとするか。兄上ならば仕方ない)

残念であるが、どこか安堵したのも事実だった。

秀忠を推したのは大久保忠隣《ただちか》ただ一人だったという。これを知り、忠吉は後日、忠隣に会った時に声をかけた。

「儂は文、武、人望どれをとっても秀忠兄には敵わぬ。兄こそ父上の跡継ぎたるに相応《ふさわ》しい御仁じゃ。目先の勇に惑わされず、兄を推したそちの目は正しい。そちこそ真の忠臣じゃ」

忠吉は労い、以降、大久保忠隣・忠常《ただつね》親子と昵懇《じっこん》のつき合いをした。

秀忠軍に属していたので大久保忠隣には加増はなく、小田原六万五千石は安堵された。

加増された忠吉はすぐさま、かつて福島正則が居城としていた清洲城に入って国の仕置をしたいところであるが、大坂城西ノ丸の留守居や、伏見城再建の監督などを命じられ、なかなかお国入りできなかった。

というのも、豊臣家は三成に加担したので六十数万石の一大名に転落したが、豊臣恩顧の大名は健在。福島正則は安芸《あき》広島及び備後鞆《とも》四十九万八千石に加増され、ほかにも関ヶ原合戦で東軍に属した田中吉政、長岡忠興、黒田長政、山内一豊、加藤清正《きよまさ》などは多くの加増を受けている。いずれも西国の大名なので、忠吉は徳川の一族として睨みを利かせる役目を担っていた。

それでも加増を受けたので小笠原吉次らの家臣たちを十三組に分け、その下に別の組を置いた。原田右衛門《はらだうえもん》、寺西昌吉《てらにしまさよし》、加藤吉繁《よししげ》を奉行に置き、領内を確認させたところ、まずは木曾川の氾濫に行き着いた。暴れ川で有名な同川の洪水防止は、織田信長《のぶなが》すらなしえなかった永遠の問題である。

「忍領で手掛けたことを、清洲でもしなければならぬか」

木曾川を守ることは国境を守ることにもなる。早速、忠吉は着手させた。

基本、忍領の利根川でやったことと同じことをすればいいわけだ。堤で水を抑えて大洪水の進行を阻み、また、逆流させながら、その地に遊水させて木曾川の下流に流すもの。ただ、その土地独特の流れの癖がある。すぐ近くには長良川、揖斐《いび》川も流れ、これが重なって猛威を振るうこともある。利根川と同じようにはいかないので、慎重に事を進めさせた。

一方、武芸にも力を入れた。日置《へき》流の石堂竹林坊《いしどうちくりんぼう》を召し抱えて家臣たちに弓を学ばせ、慶長八年（一六〇三）八月十七日から十日間、清洲城下の山王社において家臣三十六人に試《こころ》みさせ、氏名を板面に書いて拝殿に掲げさせた。同十一（一六〇六）正月十九日、京都の三十三間堂で催《もよお》された諸大名家臣の競射会において、尾張家臣の朝岡《あさおか》平兵衛が五十一本を射通して天下一の名を残した。翌十二年の同会でも上田角左衛門《うえだかくざえもん》が百二十六本を射通して天下一の名を残した。

忠吉は砲術の稲富祐直《いなとみすけなお》（直家《なおいえ》・一夢《いちむ》）も召し抱えた。祐直は長岡忠興に仕え、関ヶ原合戦の時、大坂玉造《たまつくり》で忠興の正室の玉《たま》（ガラシャ夫人）の護衛をしていたが、玉は奉行らによって死に追いやられて屋敷は炎上。祐直は小笠原秀清《ひできよ》のように玉に殉じずに逃亡した。これを知った忠興は、祐直を磔《はりつけ》にすると追手を差し向けたが、家康が祐直の砲術の腕を惜しんで忠興を宥め、しばし江戸に留めて家臣たちに学ばせ、忠吉に仕官させたものである。

町割りも工夫した。大鉄砲を手間取らずに放つため、都に倣って碁盤の目のように区画し、五町目と十町目に樹を植えさせた。

江戸に向かう途中、かつて居城にしていた福島正則が清洲城に立ち寄り、新たな町割りを見た。

「関ヶ原で勇名を轟かせた大将が、かように浸水しやすい平城に居《い》るのは本意なき次第。願わくば要害の地に御座を構えられよ」

皮肉をこめて福島正則は言う。

「これは左衛門大夫殿の言葉とは思えぬ。今の世は父・家康、兄・秀忠の天下であるので、要害など築けば、儂が悪意（謀叛《むほん》）を企てていると噂する者が出てくる。もし西国で悪意を企てる者があれば、この城に籠って待ち受けるのではなく、城を打って出て戦うゆえ、平城であっても浸水しやすい城であっても一向に構わない」

忠吉が答えると福島正則は閉口したという。

慶長八年（一六〇三）二月十二日、家康は征夷大将軍の宣旨《せんじ》を受け、二年後の慶長十年（一六〇五）には将軍職を返上し、代わりに四月十六日、秀忠が徳川二代目の将軍に就任している。秀忠には嫡男の竹千代《たけちよ》（のちの家光《いえみつ》）も誕生しているので、忠吉は秀忠にとって代わるつもりはない。公儀の先鋒として戦うことができれば満足である。江戸幕府の地固めは進んでいた。

忠吉は文学にも関心を有し、長岡幽齋から藤原定家《ふじわらさだいえ》自筆の『伊勢物語』を入手し、幽齋から講議も受けたという。

また能楽にも興味を示し、本願寺の坊官で猿楽や能楽に詳しい下間仲孝《しもつまなかたか》からその秘伝を学んだ。

松寿丸が他界してから忠吉は子宝に恵まれなかった。それでも家臣に子ができると祝ってやった。数は戦においても、これを支える農業や商いにも力となる。

近習の小笠原右衛門佐に子ができたと聞いたので、忠吉は尋ねた。

「初めての子ゆえ、さぞかし愛《う》いものであろう」

「それほどではありませぬ」

忠吉に子ができないので小笠原右衛門佐は気を遣った。

「我が子が愛しくないわけがあるまい」

「いえ、まことに愛いとは思えませせぬ」

「真実、可愛くはないのか」

眉間に皺を寄せて忠吉は問う。

「はい」

「我が子を可愛く思わぬ者が主人に忠節を尽くすとは思えぬ。当家に左様な者はいらぬ」

激昂した忠吉は小笠原右衛門佐の禄を召し上げて、放逐した。

これに親族で寄騎の小笠原忠重《ただしげ》が怒った。

「主への気遣いが判らぬとは情けない。生涯忠義を尽くす主ではないようじゃ」

小笠原忠重は憤るとともに落胆し、忠吉の許を出奔した。忠重は重臣で犬山城主の小笠原吉次の嫡子だったので、清洲松平家は騒然とした。

「出奔したのは監物《けんもつ》（忠重）のみのことで、小笠原家には、なんの恨みもない」

忠吉は忠重を奥州の松島で蟄居させることで、この事件を終わらせた。自身、感情的になったことは反省していた。

幕藩体制が固まる中、忠吉は城下に有名な刀工の藤原政常《ふじわらまさつね》や火薬の調合に長けた者、武具職人を集めて戦への備えを万全にした。次なる敵は大坂の豊臣家であることは暗黙の了解であり、忠吉はその先鋒を命じられていた。

これからという時だが、忠吉は慶長九年（一六〇四）頃から病で伏すようになっていた。右衛門佐を改易にした時も、体調が優れていなかったこともある。

翌慶長十年（一六〇五）になると体に複数の腫物ができるようになった。

（島津の鉄砲が原因かの）

関ヶ原で一緒に負傷した岳父の井伊直政は慶長七年（一六〇二）二月一日にこの世を去っている。鉄砲の鉛が原因ではないかと言われていた。

十月、忠吉は江戸で芝浦にある大久保忠常の屋敷に泊まっていたが、俄《にわか》に重くなり、十二月には危篤状態に陥った。すぐに名医の今大路《いまおおじ》（延寿院《えんじゅいん》）道三《どうさん》が駆けつけ、投薬したことによって命は取り留めた。今大路道三は典医でもあった曲直瀬《まなせ》玄朔《げんさく》の子である。

一旦は回復したものの、忠吉の体調は優れなかった。

慶長十二年（一六〇七）正月、参勤のため大久保忠常の屋敷を宿所にしていたところ、再び発熱し悪寒や頭痛、腰痛に苦しんだ。

心配した将軍・秀忠が大久保邸を訪れて見舞ったものの、病がよくなることはなかった。

「かような体たらくで申し訳ございません」

忠吉は起きることもできず、床に伏したまま秀忠に詫びた。

「関ヶ原の勇者が、なんと気の弱い。一番鑓をつけたことを思い出せ。こののちも、そなたは徳川の一番鑓ぞ」

年を追うごとに豊臣家との関係は険悪になっている。特に秀忠が将軍職に就任してからは悪化を辿る一方であった。

「有り難き仕合わせに存じます。治った暁には先陣を駆ける所存です」

実の兄である以上に、征夷大将軍からの言葉はまさに誉れ。忠吉は歓喜するが、寝たまま空元気を口にするのが精一杯であった。

諸将が見舞っても、名医が薬を投与しても、加持祈禱を行っても忠吉の病状がよくなることはなかった。

霧が濃く、視界は極めて悪い。忠吉は銀箔置白糸威を着用し、漆黒柄の鑓を手に前進する。

（ここはどこじゃ？）

周囲には小姓もいないので誰にも聞くことができない。しばし進むと、薄《うっす》らと赤い影が目にできた。少しずつ影が濃くなり、赤備えの具足が鮮明になった。

「お待ちしておりました」

声をかけたのは岳父の井伊直政であった。

「兵部か？　左様か。されば、ここは黄泉《よみ》の世界か。面白い。敵は石田治部か、小西摂津《せっつ》か、はたまた地獄の鬼か。福島はおらぬゆえ抜け駆けの必要はあるまい。存分に蹴散らそうぞ！」

井伊直政に笑みを向けた忠吉は砂塵をあげた。

慶長十二年三月五日、関ヶ原の戦いで一番鑓をつけた忠吉は旅立った。享年二十八。法号は性《しょう》高院殿憲瑩玄伯大居士《こういんでんけんえいげんぱくだいこじ》が贈られた。

小笠原忠重、石川主馬、稲垣将監《いながきしょうげん》などが殉死した。

実の弟の死に将軍・秀忠は人前も憚《はばか》らずに嗚咽《おえつ》したという。

忠吉には嗣子がなかったので、領地は召し上げられ、甲府城主だった弟で家康九男の五郎太丸（徳川義直《よしなお》）が転封となった。家臣の大部分が義直に引き継がれたが、重臣たちはあれこれ理由をつけて改易処分にされた。それでも、のちの御三家の一家となる尾張藩の原形は忠吉が造ったと言っても過言ではなかった。

第五章　謀叛や否や　六男忠輝《ただてる》

一

戸を開けていても風がないので、なにもしなくても汗が浮く。城の中で日射しを避けても状況は変わらない。残暑厳しい慶長五年（一六〇〇）七月七日、江戸城の二ノ丸には数十を超える武将が居並んだ。奥州道中《おうしゅうどうちゅう》（奥州街道）を通り、白河口から会津《あいづ》征伐に向かう面々である。まだ、福島正則《ふくしままさのり》などは参じていないものの、皆が揃えば徳川家の家臣を入れて十三万を超える軍勢となる。

仙道《せんどう》口の佐竹義宣《さたけよしのぶ》ら、信夫《しのぶ》口は伊達政宗《だてまさむね》、米沢《よねざわ》口は最上義光《もがみよしあき》ら、津川《つがわ》口は前田利長《まえだとしなが》らが加われば、二十万を超える軍勢になる予定だ。

上座の首座には年寄筆頭の家康が、その右隣には跡継ぎ候補第一の三男秀忠《ひでただ》が座している。一段下がったところに次男の結城秀康《ゆうきひでやす》、四男の松平忠吉《まつだいらただよし》、五男の武田信吉《たけだのぶよし》が腰を下ろした。

「さて、ご一同、暑い中、遠い江戸にお集まり戴き感謝致す。方々の忠節、内大臣（家康）はしっかりと認識してござる。亡き太閤《たいこう》殿下も、さぞお喜びでござろう」

家康に代わり、徳川四天王の一人、井伊直政《いいなおまさ》が口を開いた。直政は猪《いのしし》武者が多い徳川家にあって、珍しく弁の立つ男である。

「江戸からの出立でござるが、物見の者として当家の者を先発させ、その上で先陣に選ばれた方々に立って戴く。その日にちは十九日と致す所存。ほかの方々はこれに続かれよ」

「承知致した」

間髪を容れずに先陣に命じられた長岡忠興《ながおかただおき》が応じると、同じく加藤嘉明《かとうよしあき》が続いた。

「畏《おそ》れながら、某《それがし》も参じたく存じます」

諸将の背後から声をかけた。途端、一斉に諸将が振り返り、数多の視線が集中した。

申し出たのは家康の六男辰千代《たつちよ》である。

辰千代はこの年九歳。まだ前髪を残しているものの、すでに身の丈は五尺三寸（約百六十一センチ）に達しており、諸将に混ざっても見劣りはしない。但し、まだ肉づきは薄く、体は細い。それでも武には長け、長身のせいか刀、鑓《やり》、組み打ち、弓では大人を相手に後れをとらず、鉄砲や馬も巧みにこなす武才を発揮していた。

浅黒い顔をした辰千代は、『葵』紋の入った水色の小袖に紺の袴《はかま》を穿いていた。

「若殿、評議の席に出るのは、まだ早うございます」

近習の安西正重《あんざいまさしげ》が、諌《いさ》めた。

「早いものか。儂《わし》はその辺の武者には負けぬ」

「さすが内府様のご子息は勇ましい。元服前にも拘わらず出陣をお望みとは天晴れなる心掛けにござる」

阿諛《あゆ》を口にするのは藤堂高虎《とうどうたかとら》である。高虎は秀吉《ひでよし》が死去すると、瞬く間に家康に乗り換えた機を見るに敏な男である。

「つけあがるゆえ、煽《おだ》てないでくだされ」

藤堂高虎に声をかけたのは家康の横にいる秀忠である。

「辰千代、そちはその辺の武者には負けぬと申したが、家臣たちは子供のそちに手加減してくれたのじゃ。履き違えるな。下がって、弓や鑓の稽古をしておれ」

鷹揚に秀忠は言う。

「されば、兄上、某と勝負して下されし」

「いい加減にしろ！　されば、儂が勝負してやる。兄上より儂が一番、そちに歳が近いゆえの」

秀忠と同じ母を持つ忠吉が見兼ねて言う。忠吉は新陰流《しんかげりゅう》を学んでいた。

「又右衛門《またえもん》、稽古をつけてやれ」

今まで黙っていた家康が、煩わしそうに命じた。

「はっ」

廊下に控えていた武士が応じた。指名された男は柳生《やぎゅう》又右衛門宗矩《むねのり》といい、「無刀取り」で有名な柳生新陰流の始祖・柳生石舟齋《せきしゅうさい》（宗厳《むねよし》）の五男として生まれ、文禄三年（一五九四）五月から家康に仕えている。

「望むところ」

初陣できると勇み、辰千代は走るように中庭に出た。辰千代は新当流を学んでいた。

後を追うように柳生宗矩はゆっくりと降り立った。

「好きな得物を取られませ」

宗矩が言うと従者が、金属の代わりに布を丸めたたんぽのついた鑓、木刀、撓竹《しない》を持ってきた。

撓竹とは細く割った竹を束ね、鞣《なめ》した牛馬の革袋で包みこんだもの。現在の竹刀の原形である。

木刀で打ち込めば死者が続出し、型だけの練習では実戦向きの技が身につかない。そこで怪我を最小限に抑え、本気で打ち合えるようにと、新陰流の始祖・上泉武蔵守信綱《かみいずみむさしのかみのぶつな》が考案したものである。

辰千代に怪我をさせないため、柳生宗矩は撓竹を手にした。

「これじゃ」

言うや否や木刀を摑《つか》み、辰千代は柳生宗矩が構える間もなく袈裟がけに振り下ろした。

柳生宗矩は読んでいたのか僅《わず》かに上体を反らし、辰千代が振り切ったところに撓竹を打った。

途端にカランという乾いた音がして木刀は辰千代の手から離れた。

手を直に打たれたわけではないが痺れた。少しの間、右手に力が入らない。

「おのれ」

負けず嫌いの辰千代は左手で木刀を拾い、片手で振る。

柳生宗矩は撓竹の柄を両手で握り、右足を僅かに出して剣尖を静かに下げた。これを無形《むぎょう》の位《くらい》と言う。新陰流では太刀を構えるという心を嫌い、構えを位と言っている。

辰千代は無我夢中で木刀を振るが、撓竹と当たることもなく、体捌《さば》きで躱《かわ》された。

「辰千代様、動きが大きすぎて、それでは打ち込めません」

「煩《うるさ》い。黙れ。汝《うぬ》は逃げることしか能がないのか」

辰千代は大きく横から打ちにいく。これを柳生宗矩は撓竹で軽く受けると、手首を返して巻き取り、撥《は》ね上げた。木刀は辰千代から一間（約二メートル弱）ほど左の地面に落ちた。

「くそっ」

辰千代は脇差を抜いて斬りかかる。途端に柳生宗矩の目が険しくなる。宗矩は撓竹を振り上げた。

脇差と撓竹が重なる。撓竹が脇差を僅かに横に押し退け、打ち乗るようにして、真直ぐに振り下ろされる。撓竹が辰千代の鼻先一寸のところを真直ぐ真下に下りた。これぞ新陰流の極意、打ち下ろし、あるいは合撃《がっし》と呼ばれる技である。

（斬られた）

柳生宗矩は明らかに手加減している。それでも背筋に冷たいものが走る。辰千代の脇差は弾かれ、丸腰になった。

「組み打ちじゃ」

辰千代は宗矩の腰から下に肩から体当たりをする。柳生宗矩はこれを受け止め、相撲の蹴手繰《けたぐ》りのように足を出して辰千代をねじ伏せる。辰千代はすかさず、宗矩の脇差の柄に手をかけた。宗矩は辰千代の手首を握り、捻《ひね》り上げ、腹を膝で押さえ、右手の手刀を辰千代の首にあてがった。

「戦場ならば、辰千代様の首は刎《は》ねられました」

静かな口調で柳生宗矩は言う。

下から見上げた柳生宗矩の顔は四角ばった輪郭に眉は絵に記されるような流曲線を描き、二重瞼で目はさほど大きくない。それでも一睨《にら》みで、たいがいの者は威圧できる。唇は薄く、鼻は大きく胡座《あぐら》をかいていた。

勝負を決めた柳生宗矩は、辰千代からどくと、脇差を拾って懐紙で土を拭き、片膝をついて両手で差し出した。

「勝負への執念は見上げたものがございます。間の取り方、打ち込みの速さも優れておりますが、無駄な動きが多すぎます。なるべく動かず、一刀で仕留めるよう稽古なされませ」

「いずれ、そちを斬ってくれる」

脇差を受け取りながら辰千代は言う。

「楽しみにしております」

笑みで立礼した柳生宗矩は二ノ丸の中に入っていった。

柳生宗矩に負けた辰千代は、ふて腐れながら二ノ丸を後にした。

七月八日、重臣の榊原康政《さかきばらやすまさ》は三千の兵を率い、先発隊として江戸を発った。先軍の大将として秀忠は十九日に出立し、家康は二十一日に腰を上げた。会津に向かう兵は七万二千余で、江戸には五万余、その周辺には二万の後詰《ごづめ》が控えていた。

江戸に残る辰千代は厩《うまや》に行った。

「父上が好きに使っていいと言った。あの栗毛の馬に鞍《くら》を載せよ」

「金剛《こんごう》はお屋形様お気に入りの馬にて、辰千代様といえどもお貸しするわけには……」

「戯《たわ》け！　父上の下知が聞けぬのか」

辰千代は馬鞭で馬番を殴り、金覆輪《きんぷくりん》の鞍を載せさせた。

「文右衛門《ぶんえもん》、勝負じゃ」

騎乗するや辰千代は鐙《あぶみ》を蹴り、金剛を厩の前から疾駆させた。

「辰千代様、かようなところで走らせますと危のうございます」

すぐに安西正重も別の馬に乗って追い掛ける。

「文右衛門、負けたら肥桶を担がせるぞ。はははっ」

辰千代は狂気の笑い声を上げながら、門や壁に馬体を当てつつ馬場に向かう。

「辰千代様、左様に鞭を入れますと、馬が持ちませぬぞ」

安西正重が注意するが、辰千代は聞かない。馬場に入っても馬鞭を入れ続け、全力疾走させる。

「なんじゃ、その程度しか走れぬのか？　汝はそんなことで天下人を乗せられるのか」

辰千代は金剛を攻め続ける。楕円形をした馬場を一里（約四キロ）ほども全力で走らせると口から泡を吹き始めた。それでも辰千代は止めない。

「鈍ってきたぞ。それしか走れぬのか」

構わず辰千代は馬鞭を入れる。さらに半里を走ると金剛は目を剝いて倒れた。

「あっ」

辰千代は前方に抛《ほう》り出され、もんどり打って土埃《つちぼこり》を上げた。

「辰千代様！」

怪我でもすれば一大事。安西正重は下馬すると、こわばった顔で駆け付けた。驚くと犬のような顔になるので、吹き出しそうになるが、背中から落ちて息ができないので笑えない。

「ああっ、い、痛っ」

辰千代は腰を押さえながら上半身を起こした。足も手も指も動く。膝や肘を擦りむいてはいるが、大きい怪我はなさそうである。

「心配しました。大事に到らず、ようございました」

安堵した表情を見せた。

「父上の馬はどうした？」

「倒れた時に足を折りました。もはや役には立ちません」

「左様か。父上も大した馬を持っておらぬ。毛並みがいいだけでは使えぬ。儂の黒龍のほうがよっぽど走る。名や血筋などは関係ないのじゃ」

辰千代の愛馬は黒龍という名の漆黒の馬であった。

辰千代の母の於久《おひさ》が家康の側室になった経緯は『柳営婦女伝系《りゅうえいふじょでんけい》』によれば、於久は遠江金谷《とおとうみかなや》の鋳物屋の妻であったが、夫が島田《しまだ》郷の者と喧嘩になり、棒で殴り殺された。後家になった於久は娘の於八《おはち》を連れ、三河吉良《みかわきら》の親戚を頼った。そこへたまたま家康が鷹狩りに訪れた。於久は家康に事の成りゆきを訴えた。本来ならば無礼討ちにあって然るべきところ、家康は於久の美貌に惹かれ、浜松城に連れ帰り、側室とした。元夫の恨みを晴らしたかどうかは定かではない。

もう一つ『以貴小伝《いきしょうでん》』では於久は遠江金谷の農家の娘で、土地の代官が於久の容姿に惹かれ、於久の夫に無実の罪を着せて処刑し、於久を自宅の屋敷に監禁した。於久は日々の性暴力に耐えながら、隙を見て屋敷を逃げ出し、家康を頼った。家康は代官を処罰したという。いずれが正しいのか定かではないが、於久の身分は低いものの、美しい既婚の女子《おなご》で、理不尽に夫を失ったということは一致している。

家康の側室となった於久は茶阿局《ちゃあのつぼね》と呼ばれるようになった。

天正二十年（一五九二）一月四日、辰千代は江戸で生まれた。『幕府祚胤伝』には「同日二児出産の由《よし》」とある。辰千代は双子で、兄は松千代といった。

次男の秀康も同じであるが、当時、双子は畜生腹と忌み嫌われた。さらに、辰千代は一緒に生まれた松千代とは異なった。色が黒く、目はつり目で鬼のような容貌であった。

「かような子は儂の子ではない捨てよ」

辰千代を見た家康は無情に言い放ち、松千代のみ育てるように本多正信《まさのぶ》に告げた。

いくら主君の命令でも、主君の子を捨てるわけにはいかない。本多正信は下野栃木《しもつけとちぎ》城主の皆川《みながわ》広照《ひろてる》に話し、養子として迎えさせることにした。

皆川広照は関東にあって北条《ほうじょう》、上杉《うえすぎ》、佐竹氏の間を巧みに生き延びた。秀吉が関東征伐をしたおりには小田原城に籠ったものの、予《かね》てから誼《よしみ》を通じていた家康を頼って城を抜け出し、皆川領一万三千石を安堵された。家康が関東に移封になると寄子のように接するようになっていた。広照にすれば天下に手をかける家康の子を握っていれば、お家は飛躍できると二つ返事で応じたという。

尤《もっと》も、秀吉は次男のお拾《ひろい》が誕生した時、捨て子を拾うと育つという言い伝えの験《げん》を担ぎ、一度捨てさせたこともあるので、家康は秀吉に倣ったのかもしれない。

皆川広照は居城を栃木に持つが、辰千代が幼かったということもあり、お国入りはせず、辰千代は江戸の皆川屋敷で育てられた。

一方、兄の松千代は文禄二年（一五九三）、武蔵深谷《むさしふかや》一万石の城主・松平康直《やすなお》が死去し、弟の直吉《なおよし》が多病で勤仕できなかったので、長沢松平家を僅か二歳で相続した。ところが、松千代も病弱で慶長四年（一五九九）一月十二日、僅か八歳でこの世を去った。同家の断絶を憂えた家康は辰千代に継がせることにした。

双子の松千代が先に死んだので、辰千代が六男の兄ということになったという。

辰千代が皆川広照や長沢松平家の家老の小野能登守《おののとのかみ》、山田正世《やまだまさよ》らと家康にお礼の挨拶に出向いた時だった。

「龍鐘《りゅうしょう》（種）、面魂《つらだましい》、そのまま三郎《さぶろう》（信康《のぶやす》）が幼立《おさなだち》に少しも違《たが》はざりけり」

と言って家康は不快になった。

龍鐘は疲れた老人を意味するので、龍種（俊英など）であろう。

才能（粗暴なところ）も顔も信康の幼い頃に瓜二つということに違いない。

下野の小山《おやま》まで進んだ家康は、石田三成《いしだみつなり》の挙兵を知って反転した。その後、秀忠は中仙道を通って西上、家康も西進した。

九月十五日、家康は豊臣恩顧の大名を率いて美濃《みの》の関ヶ原で石田三成らの西軍を敗《やぶ》って天下分け目の戦に勝利した。秀忠は大事な合戦に間に合わなかった。

報せは江戸城の三ノ丸にいる辰千代の許《もと》にも届けられた。

「なんじゃ、兄上は戦に遅れたのか。なんと情けない。武士にあるまじきことじゃ。儂ならば、真田《さなだ》など一捻りにし、父上の御前にて先陣を駆け、治部少輔《じぶのしょう》の首を刎ねてやったわ」

辰千代は公然と秀忠を蔑《さげす》んだ。

「辰千代様、左様なことは申してはなりませぬ。兄君でございますぞ」

安西正重は周囲を見廻しながら言う。正重は家康の近侍から、辰千代につけられた武士であった。

「事実ではないか。戦に遅れるなど徳川の恥晒《さら》し。左様な御仁がなにゆえ跡継ぎなのじゃ」

以前二ノ丸で一喝されたことが不満でならなかった。

「お屋形様がお決めになられたことです。異議を唱えてはなりませぬ」

「皆、父上が怖いのか」

辰千代は鼻で笑うと同時に、家康の顔を思い返す。

(儂を嫌った父上の顔は忘れぬ。儂が三郎殿に似ているからと)

信康は徳川家において謀叛《むほん》の象徴である。

(父上は三郎殿を恐れていたと聞く。それゆえ儂を恐れているのじゃ。こたびの勝利で父上は天下人になるそうな。さすれば秀忠殿が跡継ぎか。戦に遅れるような凡愚では跡継ぎは務まらぬ。儂が跡継ぎになってやる)

辰千代は生まれた時のことも聞いている。辰千代がなにか悪いことをしたわけでもないのに、容姿だけで嫌われるのは不快でならない。秀忠への反発は家康への反発でもある。

子供心に秀忠から跡継ぎの地位を奪ってやるという思いを強くした。

二

関ヶ原合戦に勝利した家康は、諸将の所領の増減などを采配し、まさに天下人のように振る舞っていた。

家康も秀忠もしばらく江戸には戻らなかった。

辰千代は柳生宗矩に軽くあしらわれたことが悔しくてならなかった。そこで、宗矩に勝つ師匠を捜させた。疋田豊五郎景兼《ひきたぶんごろうかげやす》である。

疋田景兼は上泉信綱の高弟で、柳生宗矩の父・石舟齋を三度打ち負かした剣豪である。廻国修行をしながら、織田信忠《おだのぶただ》、豊臣秀次《とよとみひでつぐ》、黒田長政《くろだながまさ》などにも兵法を指南した。柳生に勝った景兼の腕前を見込んで、なにを隠そう家康も疋田景兼を召し抱えようとしたことがある。柳生に勝った景兼の腕前を見たのちに、指南を所望したところ、景兼は家康をしごき抜いた。

「儂は剣豪を目指しているわけではない。そもそも大名の当主というものは家臣に守られているもの。万が一、戦場で敵と相まみえることになった時、あるいは暴漢に襲われた時、最初の一撃を躱せば、あとは家臣たちが討ち取ってくれるものじゃ。疋田の剣は匹夫《ひっぷ》の剣」

そういって疋田景兼を召し抱えることはなかった。景兼に対し柳生石舟齋は、

「一人の悪に依《よ》りて万人を苦しむ事あり。然るに、一人の悪を殺して万人を生かす。これ等誠に、人を殺す刀は、人を生かす剣になるべきや」

と活人剣の真意を説いた。これに感銘を受けた家康は柳生石舟齋を召し抱えようとしたところ、石舟齋は高齢を理由に断り、代わりに息子の宗矩を推挙し、宗矩が家康の家臣となった。

疋田景兼は通説によれば六十四歳。総髪は半分白く染まり、日焼けした顔には多くの皺が刻まれていた。中肉中背であるが、まだ腰は曲がっていない。疋田新陰流の弟子は各大名が抱えているので、捜すのは、そう難しくはなかった。都にいたので声をかけ、江戸に招いた次第である。

「柳生又右衛門に勝ちたい」

素直に辰千代は告げた。

「これは大きなる目標ですな。城主を捨て兵法者になられるおつもりですか」

「無理だと申すか」

腹を立てながら辰千代は問う。

「又右衛門は兵法一筋に生きてきて、徳川殿に仕官するようになった男。辰千代様も同じぐらいの歳月、刻を修行に割かなければなりません。ゆえに勝つならば城主を捨てねばならぬと申したのです」

「伊勢《いせ》の北畠《きたばたけ》はいかに」

伊勢の八代目の国司・北畠具教《とものり》は鹿嶋の新当流の祖・塚原卜伝高幹《つかはらぼくでんたかもと》より一ノ太刀《ひとつ》の至極を伝授され、剣豪国司と呼ばれていた。

「国司殿とはお会いしたことがござる。見事なる腕前でござったが、織田に敗れ、織田の意を受けた家臣の背信にて命を失われた。国司、当主、城主、それぞれ職の重さは違うのでござろうが、人の上に立つ者と、人の下知にて動く者は持てる刻が違う。上に立つ者が政《まつりごと》を疎《おろそ》かにすると一族、郎党を路頭に迷わせるどころか、領民まで不幸にするということにござる」

「それでも又右衛門に勝ちたい」

「左様でござるか。兵法は、古《いにしえ》より実戦ほどの稽古はないと申します。どう構え、どう打ち込むかということも大事でござるが、諸流さして変わりはござらぬ。いかに反応するかが、一番の大事。これは掛かり稽古で積み上げていくしかござらぬ。さあ、まいられよ」

疋田豊五郎は肩幅で右足を半歩前に出し、撓竹の先端を下にした無形の位をとった。辰千代は木刀を手に左半身にし、右手を肩近くまで引き付ける八相《はっそう》に構えた。

「悪《あ》し」

辰千代が踏み込もうとした時、疋田豊五郎が声を発した。

気をとられた辰千代は袈裟がけに木刀を振る。その刹那、豊五郎は自身の右側に身を躱し、振り下ろし始めた辰千代の手首の上、木刀の付け根を強く打った。木刀は地に落ちた。

「なにが悪い？」

木刀を拾いながら辰千代は問う。

「打つ時に息を吸いました。今から打ちますと敵に報せたも同じ。今一度まいられませ」

疋田豊五郎が言うと辰千代は兵法の基本、右足を半歩前にし、木刀を正面に切っ先を顎の辺りにした中段ともいえる青眼《せいがん》に構えた。

「どりゃーっ！」

気合いもろとも辰千代は木刀を振りかぶって上段を打ちにいく。

「悪し」

疋田豊五郎は一歩踏み出し、辰千代が振り切る前に、辰千代の手を撥ね上げた。木刀は後ろに飛んだ。

「感情を出すとすぐに悟られます。怒りを抑えるように。怒ると強く打とうと力が入る。空気のように、水が流れるように太刀を振ることを心掛けられませ。もう一度」

木刀を拾った辰千代は、後ろに引いた右足に体重の七割ほどをかけ、そのまま木刀の切っ先を一文字に豊五郎の方に向けた。

（どうじゃ）

新当流の一文字の構え。豊五郎が踏み込むと、左足を引き、右半身となりながら、袈裟がけに木刀を振る形である。

「悪し」

先ほどとは違い、豊五郎は笑みを浮かべると間を詰め、二間（約三・六メートル）を切ったところで喉を突く。

（好機）

辰千代は待ってましたと、左足を引き、右半身となって袈裟がけに木刀を振った。

刹那、木刀を一寸ほどのところで躱し、右手一本で払うように辰千代の右肩を撓竹で押さえた。変型の「逆風」である。

「変化はようござった。されど、待つだけでは敵に悟られてしまう。自ら仕掛ける偽装をして、敵に攻めさせるように仕向けるがよかろうかと存ずる」

飽きっぽい辰千代であるが、疋田豊五郎との稽古は継続的に行われた。

暮れも押し迫った慶長七年（一六〇二）十二月二十八日、辰千代は武蔵の深谷一万石から下総《しもうさ》の佐倉《さくら》七万石に移封となった。官位も従五位下の上総介《かずさのすけ》に任じられたのを機に元服し、忠輝《ただてる》と名乗ることになった。

「『家』の字はなしか、しかも『忠』の字が上に来るとはの」

『忠』の字は秀忠からの偏諱《へんき》であった。関ヶ原合戦に遅滞するような兄から字を貰うのは不本意極まりないが、家康からの命名なので拒むことはできなかった。

佐倉の領主になってから僅か二ヵ月ほど経った慶長八年（一六〇三）二月六日、森忠政《もりただまさ》の移封に伴い、忠輝は信濃《しなの》の川中島《かわなかじま》・十四（十八とも）万石、待城《まつしろ》（松代）城主となった。

城主とはいえ、忠輝はまだ十二歳。川中島は武田信玄と上杉謙信が五度の戦いを繰り広げた地であり、湿地が多くて仕置が難しい地でもある。そこで家康は金山や銀山の採掘で実績のある大《お》久《お》保《く》長《ぼ》安《ながやす》を忠輝領の代官ならびに附家老として施政を命じた。

さらに家康は皆川広照を信濃の飯山に移封させ、七万五千石を与えた。忠輝を引き取った褒美である。

川中島領には待城城に花井吉成《はないよしなり》、稲荷山《いなりやま》城に松平信直《のぶなお》、牧之島《まきのしま》城に松平清直《きよなお》、長沼城に山田正世《やまだまさよ》を置いて仕置に当たらせた。

忠輝は若いということもあり、江戸の屋敷に留まっていた。川中島の仕置について、家康から右の家老たちに下知が出された。

これにより大久保長安は民政の覚書を領内に触れている。

年貢や租税の比率は前領主の制度には従わず新たに決めたので、このとおりにすること。年貢は品目ごとに決めてあるのでそれに従うこと。百姓にとって迷惑なことがあれば、遠慮なく目安（訴状）で訴えること。代官、下代《げだい》に非分があれば訴えること。升立、立物の計量が過重な時は立ち合いの上で吟味して言上すること。代官から禮銭《れいせん》（礼銭）、草鞋《わらじ》銭、もたゐ（酒瓶）を要求されたら言上すること。縄はずれ地、落地などがあれば申告せよ、高辻（年貢や石高）によって褒美を与える。盗人、夜盗、毒飼い（買い、作り）、放火者などがあれば報告しろ。種貸しは三割だけ納付せしめよ。

領内の仕置は忠輝がいなくても、着々と進められた。

忠輝はなにもする必要がない。そこで、安西正重らと兵法の稽古ばかりをしていた。

「政などは家老に任せておけばよい。儂がやることは戦に備えること」

忠輝は必ず、豊臣家との戦いがあると思っていた。

その豊臣家の感情を逆撫ですることが、忠輝移封から六日後の二月十二日にあった。家康は再建した伏見城で征夷大将軍の宣旨《せんじ》を受けた。一般的にいう江戸幕府の始まりである。

大坂城にいる淀《よど》ノ方《かた》からすれば、秀吉の家臣であった家康が、遺児の秀頼を抑えて武家の棟梁になることが許せず、美貌の眉間から皺が消えることはなかったという。

それでも淀ノ方は、秀頼が成人の暁には将軍職が譲られると思っていたというが、その淡い期待は二年後の慶長十年（一六〇五）四月十六日に打ち砕かれた。上洛した秀忠が征夷大将軍に任じられた。徳川二代将軍の誕生である。以降、家康は大御所と呼ばれる。

この時は忠輝も一緒に上洛していた。四月十一日には一緒に参内し、従四位下・右近衛《うこんえ》権少将《ごんのしょう》に任じられた。忠輝も十四歳になった。

「どうせなら、秀頼と同じ右大臣にしてくれればのう」

家康は秀頼を気遣い、右大臣に昇任させている。秀忠はその下の内大臣であった。

秀頼は秀忠が将軍に任じられても、自身が推任されても上洛して挨拶にはこなかった。

「忠輝、そちは将軍の名代として秀頼と会ってきてくれ」

伏見城で家康から命じられた。忠輝の兄には秀康、忠吉もいるが、いずれも病で体調が優れず、とても使者を務めるのは難しかった。

「承知致しました。将軍の名代。見事果たして御覧に入れます」

大事な役目を命じられたのは初めてのこと。忠輝は素直に喜んだ。

「して、某はなにをしてくればいいのですか」

「右大臣の昇任を祝ってまいればよい。それと、大坂の様子を見てまいれ」

「偵察ですか」

秀忠が二代将軍となり、こののちさらに徳川家の幕藩体制は固まっていくであろう。最後の障害になるのは大坂城の豊臣家。排除したいと考えるのは、子供にも判ることである。

「嬉しそうに申すな。そちの人相は人を不快にする。くれぐれも丁重にの」

家康の言葉のほうが人を不快にする。

（されば、なにゆえ儂を行かせる？　秀頼を怒らせるためか。なるほど）

忠輝は戦の契機を作る役目だと認識した。

家康からは本多正純《まさずみ》がつけられ、忠輝は意気揚々と伏見城を出立した。

伏見から大坂まではおよそ九里（約三十六キロ）。忠輝はゆっくりと進み、五月十一日に到着した。

「これが大坂城か」

初めて大坂城を見た忠輝は愕然とした。周囲を流れる川を惣濠《そうぼり》とし、町をそっくり取り込む惣《そう》構《がま》えの中に、漆黒に輝く天守閣。まさに難攻不落であった。

(この城に入る者こそ真実の天下人じゃ。欲しいの)

理屈ではない。武士たる者の本能で欲した。

大手門を潜《くぐ》り、あちこち歩かされ本丸に入った。

「まこと儂は昇任祝いを申すだけでいいのか」

忠輝は本多正純に問う。

「はい。大御所様からの下知です。ただ、秀頼様は右大臣ですので、くれぐれもご無礼のないようにとのことです」

忠輝は少々失望しながら、豊臣家の家臣に従って一室に入った。秀頼は大坂城の主であり、位階も上位なので、忠輝は下座に着かなければならない。

(今は亡き太閤の遺児というだけであろう)

自分のことを棚に上げ、忠輝は憤りながら下座に腰を下ろして待っていた。

しばらくして戸が開き、大柄な武士が入ってきた。

(なっ！)

忠輝は座っていることもあるが、普通に見上げただけでは顔が見えない。さらに視線を上げた。

(儂と同じ、いや、儂よりも上か)

まだ幼い顔をしているが、身の丈は五尺六寸（約百七十センチ）には達している。肉も厚い。秀吉の背は子供かと思うほど小さかったと聞くので、母方の祖父の浅井長政《あざいながまさ》の隔世遺伝なのかもしれない。この年十三歳。忠輝の一つ下である。

どっかりと秀頼は怠《だる》そうに腰を下ろした。母・淀ノ方の血を引いているので端正な面持ちであるが頬に肉がついていた。

秀頼を守るように向かって左には実母の淀ノ方が、右には淀ノ方の乳母の大蔵卿局《おおくらきょうのつぼね》が腰を下ろした。ともに華やかな衣装に身を包んでいた。

「ご尊顔を拝し恐悦至極に存じます。某、征夷大将軍・秀忠の弟にて忠輝にございます。右大臣への就任、おめでとうございます」

殊更、征夷大将軍を強調して忠輝は両手をついた。二人の距離は三間（約五メートル半）ほどある。

「重畳至極」

秀頼は鷹揚に言う。首廻りの肉のせいか、ややこもったような声であった。

（年下の分際で、それにしても、此奴はなにゆえかような体軀《たいく》をしておるのか。兵法、早駆け、鷹狩りなど致せば、かように太るまい。呑んで喰って歌う。公家のような暮しをしておるのか。まあ、これだけ堅固な城にいれば、戦への備えをせずともよいと高を括《くく》れような）

肥満体の秀頼を見て、間抜けな輩《やから》だと忠輝は蔑んだ。

「家康殿は息災か」

淀ノ方が家臣に話し掛けるように問う。

「お陰様にて。ことのほか健康には気遣いしております」

「それは良きこと」

誰よりも家康の死を望んでいることであろう、淀ノ方は残念そうに言う。

「於千《おせん》は健勝ですか」

二年前、秀忠の長女の千姫は秀頼に嫁いでいる。

「むう、侍女たちと貝合わせをして遊んでおったわ」

思い出したように秀頼は言う。まだ九歳なので、あまり接していないのかもしれない。

「それはようござった。ところで秀頼殿は大坂を出られたことはござるか？」

「ない」

「左様でござるか。ここに来る前、彦根に立ち寄り琵琶湖を見てまいった。それは、海のように広く美しいものでござった。都の雅《みやび》な佇《たたず》まいも一見の価値あり。いずれ、ご一緒にいかがか。当家の家臣が護衛致しましょう」

忠輝が誘うと秀頼が答えるより早く淀ノ方が口を開いた。

「結構。上洛する時は、当家の家臣が守るゆえ心配は無用。琵琶湖に行く時も然り」

なぜ、家臣の誘いに乗らねばならぬと言った口調である。

（仕物《しもの》〈暗殺〉を恐れておるのか。まあ一粒胤《ひとつぶだね》ゆえ仕方ないか。父上も兄もいずれは秀頼に頭を下げさせるつもりであろう。苦労させられようの）

秀頼というよりも淀ノ方が問題だと忠輝は認識させられた。

伏見に戻ると、珍しく家康から褒められたので、悪い気はしなかった。

三

忠輝には婚約者がいる。独眼龍《どくがんりゅう》・伊達政宗の娘・五郎八《いろは》姫である。この婚約を結ぶことによって関ヶ原合戦に発展した契機の一つでもあった。

江戸の忠輝の屋敷に伊達政宗が挨拶に訪れた。

「大坂ではご活躍なされたとお聞きしております。さすが忠輝殿でござる」

笑みを湛《たた》えて政宗は言う。中肉中背で日焼けした引き締まった顔。右目には刀の鍔《つば》を眼帯がわりにしている。幼少時、天然痘《てんねんとう》にかかり、その毒が目に入って失明しただけではなく、腫れて眼球が飛び出してきたので抉《えぐ》りだしたという。抉ったのが、隣にいる傅役《もりやく》の片倉《かたくら》小十郎景綱《こじゅうろうかげつな》である。

「儂を褒めてもなにも出ぬぞ」

「某は阿諛などは口にしませぬぞ。秀頼公を誘った忠輝殿の気概を褒めているのでござる」

「誘うなど誰にでもできる。淀殿に断られたがの」

忠輝が答えると場は笑いに包まれた。

「そういえば、小耳に挟んだのだが、越前守《えちぜんのかみ》（政宗）は大船を造って異国に乗り出そうとしているとか。真実《まこと》のことなのか？」

「武士たるもの、いや男子たるもの左様な夢を持っているのではございませんか？」

あなた様には壮大な夢はないのですかと、政宗は問う。

「勿論。太閤が果たせなかった夢、儂が果たしてやっても構わぬ。秀頼は女子に囲まれて満足しておる。あれではおそらく馬にも乗ったことがなさそうじゃ」

「忠輝殿、勘違いをなさっては困ります。某が船を造り、異国に打って出るのは交易をするためにて、戦をするためではござらぬ」

「真実か？　異国の兵を引き入れ、儂を質《しち》にとって江戸に仕寄せるという噂があるぞ」

忠輝は政宗の左目を覗《のぞ》き込むように言う。

奥羽の梟雄《きょうゆう》と恐れられた伊達政宗は二度、秀吉に噛み付き、そのつど跳ね返され、百五十万石近くの所領から五十八万五千余石ほどに減らされ、先祖代々の地を取り上げられた。関ヶ原の戦いでは隣の南部領で一揆を煽るものの失敗に終わり、五十万石近くの約束手形、俗に言う百万石の御墨付きをふいにした。さらに加増どころか改易の恐れが出たので、一揆を蜂起させた和賀忠《わがただ》親《ちか》を斬って口封じをして企てを消滅させた曲者である。

「とんでもない。誰が左様なことを。事と次第によっては、伊達家の面目にかけて、如何《いかが》わしい噂を流す者を公儀（幕府）に訴える所存でござる」

さすがの政宗も幕府に謀叛の疑いを持たれては敵わぬと、眉間に皺を寄せて憤る。

「そう怒るな。天下を狙うは戦国武士の倣い。誉れであろう。その船が出来たら、まこと儂を乗せてくれぬか。信濃の山中で燻《くすぶ》りたくない」

「承知致した。是非、我が船が完成した暁にはお乗せ致しましょう」

「儂からも兄上や父上に申しておこう。金に困ったら、石見守《いわみのかみ》に申すがよかろう」

そう告げて忠輝は下座にいる大久保長安に目を移す。

大久保長安は武田信玄お抱えの猿楽師《さるがくし》・大蔵信安《おおくらのぶやす》の次男として甲斐《かい》で生まれた。長安は信玄に見出され、猿楽師ではなく家臣として仕えた。当初は土屋《つちや》姓を名乗り、黒川金山などの鉱山開発を担った。その能力を買われて家康に仕え、大久保忠隣《ただちか》の寄騎になったことから大久保姓を名乗り、甲斐の釜無《かまなし》川や笛吹《ふえふき》川の堤防造りや新田開発、金山採掘などで実績を上げた。その後、八王子千人同心の礎を築き、大和《やまと》の代官や世界に聞こえる石見銀山や佐渡金山の奉行も務めたことにより、天下の総代官とも呼ばれ、家康の直轄領約百五十万石の実質的な差配も任されたという。忠輝と五郎八姫の婚約の仲介を果たしたのも長安であった。

「承知致しました。差し上げることはできませぬが、工面致しましょう」

大久保長安は胸を叩く。政宗の海外進出には興味があるようだった。

「船を造り、船頭を見つけたとしても、道案内はいかがするのか」

「されば、伴天連《バテレン》に知り合いがおりますので、適当に見繕っておきます」

大久保長安がキリシタンだという話は聞かないが、宣教師とは昵懇《じっこん》で海外の知識も持っているようであった。

「左様か」

忠輝としても、楽しみであった。日本で父・家康に疎まれているよりも、海外と交易をして莫大な利益を上げる。夢のある話である。

（されば、川中島では足りんの。やはり大坂を得たいの）

巨大な城を思い出し、取得欲が溢れるのを抑えられなくなった。


慶長十一年（一六〇六）十一月二十四日、忠輝は五郎八姫を正室に迎えた。江戸城大手の龍口《たつのくち》にある川中島藩松平屋敷の門前には紅白の幕が張られ、篝火《かがりび》が焚かれた。

御家をあげて迎える中、嫁入りが行われた。御輿は伊達成実《しげざね》、御貝桶は原田宗資《はらだむねすけ》、御太刀と目録は今泉清信《いまいずみきよのぶ》と佐藤重信《さとうしげのぶ》、御輿添は瀬上時綱《せがみときつな》、橋本兼康《はしもとかねやす》らがそれぞれの役を奉仕した。まさに伊達家をあげての輿入れである。

忠輝は烏帽子《えぼし》、直垂《ひたたれ》姿で上座に腰を下ろしていた。壁側には松平家の重臣たち、廊下側には伊達家の家臣が居並んだ。

座が緊張する中、『竹に雀』の家紋が刺繍された白無垢《しろむく》姿の五郎八姫が現れた。

「おおっ」

花嫁姿の五郎八姫を目にした男たちは溜息をもらした。母の愛姫《めご》は美人で誉れ高く、政宗も端正な顔つきなので、見目麗しいのは御墨付きであった。

御祓《おはら》いも三三九度も滞りなく終わり、酒宴も盛大に開かれ、両家の家臣たちは婚儀を祝い、呑めや歌えやと賑わった。

陽が暮れて疲れたので、忠輝と五郎八姫は退室し、寝所にいた。暗い部屋の中で和紙張りの部屋灯籠が妖しい光を放っていた。二人とも緊張していた。

「独眼龍の娘ゆえ、世にも恐ろしい女子かと思いきや、そうでもないので安堵した」

座を和ませようと忠輝は冗談を口にした。

「まあ、なんと意地悪な。されど、いつ鬼になるか判りませぬよ。わたしを鬼にするかしないかは、忠輝様次第にございます」

臆せず五郎八姫は返す。政宗をして「五郎八姫が男子であれば」と嘆かせるほど幼少時から聡明であった。才は長男の秀宗《ひでむね》や嫡男の忠宗《ただむね》を上廻るという。

「いかなことをすると鬼になるのじゃ」

「輿入れの日に手の内を見せるとお思いですか」

悪戯《いたずら》っぽい目を向けて五郎八姫は言う。

「されば、なにを隠しているのか、確かめてくれる」

忠輝は五郎八姫を抱き締め、唇を重ねた。忠輝十五歳、五郎八姫十三歳の夜であった。

川中島藩は忠輝が江戸にいても、恙無《つつがな》く動いていたが、慶長十三年（一六〇八）、義理の兄である花井吉成が附家老になった時から家中は乱れはじめた。吉成は忠輝の異父姉・於八を妻にしている。吉成は於八から家康の覚え目出度い茶阿局（於久）を通じて家老に伸し上がった男である。

この時、川中島藩は、幼き忠輝を引き取った皆川広照、長沢松平旧臣の山田重辰《やまだしげたつ》や松平清直、家康が家老に据えた大久保長安、家康に近侍していた花井吉成が主導権争いをしていた。

忠輝は江戸にいたので、川中島藩のことがよく判らない。僅かな土地の所有、権限などを主張し合い、抜き差しならなくなったのが翌慶長十四年（一六〇九）九月、遂に秀忠に裁定を求めることになった。

川中島藩は家康が作ったと言っても過言ではないので、秀忠は家康に裁定を求めた。

家康は家老に不適格と言い、皆川広照、松平清直・正世兄弟を改易、山田重辰を切腹として事を治めた。本来、藩主の忠輝も処分されて然るべきであるが、お咎めはなかった。

のちのことがあるので忠輝の素行の悪さが改まらないことにされたが、素行の悪かった正式な記録は見つからない。あえて言えば、家康が忠輝を政に関わらせなかったことが原因の一つかもしれない。

（家臣は目を離すと勝手に動くものじゃの。目を光らせておかねば）

未だ江戸に留め置かれていることを不満に思いながら、忠輝は実感した。

忠輝に罪がなかった証拠に、慶長十五年（一六一〇）閏《うるう》二月三日、忠輝は堀忠俊《ほりただとし》が改易されると、堀の三十万石と一万石の加増を受け、『恩栄録』や『続選武家補任』によれば四十五万石の大名になった。

ただ、『慶長見聞録案紙』『慶長見聞集』では七十五万石、『松平系諸集参考』では六十五万石、『家盛』『大三川志』では五十五万石、『武徳編年集成』では五十三万八千五百石と諸説あって定かではない。

忠輝は十九歳にして初めて御国入りをした。

福島城は上越の郷津《ごうづ》（直江津《なおえつ》）湊に接した平城で、北は日本海、南は保倉川《ほくら》、西は関川《せき》に守られ、周囲は湿地が広がっているので、簡単に攻め込まれる城ではなかった。

「随分と水はけの悪そうな地じゃの」

福島城を見た忠輝の最初の感想であった。聞けば、梅雨や台風、長雨、さらに春先の雪解け水で、周辺は水浸しになるという。異国に繰り出したい忠輝としては、郷津湊が近いのは気に入っている。太平洋は黒潮の流れが速く、当時の船で流通させるのは困難。主流は日本海であった。

だが、それだけでは政はできない。

移封に際して松平清直が幕命によって再度附属させられた。忠輝としては、城主として主導権を発揮しなければならない。

忠輝は信濃の待城城に花井吉成、越後の糸魚川城に松平清直、長岡の村上城《むらかみ》に山田勝重を入れた。福島城には大久保長安を置いた。二年後、松平重勝が幕府からの指示で忠輝の家老になったので、中越の三条城に据えた。

なお、下越の新発田《しばた》城主の溝口宣勝《みぞくちのぶかつ》と、村上（本庄《ほんじょう》）城主の村上忠勝《ただかつ》が寄騎としてつけられた。

忠輝の許には領内からさまざまな陳情が寄せられた。さらに幕府からは北国《ほっこく》街道の改修も命じられた。

「城を堅固にせねばならず、全てを叶えていたら、何年の歳月がかかるのか。この辺りはさほどではないが、越後はことのほか雪深いと聞く」

忠輝は大久保長安に問う。上越の妙高、中越の魚沼地域などは全国でも有数の豪雪地帯である。

「左様ですな。もしかしたら、城を新たに築くほうが早いかもしれませぬな。頃合を見て大御所様に言上致しましょう」

「さもありなん」

忠輝はできることから始めさせた。北国街道の改修、信濃《しなの》川、千曲《ちくま》川、犀《さい》川の治水、堤防増強、裾花《すそばな》川の水路変更、各地の新田開発などなど、全て完成するには到らない。時ばかり過ぎていった。

忠輝にとって残念なのは、大久保長安が忠輝の家老を外され、駿府《すんぷ》に勤仕することになった。

（まあ、これで父上に言上しやすくなったか）

前向きに捉えることにした。

案の定、翌年の梅雨、福島城は水に囲まれた。さらに翌年も同じだった。少々堤防を高くした程度では抑えられない。そこで、同慶長十七年（一六一二）九月、自ら駿府に足を運んだ。

「城造りは家の重大事。絶対に失敗は許されぬ。国が富み、町が栄える地を選ばねばならぬ。切《せっ》所《しょ》（難所）であってはならぬぞ」

家康は力強く言う。山城は籠城を前提とした城。謀叛の疑いをかけられる。

「承知致しました。いっそ、大坂城を某に戴けませんか。いずれ」

「戯け！　大坂は豊臣家の城じゃ。滅多なことを申すと、そちでも許さぬ」

言いかけたところで一喝された。

（その豊臣家を潰したくて仕方ないくせに。時期尚早ということか）

家康は前年の慶長十六年（一六一一）三月二十八日、都の二条城で秀頼と会見し、その成長ぶりに、豊臣家を滅ぼすことを決意したという。

「なにゆえ、そちを越後に据えたのか判らぬのか」

「越前の忠直と加賀《かが》百万石を牽制するためかと存じます」

越前の松平（結城）秀康は慶長十二年（一六〇八）閏四月八日に死去し、息子の忠直が後を継いだ。因みに尾張清洲《おわりきよす》で五十二万石を得ていた忠吉は同年の三月五日に死去し、後は家康・九男の義直《よしなお》が継いでいる。

「判っていればそれでよい。徳川の血筋として公儀に貢献せよ」

不快そうに告げて家康は奥に引っ込んだ。

忠輝は慶長十八年（一六一三）四月四日にも駿府に出向き城普請の申請を出して承諾された。場所は福島城から二里（約八キロ）ほど南、関川沿いの西、高田の地であった。

それから間もない四月二十五日、大久保長安が中風《ちゅうぶ》（脳卒中）のため駿府で死去した。

大久保長安は予てから銭遣いの荒さが目立っていた。近年、代官所の勘定が合わなかったこともあり、家康は調べさせたところ、長安が横領をしていた疑いが生まれた。そこで諸国にある財貨を調査させると、七十万両（約四百二十億円）が不正蓄財されていたという。

さらに、長安屋敷からは忠輝を盟主とした連判状が発見され、家康に差し出されたという。

大久保長安の息子七人は切腹させられ、一族は断絶した。

ほかには信濃松本《まつもと》城主の石川康長《いしかわやすなが》、伊予宇和島《いようわじま》城主の富田信高《とみたのぶたか》、下野唐沢山《からさわやま》城主の佐野政綱《さのまさつな》

（信吉）、日向延岡城主の高橋元種が連座の罪を問われて改易となった。これは婚儀によるものである。

加えて秀忠を支えてきた大久保忠隣にも累が及び、改易となった。

花井吉成の嫡子の義雄《よしたけ》は大久保長安の末娘を妻に迎えていたので、不安に苛《さいな》まれたであろう。長安の死去後からおよそ四ヵ月後の八月、心労が重なったのか没した。義雄は茶阿局の孫でもあるので、連座は免れ、吉成の跡を継いで待城城代になった。

（やはり父上は大坂攻めを画策している。長安はキリシタンとも交流があり、さらに儂の家老を務めていた。儂の岳父は独眼龍。これらが豊臣家と結ぶことを恐れ、先手を打ったのか。さすれば、大坂が片づけば、儂にも手を伸ばしてくるやもしれぬな。されば、城の完成を急がねば）

高田城は慶長十九年（一六一四）三月十五日から普請が開始された。陸奥《む》仙台の伊達政宗、出《で》羽《わ》米沢の上杉景勝《うえすぎかげかつ》、加賀金沢の前田利長、陸奥盛岡の南部利直《なんぶとしなお》、陸奥会津の蒲生秀行《がもうひでゆき》、出羽山形の最上義光、出羽久保田の佐竹義宣、信濃小諸《こもろ》の仙石秀久《せんごくひでひさ》、信濃松本の小笠原秀政《おがさわらひでまさ》、甲斐谷村《やむら》の鳥居成次《とりいなりつぐ》、越後本庄の村上忠勝、越後新発田の溝口宣勝に課役が命じられ、突貫工事が進められた。これも天下普請の一貫である。

「さすが公儀の力は絶大じゃ」

これまで見たことのない人数の作業員が働く姿は圧巻であった。

十万にも及ぶ人が作業を行ったので、四ヵ月後の七月上旬にはおおかたの完成を見た。

高田城は北から東を関川、西を同川の支流の青田川、南を同支流の矢代川が流れて天然の惣濠とし、さらに外堀、内堀を要した平城であった。南西に三層の櫓《やぐら》を築き、さらに三つの櫓が本丸を囲むが天守閣は築かなかった。

「婿殿は公儀から疑われてござる。疑いが晴れましたら、改めて築けばよろしかろう」

政宗の忠告である。政宗も仙台城に天守閣は築いていなかった。

天守閣がないのは残念だが、それでも新築の城である。忠輝は何度も城を見上げ、笑みを浮かべた。さっそく、五郎八姫を呼び寄せようとしたところ、ついに家康は大坂攻めに踏み切った。

四

慶長十九年（一六一四）九月七日、秀忠は江戸に在する西国の諸大名に対し、幕府に背かないという起請文を差し出させた。

「大坂攻めか。腕が鳴るの。先陣は儂じゃ。すぐに支度を致せ」

忠輝は胸を躍らせた。ところが秀忠からの使者は不愉快なことを告げる。

「少将様には江戸の留守居を命じるとのことにございます」

「なんだと！　なにゆえ儂が留守居なのじゃ！」

戸をも揺るがすような声で忠輝は怒鳴った。

「某に理由は判りませぬ。ただ、下知をお伝え……」

「帰って兄上に申せ！　大坂で会おうとな！」

忠輝は忿恚《ふんい》のままに使者を追い返した。

「畏れながら、将軍や大御所に逆らうことは、殿にとって決して良きことではございません。ここで高田に留まれば大坂に通じたと思われるに違いありません」

安西正重が申し訳なさそうに諫言《かんげん》する。

「儂が大坂に？　戯けたことを。左様にふざけたことを申すならば、兄上と一戦じゃ！」

忠輝は脇息を両手で強く叩き、対抗心を示した。

「左様なことを致せば喜ぶのは豊臣家ばかり。おそらく先の大久保事件が尾を引いているものと思われます」

「大久保か。だいたい、大久保を儂の家老にしたのは大御所であろう。儂に何の罪がある。儂を陥れんとする謀《はかりごと》か！」

忠輝は大久保長安からびた一文貰っていない。腹立たしいばかりだ。

「大久保の後ろには伊達殿がおられました。おそらく、そのあたりが疑われたものと存じます」

「舅《しゅうと》か」

鍔をつけた顔を思い出して、忠輝は溜息を吐いた。

「お方様のこともあるやもしれません」

五郎八姫の母の愛姫《めご》が深くキリスト教に傾倒していたこともあり、五郎八姫も母の影響を受け、洗礼こそ受けていないものの、教えを支持していた。

「五郎八か」

なにか、伊達家に足を引っ張られているような気がしないでもなかった。

「このままでは大坂城は手に入りませぬし、異国に出ることも叶いませぬぞ」

「異国か」

忠輝は溜息を吐く。忠輝らの助言などもあり、政宗はサン・ファン・バウティスタ号という黒船を建造し、家臣の支倉常長《はせくらつねなが》を正使とし、イスパニアの宣教師のルイス・ソテロを副使とし、前年の九月十五日、石巻の月ノ浦から出航した。忠輝は築城の準備があったので、乗船することはできなかった。これが悔しくてならない。

諦めた忠輝は高田を発ち、北国街道を南に下り、待城城に立ち寄った。

(やはり、気が進まぬ)

忠輝は待城城に留まった。すると、秀忠をはじめ家康、政宗からの使者が相次いで到着し、江戸に来ることを勧めた。それでも動かなかった。

一方、大御所の家康は十月一日、諸大名に大坂討伐を命じ、自身は十一日、駿府を出立した。将軍・秀忠は二十三日に江戸を発った。

「関ヶ原のこともございます。こたびは遅れるわけにはいかぬので、おそらく将軍も江戸を出ておりましょう。顔を合わせることはないと思われます」

「致し方ないの」

まだ、江戸からの報せは届いていないが、忠輝は重い腰を上げ、十月十七日、待城城を出た。舅の政宗は十月十日に仙台を出発し、十六日、江戸に到着。二十日には江戸を発ち二十二日、藤沢に陣を移した。ここで政宗は忠輝からの書状を受け取り、返書をしている。

「このたび江戸の留守居になったとのこと。上洛したいお気持でいることをお察し致します。されど、留守居も重要な役目だと存じます。この先も飛脚を送ります。云々」

忠輝は上野の高崎で、政宗の手紙を受け取った。出陣できる政宗が羨ましくてならない。

ゆっくりと進んだ忠輝が到着した時、すでに秀忠は出立したあとだった。

一応、登城すると鳥居忠政《ただまさ》、酒井重忠《さかいしげただ》、同忠利《ただとし》ら留守居の面々に出迎えられた。

「上様はたいそうお怒りになっておられました」

代表して鳥居忠政が告げる。

「儂もじゃ。なにゆえ儂が留守居なのじゃ？　この期に及び、誰が江戸を襲うのじゃ！」

秀忠がいないので、その家臣たちに当たる。

「畏れながら、江戸には豊臣恩顧の諸将がおられます。これを押さえられるのは少将様と仰せでございました」

「つまらぬ。左様な阿諛で丸め込まれるほど儂は戯けではないわ」

家康からの指示で、秀忠は福島正則、加藤嘉明、脇坂安治《わきざかやすはる》、平野長泰《ひらのながやす》ら賤ケ岳七本鑓《しずがたけしちほんやり》の生き残りと、黒田長政に留守居を命じた。家康は豊臣恩顧の大名を信用していなかった。

「されば、大御所が恐れる諸将と酒でも呑んで過ごすか。ほかにやることもあるまい」

連日、忠輝は諸将の許に足を運び、酒盛りを楽しんだ。報せは家康や秀忠に届けられた。

忠輝が来るのを待っていたせいか、出陣に遅れた秀忠もなんとか間に合った。

十一月中旬には幕府方の軍勢二十万余が大坂城を十重二十重に包囲した。城には豊臣家の家臣と牢人が十万、女子が一万ほど籠っていた。

戦は北東の鴫野《しぎの》、今福《いまふく》の戦い、南東の真田丸の戦いでは激戦となったものの、いずれも城郭を崩すようなものには発展しない。ほかは鉄砲を撃ちかけるばかりだった。

十二月十六日、城北の京橋から寄手が放っていた大筒の玉が、淀ノ方のいる本丸御殿の一部を貫き、柱が折れて侍女二人が即死し、他にも負傷者を出した。強気の淀ノ方もこの砲撃に心を砕かれ、和睦の交渉がはじまった。

家康が出した講和の条件は寄手が城の包囲を解く代わりに、大坂城は本丸のみを残し、二ノ丸、三ノ丸および惣構えを破却すること。新たに召し抱えた牢人を放免すること。大野治長《おおのはるなが》と織田有楽齋《うらくさい》が人質を出すことで、ほぼ纏まった。

もう一つ、家康は惣濠を埋めることを付け加えた。書に記さぬ口頭で伝えたこのことこそ、大坂冬ノ陣といわれる戦いを和睦で終えた本当の目的である。

二十二日、両家の誓紙が交換され、和議は締結され、すぐに工事が開始された。

こうして大坂冬ノ陣は終了した。

報せは年の暮れに江戸の忠輝に届けられた。

「馬にも乗れぬ城主では大御所の魂胆など見ぬけまい。次の出陣は春頃かの。次こそは留守居などしておれぬ。儂が秀頼の首を刎ねて乱世を終わらせ、大坂の主になるのじゃ」

太った秀頼の姿を思い浮かべ、忠輝は望みを繋いだ。

作業を終えた秀忠が江戸に帰城したのは慶長二十年（一六一五）二月中旬であった。

「大坂城の外郭の破却ならびに堀の埋め立て、御苦労様にございます」

「愚弄しておるのか」

忠輝の顔を見ただけで不快そうな表情になった秀忠の顔はさらに険しくなる。

「よもや。大坂方を騙しながら作業をするのは骨の折れることかと存じまして。して、次の出陣は決まっているのですか？　いつです？」

「和睦したばかりで出陣など考えておらぬわ」

憤りをあらわに秀忠は吐き捨てる。

「なるほど、敵を騙すにはまず味方から、ということですな。されど、頭の巡りの悪い某は、事前に教えて戴かぬと、また遅滞致すやもしれませんぞ」

「戯けが。なにゆえ遅れたのじゃ」

「怒ったせいか熱が出まして。遣いを送ったはずですが」

腹を立てる秀忠に対し、忠輝は笑みを浮かべた。

「汝という奴は……。まあ、よい。世の中、なにがあるか判らぬ。用意を怠るな」

「承知致しました」

そう遠くないうちに出陣する、と忠輝は受け取った。

秀忠が帰城したので留守居の役目は解かれた。忠輝は駿府に向かった。

二月二十五日、駿府に到着し、翌二十六日、家康と久々に顔を合わせた。

「お久しゅうございます。長対峙お疲れのことと存じます」

忠輝は明るい口調で挨拶をした。

「そちは相変わらずじゃの。少しは大人になれ。留守居も大事な役目。舅もそう申していたであろう」

「判っております。して、次の出陣はいつですか？　よもやまた留守居とは申されますまいな」

笑みを浮かべながらも、忠輝は家康を睨みつけた。

「その目じゃ。三郎と同じ。御家を割るような目が苛立たせる。ゆえに戦陣に立たせたくなくなるのじゃ」

家康は顰《しか》めた顔で言う。

「大御所様の血を引いているゆえ、三郎殿と目が似ていても不思議ではありません。それに機会を戴けねば、一生、留守居しかできませぬ。某を秀康殿と同じにするおつもりですか」

次男の秀康は秀吉と九州攻めに参じたが、結局活躍の場はなかった。小田原攻め、関ヶ原の戦いでも同じである。未完の大器のままこの世を去った。

「武士は万事無事平穏が理想じゃ。武士として戦をせずに人の世をまっとうできたのならば、これ以上の幸せがあろうか」

「されど、親の大御所様は今一度、戦をなされようとしておられる。子として親に働かせ、旨寝《うまい》を貪っておるわけにはまいりませぬ。なにとぞ、出陣の儀、お許し願いますよう」

忠輝は嫌で仕方がないが、両手をついた。

「そちは、まだ大久保事件の疑いを晴らしておらぬ。これ、あれを」

家康が声をかけると、近侍する本多正純が長い書状を差し出した。

「これは大久保の屋敷から見つかった連判状じゃ」

団栗《どんぐり》のような目をかっと見開き、家康は忠輝に連判状を抛り投げた。

開いてみると、一番最初に忠輝の名があり、続いて伊達政宗、黒田長政、長岡忠興、田中忠政《たなかただまさ》……とキリスト教に理解ある武将の名が記されていた。

「某の字ではござらぬ。これまでの書状を見れば、一目瞭然です」

「確かにそちの字ではない。されど、ここに名が記されていることが問題。大久保との間でなにを画策していたのじゃ？　事と次第によっては、そちにも罰を与えねばならぬ」

家康はとても父親とは思えぬ刺すような目を向ける。

「大久保ごとき小物と組んで公儀に弓を引くと？　埒《らち》もない。大久保が銭を集め、伴天連の案内人を立たせ、舅殿は船を造り、水夫を用意する。某が船頭となって異国に繰り出す。大御所様も知っているとおり。それ以上でも以下でもござらぬ」

忠輝は強く主張した。

「それだけか」

「勿論」

強く肯定するが、家康の双眸《そうぼう》から疑念は消えない。

「よもや某が大坂と連《つる》んでいると申されますか？　大坂に挨拶に行かせたのは大御所様でしょう。

そこにいる上野介《こうずけのすけ》（正純）が同席したので、一言一句逃さず、伝えているのではありませぬか。それとも大坂に行かせて、某に濡れ衣を着せ、高田の地を召し上げるおつもりですか」

「なに！」

「お怒りですか？　身に覚えのないことを言われた時だけではなく、核心を突かれた時も人は怒ると高田城近くの坊主が申しておりました。某が信じられぬとあらば、質を取ればよろしかろう。奥の五郎八もおれば、母も。母は駿府におるのでしょう。いかがですか」

ここまで言っても息子を信じられぬか、と忠輝は家康に迫る。

「判った。参陣を認めよう。されど、勝手な行動をとるまいぞ。次の戦は天下泰平の世を築くための戦じゃ」

「されば豊臣家は天下泰平の世の犠牲ですか」

「申すのう。城主は隙を見せてはならぬのじゃ。隙を見せれば戦となり、多くの者が死ぬ。にも拘わらず、あの戯けは城が堅固なのをいいことに、女子に囲まれて飲食を尽くし、政を試みぬゆえ佞臣《ねいしん》に付け込まれる体たらく。ゆえに賊どもが群がって公儀に弓を引いてくる。これを抛っておいては公儀の沽券《こけん》に関わる。滅びるのも止むなし。自業自得ということじゃ」

独善的な持論には、おもわず苦笑させられそうになる。

「ものは言いようですな。於千はどうします？　質ゆえ、おそらく淀殿が放しますまい」

「敵は武家のしきたりを知らぬゆえ、将軍も頭を抱えていよう」

他人事のように家康は言う。戦になった時、政略で嫁いだ女子は実家に帰されるのが武家の常識であるが、夏ノ陣のおり秀頼はこれを行わなかった。

「なんとかしたいが、叶わぬこともある。不憫《ふびん》じゃ」

寂しげに言う。孫に対する好々爺《こうこうや》の真実は測りかねる。半分は本音かもしれない。

「心中お察し致します。関ヶ原では忠吉殿が活躍をしたとか。こたびも外様の大名に戦をさせるだけでは、のちの仕置にも影響はでましょう。とはいえ、大御所様や将軍が敵と干戈《かんか》を交えるわけにもいきませぬゆえ、こたびの先陣は某が引き受けさせて戴きます」

「将軍に申しておこう」

「有り難き仕合わせ。粉骨砕身励む所存です」

先陣の約束を得た。忠輝は歓喜しながら誓いをたてた。

忠輝は茶阿局と呼ばれるようになった母の於久とも久々に顔を合わせ、挨拶をしたのちに帰途に就いた。

五

内堀を埋められた豊臣家は、ようやく家康の謀に気づき、掘り返しを始めた。これにより、和議は破れ、家康は改めて大坂攻めを宣言。四月四日、家康は駿府を発った。

「当家の力を示す時がきた。我は真田に敗れた腰抜けとは違う。秀頼の首を刎ねて天下に高田の名を轟《とどろ》かせようぞ！」

「うおおーっ！」

忠輝の気合いに家臣たちは鬨《とき》で応えた。家臣も高田藩として初めての戦なので勇んでいた。初めてなのは忠輝も同じ。初陣である。気持が逸《はや》ってならなかった。

忠輝は九千の兵を率い、意気揚々と大手門を潜った。忠輝は北国街道を通り、途中で善光寺で足を止め、戦勝を祈願するほど、このたびの戦にかけていた。

信濃で中仙道を通り、美濃から近江に向かう。道は西進する諸将の軍勢で渋滞し、軽快には進めない。前が移動すれば、忠輝らも腰を上げる。そんな行軍である。

琵琶湖に浮かぶ釣り舟を右に眺め、近江の守山をゆっくり進んでいる時であった。

「退け。退け」

騎馬武者が二騎とその郎党十数人、忠輝の軍勢をすり抜けて行く。

「どこの者じゃ。引き摺《ず》り下ろせ！」

花井義雄が命じると、家臣たちが馬の手綱を握り、停止させた。

「無礼者！　無断の追い抜きは斬り捨てご免じゃ」

「我らは主でもなき人に下馬する必要はない」

騎馬武者の一人が言い放った。

「痴《し》れ者奴《め》！」

激怒した鳥見頭《とりみがしら》の（姓不明）源兵衛《げんべえ》、御腰物番《おんこしものばん》の（姓不明）九左衛門《きゅうざえもん》と御徒士《おかちし》の某《なにがし》が斬り捨てた。

斬られた二人は秀忠の旗本の長坂信時《ながさかのぶとき》と伊丹彌蔵《いたみみぞう》だとのちに判明するが、この時は判らなかった。

報せは忠輝に届けられた。

「構わん。どこの誰か判らんが軍法違反じゃ。たとえ大御所の家臣でも詫びることはない。正義は我にある」

昂《たかぶ》っているので気にも留めなかった。

忠輝は四月二十六日、都の二条城に入った。城には将軍・秀忠のほか、家康・九男の義直と十男の頼宣《よりのぶ》もいた。

（弟たちと初陣が一緒とはの）

今さらながら、冬ノ陣で留守居を命じられたことを悔しく思い、また命じた秀忠を恨んだ。

前日の二十五日、家康は諸将の部署を定めている。忠輝は大和口の大将を命じられていた。

（大将か。先陣ではないのか）

駿府での仮約束どおりではないので失意を覚えた。異議を唱えれば、匹夫の勇だと叱責され、二条城に留め置かれては敵わない。忠輝は我慢した。

（戦は生き物。始まれば、どうにでもなろう。儂は大将ゆえの）

忠輝は陣替えするつもりでいた。だが、そんな思案を一蹴された。

「忠輝、そちは将軍家の家臣になんたる蛮行をしたのか」

家族水入らずの席で、家康は声を荒らげた。

「戦中の乗り打ち（追い越し）は斬り捨て御免のはず。某はなにも疾《やま》しいことをしておりませぬ」

忠輝は公然と言い返した。

「戯け。将軍の家臣と他の家臣は違う。そちはこれまで築いた公儀の秩序を踏みにじる気か」

「将軍の家臣はなにをしても許されるのですか。軍法はなんのためにあるのです？」

「黙れ。汝は余に異見するのか」

反論されたので家康は激怒した。義直や頼宣が笑っているように忠輝には見えた。

「下手人を差し出せ」

「戦の前に人数を減らすわけにはまいらぬ。お断り致す」

これ以上の異議は参陣が危ぶまれることになる。忠輝は憤りをあらわに部屋を出た。

（ほんの何年か遅く生まれただけで、かような仕打ちを受けるのか。くそっ）

ふて腐れた忠輝は途中の襖《ふすま》を数枚切って、憂さを晴らした。

すぐに舅の政宗が呼ばれ、代わりに謝罪したという。お陰で謹慎させられずにすんだ。

二十八日、忠輝ら三万四千余の大和口軍は都を発ち、三十日には山城の木津《きづ》で足を止めた。

すでに二日前の二十六日、大野治房《はるふさ》らの大和郡山《こおりやま》城攻略で大坂夏ノ陣が開始されている。二十八日には大野治胤《はるたね》らが和泉の堺を焼き討ちにした。

周囲の状況を見ながら忠輝らは五月三日、奈良に着陣した。

ここで政宗自ら忠輝の陣に来た。

「忠輝様は大和口の総大将なれば、前線に出ず、後方にて兵を采配なされよ、との大御所様の下知にございます」

政宗は忠輝に告げた。

「なんだと、断る。先の戦は江戸の留守居ぞ。こたび、ようやく参陣が叶ったのに、敵を前に後ろになどいられるか。指揮なれば、最前線でするわ」

即座に忠輝は拒絶する。

「畏れながら、忠輝様は睨まれております。ここで背けば帰国を命じられます。こたびはまだほんの緒戦にて、まことの戦いは先にございます。その時こそ、先陣で力を出されませ」

「弟とは、つまらぬ地位じゃの」

先日、叱咤《しった》されているので忠輝は不承不承応じた。政宗は安堵した顔をしていた。

家康から忠輝を前線に出すな、という命令は出されてはいない。政宗は忠輝を幕府を壊すための道具と考えているので、流れ玉にでも当たって死なせるわけにはいかないと思っていた。

五日、水野勝成《みずのかつなり》ら大和口軍の第一番手から政宗の第四番手までの二万二千余が順番に奈良を出立した。申《さる》ノ刻（午後四時）には国分《こくぶ》に到着している。

忠輝ら越後勢の第五番手は奈良に留まっていた。

さらに政宗らは西に進み、日付が変わる前には小松山《こまつやま》周辺に陣を布いた。

伊達勢の北側に松平忠明《ただあきら》、その北に本多忠政《ただまさ》。本多勢の西に水野勝成、堀直寄《なおより》、松倉重政《まつくらしげまさ》ら。

西の目の前には石川が流れている。川の西は道明寺《どうみょうじ》という地で古墳群がある。小松山は大坂城の天守閣から四里（約十六キロ）ほど南東に位置していた。

六日の子《ね》ノ刻（午前零時頃）、大坂方の後藤基次《ごとうもとつぐ》は二千八百の兵を率いて平野を発し、夜明け前に道明寺に達した。濃霧のため基次は真田信繁《のぶしげ》らと逸れてしまい。単独で松倉重政と戦い、討死した。

かなり明るくなった卯《う》ノ刻（午前六時頃）、忠輝の陣に着陣の報せが届けられた。

「左様か、まだ敵は出撃しておらぬか。出立じゃ！」

既に戦闘が行われていることをまだ忠輝は知らない。兵を采配することを楽しみに命令を下した。奈良から道明寺まではおよそ五里半（約二十二キロ）。忠輝は政宗から贈られた漆黒に輝く黒糸威《くろいとおどし》の具足を身に着け、金に輝く満月の前立をつけた黒の南蛮兜《なんばんかぶと》をかぶり、臙脂《えんじ》の陣羽織を纏い、寄騎の越後衆と威風堂々と進んだ。

巳《み》ノ下刻（午前十一時頃）、ちょうど法隆寺辺りに達した時、新たな報せが届けられた。

「申し上げます。お味方は敵の後藤又兵衛《またべえ》（基次）を討ち取り、優勢に戦っております」

「なに！　勝手に始めたのか。急げ！」

休憩をしようとしていたが、そんな余裕はない。忠輝は家臣の尻を叩いた。

同じ頃、様子を見ていた政宗らも前進し、豊臣方と干戈を交えていた。

忠輝らが空いた小松山に到着したのは未《ひつじ》ノ刻（午後二時頃）であった。

「あれか」

石川の西、道明寺では幕府方の兵が犇《ひし》めき、豊臣方の旗指物は西に退いていた。

小松山に立てられた『葵』紋の旗指物を目にし、幕府方の兵は嘲笑った。

「諍《いさか》い果てての乳切木《ちぎりぎ》、か」

乳切木とは両端を太く、中心近くを持ちやすく細く削った棒のこと。争いが終わったあとで棒を持ってきても役に立たないという蔑みの言葉である。

高田藩は先に記したとおり、寄せ集めの集団で、さらに堀旧臣も召し抱えたのでより複雑になっていた。さらに忠輝の陣には家康から軍師という名の玉虫対馬《たまむしつしま》という目付が送り込まれていた。堀旧臣で兵略に長けた林平之丞《はやしへいのじょう》もいた。加えて家康は、かつての養父の皆川広照も遣わせた。

「敵は退いているようじゃ。いかが致す」

忠輝は三人に問う。

「敵味方を問わず、諸国の士卒は高名をあげているのに、高田の兵は指を啣《くわ》えて眺めるばかりは口惜しいばかり。人の誹《そし》り、世の評判もこれに勝る恥辱はございません。大坂の兵は利なしといえども、未だ退きもせず我らに備えております。昨晩から戦って疲れ、真の戦いは明日であろうと油断しているに違いありません。今、虚を突き、兵を進められれば勝利は間違いありません」

皆川広照は強硬論を主張する。

「お味方には先手衆がおりますれば、まずはその報せを受けるべきかと存じます」

火事場泥棒のような真似は見苦しいと玉虫対馬と林平之丞は止める。

「先手にいかほどの兵があっても、敵と睨み合うばかりでは勝ちを取ることはできぬ。敵の人数を御存じか」

皆川広照は二人に迫る。

「およそ、三万はおるかと存ずる」

玉虫対馬の返答は歯切れが悪い。

「貴殿らの目は確かか？　二万もおるまい。なにゆえ殿に戦をさせぬのか」

「今から仕掛けても、すぐ陽も暮れよう。夜、敵地で戦うのは不利は戦の常道」

林平之丞も消極的である。

「一万二千の無傷の我らが兵を進めれば、疲弊したお味方も見過ごすことはできず、後詰にて参じよう。今すぐ仕寄せれば一、二刻で敵を討ち敗れること間違いない」

皆川広照は忠輝に向かう。

「逃げる敵を追い、天王寺から大坂城の大手門まで押し出せば、こたびの陣で殿が戦功第一となりましょう。某が先手を勤めますゆえ、ただちに出陣なされませ」

「よう申した」

忠輝はすぐさま花井義雄と玉虫対馬を政宗の本陣に向かわせた。

政宗は片倉景綱の嫡子の小十郎重綱《しげつな》に応対させた。

「天下を相手に戦う大坂勢は弱敵とは言いがたし。我らは騎馬三十のうち二十九を討ち取られ、そのほか死者、手負いは数知れずという有り様にござる。まずは、これを御覧あれ」

鬼の小十郎の異名を持つ片倉重綱は佩刀《はいとう》を二人に見せた。刀身は鍔のところまで血糊がべたつき、刃も鋸《のこぎり》のように刃毀《はこぼれ》していた。

「我らが、かような様なれば、全軍の儀はご推察くだされ」

二人は片倉重綱の言葉を忠輝に伝えた。

「某は明日にすべきかと存じます」

玉虫対馬は進言すると、花井義雄も同意した。

「左様か。大坂は強いか。されば、明日、白昼の下で雌雄を決すると致そう」

忠輝は夜の追撃を行わせなかった。

後日、この話を聞いた幕臣たちは玉虫対馬を弱虫対馬と嘲ったという。

このほか、大坂城から二里（約八キロ）余り南東の若江《わかえ》で、井伊直孝《なおたか》、榊原康勝《やすかつ》勢九千四百余が木村重成《きむらしげなり》、山口弘定《やまぐちひろさだ》ら六千を敗った。

同じく道明寺から二里ほど北の八尾《やお》で藤堂高虎五千は増田盛次《ましたもりつぐ》を討ち取り、長宗我部盛親《ちょうそかべもりちか》を後退させた。

報せは忠輝の許にも届けられた。

（皆川の申すとおりだった。傍観していたのは儂のみじゃ。明日こそは）

忠輝は腑甲斐無《ふがいな》さを恥じ、明日に期待した。

幕府軍は六日のうちに兵を移動し、布陣を終えていた。

大坂城南の天王寺口の陣備は本多忠朝《ただとも》を先鋒に浅野長重《あさのながしげ》、秋田実季《あきたさねすえ》、真田信吉《のぶよし》、松平忠直ら。

大坂城南西の紀州口は伊達政宗、溝口宣勝、村上忠勝《ただかつ》、忠輝ら。

大坂城南東の岡山口の陣備は前田利常《としつね》、本多康俊《やすとし》、本多康紀《やすのり》、藤堂高虎、片桐且元《かたぎりかつもと》、長岡忠興、井伊直孝ら。

天王寺口の総大将は家康で、岡山口は秀忠である。この二人はまだ陣にはいなかった。

大坂方の天王寺口は茶臼山に真田信繁、その東に毛利吉政《もうりよしまさ》、その東に浅井長房《ながふさ》ら。

大坂方の岡山口は北川宣勝《きたがわのぶかつ》、山川賢信《やまかわかねのぶ》、御宿政友《みしゅくまさとも》、大野治房ら。

南の船場《せんば》に明石全登《あかしてるずみ》。

大坂方の戦術は明石全登勢を陽動とし、真田信繁をはじめ、ほかの諸将が戦っている間に遊軍の明石勢を迂回させ、家康の本陣を突くものである。

またも伊達勢の後方であった。忠輝は政宗の本陣を訪ねた。

「こたびが最後の戦になるやもしれぬのに、かように後ろでは参じられぬではないか」

忠輝は政宗に強く迫る。

「上総介様を前に出すなという大御所様からの下知にございます」

「また大御所か。大御所は儂をどうする気なのじゃ」

不満と怒りが混在し、忠輝は大声で怒鳴った。

「大御所様の御子息で前線にいる方はおられません。みな松平の同族のみ。義直様、頼宣様は遥か後方で戦を目にできぬものと存じます。また、まだ大御所様も公方様も戦陣に姿をお見せになられておりませぬ。かように近くにいるだけでも有り難いのやもしれません。それだけ大事にされている証拠です。徳川の血筋です。参陣は諦めなされませ」

柔らかく政宗は説く。実際、そのような下知は出ていなかった。

（儂は太刀を抜くこともできぬのか）

闘志が体から抜け、忠輝はがっくりと肩を落とした。

（いや、あるいは舅が功の一人占めをせんと偽りを申しているのやもしれぬ）

忠輝は家康の許に遣いを送ろうとした。

（待て、もし偽りだった時、大御所は舅をいかにする？　よもや戦陣で腹切らせはすまい。切らせるならば戦が終わったのち。その時、儂は連座に問われようか。あるいは、嘘と知った上で舅が正しいと申すまいか。されど、もし舅が混乱に乗じて大御所の首を狙っているとしたら。舅ならば十分にありえることじゃ）

頭の中でさまざまなことが螺旋《らせん》を描いた。

（舅の申すことが正しかったとしたら、戦の最中に己の利ばかり思案していると叱咤されまいか。確かに父上の孫は前線にいても子供は後方、後備のようなもの。これが公儀が打ち出した戦なのか）

忠輝は一歩、踏み出せなかった。

七日の午《うま》ノ刻（正午頃）、幕府方の本多忠朝勢が毛利吉政勢に発砲して戦端が開かれた。

忠輝は伊達勢の後方。戦からはまったく蚊帳の外である。空は青く晴れ渡り、暑いぐらいである。海が近いので鳶《とんび》の鳴く声が聞こえた。

「始まったようにございます」

報せは逐一届けられる。

「左様か、敵が迫るまで寝ていて構わぬぞ」

戦に参じられない。忠輝にとってはもはや他人事であった。家康に報告されれば怠慢だと叱責されるであろうが、この陣取りでは動くに動けないのでどうにもならなかった。

一方、真田信繁は松平忠直勢を突き崩し、天王寺口にいる家康を目指して突き進む。申ノ刻（午後四時頃）には家康本陣に三度突撃して壊乱に陥れ、家康に切腹の決意をさせるほどに追い詰めているという。

「大御所様の本陣が崩されたと？　二、三千、あるいはもっと寡勢の兵で一万五千を崩したと申すのか？　ありえん。誤報であろう。今一度、確かめさせよ」

家康本陣は忠輝の陣から二十七町半（約三キロ）ほど南東に位置しているので肉眼で見ることはできない。

馬鹿面をして家康の本陣に駆けつけたところ、「狼狽《うろた》えよって」と愚弄されるかもしれない。調べさせる必要があった。

四半刻（約三十分）ほどして物見が戻った。

「申し上げます。真実、大御所様御本陣が崩され、伊達様は救援に向かっておられます」

「なんと！　すぐお助けしろ！」

忠輝は花井義雄ら、動ける者から家康の救済に向かわせた。

救援に向かった政宗は進行途中で陣を布く味方である大和の高市《たかいち》七千石の神保《じんぼ》相茂《すけしげ》を踏み潰し

て進んだ。政宗は神保勢の騎馬三十二人、雑兵二百九十二人を討死させている。政宗は混乱に乗じて家康を討つ気でいたようだ。

その家康は三里（十二キロ）も東に後退したので、身は無事だった。

家康を追い詰めた真田信繁も遂に疲労困憊《ひろうこんぱい》に達し、茶臼山《ちゃうすやま》のすぐ北の安井《やすい》（安居）神社近くに退いて休息している時、越前兵の西尾仁左衛門久作《にしおじんざえもんきゅうさく》に討たれた。

その後、秀忠らの軍勢によって城が包囲されると、不審火によって荘厳な天守閣は猛火に包まれた。秀頼親子は北の山里郭《やまざとくるわ》に逃げ込み、千姫に命乞いをさせるために家康の許に向かわせた。

夕刻、家康が茶臼山に本陣を移したので忠輝は挨拶に赴いた。

「そちは、こたび、なにをしていたのじゃ。平八郎《へいはちろう》の息子を見よ、小笠原を見よ、榊原を見よ。みな勇ましく戦い、散っていったわ」

徳川四天王・本多忠勝《ただかつ》の次男の忠朝は、家康に疎《うと》んじられたので、竹田永翁《たけだえいおう》勢に突き入って討ち取られた。同じく小笠原秀政も瀕死の重傷を負い、帰らぬ人となった。同じ陣で榊原康勝も鉄砲に撃たれ、およそ半月後に命を落とすことになる。

また、結城秀康の長男の松平忠直も敵中で奮戦し、無数の傷を負ったところで、家臣たちに止められ退いている。皆、必死に戦った。

「そんなに某が嫌いならば、この場で腹を切ってくれる」

忠輝は脇差を抜いたところで周囲に止められた。

「腹切る勇気があるならば、敵に向かえ。下がれ」

邪険に扱われ、忠輝は忿恚の塊となって茶臼山を後にした。

翌八日、山里郭にいた秀頼は幕府軍の一斉射撃を受けると覚悟を決め、自刃して果てた。享年二十三。淀ノ方らも続いた。享年四十七。大野治長らが火薬に火をかけて山里郭を爆発させたので、遺骸は跡形もなく消え去った。

炎上する山里郭を遠目に眺める忠輝であるが、もはやどうでもよく、虚しいばかり。

大坂城をくれなどと言える雰囲気ではない。

（こののち、儂はなにを目標に生きていけばいいのかの）

忠輝にとっての大坂夏ノ陣は、夢を潰すための戦のような気がしないでもなかった。

六

戦後、家康は都の二条城に移動した。

六月十五日、家康は秀忠とともに参内し、天皇に大坂討伐をすませたことを報告した。この時、忠輝も呼ばれた。

「戦もさせてもらえず、なにを報告しろと申すのじゃ。くだらん」

忠輝は病と称して同行せず、嵯峨《さが》で川狩りをして楽しんだ。

その晩、呼び出された。

「そちは御上への忠義をなんと心得る？　徳川の名に泥を塗ったのじゃ」

家康は憤怒の形相で怒っていた。

「某は松平でござる」

「そのほう、その意味が判るのか？　弟たちの風下に立つつもりか」

家康は義直、頼宣らには徳川姓を名乗らせるつもりでいるようだ。

「風下もなにも、某はなにもさせてもらえぬではありませぬか。大御所様は某をいかにするおつもりなのですか」

「弟として将軍を補佐する。それがそちの役目であろう」

「されば某に大坂を下さい。将軍の弟が西に目を光らせるにはうってつけでございましょう。それに異国との交易を盛んにして国を富ますのです。もはや国内に戦はなくなったのですから、某が前線に立って行います」

「高田一つまだ富ますことができぬのに、なにが国じゃ。そちには荷が重い。大坂は公儀が直に管理する。左様に心得よ。とにかく、参内を蹴ったことは大事《おおごと》じゃ。蟄居《ちっきょ》しておれ」

家康からは厳しい処分が言い渡された。

(なにが蟄居じゃ。儂は家臣ではないわ)

忠輝は家康の命令には従わず、翌日も川狩りをして遊んだ。それでも咎められることはない。

(怒ったふりをしているのやもしれぬな)

いけると思った忠輝は少し間を空けた閏六月十日、上総姉崎の松平忠昌《ただまさ》と家康に会い、改めて大坂の件を口にした。

「まだ、申すか。大坂はそちにはやらぬ」

拒まれはしたが、怒鳴られることはなかった。

再度挑戦、閏六月十五日、忠輝は織田常真《じょうしん》（信雄《のぶかつ》）や『舜旧記《しゅんきゅうき》』を残す吉田神道《よしだしんとう》の神龍院梵《しんりゅういんぼん》舜《しゅん》とともに家康に会い、改めて大坂のことを頼んだ。

「諄《くど》い。大坂は公儀が直に管理すると申したであろう」

また拒否された。

（諦めぬ）

忠輝が、今度は誰を担ぎだそうかと思案している最中、七月十九日、秀忠が帰国の途に就いたのを皮切りに諸将も国に戻っていった。忠輝だけ上洛していると、あらぬ疑いをかけられるので、秀忠を追うように高田に帰城した。

これより少し前の七月十三日には元号が元和《げんな》と改元された。これは偃武《えんぶ》（平和）を天下に示し、戦がなくなり武器を蔵に仕舞うことを指している。

幕府の力は絶大。逆らうことができない世の中になった。

家康も八月四日、都を発ち、翌五日、近江の水口に三日間滞在した。ここで家康は近江代官の長野《ながの》友秀《ともひで》、小野《おの》貞則《さだのり》、さらに芦浦観音寺《あしうらかんのんじ》の住職に命じて、秀忠の家臣の長坂信時殺害のことを聞き、二十三日、駿府に帰城した。刹那、家康は忠輝の家老の花井義雄を呼び出した。

二十七日、花井義雄は駿府に飛んできた。

「まず、大坂における忠輝の怠けた戦じゃ。あれは大坂に通じていたのではないか」

「とんでもございませぬ。少将様が郡山に陣を布くように勧められたのは舅の伊達様にて、初陣の少将様はこれに従っただけにすぎません」

花井義雄は恭しく答えた。

「七日の戦いはいかに」

「これも伊達様の指示にて、大将は無闇に前線に出るものではないとの仰せでございます」

「されば、忠輝が伊達と与《くみ》して余の命を狙ったということはいかに。神保の生き残りが訴えておる」

「伊達様のことはいざ知らず、少将様は大御所様の身を案じなされ、すぐに兵を送られました」

一言一言、誤りがないように花井義雄は丁寧に答える。

「忠輝が将軍の家臣を斬ったことはいかに」

この質問に花井義雄の顔はこわばった。命じたのは自分である。

「畏れながら、あの時、誰も上様のご家臣であるとは知らず、また、ご家臣が軍法を破られたのも事実で、皆、いっせいに怒り、斬りかかったので、誰が命じたのかは判りかねます」

花井義雄は額に汗を浮かべて告げた。

「左様か。忠輝が伴天連と通じていることはいかに」

「南蛮の技術に趣きを持たれておりますが、十字を切っている姿を見たことはありません」

「判った。遠路、足労であったの。ゆるりとしていくがよい」

家康はそこで切り上げたが、花井義雄は忠輝の身に危険が迫っていると思いすぐに高田に戻り、仔細を忠輝に告げた。

「大御所が左様なことを。これは真実、蟄居させられかねぬの」

忠輝は真剣に捉えた。

（大御所が恐れるのは、儂ではなく舅であろう。戦上手の舅に雪の降る仙台に籠られたら、大坂のようにはいくまい。舅を罰することができぬゆえ、儂を罰して二度と逆らわぬようにさせる気やもしれぬ。儂は舅の身替わりか）

腹立たしいが、花井義雄の報告から、忠輝はそんなことを想像した。

花井義雄の呼び出しから半月と経たぬ九月十日、家康は駿府で大番役を勤める松平勝隆《かつたか》を高田城に遣わした。勝隆はまず越後の三条に赴き、父の重勝《しげかつ》に仔細を伝え、親子揃って忠輝の前に罷《まか》り出た。

「上意にござる。松平左近衛権少将忠輝、大坂の陣における怠戦、ならびに将軍の家臣の殺害、さらに御上を蔑《ないがし》ろにした罪は軽からず、よって勘当を申し付けるものなり。高田城は公儀預かりと致す。反論は許さぬ」

上ずった声で松平勝隆は告げた。

「慎んでお受け致す」

反論すれば、城門を閉ざして幕府の軍勢を迎え撃たねばならない。高田は国を治めるために築いた城にて、籠城するための城ではない。また、忠輝は秀忠を好んではいないが、首をとってまで将軍の座に就きたいとも思っていない。徳川家に弓引くつもりはなかった。

忠輝は最初の領主となった武蔵の深谷の寺で謹慎し、のちに上野の藤岡に移った。

（大人しくしていれば、そのうち疑いも晴れよう）

忠輝は楽観視していた。

また、家老の花井義雄も責任は逃れられぬと、下総の古河《こが》で一万石を得る松平康長《やすなが》に預けられた。

忠輝が勘当されたことにより五郎八姫は離縁ということになり、伊達家に戻された。二人の間に子はできなかった。

年が明けた元和二年（一六一六）一月二十一日、家康は鷹狩りを終えて駿河の田中の寺で榧《かや》の油で揚げた鯛を食べた夜、体調が急変し、一時は呼吸困難に陥った。その後、病の人となり、起きることができなくなった。

忠輝は本多正純の配慮で駿府の臨済寺に移り、家康への対面を願った。

だが、この頃、世には不穏な空気が流れだした。政宗、忠輝の謀叛という噂である。

一月十六日、豊前小倉《ぶぜんこくら》の細川忠興《ほそかわ》（大坂の陣後、細川姓に復している）は息子の忠利《ただとし》に対し、「政宗については色々な噂があるので内々に〈陣〉の用意をしておくように。十中八九政宗は出てくるであろう。大坂などのことについて、千が一にも出てこないこともありえる（謀反を起こすことは十分に考えられる）。隠密にて用意しておくこと。また、不祥事を起こした上総介（忠輝）は碓氷《うすい》の手前（藤岡）にいる」という書状を送っている。

二月六日、長門《ながと》の毛利宗瑞《そうずい》（輝元《てるもと》）が「将軍が奥州に対して出陣するという風聞がある」

という書状を家臣に出している。

また、イギリス商館長リチャード・コックスは一月二十三日の日記の中に「家康と彼の息子で自分の義父・政宗殿の後ろだてを受けている上総介様との間に戦争が起こりそうだ」と書き残している。

諸状の中に、政宗、忠輝、大坂、戦が出てくる。忠輝がしつこく大坂を欲したことが糸を引き、大坂をもらえなかった忠輝が政宗の後詰を受けて家康を相手に戦をするというのが世間の考えであった。

忠輝は駿府で本多正純に謀叛の疑いについて質《ただ》された。

「奈良、郡山に陣を布くように命じたのは舅殿なので、大坂に通じているならば、舅殿のほうであろう」

忠輝は断固として否定した。

一方の政宗。

「大坂からは幾度も誘いを受けたが、某は公儀方に立って戦いもうした。大坂方の書状は公方様にお渡ししてござる」

二人とも否定した。

特に政宗は忠輝が勘当されたので、家臣たちが止めるのも聞かずに駿府に駆け付けて容疑を晴らしている。その後、何も罪に問われてはいない。忠輝は勘当のままである。

忠輝が思ったとおり「儂は舅の身替わりか」になってしまった。

待てど暮せど、忠輝は面会を許されない。茶阿局から家康に掛け合ってもらっても、やはり家康は会おうとしない。その代わり、三月五日、家康から忠輝に「野風」の笛が贈られた。これは信長から秀吉、さらに家康に渡った天下の笛であった。

家康は典医の薬や、加持祈禱《かじきとう》のかいもなく、元和二年（一六一六）四月十七日、巳ノ刻（午前十時頃）、駿府城で息を引き取った。

報せは臨済寺にも届けられた。

「儂は疑いを晴らすこともできず、親の死に目にも会えなかったか」

それればかりが悔やまれてならなかった。

再び忠輝は藤岡に移らされた。

家康が他界したこともあり、秀忠は忠輝問題を解決するために動いた。六月十日、秀忠は家老の花井義雄と近習の安西正重を対決させた。義雄は正重が邪魔なので、刺客を送ったとも言われている。道明寺の戦い、天王寺口の戦いの怠戦、謀叛についての主張は双方そう変わらない。異なっているのは長坂信時、伊丹彌蔵ら殺害の命令ならびに下手人である。

花井義雄は、安西正重が命令したと言い、下手人は杉浦吉利《すぎうらよしとし》、室野左平治《むろのさへいじ》、某《なにがし》。杉浦らはすぐに捕らえられた。

安西正重は花井義雄が命じたと主張し、鳥見頭の源兵衛、御腰物番の九左衛門と御徒士の某と答えたが、源兵衛らは逃亡して捕まらないという。

杉浦吉利らの取り調べによって、安西正重の主張が認められ、花井義雄は罪に問われたが、切腹は免れた。義雄は寛永七年（一六三〇）に死去することになる。

一応、事件の真相を究明できたので、秀忠は七月六日、忠輝を伊勢の朝熊《あさま》に配流させることを決定した。

母の茶阿局は家康の信頼の厚かった側室の阿茶局《あちゃのつぼね》や秀吉の正室の高台院《こうだいいん》（北政所）に取り成しを依頼したが、聞き入れてはもらえなかった。

忠輝は朝熊の金剛證寺《こんごうしょうじ》に入った。

（なにゆえかようなことになったのかの）

謀叛を企てたわけでもないのに、配流させられることが不思議でならなかった。

また、元和四年（一六一八）三月五日には飛驒高山の金森重頼《かなもりしげより》に預けられた。

寛永三年（一六二六）四月二十四日には信濃・諏訪《すわ》の諏訪頼水《よりみず》に預け替えとなった。

忠輝には側室がいた。母の茶阿局の侍女で於竹《おたけ》と言った。子もおり、名は徳松《とくまつ》。大坂夏ノ陣のあった慶長二十年（一六一五）に誕生した。

於竹と徳松は忠輝と同行が認められず、岩槻《いわつき》藩主の阿部重次《あべしげつぐ》に預けられた。徳松は岩槻での生活を憂え、寛永九年（一六三二）に焼身自殺をした。

（儂に罪はあろう。されど、肌の色や容姿で判断した父上にも罪の一端はあるはず）

そう思えてならない。

（今一度、柳生と手合わせしたかったの）

疋田景兼に稽古をつけてもらったことを思い出す。勝敗はどうでもいい。将軍家兵法指南役になった柳生宗矩に、どこまで通じるか試してみたかった。

（儂は、どこで道を誤ったのかの。あるいは、かような運命だったのか。父や兄の言うことを聞いていれば、大名のままでいられた。それで満足できたか。できまい）

死の間際になっても、身に潜む危険な衝動は消すことができなかった。

忠輝は天和三年（一六八三）七月三日、諏訪で寿命を終えた。享年九十二。

諡《おくりな》は寂林院殿心誉輝窓月仙大居士《せきりんいんでんしんよきそうげっせんだいこじ》。

将軍も五代綱吉《つなよし》の時代になっていた。

参考文献　書名・著者や編者などの順、出版社名省略

【史料】

『大日本史料』『伊達家文書』『浅野家文書』『毛利家文書』『吉川家文書』『小早川家文書』『細川家史料』『豊太閤真蹟集』以上、東京大学史料編纂所編『岩淵夜話』大道寺友山著『朝野旧聞裒藁』史籍研究会編『黒田家文書』福岡市博物館編『豊公遺文』日下寛編『豊臣秀吉文書集』名古屋市博物館編『豊臣秀吉の古文書』山本博文・堀新・曽根勇二編『徳川家康文書の研究』中村孝也著『新修　徳川家康文書の研究』徳川義宣著『徳川實紀』黒板勝美編『武徳編年集成』木村高敦著『群書類従』塙保己一編『續群書類従』塙保己一編・太田藤四郎補『續々群書類従』『史籍雑纂』以上、国書刊行会編『當代記　駿府記』続群書類従完成会『新訂　寛政重修諸家譜』高柳光寿・岡山泰四ほか編『徳川諸家系譜』斎木一馬・岩沢愿彦・戸原純一校訂『改定　史籍集覧』近藤瓶城編『黒田家譜』貝原益軒編著『國史叢書』『毛利秀元記』以上、黒川眞道編『伊達治家記録』平重道責任編『萩藩閥閲録』山口県文書館編『武家事紀』山鹿素行著『太閤史料集』桑田忠親校注『家康史料集』小野信二校注『島津史料集』北川鐵三校注『中国史料集』米原正義校注『毛利史料集』三坂圭治校注『武野燭談』村上直校注『新編藩翰譜』新井白石著『関ヶ原合戦史料集』藤井治左衛門編著『太閤記』小瀬甫庵著・桑田忠親校訂『武功夜話』吉田蒼生雄訳注『信長公記』奥野高広・岩沢愿彦校注『綿考輯録』細川護貞監修『通俗日本全史』早稲田大学編輯部編『松平記』坪井九馬三・日下寛校訂『眞書太閤記』栗原柳庵編『武辺咄聞書』『常山紀談』以上、菊池真一編『定本常山紀談』湯浅常山著・鈴木棠三校注『定本　名将言行録』『名将之戦略』以上、岡谷繁実著『改正三河後風土記』桑田忠親監修・宇田川武久校注『岡崎市史別巻　徳川家康と其周圍』柴田顕正著・岡崎市編『増上寺史料集』増上寺史料編纂所編『新装版　史料徳川夫人伝』高柳金芳校注『舜旧記』鎌田純一・藤本元啓校訂『三藐院記』近衛通隆・名和修・橋本政宣校訂『義演准后日記』弥永貞三・鈴木茂男・酒井信彦ほか校訂『慶長日件録』山本武夫校訂『多聞院日記』辻善之助編『晴右記・晴豊記』『家忠日記』以上、竹内理三編『系図纂要』岩澤愿彦監修『諸家伝』『地下家傳』以上、正宗敦夫編纂校訂

【研究書・概説書】
『将軍の女』『徳川家康と戦国武将の女たち』以上、真野恵澂著『地域と女性の社会史』小和田美智子著『戦国の女性たち』小和田哲男編著『結城一族の興亡』府馬清著『日本戰史』参謀本部編『井伊直政・直孝』中村不能齋編・中村元麻呂校訂『井伊軍志』中村達夫著『赤備え』井伊達夫著『戦国期静岡の研究』静岡県地域史研究会編『真説　関ヶ原合戦』桐野作人著『関ヶ原合戦公式本』小和田哲男監修・小和田泰経著『関ヶ原の戦い』『徳川家康』『徳川四天王』『石田三成』『戦国合戦大全』『驀進　豊臣秀吉』『決戦　関ヶ原』『裂帛　島津戦記』『大坂の陣』『激闘　大坂の陣』『戦国驍将・知将・奇将伝』以上、歴史群像編集部編『戦況図録関ヶ原大決戦』『戦況図録　大坂の陣』『豊臣秀吉合戦総覧』『徳川葵三代』『徳川葵の女たち』『図説戦国合戦総覧』『信長の子』以上、『歴史読本』編集部編『大名列伝』児玉幸多・木村礎編『上杉景勝のすべて』『直江兼続のすべて』『島左近のすべて』『大谷刑部のすべて』以上、花ヶ前盛明編『豊臣秀吉のすべて』桑田忠親編『関ヶ原合戦のすべて』小和田哲男編『徳川家康のすべて』北島正元編『島津義弘のすべて』三木靖編『新編物語藩史』児玉幸多・北島正元監修『日本城郭大系』児玉幸多ほか監修・平井聖ほか編『戦国大名家臣団事典』山本大・小和田哲男編『地方別日本の名族』オメガ社編『織田信長事典』岡本良一・奥野高廣・松田毅一・小和田哲男編『織田信長総合事典』岡田正人編著『織田信長家臣人名辞典』高木昭作監修・谷口克広著『信長の親衛隊』『信長軍の司令官』『信長と消えた家臣たち』『信長と家康』『信長と家康の軍事同盟』以上、谷口克広著『戦国時代の大誤解』『天下人の条件』『「戦闘報告書」が語る日本中世の戦場』『戦国軍事史への挑戦』『〈負け組〉の戦国史』『戦国史の怪しい人たち』『戦国15大合戦の真相』以上、鈴木眞哉著『戦国大名と外様国衆』『「豊臣大名」真田一族』『家康の正妻　築山殿』『近世初期大名の身分秩序と文書』以上、黒田基樹著『フロイスの日本覚書』松田毅一・Eヨリッセン著『豊臣秀吉研究』『太閤家臣団』『新編　日本武将列伝』以上、桑田忠親著『豊臣秀吉事典』杉山博・渡辺武・二木謙一・小和田哲男編『豊臣政権の権力構造』堀越祐一著『消された秀吉の真実』『偽りの秀吉像を打ち壊す』『豊臣政権の正体』以上、山本博文・堀新・曽根勇二編

『福島正則』福尾猛市郎・藤本篤著『加藤嘉明と松山城』日下部正盛著『毛利輝元卿伝』渡辺世祐監修・三卿伝編纂所編『安国寺恵瓊』河合正治著『石田三成』今井林太郎著『石田三成とその子孫』白川亨著『伊達政宗』小林清治著『武田氏滅亡』平山優著『武田勝頼』柴辻俊六著『武田勝頼』笹本正治著『近世武家社会の政治構造』『関ケ原合戦と近世の国制』『関ヶ原合戦』『関ヶ原合戦四百年の謎』『戦争の日本史⑰ 関ヶ原合戦と大坂の陣』『論争 関ヶ原合戦』『徳川家康』以上、笠谷和比古著『フィールドワーク関ヶ原合戦』藤井尚夫著『秀吉死後の権力闘争と関ヶ原前夜』『関ヶ原への道』以上、水野伍貴著『関ヶ原前夜』光成準治著『新「関ヶ原合戦」論』『新解釈 関ヶ原合戦の真実』以上、白峰旬著『関ヶ原合戦の深層』谷口央編『小山評定武将列伝』小山市編『小山評定の群像』産経新聞社宇都宮支局編『真説大坂の陣』吉本健二著『決定版 大坂の陣』北川央監修『真田信繁』『真田幸村と大坂の陣』以上、三池純正著『戦国日本と大航海時代』平川新著『徳川家康』藤井讓治著『徳川家康・秀忠の甲冑と刀剣』本山一城著『家康傳』『徳川家康公傳』『東照公傳』『家康の族葉』『家康の臣僚 武将篇』以上、中村孝也著『徳川家康事典』藤野保・村上直・所理喜夫・新行紀一・小和田哲男編『定本 徳川家康』『徳川家康と武田氏』以上、本多隆成著『幕藩体制成立史の研究』『戦国時代の徳川氏』『徳川三代と幕府成立』『徳川家康家臣団の事典』以上、煎本増夫著『日本近世国家成立史の研究』藤田達生著『江戸幕府の権力構造』北島正元著『近世武家社会の形成と構造』根岸茂夫著『江戸幕府直轄軍団の形成』小池進著『江戸幕府の誕生』『家康伝説の嘘』以上、渡邊大門編『戦国・織豊期大名徳川氏の領国支配』『徳川家康』『青年家康』以上、柴裕之著『徳川将軍権力の構造』所理喜夫著『徳川家臣團の研究』『松平忠輝と家臣団』以上、中嶋次太郎著『徳川家臣団』綱淵謙錠著『徳川家臣団の謎』『徳川家臣団の系図』以上、菊地浩之著『家康と家臣団の城』加藤理文著『徳川・松平一族の事典』工藤寛正編『徳川権力の形成と発展』『三河 松平一族』以上、平野明夫著『史疑 徳川家康』榛葉英治著『シンポジウム【徳川イデオロギー】』ヘルマン・オームス・大桑斉編『松平家忠日記』盛本昌広著『関ヶ原合戦全史』『誤解だらけの徳川家康』以上、渡邊大門著『徳川家康と9つの危機』『二代将軍・徳川秀忠』以上、河合敦著『西郷氏興亡全史』小林貞美・牧野登著『史実大久保石見守長安』北島藤次郎著『徳川秀忠』『お江』『戦国三姉妹物語』以上、小和田哲男著『徳川秀忠』『江の生涯』以上、福田千鶴著『徳川家康と16人の子どもたち』熊谷充晃著『徳川千姫読本』内海昭佳著『藩史大事典』木村礎・藤野保・村上直編『シリーズ藩物語　高田藩』村山和夫著『六韜』林富士馬訳『孫子』村山孚著

【地方史】

『静岡県史』『愛知県史』『岐阜県史』『滋賀県史』『三重県史』『京都府史』『大阪府史』『仙台市史』『静岡市史』『浜松市史』『濱松市史』『引佐町史』『新編岡崎市史』『新修名古屋市史』『小牧市史』『関ヶ原町史』『彦根市史』『津市史』『京都市史』『大阪市史』

各府県市町村史編纂委員会・刊行会・教育会・役所・役場など編集・発行

【雑誌・論文】

『歴史読本』六三七「関ケ原合戦の謎」『歴史読本』七二〇「豊臣五大老と関ケ原合戦」『歴史読本』七五九「関ヶ原合戦の謎と新事実」『歴史読本』七八〇「関ヶ原合戦全史」『豊田工業高等専門学校研究紀要』四十五「名古屋市蓬左文庫蔵『神君御文』について　徳川家康の幼児教育論」松浦由起『東北文化研究室紀要』五十二「政宗謀反の噂と徳川家康」平川新

本書は書き下ろしです。

装丁／岩瀬　聡
装画／宇野信哉

［著者略歴］
近衛龍春（このえ・たつはる）
1964年生れ。大学卒業後、オートバイレースに没頭。通信会社勤務、フリーライターを経て『時空の覇王』でデビュー。戦国武将の生きざまを数多くの史料を駆使し劇的に描ききる筆力に定評がある。主な作品に『毛利は残った』『長宗我部　最後の戦い』『九十三歳の関ヶ原』『家康の女軍師』『奥州戦国に相馬奔る』『忍びたちの本能寺』『御館の幻影』『御家の大事』など多数。

家康《いえやす》の血筋《ちすじ》

2023年 2 月5日　初版第1刷発行

著　者／近衛龍春
発行者／岩野裕一
発行所／株式会社実業之日本社
〒107-0062
東京都港区南青山5-4-30　emergence aoyama complex 3F
電話（編集）03-6809-0473　（販売）03-6809-0495
https://www.j-n.co.jp/
小社のプライバシー・ポリシーは上記ホームページをご覧ください。
ＤＴＰ／ラッシュ
印刷所／大日本印刷株式会社
製本所／大日本印刷株式会社

ISBN978-4-408-53823-5（第二文芸）